煮海時光

侯孝賢的光影記憶

Boiling the Sea: Hou Hsiao-hsien's Memories *of* Shadows *and* Light

白睿文—編訪
朱天文—校訂

「人生要奮志」

——李天祿

古代有張羽煮海的故事（典出元代李好古《張羽煮海》雜劇），為了求得被龍王囚入海底的龍女妻子，張羽在海邊想要煮乾海水。仙人見了同情便授以仙法，鍋水熱一度，海水熱一度，頃刻間海水沸騰起來，龍宮震動，龍王只得推女出海，張羽遂攜妻歸。

今時則有侯孝賢的拍電影，像張羽煮海之癡執，一口鍋子一把火，他認為自己也可以把大海煮乾。

從事電影工作四十年，侯孝賢的「煮海時光」，盡錄於此書。

——朱天文

《風櫃來的人》劇照，陳銘君攝。

上

圖片提供：侯孝賢、三三電影製作有限公司（3H PRODUCTIONS LTD.）
劇照、工作照攝影：陳銘君、陳懷恩、劉振祥、楊雅棠、陳少維、蔡正泰。

目次

侯孝賢好像一個奇異的光
燒紙菸那樣燒過了我們想像中的「生活後面的膠卷」
把一個原本我們不具備的觀看方式
從另一個原本平庸　無情　瑣碎的世界贖換過來
啊　於是我們感慨　嗟嘆
我們曾以為那樣優美　完足　光影觸鬚款款擺動的「侯世界」
會在未來其他可能之人的電影一直來一直來
不理會這外面世界的流沙化　善忘與不美
但讀了Michael Berry這本訪談錄
才知活在曾可以進戲院看侯孝賢電影的時代
是多幸福奢侈的「最好的時光」

——駱以軍（作家）

只有熟悉台灣社會與電影的人，才有可能與侯孝賢展開深度對話。白睿文這位美國學者，真正做到了。你若想了解侯孝賢的藝術與思考，白教授都幫你提問了。卓越、深入，精確的藝術討論，跨越國界與文化，到達一定高度，帶著我們看見台灣的歷史與電影。

——陳芳明（政治大學講座教授）

陳芳明・陳明章・張大春

張北海・張藝謀・舒　琪

焦雄屏・葛　亮・賈樟柯

廖炳惠・鄭文堂・聞天祥

舞　鶴・駱以軍

戴立忍・顏忠賢

《戲夢人生》工作照，蔡正泰攝。

代序

侯導，孝賢

賈樟柯

1989年9月，侯孝賢導演的《悲情城市》獲得了當年威尼斯國際電影節金獅獎，我是在縣城郵局門前的報攤上讀到這條消息的。那一年6月，北京發生了天安門學生運動。整整一個春夏我已經養成了每天下午騎自行車出門，到報攤上等侯新消息的習慣。北京沒有動靜，倒是台灣傳來了新聞。

一，悲情入心

記不清是在一冊類似《大眾電影》的雜誌上，還是在一張類似《參考消息》的報紙上，我讀到了《悲情城市》獲獎的消息，比中國人第一次拿到金獅獎更讓我震驚的是有關這部電影的介紹：1947年，為反抗國民黨政權的獨裁，台灣爆發了大規模武裝暴動，史稱 「二二八事件」。國民黨出動軍警鎮壓，死者將近三萬人。台灣導演侯孝賢在影片中通過一個林姓家庭的命運，第一次描繪了台灣人民的這一反抗事件。

《悲情城市》的介紹還沒有讀完，一片殺氣已經上了我的脖頸。大陸上演的政治事件剛剛過去，海峽對岸的台灣卻已經將「二二八事件」搬上了銀幕。很多年後，有一次和「嘎納電影節」（坎城影展）主席雅各布聊天，他的一個觀點讓我深以為是，他說：偉大的電影往往都有偉大的預言性。1987年台灣解嚴，1988年蔣經國逝世，1989年《悲情城市》橫空出世。能有甚麼電影會像《悲情城市》這樣分秒不差地準確降臨到專屬於它的時代呢？這部電影的誕生絕對出於天意，侯孝賢用「悲情」來定義他的島嶼，不知他是否知道這個詞也概括了大陸這邊無法言說的愁緒。僅憑這個動蕩的故事和憂傷的片名，我把侯孝賢的名字記在了心裡。

黃昏時分一個人騎自行車回家，對《悲情城市》的想像還是揮之不去。那天，在人來車往中看遠山靜默，心沉下來時竟然有種大丈夫立在天地之間的感覺。這是我第一次看到「悲情」這個詞，這個詞陌生卻深深感染了我。就像十二歲那年的一天晚上，父親帶回來一張報紙，上面刊登了廖承志寫給蔣經國的信，在中學當語文教師的父親看過後連聲說文筆真好，他大聲給我們朗讀：「經國吾弟：咫尺之隔，竟成海天之遙」，從小接受革命語言訓練的我們，突然發現我黨的領導人在給國民黨反動派寫信時恢復了舊社會語言，他們在信裡稱兄道弟，談事之前先談交情。這讓我對舊社會多了一些好感，政治人物感慨命運悲情時用了半文半白的語言，「咫尺之隔，竟成海天之遙」這樣聽起來文縐縐的過時語言，卻句句驚心地說出了命運之苦。這語言熟悉嗎？熟悉。這語言陌生嗎？陌生。是不是台灣島上的軍民到現在還用這樣的方式講話？

1949年，「舊社會」、「舊語言」、「舊情義」都隨國民政府從大陸退守到了台灣，出生在「新社會」的我，此刻為甚麼會被「悲情」這樣一個陌生的詞打動？對，這是我們深埋心底，紅色文化從來不允許命名的情緒。就像看到侯導的名字，「孝賢」二字總讓我聯想起縣城那些衰敗院落門匾上，諸如「耕讀之家」、「溫良恭儉」的古人題字。我隱約覺得在侯孝賢的身上，在他的電影裡一定還保留著繁體字般的魅力。

再次聽到侯孝賢的名字已經到了1990年，那一年我學著寫了幾篇小說，竟然被前輩作家賞識，混進了山西省作協的讀書改稿班。改稿班的好處是常能聽到藝術圈的八卦傳聞，當時沒有網絡更沒有微博，文化信息乃至流言蜚語都靠口口相傳。有一天，來自北京的編輯沒給我們上完課就匆匆離去，說要趕到離太原120公里的太谷縣看張藝謀拍《大紅燈籠高高掛》。出門前編輯丟下一句話：這電影是台灣人投資的，監製侯孝賢也在。我搞不清楚監製是種甚麼工作，但聽到侯孝賢的名字心裡還是一動。原本只在報紙上讀到的名字，現在人就在山西，離我120公里。我想問北京來的編輯能不能向侯孝賢要一盤《悲情城市》的錄像帶，話到嘴邊卻沒有出口，就連自己都覺得這個請求太幼稚。那是對電影還有迷信的時代，120公里的距離遠得像在另外一個星球。

1993年，我終於上了北京電影學院，離電影好像近了一些。果然有一天在一本舊學報上偶然讀到一篇介紹侯孝賢來學院講學的文章，上面刊登了好幾張侯導的照片，這是我第一次看到侯導的樣子，他的容貌竟然與我想像的非常相近：個子不高但目光如炬，身體裡彷彿隱藏了巨大的能量。既有野蠻生長的活力，又有學養護身的雅緻，正是那種一代宗師的面相。文章講到侯導將自己一套完整作品的拷貝捐贈給了北京電影學院，這讓我一下有了盼頭。

但在看他的電影之前，我還是先跟一本有關《悲情城市》的著作提前遭遇了。

二，梅縣來的人

電影學院圖書館有一個港台圖書閱覽室，書架上擺了一些港台雜誌，可能因為這裡的書都是繁體印刷，所以來的同學少，我就把這兒當成了自己寫劇本的地方。

有一次我注意到角落裡有一個書櫃沒有上鎖，打開後發現滿櫃子都是台版書籍，其中大部分是台灣遠流出版社出版的電影圖書。突然一冊《悲情城市》入眼，封面上是梁朝偉悲憤而無奈的神情，我一頁一頁地翻著，書裡的每一幅劇照都好像同時凝聚著劇情和詩意：天光將盡時，為送兒子當兵入伍，一個龐大的家族在暮色中合影；雨中的曠野，一個出殯的家庭，幾個穿黑西裝的男人懷抱遺像看兄弟入土；無名的火車站，一對夫妻帶著孩子在寂寥無人的月台上等待著遠行。這是大陸電影從來沒有出現過的筆觸：國家，政黨，家族，個人；生老病死，婚喪嫁娶；黑暗中降生的嬰兒，細雨中入土的兄弟。濃烈的仇殺，散淡的愛情。日本人走，國民黨來。台語，國語，日語，上海話；本省人，外省人，江湖客。

等日後終於看到電影，當這些畫面在銀幕上運動起來以後，近三個小時的《悲情城市》讓我覺得整部電影像擺在先人畫像前的一束香火── 往事如火慘烈，時光卻詩意如煙。長鏡頭下，初來的政權還在忙著建立秩序，壓抑的民眾已經走上了街頭。槍聲是否是我們的宿命？命運的法則高高在上，卻從來不給我們答案。電影中最幽默的一筆是國民政府退守台灣後，市面上開始流行國語，連日本人建的醫院也得組織大家學普通話，難為這些老大夫搖頭晃腦地念著：痛，肚子痛的痛。而最悲哀的一筆莫過於「二二八事件」發生時，本省人在列車上找外省人尋仇，會不會講台語成了驗明正身的方法，可電影中的梁朝偉是個啞巴。這部電影複雜而多情，悠長而克制。彷彿銀幕上的一切都是我們刻骨銘心的前世經歷，這些記憶在我們轉世投生後已經遺忘，侯導的電影卻讓我們回到過往。

在中國人的世界裡，只有侯孝賢能這樣準確地拍出我們的前世。

這種感覺在看過他的《戲夢人生》、《好男好女》等影片後越發得到了印證，最嘆為觀止的是《海上花》開場長達七八分鐘的長鏡頭。一群晚清男女圍桌而坐，喝酒抽煙，猜拳行令，攝影機在人群中微微移動，好時光便在談笑中溜走。華麗至腐朽，日常到驚心動魄，這電影每一格畫面都恰如其分，滿足著我對晚清上海租界生活的想像。整部影片全部內景拍攝，讓人寂寞到死。就像那些長三書寓裡凋零的女人，日子千篇一律，內心卻四季輪迴。

如果說侯孝賢能夠通靈前世，他的另一個才能就是腳踏今生了。《風櫃來的人》完成於1983年，這電影對我有「救命之恩」。上電影學院前，現實已經讓我有千言萬語要說，可一上學還是被我們強大的電影文化迅速同化了。雖然還不至於滑向主旋律寫作，可生編亂造的傳奇故事還是大量出現在了我的劇本中，好像只有超乎常態的生活才有價值變為電影，而我們自己親身經歷的飽滿的現實，卻被我們一提起筆來就忘了。

坐在黑暗中看《風櫃來的人》，起初我連「風櫃」到底是一隻櫃子，還是一個地名都搞不清楚。但銀幕上出現的台灣青年竟然長著跟我山西老家朋友一樣的臉，看張世演的漁村青年，他們一大群人跑到海邊背對著洶湧的海浪跳著騷動的舞蹈。我一下覺得我離他們好近，侯導攝影機前的這幾個台灣年輕人，似乎就是我縣城裡面的那些兄弟。他們扛著行李離鄉背井去了高雄，一進城就被騙上爛尾樓看電影，這裡沒有電影也沒有浪漫故事，透過寬銀幕一樣的窗戶眺望高雄，等待他們的是未知的未來。

原來在中國人的世界裡，只有侯孝賢才能這樣準確地拍出我們的今生。

我萬分迷惑，搞不懂為甚麼明明一部台灣電影，卻好像在拍山西老家我那些朋友的故事。我夢遊般從電影院出來，想搞清其中的原因。我跑到圖書館，開始翻看所有有關侯孝賢的書籍。侯孝賢在他的訪談裡多次提到了沈從文，提到了《從文自傳》。他說：讀完《從文自傳》我很感動，書中客觀而不誇大的觀點讓人感覺，陽光底下再悲傷，再恐怖的事情，都能以人的胸襟和對生命的熱愛而把它包容。他說：我突然發現看待世界的角度、視野還有這麼多、這麼廣。我連忙借了《從文自傳》，把自己關在自習室裡，一枝菸一杯茶，在青燈下慢慢隨著沈從文的文字去了民國年間的湘西，隨著他的足跡沿著湘水四處遊蕩，進入軍營看砍頭殺人，進入城市看文人爭鬥……我似乎通過侯孝賢，再經由沈從文弄懂了一個道理：個體的經驗是如此珍貴。傳達尊貴的個人體驗本應該是創作的本能狀態，而我們經過革命文藝訓練，提起筆來心卻是空的。侯孝賢讓我瞭解到，對導演來說你看世界的態度就是你拍電影的方法。

侯導的一些電影頗有自傳色彩，《童年往事》的開頭便是他的畫外音：這部電影是我童年的一些記憶，尤其是對父親的印象。我父親是廣東梅縣人，在教育局當科員。侯導出生於1947年，1948年全家遷台。國立藝術大學戲劇電影科畢業以後，他開始給李行當副導演並從事編劇工作。當年他獨立執導的前三部影片《就是溜溜的她》、《風兒踢踏踩》、《在那河邊青青草》都是台灣賣座電影，1983年完成《風櫃來的人》之後，他自認獲得了對電影的「重新認識」。

而我也是在看完《風櫃來的人》之後，開始對電影獲得了新的認識。1997年我回到故鄉山西汾陽縣拍了處女作《小武》，我開始學著用自己的方法看世界。去影展有點像闖江湖，前路不知道會碰上甚麼樣的人和事。《小武》轉了一圈影展後，得到了法國南特電影節的邀請。南特電影節我不陌生，侯導的兩部影片《風櫃來的人》和《戀戀風塵》都在那裡得過最佳影片 。

三，南特，再見南特

冬天的南特異常濕冷，電影節的人從火車站接了我，就一起驅車向酒店而去。在車裡翻看電影節的場刊，才知道這次侯孝賢也會來南特。恰逢影展二十週年慶典，侯導是專程來祝壽的。我提著行李進了酒店大堂，一眼就看到一群人眾星捧月似地圍著一個中國人。眼睛的焦點還沒有對實，我心已知那人正是侯導孝賢。我猶豫了一下，覺得還是應該打個招呼再走開，便等在一旁聽他侃侃而談。

酒店裡中國人少，侯導一邊接受採訪，一邊不時看我一眼。他當時一定很奇怪，這小子站在那裡要幹甚麼？眾人散去後，我走上前去和他搭話，一時既不知道該如何稱呼他，也不知道該怎麼介紹自己。那時我已經不是學生，但慌不擇言，愚笨地說道：侯老師，我是北京電影學院來的。侯孝賢顯然不熟悉北京文藝圈的稱呼習慣，瞪眼問道：我教過你？我連忙說：喜歡您的電影。彷彿面對一個突然的闖入者，他被我搞得莫名其妙，只能挑戰性地望著我：北京電影學院的？呦！現在學生都可以出來看影展了？我連忙說：我拍了一部電影叫《小武》。侯導的眉頭又皺起來但語氣明顯平和起來，他問道：《小武》是甚麼東東？我答：小武是男主角的名字，電影是在我老家拍的。侯導點了根菸，語音已經變得友善：老家哪裡？我答：山西。侯導頓時笑逐顏開：哦，半個老鄉，我丈母娘是山西人。這次見面於我好像一次考試，侯導見了生人有股衝勁，不會輕易表現出廉價的親和，可話要投機瞬間也能變成哥們兒。我站在大堂裡看他上樓梯的背影，發現他穿了一雙年輕人愛穿的匡威（Converse）球鞋。

《小武》首映完我無事可幹，一個人漫無目地在南特街上瞎逛。路過十字路口的海鮮店，目不轉睛地望著冰上生蠔之類的海產，分辨著這都是些甚麼動物。山西是內陸省份，沒有海。正想著，突然一隻手重重地拍我的肩膀。回頭一看是侯導，他和我好像已經成了熟人：小賈，剛看完你的電影。我慌了神，不知道該如何回應侯導的話。侯導說：那男的跟那女的選得都不錯。我知道他是在用他的方法鼓勵我，我卻羞澀起來沒有回應一句話。我和他兩個人佇立南特街頭，都不知道再往下該說些甚麼。對我來說，這一幕並不尷尬，法國人說：彼此沉默的時候，其實正有天使飛過。

那一年來南特的還有關錦鵬導演和日本的是枝裕和。每到夜晚，我們幾個亞洲人就找一家酒吧坐下來海闊天空地聊天。攜《下一站，天國》來參展的是枝裕和是侯導的故交，有人說他的處女作《幻之光》很有些侯導的影子。是枝之前在日本NHK工作，專程去台灣拍過侯導的紀錄片。在南特與侯導相處的日子，於我和是枝就像古代的門生弟子有機會聽老師講經論道。每天我們都有一堆問題問向侯導，他仔細聽過娓娓道來。侯導非常重視表演，他說：他是先有演員才有電影，他最關心的不是去拍甚麼事，而是要去拍甚麼人。我一直認為，在中國的導演裡面，侯孝賢、張藝謀跟馮小剛是最會演戲的導演，他們如果只做演員，也會非常成功。忘不了侯導在《風櫃來的人》裡面扮演的姊夫，燙了滿頭的鬈髮，嚼著檳榔，打著麻將，有一搭沒一搭地說著粗話，那樣子鮮活而準確。就像忘不了張藝謀在《老井》裡面，背著沉重的石板，一搖三晃地在山谷中行走的背影。侯導從來不玩理論概念，他告訴我們拍戲一定要讓演員有具體的事兒幹，演員有事做才能自然。

那時候我已經在籌備第二部影片《站台》，劇本改了又改很不滿意。我告訴侯導我創作上的困境。侯導說：這是很自然的狀況，我在拍完《風櫃來的人》之後，也有這樣的問題。你明白為甚麼嗎？因為你已經不是一個處女作導演，你已經有了電影經驗，你在創作上必須面對你的過去。不用怕，每個導演都要過這一關。侯導沒有告訴我怎麼樣改劇本，他告訴我這是導演生涯裡面的共同處境。聽了他的話，我頓時覺得無比鎮定，原來連他也經歷過這樣的困惑。

南特的日子讓人難忘，但也不是日日皆歡。有一天晚上我跟幾個留學生朋友狂歡至天剛蒙蒙亮，才夾著寒風帶著酒氣回了酒店。一進大堂就發現侯導一個人坐在沙發上抽著悶菸。他的神情像是在想很遠的事，我問候一聲：侯導！他只嗯了一聲答我。

可惜我是晚輩，知道他鬱悶，但又不便多言。

四，最好的時光

我見侯導多是在國外的影展上，每次見到他都是我最好的時光。

在歐洲無論哪個城市，侯導總要去找中餐吃。他帶《珈琲時光》去威尼斯的那一年，和他合作過《南國，再見南國》和《海上花》的日本製片市山尚三請大家吃飯，這是一家很難訂到位的義大利餐館，侯導沒吃幾口義大利麵就把刀叉放下，嘆口氣說：這哪裡是吃麵，分明在吃塑料管。他在飲食上保持著中國習慣，就像他的電影始終有種東方氣質。下午去看《珈琲時光》的首映，這部電影是為了紀念小津安二郎特意在日本拍攝的。當我們沉浸在侯導電影中綿延時光之時，突然一隻麻雀飛進了電影院。這是最完美的放映，現實中的靈動生命和銀幕上的虛幻世界合二為一，不知誰比誰更自然。

《三峽好人》之後，《誠品好讀》的編輯安排我跟侯導在台北對談，地點就在敦化南路的誠品書店。那天我早早到了採訪地點，侯導卻姍姍來遲，他進門先趴在桌子上，望著我說：你來台灣了？我說：我到了。侯導定了定神兒說：有個親戚從上海來，帶了一瓶二鍋頭，剛才我們倆把它喝光了。眾人連忙問道：侯導要不要休息一下？侯導說：誰來向我提問？請趕快！編輯抓緊時間跟侯導訪談，我知道酒精在他身上發揮著作用。他要在醉倒之前的一秒，把今天的採訪完成。果然當他說完最後一句話的時候，一下趴在桌子上立刻就睡著了。

第二天中午，林強來電話說侯導請大家今晚一起卡拉OK。晚上去了歌廳，在座的有作家朱天心，及其他幾個侯導的朋友。侯導和林強一首接一首地唱著台語歌，兩個人不時搶著話筒（麥克風），絕對是年輕人的樣子。從他的《南國，再見南國》到《千禧曼波》，侯孝賢拍都市裡的新新人類，對年輕人熟悉得彷彿在拍他自己的故事。看《南國，再見南國》平溪線上的列車在重金屬搖滾樂中漸漸駛遠，再看《千禧曼波》中的舒淇在林強的電子樂中奔向新的千年，知情重意的侯導是那樣的年輕。

或許在華人世界裡，只有侯孝賢才能拍出我們的此刻，拍出我們的現在。 那夜眾人喧譁，他把話筒讓給別人後一個人離席，靜靜地站在窗前望著外面。我跟過去站在他的身後。窗外細雨紛紛，雨中的台北到處霓虹倒影，街上的行人奔走於不同的際遇。侯導也不看我，輕輕說道：下雨了！

這時不知誰在唱〈港都夜雨〉，這場景讓我想起《悲情城市》的開頭，朱天文的劇本是這樣寫的：

《南國再見，南國》開鏡，蔡正泰攝。

一九四五年八月十五日，日本天皇廣播宣布無條件投降。嗓音沙啞的廣播在台灣本島偷偷流傳開來。大哥林煥雄外面的女人為他生下一個兒子的時候，基隆市整個晚上停電，燭光中人影幢幢，女人壯烈產下一子，突然電來了，屋裡大放光明。嬰兒嘹亮的哭聲蓋過了沙啞和雜音的廣播。

雨霧裡都是煤煙的港口，悲情城市。

在世界的任何一個地方的電影世界裡，人人都在談侯孝賢。有一次在首爾，遇到跟侯導合作多年的攝影師李屏賓，他講了另外一個故事：有一天侯導拍完戲，深夜坐計程車回家。結果在車上和跟他年紀相仿的司機聊起了政治，兩個人話不投機激烈爭辯，最後居然把車停在路邊廝打了起來。李屏賓講到這裡，瞪著眼睛說：小賈，你想想那場面，那可是兩個五十多歲的人在街邊打架。大家都笑了，我問：然後呢？賓哥說：他倆整了整衣服上車，繼續往前開。

還是有人記得侯導給張藝謀當過監製。前年在北京參加青年導演論壇，記者會上有人提起侯導往事，問他：如何看張藝謀現在的電影？侯導沉思一下，笑著說：我們是朋友，80、90年代每次來北京都要見面聊天，後來他忙了，就不好意思再打攪了。記者會上少有的沉默，四下一片安靜。侯導突然反問記者：現在，他過得好嗎？

很喜歡侯導的兩張照片，其中一張：三十多歲的他留著80年代的那種齊耳長髮，瞪著眼仰頭看著頭頂的一盞燈，那專注的表情彷彿把身家性命都放在了電影裡。另外一張照片是法國電影評論家米歇爾・傅東編的法文版《侯孝賢》一書，封面上侯孝賢站在一張條案邊兒，雙手捧著三柱清香，正在彎腰祭拜。

祭拜中的侯孝賢，敬鬼神的侯孝賢，行古禮的侯孝賢，這正是我們的侯孝賢。

賈樟柯，中國第六代導演代表性人物。1970年生，山西省汾陽人，北京電影學院文學系畢業，95年起開始電影編導工作。98年以處女作《小武》驚艷華人和世界影壇，06年《三峽好人》獲63屆威尼斯影展金獅獎，至今已獲得超過四十個國際獎項。其它電影作品有劇情片《站台》（2000）、《任逍遙》（2002）、《世界》（2004）、《二十四城記》（2008）等；短片《狗的狀況》（2001）、《河上的愛情》（2008）等；紀錄片《公共場所》（2001）、《東》（2006）、《無用》（2007）、《海上傳奇》（2010）等。劇情片新作《天註定》（2013）獲坎城影展最佳劇本獎。
另外並曾獲得法國藝術與文學騎士勛章（2004）、達沃斯經濟論壇「全球青年領袖」稱號（2007）、法國杜維爾電影節傑出藝術成就獎（2008）、英國《衛報》全球十大環保人物（2008）等多項殊榮。

《海上花》工作照．蔡正泰攝。

前言

光影記憶

白睿文

1995年，我在台北留學期間，曾經有一年的時間租了潮州街《國語日報》書店地下室的一個隔間的小房間。那間屋子沒有客廳，沒有窗戶，更沒有電視。房租省來的錢都拿去買書——這是我當年的生計。偶而為解解悶，會去看電影。因為人在異國他鄉，更願意去看本地的電影，這樣可以增加我對台灣文化的了解，也可以順便練習中文聽力。沒想到每次約台灣的朋友去看電影，他們反而都想看好萊塢的電影大作。如果我堅持要看台灣片的話，他們最典型的回答會是「我不看國片！」或更直接「國片都很爛！」這種現象可以說是台灣人90年代對國片的一個非常普遍的態度——當時會覺得又奇怪又可悲。剛好這個也是台灣電影產業的一個低潮——新電影的熱情過後，《臥虎藏龍》（2000）、《雙瞳》（2002）等片帶來的新趨勢還未來。90年代的國片票房紀錄之差，讓人無法相信。

那時除了逼著我的台灣朋友陪我上戲院看電影，我有時候下課後會上師大圖書館樓上的單人觀影室看一些錄像帶——也還是盡量看台灣和中國的電影。那有一天下午在無意中翻到一個錄像帶，封面是一個戴著帽子滿臉皺紋的老人面孔，顏色偏黑的，好像有半張臉隱藏在影子裡。

片名是《戲夢人生》（1993）。

我馬上被老人的眼神和片名吸引住了，就放進學校的VCR，戴上耳機，看。

那是我生平中第一次看侯孝賢的電影。雖然看得似懂非懂——那是因為全片的對白是日語跟台語而只帶中文字幕——但電影有個東西深深的打動我，或許是它的質感，或許是它的說故事的方法，或許是李天祿本人的魅力，或許是別的。雖然當時並沒有意識到，我想，看得似懂非懂的主要原因不是因為語言上的障礙，更重要的是電影的形式本身與我之前所接觸過的大部分電影完全不同。它的結構、敘述、攝影策略、演員等等體現了一個全新的電影形式與電影語言。對許多觀眾來講這種電影形式具有的挑戰性太高，娛樂性又不夠，但它的本質有種東西吸引我，叫我去接近，叫我去深入。

《戲夢人生》和後來看的其它侯孝賢電影作品一樣，挑戰我重新思考巴贊當年提出的老問題：「電影是甚麼？」它在我們生活中應該扮演甚麼樣的一個角色？當然電影可以提供娛樂、休閒、讓人看個過癮，但同時有另外一種電影是多層次的——可以讓我們沉思、反省、探索人生的種種喜怒哀樂，也可以讓我們不段地有新的發現。這便是我觀看侯孝賢電影的第一個光影記憶。

差不多五年之後——當時我已經在哥倫比亞大學攻讀博士學位——侯孝賢在朱天文和焦雄屏的陪同之下，來紐約哥大參加《悲情城市》的放映活動和座談。放映那天下午侯導和朱天文便來到我在河畔大道（Riverside Drive）的學生寓所進行三個多小時的訪談。那天在場還有焦老師、著名作家劉大任跟張北海——實在是一個難忘的一天。因為那次訪談的精彩內容，我後來便決定繼續做下去，擴大這個訪談計劃。往後的差不多四年內，我從紐約跑到洛杉磯，上海到北京，香港到台北，一路來採訪了二十位傑出的當代華語片電影人。這系列訪談計劃後來變成了2005年出版的《光影言語：當代華語片導演訪談錄》一書的主要材料——而都是從侯孝賢開始的。

但因為《光影言語》收集了十九個訪談錄，每一章的篇幅相當有限，許多問題無法深談。後來有個念頭，就是一個導演，一本書。這樣可以非常詳細地討論其成長背景，入行經驗，每一部重要作品，對電影產業的看法，等等。

這樣的形式的部分靈感，來自於楚浮對談希區考克的老經典《希區考克》（*Hitchcock by Truffaut: A Definitive Study of Alfred Hitchcock*）、《荷索論荷索》（*Herzog on Herzog*）、《卡薩維蒂論卡薩維蒂》（*Cassavetes on Cassavetes*）等書。有時，電影工作者對自己作品的詮釋、分析和回顧要比學者的高論更吸引人，甚至更有洞察力。那麼，誰來跟我共同進行這個龐大的計劃呢？想都不用想——我的唯一人選莫屬侯孝賢。每度觀看侯孝賢的電影——就算已經看了無數遍——還是會有新的發現，他的電影有種精緻細膩，每一部都有多層次，許多可以被挖掘的東西，當然也有許多可以談的問題。

只是不知道侯導會不會同意我的計劃。最初的構思是2006年開始思考這樣的一個出版項目，然後我差不多2008年跟侯導提到這個想法，之後還把詳細的提案稿給他。

經過商談之後我們就定2009年金馬電影節期間進行採訪。採訪的前一年我開始作詳細的準備，除了閱讀各種材料之外，就是大量的看片子——把侯導拍攝的所有電影作品，包括早期參加副導和編劇的電影，統統都再看一遍。一邊看一邊作筆記。

後來2009年11月份帶著五十多頁的提問稿來到台北。身為金馬影展主席，金馬電影學院校長的侯孝賢那月甚忙，但除了金馬影展的各種活動，侯導還抽空與我進行九次的討論，每回都有二到五個小時。我們很有規律，像上下班一樣，都約在侯導經營的光點紅氣球咖啡廳，閒聊一下，就馬上進入狀態。

雖然幾乎全部的內容都保存下來，但有一點無法傳達，那就是侯孝賢的萬種神情——他燦爛還帶著一點害羞的微笑，他的打抱不平的正義感和憤怒，他稍微有點陰險的笑聲。但我相信從字裡行間讀者都可以感覺出來。在整理文字的過程中，除非特別需要，我盡量不加工，自然體現侯孝賢獨有的口氣，講話節奏和精神。

另外，侯孝賢的重要性也呈現在他對當代華語電影的巨大影響和貢獻。除了侯導自己攝製的電影之外，曾為許多其他導演提供支持——從早期與同輩像楊德昌、萬仁等人的合作到後來對年輕一代台灣電影人像張作驥、徐小明、蕭雅全、侯季然的培養——侯孝賢在台灣電影圈已經有點「老大」的味道。但同時，我們不應該忽略侯孝賢在中國大陸的深遠影響。

攝於紐約河畔公園Riverside Park。跟侯導（中）、天文剛剛做完三個多小時的訪談後，到作者學生公寓宿舍對面的公園聊天，同行者還有劉大任（左立者）、焦雄屏（右前側影）、張北海（左側僅露出手臂）等幾位。朱天文攝，白睿文提供。

侯與中國第四、五代導演的緣起，應該是從80年代的一些國際電影節開始。對當時還處在戒嚴時期的台灣，本地電影工作者不容易有機會直接接觸大陸的電影人，大概唯有這種國際電影節才有機會，而就在這樣的情況之下，侯孝賢結識吳天明、田壯壯、張藝謀等傑出的中國導演。後來侯孝賢還為張藝謀的重要作品《大紅燈籠高高掛》（1991）和《活著》（1994）擔任監製。在當時的中國大陸，侯孝賢自己的電影作品是基本上看不到的。但隨著市場的開放，VCD和DVD的普及化，侯的經典影片遲遲地開始進入大陸年輕電影人和觀眾的視角。

到了現在，雖然侯孝賢的電影還未正式放映或發行光盤，中國的幾乎每一家像樣的盜版DVD行都可以買得到「侯孝賢經典電影全集」的十三張DVD盒裝！漸漸地侯孝賢的電影在大陸開始影響到年輕一代的導演和電影工作者，而這種影響可以說是有決定性的。第六代導演的代表人物賈樟柯曾多次談到侯孝賢對他的影響，憑《1428》而獲得威尼斯電影節最佳紀錄片的年輕導演杜海濱也是因為看了《風櫃來的人》而開始走上電影之路。很明顯，侯孝賢的電影的意義不只處於它們本身所描繪的光影世界，此世界還化成靈感的原料而點燃很多人對電影的追求，改變許多其他導演對電影的看法，而改變了華語電影的面貌。

本書分七章，與侯導的許多電影敘述不同，我基本上還是採取直線的敘述，從他童年和早期經驗一直講到最近的作品。

第一章「童年往事」討論侯孝賢的家庭背景，包括父親1947年從廣東梅縣來台的原因，成長經驗，和對電影的早期記憶。除了入行經驗以外，此章也處理侯孝賢70年代在台灣參與的商業電影製作。當時擔任編劇兼副導的侯孝賢，這一段時間與李行導演和攝影師出身的賴成英導演合作多部影片。這也是鄧志傑（James Udden）曾形容成「侯孝賢的奇特實習階段」的開始。[1]

何謂「奇特」呢？就是因為有非常濃厚的「商業電影」基礎和訓練的侯孝賢，日後竟變成「藝術電影」大師。本章試圖為後面的內容提供一個更大的人生背景，讓我們理解侯導的出發點和後來電影中不斷重現的一些主題、情景和人物類型。

從**「追隨主流」**一章（**第二章**）開始直接討論身為導演的侯孝賢所拍攝的每一部作品。1980年侯孝賢從副導和編劇的身分轉為導演，也是這段時間侯開始與另外一位攝影師出身的導演建立長期的合作關係。從1980年到1985年，侯孝賢與陳坤厚導演合作拍攝十二部電影作品。

此章主要討論侯孝賢導演的前三部導演作品——《就是溜溜的她》（1980）、《風兒踢踏踩》（1981）、《在那河畔青草青》（1982）。這段所攝製的電影可以算「侯孝賢的商業電影三部曲」。三部作品都具有濃厚的大眾商業色彩，比如明星拍檔（鳳飛飛、鐘鎮濤、陳友），愛情喜劇類型，甚至有點健康寫實主義的影子。[2]

從票房的角度來看，這三部片子相當成功，但從其中還可以開始隱隱約約地看到侯孝賢日後的部份藝術電影特徵的出現，包括非演員，長鏡頭，和遠鏡頭。但就像訪談中所涉及到，因為陳侯的合作是輪流掛導演的名字，以後用「作者論」來分析侯孝賢作品時，學者可以重新注意當年侯孝賢與陳坤厚合作的電影，包括《我踏浪而來》（1980）、《天涼好個秋》（1980）、《蹦蹦一串心》（1981）、《俏如彩蝶飛飛飛》（1982）、《小畢的故事》（1983）和《最想念的季節》（1985）。同樣，後來的新電影運動一般也都是由「作者論」來討論，但因為當時的團隊精神，我們是否也得稍微調整對當時的創作的一貫看法？

第三章「光影革命」，也是篇幅最長的一章，討論對象圍繞著侯孝賢在台灣新電影最蓬勃的時候（1983-1987）所攝製的電影——《兒子的大玩偶》（1983）、《風櫃來的人》（1983）、《冬冬的假期》（1984）、《童年往事》（1985）、《戀戀風塵》（1986）和《尼羅河女兒》（1987）。其中的大部分片子已經被公認為台灣電影的當代經典之作。

根據黃春明的一系列短篇小說而改編，1983年的《兒子的大玩偶》是中央電影公司在《光陰的故事》（1982）之後推出的另一部革新之作，也是新電影的先鋒。這是一部由三段短片組成的電影，侯孝賢負責第一段《兒子的大玩偶》，其它兩段分別由曾壯祥（《小琪的那頂帽子》）和萬仁（《蘋果的滋味》）擔任導演。與侯孝賢之前的商業電影比，《兒子的大玩偶》之後侯便走上一段比較成熟的路，本片開始使用倒敘鏡頭、音橋等比較先鋒的電影語言。但除了形式，一樣重要的是《兒子的大玩偶》的內容——它已經不再講愛情喜劇，而體現了一個更大的社會意識和關懷。

1.參見 Udden, James. “Taiwanese Popular Cinema and the Strange Apprenticeship of Hou Hsiao-hsien.” In *Modern Chinese Literature and Culture* 1, no. 15 (Spring 2003): 120-145.

2.雖然侯導不接受關於健康寫實主義這種比較，筆者覺得在某一些地方健康寫實主義的影響非常清楚。在討論侯孝賢早期的電影時，洪國鈞也曾經注意到它們與健康寫實主義傳統電影的關係。參見“Hou Hsiao-hsien before Hou Hsiao-hsien: Film Aesthetics in Transition, 1980-1982” 在 Guo-Juin Hong, *Taiwan Cinema: A Contested Nation on Screen*. Palgrave Macmillan, 2011.

《戀戀風塵》劇照，劉振祥攝。

與過去的大多數台灣電影相比（像電影裡主人翁去宣傳的《蚵女》〔1964〕），它對現實的詮釋很有震撼力。

之後的四部長片故事片——《風櫃來的人》、《冬冬的假期》、《童年往事》、《戀戀風塵》——都代表台灣新電影的黃金時代。剛好這四部影片也都根據侯孝賢與他新電影的夥伴的生活經驗改編的。

《風櫃來的人》的部份題材來自於侯孝賢當兵前的經驗（侯還客串一個小角色），《冬冬的假期》是根據小說家和編劇朱天文小時候的經驗[3]，《童年往事》就是侯孝賢本人的成長故事，而《戀戀風塵》是編劇吳念真的初戀故事。放在一起看，這系列電影一方面非常個人化，但同時代表整個台灣從光復到70年代的一個成長過程。它們也把《兒子的大玩偶》的新電影語言推到一個更高的境界——此時侯對敘述的新處理，對遠鏡頭和長鏡頭的擴展，「空鏡」的運用等等，都形成了日後被廣泛稱為「侯孝賢風格」的特徵。

到了《戀戀風塵》，侯孝賢的核心班底已經形成且基本上固定了——剪接師廖慶松，攝影師李屏賓，錄音師杜篤之，編劇朱天文（後來還有美術師黃文英）——這個人才組合會在往後的二十餘年，共同創造台灣電影的一系列非常讓人難忘的光影記憶。本章最後討論的1987年的《尼羅河女兒》，是侯孝賢從商業電影轉到藝術電影之後的第一部當代都市題材的影片。從某一個層次看它也是一個過渡階段的產物

——剛完成個人成長經驗的一系列電影，就要踏入一個更大的歷史時空。

本書的**第四章「歷史台灣」**是關於1989年至1995攝製的「台灣三部曲」的一個對話。1987年台灣解嚴，在這個新的空間裡終於可以面對昔日的政治禁忌和歷史傷口。在電影裡，處理台灣近代的「痛史」，侯孝賢是第一位，而且在往後的二十餘年裡也沒有第二位導演那樣勇敢的去重建和正視當時的各種歷史創傷。

榮獲1989年第40屆威尼斯國際電影節金獅獎的《悲情城市》（1989），是台灣第一部描繪1947年發生的「二二八事件」的作品。實際上，《悲情城市》的歷史視角更廣，表現1945到1949的歷史變遷，政權變革，和社會上的眾聲喧譁。本片的故事敘述、電影結構和人物關係，都比侯孝賢過去的電影複雜得多，但題材的新鮮（二二八事件），明星拍檔（梁朝偉）和國際上的獲獎紀錄，都使得《悲情城市》這部純藝術電影變成那年台灣電影票房的大贏家。

《悲情城市》裡演阿公的是布袋戲大師李天祿，「台灣三部曲」的第二部《戲夢人生》正是根據李天祿本人的前半生真實經驗來改編的。本片的歷史背景為台灣的日據時代，而電影非常大膽地穿插侯孝賢對歷史的電影詮釋，以及李天祿本人直面攝影機講述他的過去。

侯的「台灣三部曲」由1995年的《好男好女》來總結。歷史背景為白色恐怖的第一個案子，《好男好女》與《戲夢人生》一樣試圖縱橫過去與現在，真實與虛構，歷史與想像。放在一起看，侯孝賢的「台灣三部曲」是用光影對台灣二十世紀的前半歷史——從日據時代到光復，又從二二八到白色恐怖——作了一次整理和反思。同時，與侯早前拍的一系列與個人的成長背景有關的影片，有種非常微妙和深層的聯繫——從微小到龐大，從個人到歷史，從現在到過去——其實人的命運都一樣。

侯孝賢的「台灣三部曲」其實由兩部當代題材的電影來把它「框起來」，前面有《尼羅河女兒》，後面有《南國再見，南國》（1996）。本書的**第五章「昔日未來」**論述《南國再見，南國》、《海上花》（1998）、《千禧曼波》（2001），三部發生在完全不同時空的電影。

3.部份內容也來自於朱天文妹妹，小說家朱天心的另外一篇短篇小說〈綠竹引〉。

借用編劇朱天文的一篇短篇小說的名字，或許可以把這三部電影稱為「世紀末的華麗」三部曲，因為電影分別都對黑社會的遊戲規則，高級妓院的愛情遊戲，和酒吧女郎的漂泊生活表現一種浪漫和華麗。但這華麗的背後處處都是迷茫、墮落和對即將來臨的世紀末的不安。其中描繪黑幫王國的世紀末寓言《南國再見，南國》曾被法國《電影筆記》選為90年代最佳影片之一。

侯孝賢之後分別拍的19世紀末為背景的《海上花》和20世紀末為背景的《千禧曼波》也可以說是《南國再見，南國》的世紀末寓言的一種延續。說到這幾部電影之間的關係，朱天文還曾說：

> 其實《千禧曼波》就是現代版《海上花》！《海上花》描述的年輕男人、年輕女人也就是那個時代最時髦的，就像《千禧曼波》裡的年輕人。在拍的時候有一次侯孝賢就感嘆說：「我的天，簡直在拍現代版《海上花》！」真的就是這種感覺。[4]

就算從表面上看，這兩部電影的形式是截然不同，但像張惠菁和黑鳥麗子說的，《海上花》與《千禧曼波》，都是講年輕人的複雜人際關係，互相嫉妒，吸毒（鴉片和搖頭丸）成癮，墮落等主題，另外這兩部都是運用內景來強調環境的壓抑感[5]。雖然內容有許多關聯，對電影形式來講，侯孝賢繼續不斷的重新發明自己。

隨著時間的流逝，侯離當年的「愛情喜劇」越來越遙遠，他似乎也完全拋棄傳統電影敘述的各種模式和套裝。《南國再見，南國》裡的人間冷酷；《海上花》裡攝影機的慢運動，獨特結構，長鏡頭，和其塑造的黑暗封閉內在世界；《千禧曼波》裡的未來敘述，台北夜店（霓虹）燈紅酒綠的世界，日本北海道的悲涼寧靜——都使得侯孝賢的光影世界延伸到另一個境界。同時，在這個演變的過程中，侯孝賢的電影從票房的大贏家開始走到另外一個極端。

90年代以後，似乎侯的片子越背叛商業電影的行規，越難贏得台灣觀眾的肯定。雖然荒謬，但漸漸地「某某國際影展最佳影片」的美譽反而變成台灣票房的毒藥。

從世紀末的華麗到世紀末的危機，這段時間的電影也是前面所提到的台灣電影

4.參見白睿文，《光影言語：當代華語片導演訪談錄》。台北：麥田，2007。228頁。
5.參見黃婷，《e時代電影男女雙人雅座：走入千禧曼波的台北不夜城》。台北：台北國際角川，2001。46、99頁。

低潮時期的產物。侯孝賢在台灣這樣一個「沒有電影工業」的環境內怎麼能夠找到拍片的資金，何況不斷的創新呢？就像其電影人物一樣——高捷在《南國再見，南國》嚮往大陸的生意機會，舒淇在《千禧曼波》到北海道尋找生命的新氣息——侯孝賢開始把眼光放到一個更大的環境。從小自稱「喜歡往外跑」的侯孝賢不斷地擴展他的電影藍圖，從鄉村到城市，又到海外。

其實自從1989年開始，《悲情城市》和《戲夢人生》已經跟香港的製片公司合作。到了1995的《好男好女》和1998年的《海上花》，都與日本的松竹株式會社合製。同時其片子開始雇用部份跨地區或國際明星——港星梁朝偉、劉嘉玲，日本演員羽田美智子，在日本出過唱片的伊能靜等等。

到了下一章（第六章）的「時光流逝」，侯孝賢的電影從國際投資和國際演員便跨到一個國際領域——國外攝製的純粹的外語片。從個人的自身經驗到台灣的歷

《珈琲時光》工作照，蔡正泰攝。

史漩渦，現在又演變到外面的世界。

2003年的《珈琲時光》是應松竹邀請拍的一部紀念小津安二郎誕生100週年的電影。由日本著名歌手一青窈和當紅演員淺野忠信主演的《珈琲時光》，試圖把小津的獨特電影風格和對家庭、社會的細膩觀察推到當代。之前的一部電影《千禧曼波》的結尾在日本拍攝，但這次更大膽的拍了一個純粹的日語片。

四年後侯再度放大他的國際視角，拍了2007年的《紅氣球》——也算是純粹的法語片。這次是應法國奧塞美術館之邀而拍攝、以當代巴黎為背景的電影。雖然背景一直在變，因為還與台灣的固定班底合作，兩部電影依然保持侯孝賢一貫表現的近於哲理的長鏡頭，片段式的敘述和獨特的視角。雖然兩部都是在國外攝製的，處處還可看到台灣或中國的影子——《珈琲時光》有台灣著名作曲家江文也的音樂背景，和女主人翁的「台灣男友」；《紅氣球》有著姓宋的中國保姆，《張生煮海》一戲，台灣來的戲曲班子等「中華因素」。就算離開台灣，在精神上還是無法離它太遠。

在這兩部跨國之作的中間，侯孝賢還回歸本土拍攝一部三段式電影《最好的時光》（2005）。這一段時間所拍攝的影片（包括2007年為坎城影展拍的短片*The Electric Princess House*），似乎也都體現侯孝賢對電影本身的懷念和追思。

《珈琲時光》整片是向小津安二郎致敬的；《紅氣球》的主題、片名，和片中的紅氣球都來自於法國導演亞爾貝・拉摩利斯（Albert Lamorisse）1956年拍的同名經典影片；細看《最好的時光》好像也處處可以看到侯孝賢昔日拍的電影的影子。其實這個傾向可以追溯到其早期的電影：《風兒踢踏踩》的廣告劇組，《兒子的大玩偶》的電影廣告人，《風櫃來的人》的看電影騙局，《戀戀風塵》的露天電影和在電影院裡畫宣傳畫的年輕人，等等。從中不難看到侯對電影本身的迷戀。

似乎越到後來，侯孝賢越喜歡與電影本身對話，像《珈琲時光》、《最好的時光》、《紅氣球》（含*The Electric Princess House*）都塑造一個完全由光影記憶組成的電影世界。本章「時光流逝」最後還包含對正在籌備中的武俠大作《聶隱娘》的短討論。根據《唐人傳奇》的一篇短篇小說而改編，它肯定會對傳統武俠電影進行一次形式上的變革。而對少年看武俠小說和電影長大的侯孝賢來講，也許又是一種向昔日的光影記憶致敬之作？

最後一章（**第七章**）「**光影反射**」，是侯孝賢縱談各種電影內外之事來總結這本長篇訪談錄。此章從回顧台灣新電影的黃金時代談到台灣電影產業的危機，又從拍廣告的奇特經驗談到侯上街遊行的政治活動，最後回憶自己拍片的一些最難忘的

《最好的時光》劇照，蔡正泰攝。

經驗和對電影本身的反思。

本書還特別收錄與導演多年來的兩位合作者的訪問。〈拜訪捷哥〉是2010年與高捷先生作的一個詳細對話的記錄。高捷是從1987年以來參與多部侯孝賢電影的演出，在此捷哥談侯導與演員的特殊合作關係和工作方式。另外則是與朱天文的一個較長的訪談錄，〈天文答問〉。自從1982年的《小畢的故事》起，朱天文是侯孝賢最重要的工作合作夥伴之一。希望可以通過此篇訪談了解朱天文的創作旅程和與侯孝賢的合作方式。同時也可以通過〈拜訪捷哥〉和〈天文答問〉——一個幕前，一個幕後——兩篇對話的側面視角，看侯孝賢的藝術世界的另一角。

本書還特別收錄我與著名鄉土作家黃春明的訪談錄。雖然黃老師沒有像朱天文和高捷那樣與侯導有著長期的合作關係，但他們1983年的唯一的一次合作《兒子的大玩偶》便代表侯孝賢的創作歷程中最大的一次改變。因此就特別請黃春明老師從原作者的角度談《兒子的大玩偶》以及台灣新電影的崛起。

本序一開始筆者講述自己的「光影記憶」，但實際上我不過是個配角，本書的重點當是侯孝賢從影近四十年的光影記憶。但同時讀者不應該把它當作純粹的回憶錄，因為本書還是採取訪談的形式來結構。通過討論也體現對電影的兩種不同的看法。雖然我相信我跟侯導對電影的熱情是一致的——學者跟導演的出發點與視角還是有些不同。在訪談的過程我偶爾提出的問題，是沒有得到肯定的說法（比如侯不斷否認其電影裡的象徵意圖），或使得侯導「沒有辦法回答」。

但就算筆者的部份想法與創作者不同（甚至遭到反駁），我希望讀者從其中可以看到「閱讀電影」的不同詮釋和視角。（就算導演本身對「什麼symbolic〔象徵性〕……一點興趣都沒有」，電影文本是開放的，我們身為觀眾應該自己去閱讀，分析，發掘，創造意義。）

還有許多問題，得到的回答更簡單：「我不記得……」

後來，想到侯孝賢電影裡對「時光」的迷戀，便會想到最初的問題，「電影是甚麼？」，難道最後它不過是膠片中一格一格的光影，一瞬間就過了，一過了，就不再記得？但它的特點是通過放映和複製，這組畫面便可以變成他人的光影記憶，可以改變他人的生命。除了侯孝賢的電影本身，現在還有這本《煮海時光》，保存大師對其電影的寶貴一手資料。雖然從表面看，全書的重點為電影，實際上我覺得這是一本「藉電影談人生，藉人生談電影」的書。而雖然在侯孝賢和朱天文的不同訪問都由一段對電影的懷疑來結束，我還是回到1995年第一次看《戲夢人生》的經驗，電影可以改變一個人的一生，我就是活生生的例子。

最後想藉此機會向侯孝賢先生表示最深的謝意。沒有侯導的慷慨，無私精神，和精彩回憶，便沒有這本書。時而我還是會懷念我跟侯導「上下班的日子」。也感謝朱天文小姐。認識天文已經十五年了，是因為她才結識侯導演。非常感謝天文這十餘年的友誼和支持——特別感謝她為這本書接受的兩次訪問。

除了當訪問的對象以外，天文也特意花了好幾個月的時間來修改全書的訪問稿，在這個過程中她不但更正錯誤和使得文字更流暢易讀，她不時還得打電話給侯導來確定某段話的意思，在此她在三三集刊和三三出版社多年來的編輯經驗就全面呈現了。天文對本書的特殊貢獻，我實在沒話來表示我對她的感激之心。

我是2002年認識高捷先生，謝謝捷哥從百忙中抽空來接受訪問。

黃春明是現代台灣文壇的巨人，跟他作訪問而不怎麼討論他自己的那些經典大作，反而請他來專門談差不多三十年前由他作品改編的一部電影，實在有點不好意思。但是依然還得好好感謝黃老師抽出時間來回憶「空氣流通，太陽照進來」的美好時光。

邀請賈樟柯導演為此書作序，不只是因為賈導多次提到侯孝賢給他帶來的影響或他們在電影美學上的共鳴，在創作上兩位導演經常與同樣的幕後工作人員合作，比如監製市山尚三、作曲家林強和半野喜弘，在2010年的作品《海上傳奇》裡，侯孝賢更變成賈導拍攝的對象。也感謝賈樟柯導演為此書特別寫的一篇〈侯導，孝賢〉，它也算是對侯導本人和他電影的一段光影記憶。

這本書最早的構思剛開始形成的時候，我曾跟舞鶴先生談起我的想法。謝謝他一向的支持和鼓勵。

感謝台灣教育部駐洛杉磯文化組的藍先茜組長，她為2009年的台灣之行提供部份贊助。

本書的小部份內容曾出版在《光影言語：當代華語片導演訪談錄》，謝謝麥田出版社和林秀梅編輯，也感謝王德威、張英進、張生、張大春、葉美瑤、駱以軍、胡金倫多年的支持。

三三電影製作的陳心怡和謝秋盈提供了多方面的協助，劉逸萱小姐幫我們在採訪中拍攝一組照片，也非常感謝印刻出版公司的負責人初安民先生和副總編輯江一鯉女士，編輯丁名慶先生和美術設計林麗華小姐。蔡建鑫把全稿仔細看了一遍，提了不少寶貴意見，為此特別致謝。也向「珈琲時光」和「光點」的工作人員致謝。

特別感謝李若茝為本書的大部分內容進行錄音聽打工作，曾經為多篇訪談做過同樣工作的我最了解她的辛苦和努力。

最後感謝我的太太金淑榮。

本書的形成，可以說是跟我的兒子在腹之中的初期成長同步而進行的。與侯導的主要採訪是2009年年底進行的，我太太是2010年初懷孕的——懷孕的過程我都在修改書稿。2010年10月14日初稿終於完成了，我的兒子10月16日出生了。我藉此把這本書獻給剛出生的兒子，希望有一天他回頭看自己的人生，也有許多屬於他自己的精彩的畫面，燦爛的鏡頭，難忘的記憶。

2010年11月5日於聖塔芭芭拉

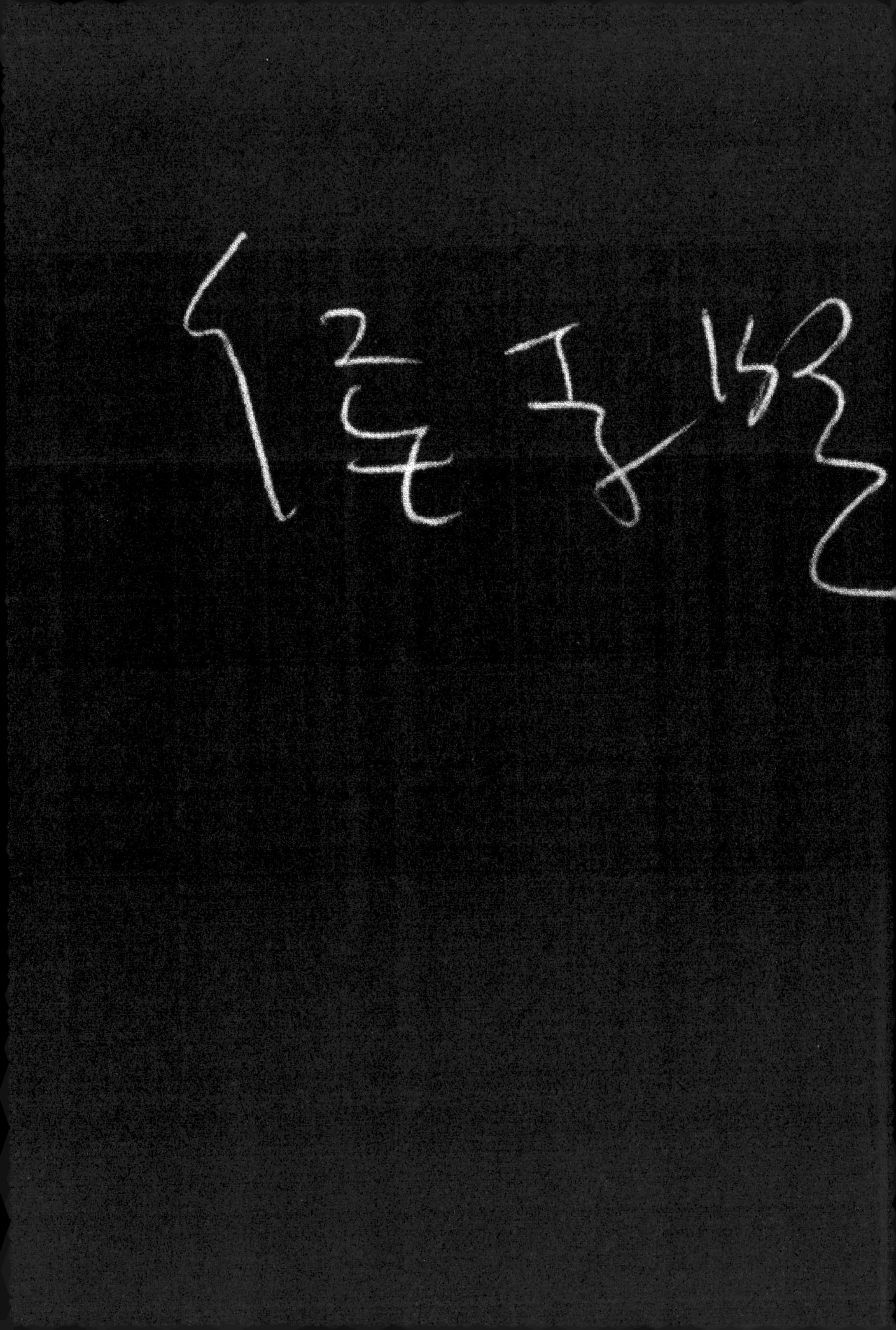

煮海時光

侯孝賢的光影記憶

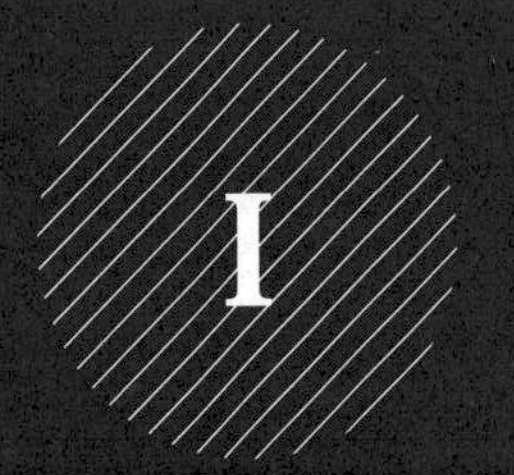

I 童年往事

電影就是人本身。
什麼樣的人拍什麼樣的電影，
一點都逃不掉。

●少年記憶●青年江湖●電影啟蒙●入行經驗

關鍵詞 ●父親●地區小幫派●看電影●青春戀情●考入藝專
●從場記開始●合作導演●編劇●成立「萬年青」

《冬冬的假期》劇照，陳銘君攝，城市電影公司提供。

劉逸萱攝，白睿文提供。

在漫長的訪問過程中，侯孝賢提到第一次觀看旅美導演王穎的電影：「我說這導演一定是A型的血型，高高瘦瘦有點斯文，我沒見過這個人耶，後來見到了果然如我所料，意思就是電影就是人本身。什麼樣的人拍什麼樣的電影，一點都逃不掉。」也有人說每一部作品都是作者（或導演）心靈史的一個章節。一個作者的身世與其作品的關係，是種又微妙又複雜的關係。訪談的過程我也經常有個感覺，我們的交談就是「藉電影談人生，藉人生談電影」。好像導演的人生足跡都可以在膠片裡找到似的。

但同時我也不得不想到錢鍾書的那句名言：「假如你吃了一個雞蛋覺得不錯，又何必認識那個下蛋的母雞呢？」雖然錢先生的話有他的道理在，等到我跟侯孝賢導演第一天坐下來，展開我們的這次錄音的訪談計劃的時候，我還是從他的家庭背景和童年故事開始的。當然關於侯孝賢導演的生平資料——客家人，1947年生於廣東省梅縣，1948年隨全家移居台灣，等等——都相當容易查到，但我展開這方面的話題的目的，主要不是要侯導口述他的生平年表，而是要深談他童年和青少年時期那些難以磨滅的記憶，通過這樣的童年回憶來了解他日後的創作和人生道路。

觀看侯導的作品時不難發現，「看電影」一事是電影裡的許多角色消遣的主要方式，從《養鴨人家》到《洛克兄弟》（*Rocco and his Brothers*），電影好像是青年的阿遠阿清等角色的重要精神糧食。那麼我也想通過訪問來了解：在少年孝賢的生活裡，電影又扮演了什麼樣的角色？導演小時候看了什麼樣的電影？能否從導演的少年觀影回憶，尋找他日後建立自己獨立電影風格的一些線索。

當然從導演的人生歷程開始談的另一層意思，在於侯孝賢拍攝的數部自傳題材的作品，除了最有代表性的《童年往事》（題材來自於侯孝賢自己的成長故事），其他作品也見證了侯導對自傳或傳記題材電影的迷戀：《冬冬的假期》（朱天文的故事），《戀戀風塵》（吳念真的故事），《戲夢人生》（李天祿的故事），等等。然後就從這種「藉電影談人生，藉人生談電影」的視角，開始進入侯孝賢的電影世界。

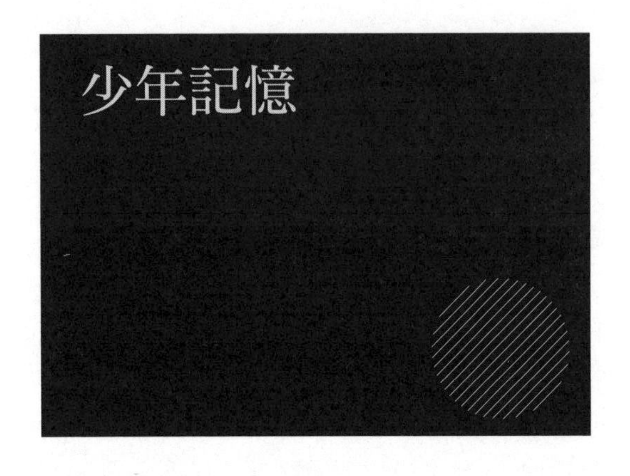

少年記憶

白：您1947年出生在廣東梅縣——剛好也是楊德昌的故鄉——您的父母是在什麼樣的情況下，離開大陸來到台灣？

侯：其實我在大學時期，有整理過我的童年記憶——因為那時候有看書——沒有想要拍，但就是一直在日記本裡想一些自己的事情，就記錄。但是真正要拍《童年往事》的時候就問我姊姊。因為我姊姊大我七歲——她來（台灣）的時候差不多就是七、八歲——所以她很多記憶比較清楚，可以問她。我才知道我父親是在1947年的時候，台灣二二八[1]之後——應該是我出生四個月的時候——他就來台灣。

為什麼會來台灣呢？因為戰爭結束後他是廣東梅縣的教育局長，他是學教育的，中山大學教育系畢業的——後來戰爭就加入國民黨的政戰系統，他有一些官職，基本上都是在戰爭期間。1947年，廣東有一個省運會在廣州，他帶學生去參加運動會，碰到他在中山大學的老同學李薈。然後李薈要來台中當市長，就問我父親要不要當他的主任祕書，我父親講說，「好，試試看」，李薈就要他來。

我父親（覺得）來台灣不錯，因為有日本殖民的建設，二戰轟炸台灣的（地方）並不多，我姊姊記得我爸還寫信說這裡有自來水，就託人把我全家——我爺爺已經去世了——我奶奶、我母親的舅舅，我姊姊、哥哥、我，這五個人接來台灣。就在台中做了一年吧！我父親不習慣政治因為他是學教育的，他在汕頭辦過報紙，不喜歡政治。可能就調到花蓮。聽我姊姊說是爸爸的一個同學，在當花蓮縣長，所以又去那邊當主任祕書。（後來）就回教育部，搬回新竹，父親在台北上班，是當督學，全省的學校都可以去跑。因為在北部，身體就不好了，就會氣喘。他本來以為過幾年就可以回去大陸，但是1949年國民政府就撤退到台灣，回不去了。就一直留在台灣。

白：因為年紀太小，您個人對大陸應該沒有甚麼親身記憶吧？但小時候有沒有對大陸有什麼想像或眷戀？

侯：懂事了以後，有些記憶根本記不得了，也不知道了，然後（父親）就調到高雄縣政府當合作社主任。那邊比較炎熱，因為是夏天，對身體比較好，但他的肺病沒有比較好，所以長年住院。從小父親就一直坐在那個位置，不是寫字就是看書，不是看書就是去上班。後來有很長的一段時間在台南療養院，所以家裡並沒有講到什麼。

白：在《童年往事》裡，奶奶經常講到那條「回大陸的路」，您自己對大陸有甚麼樣的一種想像？

侯：那時我還小啊！人的意識對現實已經分不清了以後，奶奶以為走過那個地方就可以到了，到那邊走走走就可以到她的梅江橋，灣下村，「回老家了」重覆好幾次。帶我去，都帶我到鳳山旁邊有個地方叫赤山（台語），就是往北門那邊走，每次都走到別人家的芭樂園。可能我奶奶去了好幾次了，都很熟，待一待吃吃芭樂不就回來了嗎。我那時候調皮搗蛋，對這完全無感。

有一次我一個姑婆來，等於是我爺爺的妹妹，他們很早移民南非，來了很多人，我爸有很多西裝都是那時帶來的，姑婆也待過一陣子，我很小也沒什麼記憶。有時候會通信，南非寄來的郵票很漂亮，我們都會剪下來泡水然後貼在窗上，像《童年往事》這樣，接到南非輾轉過來的信，講家裡面的一些狀況，就是「三反」、「五反」的時候啊，「大煉鋼」啊，有一點點這種印象。

1. 二二八事件（1947）起因於台北專賣局取締四十歲寡婦林江邁非法販賣私菸，引起騷亂，專賣局稽查員與林江邁發生衝突，引爆一連串的暴力事件，數日內便擴及全島，台灣人與新近由大陸移居的大陸人之間持續衝突。此事件導致台灣本島的知識分子和政治領袖大量被捕、遭到屠殺。有關此事件的更多資料請參見賴澤涵、馬若孟、魏萼著，羅珞珈譯，《悲劇性的開端：台灣二二八事變》，台北：時報文化，1993。

白：50年代的台灣是個相當艱苦的時代，當時你們家裡的經濟狀況——尤其是您父母過世以後——是怎麼樣？父親走了以後，你們這幾個孩子是怎麼過的？

侯：我父親是在高雄縣政府，一個月六百二十塊要養八個人——我祖母我父親我舅舅，我姊姊我哥哥我，兩個弟弟——我舅舅那時候已經獨立了，出去做事了，所以八個人。我爸爸（留）二十塊，我姊姊跟我講那是剃頭用的；其他六百塊就是給我媽媽，我媽媽就是會來衡量啊。所以我那時候會多報一歲嘛！我那時候身份證是1946年，屬狗的，但我很清楚我是屬豬的，我姊姊說我不是屬狗；因為來（台灣）的時候，報戶口，多報一歲，可以早一點領到糧食。（那時候的制度是）大口、小口、中口，幾歲到幾歲大口，幾歲到幾歲中口，這樣。我們不吃糧食，麵粉就會拿到市場去換別的東西啊！連蘿蔔的葉頭都會醃來吃，蠻辛苦的。

以前小時候根本沒有零用錢的，都是我洗碗很勤奮，我媽媽才說給我一毛錢。父親在我差不多十三歲念初中一年級的時候去世，其實我父親有很多同學在台灣（幫忙），我母親就到鳳山國小當護士——她以前是高小畢業，是可以當老師的，我父親去世以後她就去鳳山國小，在衛生間當護士（相當於護理教師）。但有時候要靠一些標會啊（應急）。

那我姊姊哥哥就沒辦法（念大學）。我姊姊成績非常好，本來在台北念北一女，後來搬到高雄念省立鳳山中學。我哥哥是念省鳳而我也是，他們初中畢業後都去念師範學校：我姊姊念高雄女師、我哥哥念屏東師範，全部生活費用都由公家負責，但是畢業以後要教幾年書。

白：後來他們一直在教育界工作嗎？

侯：我姊姊一直教書到退休。我哥哥也是當到教務主任又當到副校長退休，去年中風，處理太慢了，有一部份記憶不見了，我看他樣子就知道他記不得我了，不過還好啦！

白：您小時候有時麼樣的愛好？

侯：我小時候是我們家最野的。在新竹的時候我念了半學期的小學一年級，因為我身份證報的是1946年，所以我很早就入學了。記得幾個事，我有一個大的鐵彈珠，（鍍）銀的，很寶貝。我家巷子後面是木材場，完了有一天彈珠「啪啦」掉到那個木材縫裡拿不出來了，記得很清楚。

我在《風櫃來的人》有用到這個畫面：跟著巷口一個男的在走去鄉下的路上，他用一個竹竿把蛇打死了，後來我不知道為什麼會去看，結果蛇只剩下一層皮。

還有一個印象是偷錢，我念一年級，偷了我媽媽五塊錢去買糖果，糖果很便宜才四毛多——出不到五塊錢。（花剩的錢）藏在日本式房子底下，那是墊高的，旁邊有一個鐵，我把它藏在裡面，我媽媽一看就知道，就去把錢取出來，把我打一頓。大概就是這樣，在新竹的印象。

到鳳山以後呢？因為我們家是在鳳山縣衙里，一堆老的區，就是縣政府的宿舍，一排老的房子，我們家旁邊就是城隍廟。城隍廟是很本土的，我來不久就跟我同學去城隍廟了，他家住在那邊；就買了一些彈珠跟他們打，每天都在城隍廟跟他們混。

每天都很喜歡賭博嘛！打泥巴啊！在那裡練，洞很大，對方就把它給補滿，把人家泥巴都贏來。橡皮筋，用彈的。每一個陀螺，去木匠那裡刨出來，然後放在那邊給人家批，玩到最後就直接用丟的，打陀螺。圓圓的叫尪仔標，就是圓圓的牌，後來有熔鑄的塑膠各種圖形的，那種叫尪仔仙。那時候我們什麼都賭，最後就是賭錢。還有賭「擲錢」，就是劃一條線，五、六個人玩，每一個人賭兩塊，把那個銅錢丟過去看誰最靠近那條線。丟過那條線的，如果跟別人的錢連在一起，那錢就是你的。其他的就是最靠近那條線的，什麼都是你的。每天贏一些錢就去買蘋果吃（笑），有一陣子常常吃。什麼都賭，很厲害。

過年呢就是（待在）城隍廟，「搖三六」賭骰子，你押一二三四六，通常是三個骰子用一個碗蓋起來，一個碟一個碗蓋起來，當莊家的只能跟你搖一下，前面是先給你看的，譬如說三顆紅的一個給蓋起來的，你要多搖沒人要賭。過年都在那裡賭。

差不多中午我弟來叫我吃飯的時候，我的錢都輸光光。壓歲錢耶！然後我就去跟我祖母混，我祖母很疼我，因為算命的說我長大以後會當官——想想也對，當導演也算官吧！所以就比較疼我，給我一些錢。我哥哥是不跟他們混的，很認真念書的那種。我那些朋友的哥哥們是一起的，他們的叔叔爸爸們是一起的，台灣話叫角頭，就是地方上的一些人常常聚集這樣，外面有事他們會對付，差不多到我們這一代的時候，經濟慢慢穩定就開始有流氓——其實也不是流氓。

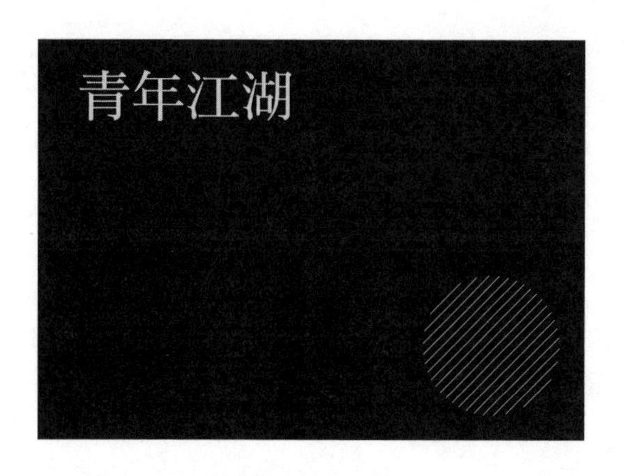

青年江湖

白：您電影裡的青少年都有種反叛精神，甚至跟許多流氓、混混攪在一起，組成自己的小幫派。您有一段時間還混一個叫作「雙環幫」的小幫派？

侯：我們（小幫派）其實叫地區的名字，本來叫「城隍廟」大家都知道，我的朋友的哥哥輩也在，有些是到別的地方去混的，因為有幾個地區。後來才取一個「雙環」——因為大榕樹很老了就很矮了，就是七爺八爺的象徵；很矮了，就可以吊雙環，可以倒翻上下什麼都可以。本來他們念書的時候，要我去參加機械操我不要。

白：您那時候大概幾歲？

侯：初中。但是我沒興趣，我們這群人的哥哥那一幫「城隍廟」沒什麼油水嘛！常常賭博。過完年賭很久，賭一個多月，北部叫「黑子仔啊」（台語）黑色的，裡面有紅的有白的，有點像外省的天九牌。南部叫「炯牌」，這個是紙牌，北部是骨牌，就是你有時候會看到黑色的背面是一圈一圈的，裡面的結構是一樣的，最大是天，然後地、人、等等……照大小排下來，是取點數的。我那時候一直賭到當兵前。

白：你們這個除了雙環幫和賭博以外，您當時還玩甚麼呢？

侯：打架！常常打架因為鳳山這裡有雙環，西門那邊有「龍虎兄弟」。

白：打架是為了地盤，女孩，還是甚麼別的？

侯：有時候衝突很難說什麼之類的。南門那邊一個最大的因為那個地方有軍中樂園，有這個利益所以叫「十五郎」，「郎」的意思就是男子。南門另邊有「二十四藍鷹」，是我們的死對頭。西門那邊有一個叫「龍虎」，還有「自由」和「正氣」，很多。北門那邊就是我說的「赤山」（台語）。自由跟正氣都比較靠近二十四藍鷹，這還不算眷村的。成功二村是「水鬼」，沒人敢去的。還有黃埔軍校，黃埔新村——那都比較晚，比我們年輕一點點，後來才有外省幫派——其實這都不像是幫派。時局安定以後，慢慢就有幫派的味道，常常會衝突。

我們是跟龍虎衝突過，我記得最清楚就是跟二十四藍鷹的那次衝突，我在電影（《童年往事》）裡面拍的是龍虎的。跟二十四藍鷹也衝突過，我那時候初中矮矮的，還有跟我的同學一共十幾個，（跟對方）約在公園。我們城隍廟旁邊有一個叫阿水的——他們家開鐵工廠——所以我們打了很多那種鐵管，把頭磨得尖尖的，像標槍和矛一樣，由我們打造的武士刀，有的還是真的武士刀，一堆到公園，（當時）烏漆墨黑的。我記得有一個小小的木板橋，他們在那一邊，有一個大東國小，我們就去探，帶一把短刀過橋啪啪啪，到大東國小去探回來說沒人，沒來沒想到他們躲在橋底下，晃一下冒出來！（我們就）一邊打一邊退，而且烏漆墨黑就看到那個火花！那種打架沒什麼了不起不會死人的，場面看起來很真，我們比較小個頭，就到後面去撿磚頭，先上去砸磚頭，兩邊互打！最多受傷而已。

白：您還記得是甚麼樣的因素，讓您踏入這種幫派嗎？

侯：因為我們從小在一起，我們（覺得）是好玩的，所以常常會在一起。家裡有盯得比較緊的，像我們這樣算是文人區宿舍，喜歡玩的，碰到在一起，我們是從小打到大。

其中一次比較嚴重就是（對上）二十四藍鷹。城隍廟在這裡輻射出八條路，一條我們家，一條廟旁邊，廟後面有一條這邊是大街；一個戲院叫大山戲院還有一條，一個是從這邊走，一個是從另一邊走分兩條。我告訴你，警察抓過、抓不到我們的，「轟」一下就不見了，很好笑的。一個叫阿猴的，在大山戲院這邊，跟一個騎單車同學在講話，看遠遠那兩個人好面熟喔，二十四藍鷹！捧了一個日光燈盒子從兩邊來，裡面是武士刀，他就很快跑回城隍廟了，他的同學騎在單車上就被劈了兩刀，還好沒死。

我拍《童年往事》，主要是龍虎，為什麼？是因為我一個高中同學叫唐大衛，黃埔新村的，很麻煩，每次有事情就找我去——去黃埔新村幫他打架，單車那個橫桿子可以旋下來打。打完以後就去他家裡坐。

高二還高三，我那時候父母都去世了，我跟龍虎還算蠻近的，唐大衛賭博，不知道為什麼龍虎看他不順眼，欺負他，他說他是阿哈的朋友——我的外號叫「阿哈」！他說他是阿哈的同學，那個人根本不相信，打他。他來找我說報我的名字沒用被打了，我就帶著他滿街找，找到龍虎那個叫阿貓的，我上去就一個耳光。後來阿貓的大哥——也是我的同學，阿弟（台語「阿朱」）就來了，談判說「哪裡碰到哪裡算」，那時候磨刀帶一把，然後身邊跟兩個城隍廟的，我們都是晚上去尋耶！後來警察來抓。

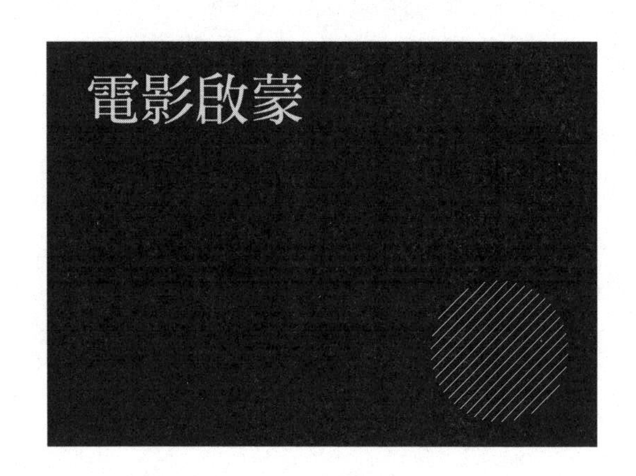

白：前面講述的情形，《童年往事》就有描繪。這個階段您好像成天賭博打架，但這一段時間有沒有一些比較崇拜的偶像？什麼時候對電影開始產生興趣？

侯：我從小看電影，城隍廟是清朝就有的，所以才叫作縣衙里，那邊是南部七縣市戲劇比賽的地方，歌仔戲、布袋戲、皮影戲一比賽就是一兩個月。我們從小在那邊鑽來鑽去，旁邊又是戲院，鳳山那時候有四家，大山戲院、鳳山戲院、東南亞戲院，還有一個叫南台戲院。南台後來不太演電影，都演一些布袋戲歌仔戲什麼的。大山戲院會演布袋戲，後來就是演電影，看電影的方式很多。小學的時候常常在門口等，電影最後剩下差不多五分鐘時，戲院門會打開，是一種宣傳方式，台灣話叫「撿戲尾」，就是「撿戲的尾巴」，小孩都會去那邊看。

對電影感興趣是很早，不過那時候不算「對電影感興趣」。家裡比較窮，不會給我們錢買電影票；我們沒票就會混進去，叫大人帶，看到大人在買票，就「阿伯、阿伯帶我進去呀」的叫，他們有時會帶我進去。類似這樣，所以鳳山有三家戲院只要換片我就進去看。

那時候日本很多武士片，三船敏郎的好，《笑傲之城》……看了很多，《丹下佐膳》（1952）、《大龍捲》（1966）都是三船敏郎演的，還有《宮本武藏》（1954，1955，1956）、《佐佐木小次郎》（1967），看了一堆。也看了很多神怪的片子像《三日月童子》（1954），這是我跟一位同學一起看的，那時候是初中二年級。《三日月童子》有一個骷顱面具代表邪惡，百鳥珠代表正派這邊的，常常會（冒出）一陣煙然後不見了。

還有《里見八犬傳》——這個重拍好幾次——我們那時候看，是最早的。我看了好幾次，有仁、義、禮、智、忠、信、孝、悌，八顆珠，每一個珠都在每一個勇士身上，出生就帶在身上——原來是一隻義犬保護公主的，死掉以後就化成八顆珠。還有恐龍片，《摩斯拉》（1961），也是日本的。有些日本片印象很深，尤其是鬼片。有部電影是岩下志麻[2]演的，山本周五郎的小說改編的吧，《五瓣之椿》（1964），岩下志麻才十六七歲。那部電影我年輕時候印象滿深的。

日本片比較多，美國片也看啊，還有香港片，但是沒有日本片紅。還有日本的黑社會片，最早是小林旭、石原裕次郎，以前都是崇拜的明星，男的女的一堆。那時候比較崇拜的是日本片，到高中的時候，就慢慢的沒有人看——看得太多嘛。

那時候的心態是「你不讓我進去看，我就偏要進去看」，跟真正的電影沒什

2. 岩下志麻（1941-），日本著名的演技派明星，生於演藝世家，中學即參加電視劇演出。電影作品有《切腹》（1962）、《古都》（1962）、《秋刀魚之味》（1962）、《沉默》、《權之曜三》（1986）、《寫樂的感官世界》（1995）等。

麼關係。從來沒想到後來會幹電影，從來沒有想到。

後來包括美國片，我們騎單車到高雄去看007，一定會去看，那時候第二集。還有克林・伊斯威特（Clint Eastwood）的《荒野大鏢客》（*A Fistful of Dollars*, 1964），回來以後我們幾個叼著菸騎過來騎過去。還有彼得・奧圖（Peter O'Toole）的，反正很多片啦！（另外有部）美國片是蒙哥馬利・克里夫（Montgomery Clift）演的《亂世忠魂》（*From Here to Eternity, 1953*），他演喇叭手，瘦皮猴法蘭克・辛納屈被那個士官長肥貓打死了，他報仇把肥貓打死，好像是在夏威夷群島拍的。喇叭手他吹號，印象很深。

白：通常是對這些明星感興趣，還是他們演的角色？

侯：主要是角色。武俠或者是英雄的，包括彼得・奧圖，很怪，就是他幫一群人革命成功了，他到一個房間找菸屁股抽，那個印象很深。邵氏的很多武打片也看，王羽的片子是後來的，那時候是《大醉俠》（1966）啊！我小時候看武俠沒那麼多，後來才很多。包括王羽的那些武俠片！

白：您還記得您這一生所看的第一部電影嗎？

侯：記不得了。但我依然還記得我們全家去看的，和我哥哥、兩個弟弟（去看的），叫《科學怪人》（*Frankenstein*, 1931），可能是我看到的第一部美國電影，看完以後我那個弟弟嚇得一直在叫（笑），小弟一直在叫「媽」，還整天聽他叫「科學怪人！」這是印象中比較深的。還有一個（印象）比較深的，我完全記不得叫什麼片子——但作夢都會夢到的——就是有一扇門會作響，然後不知什麼東東就進來，也是一個科學怪片。反而科學片我看得很恐怖，鬼片也很恐怖！日本的《涉谷怪談》啊！沒有任何目的看了一大堆片。

白：您自己作品中，處理過不少黑幫元素，但一直到最近，才開始籌備第一部武俠片《聶隱娘》，之前沒有想過要拍嗎？小時候看的武俠小說也多嗎？

侯：武俠以前就想拍，那是因為小時候看了很多武俠小說，看得實在太多。從小學五、六年級開始在租書攤看，常常在那邊看。初中在那邊等新書，等不到，會去看旁邊的文藝小說。所以文藝小說也看了一大堆，那種言情的，禹其民、金杏枝、郭良蕙、華嚴、孟瑤，都是一些愛情文藝的。後來的瓊瑤，全部看光光。

黑社會小說那時候台灣不多，職業兇手、賭博，《賭國仇城》等等，大概就是這些。翻譯的也看，初中的時候我會去借《魯賓遜漂流記》（*Robinson Crusoe*, 1719），我很喜歡，所以（會去看）續集《魯賓遜家庭漂流記》，還有《人猿泰山》（*Tarzan of the Apes*, 1912）、《基度山恩仇記》（*Le Comte de Monte-Cristo*, 1844），《金銀島》（*Treasure Island* , 1883），初中會去學校圖書館借。

很怪，還有傳統的線裝書，黃黃的，《濟公傳》啦，《三國》啦！有的沒的一堆，我常常隨便拿一本就看，因為我有一個朋友他家堆滿了（這類書），這是要泡在水裡面攪成漿，然後把麻袋剁碎也是煮爛，摻纖維在裡面的意思，跟漿混在一起壓成一塊一塊，然後抹白灰——我有一個同學家是做這個，所以他床上一堆。包括看電影，看這個，包括打架，其實為什麼我後來（電影裡常出現）的元素，是因為我的成長期都是這些。

武俠片很難拍嘛！那時候條件不好，你看輕功怎麼拍？因為很難拍，只拍了一個腳（跳上跳下），我感覺沒什麼意思。

幫派拍得比較多，是因為年輕人嚮往（這個方向），這是一個（原因）。當兵之前我是留校察看的——而且單獨打、群打都打過——狀態比較（厲害）像《童年往事》，是去那邊打撞球，跟士官俱樂部老士官衝突，出來把他玻璃窗砸得稀爛。做這個事警察來捉我，我跳後牆跑掉了，後來我哥去幫我蓋手印。我不怕警察，可能是因為這些經歷的關係；反正就是很聰明這樣，說我是要保送軍校，可能就沒有處分。在城隍廟，同一輩的人龍虎這一些，看了我會有一種能量，好像位置不同了，自己會感受到，就是打一次厲害的，（地位）就往上升。很好玩。

但是我命定是不可能的，因為後來回想，我所有的打架都是為了別人。有一個小個兒叫阿雄常一起看電影的，讀三信，一有事要報仇就來找我，拉我去談判。對方好大個兒，他小個兒兩手合成拳突然從底下往上朝大個兒的下巴猛一磕，嘩～血就從嘴巴冒出來了。

有一次十五郎那邊死對頭在抽香腸的攤子，阿雄來找我，跟章源仔三個人就跑去香腸攤挑釁衝突攪和，在那邊打，打完以後沒想到對方帶刀把章源仔的太陽穴劃破，血是噴的！那我是沒有被他劃到，然後雙方大哥輩在那邊談判。都是這樣。

再過來就是吸強力膠的，比較嚴重的就是十五郎那邊會吸「四號」（白粉）。我有一個很要好的朋友在那邊混——《風櫃來的人》就是用他的名字「錦和」

——因為那邊比我們厲害，他從小打上來，大哥們在旁邊看；後來吸四號死掉的。我在龍虎有個很要好的小弟——外省人，爸爸是圖書館館長——也是（吸）四號死掉。章源仔在外面赤山被獵槍打死。

我後來不是回去拍紀錄片（法國導演奧利弗・阿薩亞斯的《侯孝賢談侯孝賢》）嗎？可是這些老朋友，我們一個都不敢拍！（笑）因為飯桌上都在講什麼芭樂、手榴彈，他們請我們吃飯嘛，執行製片徐小明說那錢我們要不要付？「不要了，他們請我吃飯應該的。」很好玩！

白：小時候有沒有非常難忘，甚至改變您後來的人生道路的經驗？

侯：它不是一件事，而是一個氛圍。這個氛圍是在我家裡面，因為從小父親不跟我講話，是怕傳染，因為他有肺結核；後來聽我姊姊講才知道。唯一一次我在院子一邊看書一邊唱歌，被我爸爸用手指骨，客家話叫「骨戳」（Gu Chuk），敲了一下。大部份就是罰跪洗碗也沒什麼！

我一有機會就往外跑，原因是什麼？是因為我媽媽脖子上有一個疤，很長的疤。後來聽我姊姊講是自殺、割喉，沒死；還有一次是去海邊。她到台灣來——因為沒有娘家，沒有親人——我爸爸是梅縣的教育局長，大陸親戚到台灣來，都會先到我家落腳，我爸爸會介紹他們能做的職業，所以負擔很重而且有一些酸言酸語，聽我姊姊講她壓力很大，自殺過兩次。

有一次跟阿薩亞斯見面，在加拿大多倫多影展，我看到他的一個片子跟他說「你的片子看起來很sad，很悲傷」，他說「我的片子哪有你的片子悲傷！」對喔，其實小時候的生活，不自覺的有一個直覺，就是世界觀，從家庭延伸出去的。我從小喜歡往外逃，因為家裡有一種氣氛，感覺母親很愁苦。

《風櫃來的人》不是有母親丟菜刀（的一場戲）嗎，那是我小時候的經驗，榻榻米房間，她在廚房做菜，炒炒，就這樣刀子向我丟過來，嗶！一塊白色的肉，沒有血，因為小腿肚這邊血管很少，白白的。這記憶忘了，直到我念大學的時候這記憶才找回來。所以在那種氛圍之下，我一天到晚爬樹什麼都來，是一種逃避；從小對人的世界已經有一種主觀了，悲傷的，所以我的片子後面都有一種蒼涼，或者悲情。

白：《童年往事》有描述一段初戀，這故事好像也來自於您的經驗，這段戀情似乎改變了您的人生道路，而使得您日後走上讀書的路？

侯：城隍廟後面有一條巷子，有一戶人家，她父親在銀行上班，那時候我高二，那女孩初二，有點像日本明星岩下志麻——就是演小津安二郎的最後一部片子《秋刀魚之味》（1962），演女兒——有點像。我高二在追她，每天在火車站等她放學，她是念屏商，從火車站一路跟，跟了很多很多次，沒講話。後來寫了紙條包石頭丟到他們家，被她媽媽說，你現在好好念書。

那時候本來要保送軍校，我姊姊叫我去的；因為爸爸媽媽去世了，我哥哥姊姊都念師範公費，所以我就去參加保送軍校。唯一就是教官告訴我，你面試的時候，要說你念的是甲組，因為軍校不收文（組）的。

我準備不考大學了，高三畢業，騎單車給她一張紙條，沒想到她回頭跟我說了一句話：「等你考上大學再說！」我就不去軍校了。那時候面試問我念什麼科，我說念文的，就不合格啦！不合格就考大學，考兩次都考不上——我高中沒畢業，是用同等學歷去考。這個是改變我去讀軍校的一個命運。

另外一個我感覺比較重要的是，我去服兵役的時候，很自覺的想要跟這個生活切掉。非常自覺要把在城隍廟的生活完全切斷，我就去當兵了。以前我把我父親的西裝手錶、派克鋼筆啊，都拿去當鋪當錢！當票全部撕掉，不贖回了。我為了賭博，所以我哥哥的存摺經常都空的，被我拿去偷領。就把這種生活切斷。

還有——《童年往事》有演——就是我媽媽去世時留了一個借據，你知道標會，就是互助（會）嘛。因為我媽媽是最後一會，存到最後，是會頭要收了錢給她但沒有給，只給了一個借據。我那時候不是正在混嗎，就騎了摩托車去黃埔新村附近要錢。一進去看，比我們家還窮，就是一個行軍床，回來我就跟哥哥說不要了。我哥哥就寫了一封信，如果你們沒錢沒關係，假使你們有一天有錢（再還）。這是在我高二，母親去世，我哥哥畢業就當小學老師；我們怎麼來的這種觀念，其實就是父親無形中的影響，很怪。說不上來是什麼，可能我看了非常多雜書，非常多戲劇和電影，我不知道這是怎麼來的，這個東西最重要的是，不會往另外一條路去了，這比愛情什麼都重要，所以我自覺完全斬斷。

白：除了《童年往事》以外，您的成長經驗和小時候接觸的人，有沒有為日後的電影作品提供了創作上的點子或是靈感？

侯：《風櫃來的人》，是一部份，後來我當憲兵，在北投。我拍了幾部電影跟黑幫有關聯，假使我沒有幹電影的話，我一定是一個大流氓。你曉得，不是真正的流氓，而是武俠小說的影響——就是俠義，跟流氓有點像，好一點就（是）俠客。這種俠義的情意結（complex），我的電影裡面有很多這樣的東西。

其它的就是《童年往事》追女孩子，扔那個石頭信。然後《最好的時光》是當兵前撞球，寫一封信給那女的計分員，後來她走了。我想算了，去當兵了。沒想到那女孩還看了那封信，我還去找她。後來我退伍七天就上台北了。我退伍之後，警察局說要捉我，因為有那個紀錄嘛，說要捉我去管訓，我馬上就跑了。

我上台北考上藝專的時候，又寫一封信給她，她還回信說記得我，她很熱情的。後來我再寫一封信，她的未婚夫回了一封信（笑），叫我不要打攪，我就算了，很好笑的。

白：您小時候大概不會想去當導演，您那時候有什麼樣理想，或對未來有甚麼樣的打算？

侯：完全沒有。是什麼時候開始想的呢，就是當兵的時候。因為當兵（在台北）是一個成人儀式。你就要想，你退伍要幹嘛？我當憲兵，在陽明山，有竹子湖有海芋，那個區塊有一個排部，很多人在那邊服兵役，我北投憲兵隊也服過。

放假常常去看電影，我有時候一天看四場。我記得在竹子湖那時候，《十字路口》（*Up the Junction*, 1968），英國片嘛。泰晤士河兩岸，這邊是有錢人，那邊是工廠區；那個工廠區男的，戀愛就約女的出去玩，被抓，因為偷了一部車。有錢區女的去監牢看他，因為很愛他，問他完全不需要車，為什麼偷？他說不為什麼，因為我需要。（這部電影）完全講階級，有點社會主義。

我那時候看了這部片子很感動，因為沒（回部隊的）車了，要走山路回到山上；回來我就在日記上寫，要花十年的時間進入電影這個行業。那一刻決定的。

因為你想，我退伍什麼都不會，我就想考電影，那時候一邊在通用電子當裝配員；台灣那種跟美國合作，就是所謂的代工嘛——台灣代工就是那時候開始，學得最快也最早的。後來是換了，做半導體。退伍七天上台北就做這個事，一個月八百塊。一邊準備考大學，第一個（志願）就是藝專的影劇科，（申請的）五個都是電影的，第一個就考上了。

白：像您剛才講的，對很多人來說當兵是個成人儀式，對您來講，那一段時間是什麼樣的經驗，有沒有學到什麼比較寶貴的道理，或是只覺得浪費了兩年罷了？

侯：我感覺當兵沒什麼耶。因為我很會唱歌，在隊上我可以看歌本，簡譜Do Re Mi，就可以唱了，所以那時候是教充員兵唱歌，寫在黑板上教他們唱。所以很吃香，其它就是站衛兵沒什麼特別。但是跟人相處，等於進入另一個社會。當兵退伍，我的腦子很清楚，我們要進社會——但社會就在你旁邊，沒有另外什麼社會，隨時隨地都在；當兵就是，隨時會有衝突。

然後出社會八個月，不是做salesman（推銷員）嗎，也是衝突啊，兩個人碰我的機器——我在這邊表演我的電子計算機，他表演他的，輪到我時他碰我機器，同行之間是不可以的——我當場開罵。那個先生說不要這樣，我不理，收一收在門口等他們兩個，結果他們從後門溜了。

進入電影圈也是這種，隨時有人要跟你嗆堵啦！馬上就很清楚，很自覺的，馬上就站得很穩；沒辦法，你不能退的，打架經驗有這個好處。

白：後來您考上藝專，您整個讀書的狀態是怎麼樣？收獲大嗎？

侯：進藝專啊，因為影劇科是戲劇與影視合在一起的，那時候老師沒什麼，只有大二的時候有一個老師叫曾連榮——只教我們一年——他是日本留學回來的。他會討論一些電影，講一些最基本的imaginary line（假想線），然後怎麼打破imaginary line的三個方法之類的。我不知道為什麼聽得清清楚楚的，大三時教我同班同學怎麼樣當場記，你知道嗎，（笑）我還沒實際做過耶！

比較好玩的是我一年級時候，就跑去圖書館借了一本英文的電影教科書——不厚，薄薄的——我英文很爛，只有看它的序。那個序只有一頁半，看到最後一句寫，「這本書全部看清楚明白了，你還不能成為一個導演，因為導演是一個天才。」如果不能看這本書成為一個導演，那我看這幹嘛！就還了。

我那時候學校沒有什麼教電影的，很少，基本上都是教戲劇，化妝啊，表演啊。

白：重點放在實踐而非理論的吧。

侯：實踐的只有二年級開始排戲，一年級也有啦。不知道那是念什麼化妝，根本沒用，每天都不知道在幹嘛。然後我每天上班啊！我騎摩托車——我姊姊跟哥哥給我一點錢，買了一台摩托車。那時候我已經當初級技術員，一個月一千三百塊，六百塊可以繳房租，三百塊吃飯，我還有五百塊。每天要趕回去上小夜班，從六點到十一點，在通用電子公司加工出口區。一年級就這樣子。

然後我喜歡看小說。台灣那時候有《年度短篇小說選》，（民國）50幾年就開始了，那時候是隱地（主編的），書評書目社出的。我那時候看，喜歡的作者我就把他們的書找出來看。那時候很迷存在主義，因為台大有一個王尚義寫了一本《野鴿子的黃昏》（1966），就把存在主義，《非理性的人》（*Irrational Man：A Study in Existensial Philosphy,* 1958）、尼采（Nietzsche）啊，看了一些，看到頭都昏了。後來覺得這跟我的生活沒關係，我感覺算了，就不看了。

二年級時，我感覺大學生應該是躺在操場每天作夢，不應該打工的。我要我哥哥寄六百塊給我，三百塊住宿，三百塊吃飯，我就不去通用電子公司了，只有暑假會去我姊夫的水泥廠打工。

白：您剛講到藝專的閱歷，除了存在主義，還有隱地主編的小說選，您應該也是那時候看60年代最流行的那些小說的，像黃春明、白先勇……

侯：全都看，黃春明[3]那些台灣的生活和記憶，我感覺不錯就會翻出來看。陳映真[4]的，印象很強，《將軍族》（1964）啊，看了很激憤。我高二被退學，去入黨，高三畢業就把國民黨的黨證燒了，我一輩子都不會想做公務員，因為對這種體系，不知道為什麼有一種反感。

高中看了很多雜書，《教父》（*The Godfather,* 1969）連載在《讀者文摘》時候都看過。後來陳映真的小說不知道為什麼跟我就接上來了，就會對政府和行政單位尤其是國家有一種反感。那時候跟吳念真和天文本來想拍他的《山路》（1983）、《鈴鐺花》（1983），陳映真說何必呢，你搞不好要被關！那是在解嚴之前。

3. 黃春明（1939-），鄉土文學的代表作家。他的小說在當時被大量改編成電影，除《兒子的大玩偶》的三段故事外，還有《看海的日子》（1983）、《我愛瑪麗》（1984）、《莎喲娜啦．再見》（1985）、《兩個油漆匠》（1990）。

4. 陳映真（1937-），1959年開始以現代主義風格創作小說。白色恐怖時期因其馬克思主義思想坐牢七年，1975年成為鄉土文學運動的擁護者。陳映真的代表作包括〈鈴鐺花〉、〈上班族的一日〉、〈山路〉、〈我的弟弟康雄〉。改編成電影的作品有《將軍族》、《夜行貨車》。

白：您也差不多這個時候，從賣電子計算機就轉到電影圈了，那是什麼樣的一個狀態？

侯：我是1969年7月進學校，72年畢業只念三年，幹了八個月的電子計算機推銷員。那時候電子計算機只有加減乘除，八位數小小的，賣到八千五有些還上萬，HP那種工程用、可以算三角函數的要賣三萬六，現在到處都是送你，很好笑！我做這個也是每天打個領帶，送名片、介紹機器。

但是我心想我的角色是什麼，我是老闆與客戶之間的橋梁，假使不去考慮我的利益，我會做得很好。因為我們有底薪，賣一台就會抽成，我盡量不要把我的（佣金）價錢考慮在裡面，所以我做的是第一名，八個月做第一名。但是每天這樣很累，也沒什麼興趣。

後來李行[5]導演說要一個場記，我就去了。透過學校老師找我，為什麼，因為我的同學都去當兵了，而我是當兵後才上學來的，所以我還在。

但是之前，我太太跟我同班，她（跟）拍了很多片子，她根本什麼都不會的，我就教她記住對白，她每天一個小板凳一把扇子搧涼，坐在那裡當場記，就是注意記對白，碰到台語就錄下來，我幫她寫。那時候講話很重要，因為都

5. 李行（1930-），台灣早期非常重要的電影工作者。導演的作品有《街頭巷尾》（1963）、《養鴨人家》（1964）、《蚵女》（1964）、《秋決》（1972）、《汪洋中的一條船》（1978）、《小城故事》（1979）等。侯孝賢與李行於1979年合作了《早安台北》，侯擔任編劇。

是配音嘛，現場沒有同步（錄音）。我記得替她代工三天，那是王洪彰導演——他後來去美國——的一部武俠電影，叫《命一條》（又名《廣東打仔》，1973）。我代工三天就跟攝影師講鏡頭，講完以後就拍，還要記；拍完他們要走了，我說「對不起導演，你漏了一個鏡頭」，第一次喔！我在三年級訓練她當場記就是這樣，不知道為什麼，天生很快就會理解。

白：那您太太就是在藝專認識的嗎？

侯：同班同學，兩年就在一起了。我們結婚以後，她就沒有去做（電影）。生小孩了，後來就一直在家。

白：藝專畢業以後，開始做電影的那段時間，都沒有去看其它的電影理論？還是完全靠經驗？

侯：藝專影劇科算個什麼呢？第一志願念的，我一進學校一年級不是借了那本英文書嗎，那個地方是沒有東西的，因為對電影行業還沒有（投入資源），畢業的學長進入電視圈比較多，電影還沒。電影雖然蓬勃了，但是電影沒有那麼容易，還要另外（找機會），所以在那邊沒有什麼理論，基本上沒有人教理論。

白：早期您跟許多導演合作，從場記到編劇又到副導演，這一段時間的經驗應該很豐富。能否請您簡單地談與個別導演合作的經驗？從他們身上又吸收到了什麼樣比較寶貴的東西？要不就從當時的大師級導演李行開始。剛入行時您在《心有千千結》當場記，七年後又在李導的《早安台北》當編劇。

侯：（跟）李行導演那時候我很輕鬆耶。因為分鏡很清楚，都是拍一個鏡頭停，再拍一個鏡頭停，底片貴嘛！然後再拍一個遠的。

場記要記時間，打板後用碼錶計時算鏡頭長度。然後要記對白，因為每一次講的都不一樣，這個地方漏一個字「卡」一下，這個地方多一個字點一下，導演說OK我才寫上去，不OK我不寫。不能一邊改，來不及。打板，記動作，因為要連戲必須動作清清楚楚，視線什麼清清楚楚。（當時）做得很順，對我來講，很自然。就有時間幫服裝阿姨什麼的，我比較熟嘛，會幫來幫去，很簡單，沒什麼。

我感覺假想線的方向的問題，就畫給那個副導李融之[6]，他年齡很大是我學長，他看著我「你什麼地方學的？」我說學校教的啊！（笑）類似這樣。

白：那您觀察李行的工作狀態時，會注意到甚麼？

侯：他一直盯現場，拍攝要求很嚴。他盯演員盯得很緊，每一個表情一定要到位，所有分鏡清清楚楚。一直到電影拍完，我還跟聲音跟配音，跟完配音以後，剪預告片。李行有一個班底，他們有一種團隊默契和工作方式，而且人都正派。李行那個副導李融之，另一公司要給他拍電影，就帶我去找那個製片；電影一時還不會開拍，製片叫我去接蔡揚名的片子。

那時候蔡揚名拍邵氏的片子，毀了約回來，沒有執行完，換一個名字「歐陽俊」，拍了一部《雙龍谷》（1974），我當場記。我看他當導演很「狠」。有一場戲叫演員騎日本軍用的摩托車衝下坡來——（演員）陳雷不敢——後來副導演陳俊良，導演的表弟，說「那我騎好了」，就住院了！跟他們拍戲很猛。

我看假想線的方向問題，比如說一組人追來追去，我跟副導會討論那方向，但我發現蔡揚名想的是（視野更開闊的）圖像——這邊這樣追，那邊就應該這樣跑；他是圖像的喔！這種發現很自然，一下就有了，這種東西我很快，非常快，就把假想線丟掉了，靠直覺這樣。

跟完蔡揚名之後才拍《近水樓台》，跟李融之，他本來是副導。（跟他之前）還有一個《雲深不知處》，邱剛健編劇，導演是徐進良[7]。《雙龍谷》我還是場記，《雲深不知處》（開始）就跳副導了。

白：您跟個別導演學到什麼？

侯：徐進良有去義大利留學，回來拍《雲深不知處》，中央電影公司的片子。台北很有名的一個廟，（保安宮的主祀神明）就是醫生後來變成保生大帝，救很多人。我拍這個片子就當副導啊，不知道為什麼，我那場面調度很厲害，安排人

6. 李融之，台灣電影導演。作品包括《近水樓台》（1974）、《嗨！親愛的》（1977）等。
7. 徐進良（1944-），台灣電影導演。作品有《雲深不知處》（1975）、《蝴蝶谷》（1976）、《香火》（1979）等。

很快。後來跟李融之也是一樣啊，他說要我當副導，也做得很快。這些經驗的主要意思就是我在往前走。

白：1975年您就開始跟賴成英[8]合作了。而且從75年到79年，您就拍了十部片子，主要是當編劇和副導，這個階段應該對您整個創作上的成長很重要吧？

侯：我第一個劇本就是《桃花女鬥周公》，是跟賴成英。一下很賣座的。他特效就現場做，那種「米雪兒」攝影機光圈很大，答答答答直接在鏡頭上做淡入（fade in）淡出（fade out），或把底片倒回來一些就可以做溶暗（dissolve），現在這些都是後製交給光學沖印處理的。這是跟賴成英的第一部，接著拍第二部，《月下老人》，唐朝的一個故事。

陸陸續續合作十部，這十部有六個是我編劇的：《桃花女鬥周公》、《月下老人》、《男孩與女孩的戰爭》、《昨日雨瀟瀟》、《秋蓮》、《煙波江上》。其它四個是張永祥[9]的，老編劇的劇本。

我們都是劇本好了以後要討論，討論完就分場。然後賴成英要分鏡，因為他是攝影師——李行的班底。他這種工作型態跟李融之和李行是一樣的，比較穩定。因為他是攝影師，不習慣教演員，所以有些演員要我來安排一下。大概是這樣，你想想看，是我的劇本又當副導，所以那感覺很強。

所以跟他合作最強的是攝影，什麼 magic hours（魔術時間），什麼光啊什麼的，都看得很清楚。這方面學得不少，後來十部就跟他的外甥，就是陳坤厚[10]，賴成英當導演的時候，陳坤厚就接替他的位置當攝影師。後來我跟陳坤厚合作了也有十部片吧，他導演一部，我導演一部，但模式都一樣。

記得一個道具（張華坤）為了找鐘，那個鐘很難找而且很貴，就跟老闆說，我們要這個鐘，但是不知道合不合意，我錢先給你，萬一不合適我們再回來退。道具就跟我說可不可以先拍掉，要先送回去，我說可以！演員的時間全都是我在調度，很快很順；為了他要趕快送還鐘，他要賺道具費，很好笑就是了，很靈活啦。所以場務什麼都聽我的，後來我又兼執行製片，跟賴成英的時候；錢都交給我發派。

白：合作的導演中，誰的工作風格最接近您後來的工作作風？誰給您帶來最大的影響？

侯：我拍的都用另一種方式，因為都是用非演員，我要那個真實，我感覺演員做不到，就用非演員。所以我的方式就不一樣了。

白：婚姻給您創作帶來什麼樣的改變？

侯：我太太結婚那年就懷孕了，生了我女兒。本來一個小孩就可以了，我太太說一定要一個兒子。然後隔六年，拍《小畢的故事》那年才生的，《小畢的故事》裡不是有一個小孩嗎，嬰兒剛出生四、五個月。

白：《兒子的大玩偶》裡的小孩也是您的兒子？

侯：對，那時候是十個月。我女兒七歲，就是演《小畢的故事》敘述者的小時候那個女生。

我太太基本上也拍過片嘛，而且我太太個性很直很容易（溝通），並沒有什麼干擾；（另外）就是她媽媽因為從大陸過來，認為房子很重要，所以很快我們就在永和分期付款買了一個房子。

後來我們拍《小畢的故事》，我就跟她說我們要投資，要跟中影合作，我說把房子賣了，我太太說好，然後我們就搬到四樓租房。那時候賣房子才九十幾萬投資，這部片賣座我分到一百五十萬，才買現在天母的房子。但後來自己投資拍片，有時候虧得一塌糊塗啊！那我太太就會帶小孩去丈母娘那邊過活去了。

白：在73年到80年，您對電影的口味應該有一些改變，那個階段您比較喜歡什麼樣的片子，是不是開始看了一些藝術電影？

8. 賴成英（1931-），1955開始為多部台灣電影當攝影師，1963年參加《街頭巷尾》之後便與李行導演建立長期的合作關係。1975年開始轉任導演，從1975年至1982年總拍了十七部電影，其中的十部都是侯孝賢分別擔任編劇和副導。
9. 張永祥（1929-），台灣電影資深編劇。第一部編劇作品為1964年的健康寫實主義經典《養鴨人家》，之後為一百二十餘部電影作品擔任編劇，包括《我女若蘭》（1966）、《今天不回家》（1969）、《秋決》（1972）、《蒂蒂日記》（1977）、《大輪迴》（1983）。其編導作品有《警告逃妻》（1969）、《一封情報百萬兵》（1970）、《糊塗女司機》（1982）。
10. 陳坤厚（1939-），1962年考入中影，跟其舅父賴成英學攝影。1971年開始擔任攝影師。攝影作品三十餘部，包括《汪洋中的一條船》（1978）、《小城故事》（1979）、《原鄉人》（1980）、《海峽兩岸》（1988）。1980年後的導演作品十四部，包括《天涼好個秋》、《我踏浪而來》、《蹦蹦一串心》、《小畢的故事》。70年代末到1985年曾與侯孝賢合作多部電影作品。

侯：藝術電影我在大學的時候看得比較多。那時候聽老師講，就會去看一些片子；其實老師也不清楚，我們都自己跑。譬如說美國片《獵愛的人》（*Carnal Knowledge*, 1971），《二十二支隊》（*Catch 22*, 1970），還有《浴池冤魂》（*Deep End*, 1970）、《強風吹來時》（*Brother John*, 1971)，就是60、70年代（歐美電影）。《獵愛的人》是那個時候很紅的Jack Nicholson（傑克・尼柯遜）演的啊。

剛開始替李行當場記的時候，下工都趕去看費里尼（Federico Fellini）的《愛情神話》（*Fellini Satyricon*, 1969）。大學看了Antonioni（安東尼奧尼）的*Blow Up*（《春光乍洩》，1966），看完以後大概有一種感覺。我最記得的就是看費里尼的《愛情神話》，看完以後我決定——這個跟我沒有關係（笑），我不需要理。

白：這些海外的藝術電影，跟當時的台灣主流電影有蠻大的隔閡，對您來講這應該是一個很新鮮的感覺，因為那時候台灣的大眾電影，都是一些瓊瑤式的愛情片，愛國的，打仗的！

侯：沒錯，那些主要是中影的片子。後來我拍的多是喜劇，尤其是跟陳坤厚。每一部片，從賴成英開始都賣座。

白：那時候會覺得拍片算一種藝術，還是它不過是一種技術？

侯：那時候絕對不會去想這個，就是工作，而這個工作的狀態我喜歡。每天都跑來跑去可以招呼這個弄那個，有點像leader（領隊），什麼事情都很上手。

《小畢的故事》之前我跟陳坤厚合作《就是溜溜的她》、《風兒踢踏踩》，再之前有《我踏浪而來》、《天涼好個秋》、《蹦蹦一串心》、《俏如彩蝶飛飛》、《在那河畔青草青》。都是我寫的劇本，有時候是看社會新聞然後去改。我很快，很多劇本十幾天半個月就寫完了。拍攝都是陳坤厚攝影，我編劇；導演一部他掛名，一部我掛名。

白：那這樣一部片子，您通常花多少時間來準備劇本？拍攝與後製作又多少時間？

侯：通常就三個月絕對搞定的。劇本也很快，比較快的是《風櫃來的人》。風櫃我去過一次，旗津也是我去過的；從片子開拍到電影上映四十五天，包括寫劇本，才四十五天。《小畢的故事》是第一次跟天文合作，《聯合報》一個「愛的故事」徵稿。

白：那段時間您們非常多產，還有《就是溜溜的她》、《風兒踢踏踩》等片子。這些早期的電影應該都是用一台攝影機拍的？

侯：台灣不可能用多台（笑）——我們才不是好萊塢的系統！

白：都是用一種默片的方式來拍，對白都是後製作配音的……

侯：對，但他們還是要講，不然嘴形對不上。

一直到《戀戀風塵》，用棉被把攝影機ArriflexⅢ包起來，免得機器聲干擾現場錄音，因為（如果）要配音，沒人配得到——李天祿[11]那麼厲害，沒有人能幫他配得到，你要他對著嘴形配也不可能。所以我就給他用現場錄音，用棉被包起來。

第一次同步錄音是《悲情城市》，用那ArriflexⅣ就是BL4（無聲攝影機），一台Nagra（錄音機）兩個Boom（長桿麥克風）。

白：那麼在聲音上，早期的片子應該比較容易控制，因為您不需要擔心噪音、演員的台詞講錯等問題。

侯：那種時候就不是很認真的拍片，讓演員進入狀況。常常是一個鏡頭停，講兩句，再停，然後跳這邊拍第三個鏡頭，省底片。我不幹！我讓沒有鏡頭的也要跟他對戲講完，演員比較容易進入。

我配音都是演員自己配，以前小孩子配音都是大人配。我拍《在那河畔青草青》全都小孩配，從那時候開始全都是小孩配，小孩記憶力比大人厲害，講過的話啪啦啪啦，節奏都一樣準。

11. 李天祿（1910-1998），1932年創立「亦宛然」掌中戲劇團，是台灣最著名的掌中戲大師，也是侯孝賢的《戀戀風塵》、《尼羅河女兒》、《悲情城市》、《戲夢人生》的演員。《戲夢人生》即改編自他的回憶錄。他也參與張志勇的得獎作品《一隻鳥仔哮啾啾》（1997）的演出。

《小畢的故事》工作照，陳銘君攝。擔任該片導演的陳坤厚（右二）與編劇、副導侯孝賢（右一）。

白：後來差不多這個階段，您跟陳坤厚、張華坤[12]、許淑真一起辦了「萬年青」，應該算是您的第一個電影公司。萬年青是在什麼樣的情況下建立的，它對您早期的創作打開了什麼樣的一個新空間？

侯：「萬年青」基本上是跟陳坤厚一起，張華坤本來是做道具的，我就（把他拉來一起辦）。主要是我拍的好幾部片子都成功，跟李行的啊，或是跟賴成英合作的。還有一個叫左宏元[13]的，《就是溜溜的她》他公司的，他做音樂的，後來有院線，叫大有公司。

《我踏浪而來》，我負責編劇跟副導，這種模式從這部開始的，很賣座，接連都是這模式一共七部，直到《小畢的故事》，我們出一半資金，中影出一半。萬年青是從《小畢的故事》開始的，那時候電影不景氣，沒想到它大賣座。過來因為新導演，新電影，又拍了幾部，後來我就跟陳坤厚分了，《冬冬的假期》也不算是萬年青（出品），那是張華坤自己去找的錢。

白：那早期您跟陳坤厚拍的，您是採取什麼樣的方法來分工，無論他導一部，還是您導一部，是不是您們合作的形式是一樣的？

侯：這一部我導演，下一部他導演，但模式都一樣。這部我導，劇本是我的；他導，劇本也是我的，也當副導在場指導。我導，他當攝影師；他導，也是他當攝影師。

白：所以嚴格來講應該說，這幾部是合導的？

侯：類似啦。但是他主要負責攝影工作，因為他們攝影師比較難對演員（溝通）。

12. 張華坤，台灣電影製片人，從1980至1993與侯孝賢合作多部影片。其它作品包括《只要為你活一天》（1993）、《雨狗》（1997）、《月光遊俠》。也曾與陳以文合導《運轉手之戀》（2000）。

13 左宏元（1930-），台灣著名音樂人，作品包括兒童歌曲流行音樂。曾為尤雅、夏玲玲、鳳飛飛、鄧麗君、齊秦、許茹芸等歌手作曲寫詞。左宏元1967年辦大有影業公司，曾參加多部台灣電影的製作與發行，包括瓊瑤的數部電影作品。關於左宏元的電影音樂經驗，可參見左桂芳的訪問〈我忘了什麼叫眼淚：作曲大師左宏元的音樂旅程〉，在《電影欣賞》第30卷，第一期，65-75頁，2011年。

《風兒踢踏踩》工作照，陳銘君攝。（左起）鳳飛飛、陳友、侯孝賢。

II

追隨主流

那個時候年輕吧。
我感覺年輕的時候，
需要一種想像、視野；
很自然就會把成長過程中
看的書、看的戲，
在編劇、拍戲的時候放進去。

●《就是溜溜的她》●《風兒踢踏踩》●《在那河畔青草青》

關鍵詞 ●浪漫喜劇●明星卡司●城鄉移動●陳坤厚●廖慶松●殘疾角色
●火車記憶●健康寫實●兒童演員●素人臨演

對某些觀眾來說，侯孝賢的創作生涯是從《兒子的大玩偶》才開始的。幾乎所有的「侯孝賢回顧展」都只放映1983年之後的作品，大部分的學術論文和著作，一樣也把目光放到侯孝賢在「台灣新電影」之後的作品；而且就算去參考導演在各種訪問見到的自身說法，也會發現侯孝賢本人也很少提到新電影前拍攝或參與過的作品。侯孝賢的電影神話有點像孫悟空那樣從石頭蹦出來——1983年，侯孝賢奇蹟似的創造或參與一系列改變台灣電影面貌的作品：《兒子的大玩偶》（導演），《小畢的故事》（編劇、副導），《油麻菜籽》（編劇）和《風櫃來的人》（導演）。

實際上，從入行到1983那年的驚人成績單，侯孝賢已有十年一直在台灣的電影產業中奮鬥。參與的第一次電影製作是在1973年，當時二十六歲的侯孝賢擔任著名導演李行的《心有千千結》場記一職。往後的七年裡，侯孝賢慢慢地累積電影製作的各種實際經驗，又從場記做到副導兼編劇。在這個過程當中，侯孝賢與眾多當時台灣電影產業的導演合作，包括李行、蔡揚名、徐進良、李融之等人。

但到了1975年，當資深攝影師賴成英開始拍攝自己的電影，侯孝賢就變成了賴導演新班底的主要一分子。從1975至1979年短短的四年間，侯孝賢在賴成英的十部作品擔任編劇或兼副導，這種驚人的電影拍攝和製作速度，也說明當時台灣商業電影製作的一些方向：小製作，類型片，快捷製作，預算有限。這段時間也是瓊瑤的愛情王國正在台灣的票房當家，和「二林二秦」征服著台灣年輕男女的心。

也就在瓊瑤電影開始失去它們在商業上的效應的1980年，侯孝賢和另一位攝影師陳坤厚建立自己的電影團隊，開始製作電影，侯孝賢也當了導演。陳侯兩位的合夥關係維持了差不多四年，一直到台灣新電影的初期階段共同合作了九部電影。這九部片子包括侯孝賢的頭三部電影《就是溜溜的她》、《風兒踢踏踩》、《在那河畔青草青》，另外還有陳坤厚導演的數部作品包括《我踏浪而來》、《小畢的故事》和《小爸爸的天空》等片。

在他們合作的歲月裡，侯孝賢和陳坤厚把眼光和創作的精力放到「愛情喜劇」這一類型中。在吸收多年以來的電影經驗和瓊瑤愛情片、健康寫實主義等類型的一些素材，陳侯把這「愛情喜劇」模式發揮到淋漓盡致的程度，也在票房獲得部部賣座成績。當時參與陳侯的電影合作者，包括作曲家（也是瓊瑤的「巨星影業公司」重要合作者）左宏元、港星鍾鎮濤、流行歌手兼演員鳳飛飛等當紅台灣娛樂圈的人才。由此便可以看到他們在當時台灣商業電影的不同風範。

除了標誌性「愛情喜劇」類型，另外一個特點要強調的，就是陳侯兩位的獨特合作方式。電影史可以找到幾個成功的導演長期合作關係，比如麥克・鮑威爾（Michael Powell）和艾默瑞克・普萊斯伯格（Emeric Pressburger）合導的電影，或柯恩兄弟的長期合作關係，但陳侯的合作關係就更特別。陳坤厚當攝影師，侯孝賢當編劇，然後兩個輪流擔任導演一職，恐怕這種輪流模式是影史上獨一無二的一個例子。

在整理侯孝賢電影的整個成長裡頭，還有一點值得強調，就是從1975年一直到將近十年後的1984年，侯孝賢最常一起工作的兩位導演，都是攝影師起家的。我相信與賴成英和陳坤厚合作的經驗，是為了侯孝賢日後電影裡所繪製的精彩畫面和獨特攝影風格而打點的。

在跟侯導討論他「追隨商業」的日子裡，我偶爾隱隱約約地感覺到導演好像有意或無意中想迴避這個話題。不知道是因為導演自己也與眾多的影評一樣，也覺得侯孝賢的電影生涯是從新電影才真正地開始？還是因為已經很少會有人想深談那時候的老片子，有點不知道從何談起？或更簡單，他就是不喜歡他當時拍的電影？

但我發現，在我儘量想把話題引到「愛情喜劇」時，侯導自然而然還是不斷地把時間往後推，推到他日後改變影史的經典大作。

劉逸萱攝，白睿文提供。

白：您是1973年入行的，離《就是溜溜的她》的拍攝有七年，向片廠爭取導演資格，是什麼樣的一個過程？

侯：那時候我跟賴成英合作已經有十部片的經驗了，也跟陳坤厚合作了很多部片。基本上，我的機會很好，因為現場調度要我來做，而且又是我的劇本，已經磨練了很久。所以拍《就是溜溜的她》很輕鬆，一下就拍完了，用了很多左宏元的歌。

白：《就是溜溜的她》是您自導自編的第一部影片，劇本是在什麼樣的情況下完成的？

侯：劇本本來是另一個，後來叫陳坤厚導的《蹦蹦一串心》，女主角是鳳飛飛，是鬧劇，她不喜歡，左宏元說要不要換一個，那我就重寫。在飯店裡面十一天，重寫的那個愛情故事有點像《羅馬假期》（*Roman Holiday*, 1953），但女主角身份不一樣。

白：當時這所謂的「浪漫喜劇」，是否是您自己選擇的題材，還是根據當時市場要求？

侯：也沒有耶。你不知道為什麼這兩個演員湊一起，就是愛情喜劇。或是看一個社會新聞，像《俏如彩蝶飛飛飛》，一屋兩租，房子同時租給兩個人，二房東拿了押金和房租就跑了，兩家沒有辦法就住在一起，發生衝突，結果卻戀愛了。

《在那河畔青草青》也是社會新聞啊，有拓魚，護川啊。

白：您會有意識地去找可以配合當時電影市場的一個題材？

侯：不會認真去評估這種事，憑直覺就知道誰配誰。這種片子應該是怎樣，馬上就想，沒有詳細的去分析它，沒有！直覺。

白：當時拍第一部片子，您有什麼樣的電影觀？是追隨主流？您那時候平常習慣看什麼樣的電影？

侯：我對這個完全沒興趣，也沒什麼分析，沒什麼了不得。其實我們幹電影開始，不會去看這個（觀念）去學什麼，對我來講不需要，是天生的。小時候看太多了，沒有這些觀念。只有到新電影這些人回來，一群人嘛，他們才會講在國外看的一切，一天到晚講，我連專有名詞或大師導演的名字都不知道。

跟他們在一起久了——正好是在拍《風櫃來的人》之前——本來拍電影好好的，從什麼地方開始拍我都知道，很清楚；這下麻煩了，有了形式與內容的問題。這個內容需要什麼形式，我本來會拍的，被他們一講，不會拍了。

後來天文給我看了一本沈從文[1]的自傳（《從文自傳》1934）。她也是直覺，她哪懂電影，也是靠直覺。我覺得他（沈從文）的view，好像是一個客觀俯視的view，其實是很冷酷的，我感覺這有意思！拍《風櫃來的人》就跟攝影師陳坤厚講，「遠一點」（笑）。這個「遠」跟（空間距離的）遠不相關，其實是一個客觀的意思。

我就一直說，遠一點——因為澎湖那個地方不是海就是天，很特別，結果就拍出了一個《風櫃來的人》。所以很難講（電影觀）這種東西，主要是我的實務經驗，含有我對人的興趣，對低下階層很親近，對人的觀察很直接，跟人接觸沒有障礙，（還包括）對演員的直覺啊！這應該是從小就慢慢養成的。

1. 沈從文（1902-1988），1949年以前中國最具影響力和多產的作家。他最為人熟知的是生動地描繪少數民族的習俗、優美風景以及軍旅生活。他寫過兩百多篇短篇小說和十部長篇小說，包括非常著名的《邊城》。1949年之後他放棄小說創作，專注於中國傳統服飾的研究。他的小說曾多次被改編成電影，如《翠翠》（1953）、《邊城》（1984）、《湘女蕭蕭》（1986），以及《丈夫》（又名《村妓》）。

鍾鎮濤（左）與鳳飛飛。《就是溜溜的她》劇照，陳銘君攝。

白：《就是溜溜的她》和後來的《風兒踢踏踩》都是鍾鎮濤（阿B）[2]**和鳳飛飛**[3]**主演的——阿B還演過您82年編劇的《俏如彩蝶飛飛飛》。他們都算是當時的當紅明星，與他們合作是什麼樣的一個經驗？**

侯：我感覺很容易。那是一種model（模式），誰配誰會怎樣，這個角色應該怎樣，父親找誰，小朋友找誰，一些不錯的小孩，都是從小父母帶他們演的，像顏正國。然後場景是什麼，我感覺很快（掌握要領）耶，都很快，成功好幾部了；所以慢慢我們轉成走向寫實一點，一種愛情喜劇，都市、鄉村或者兩邊都有的。

這個模式有了，後面幾乎就是變奏，一堆不同的東西。賴成英還有《昨日雨瀟瀟》，那是改編（玄小佛）小說；《男孩女孩的戰爭》，是小野的小說改編的。

大概就是從那時候建立（這種模式）的，我跟陳坤厚這段時間，編了很多都市喜劇，《天涼好個秋》、《我踏浪而來》、《俏如彩蝶飛飛飛》，都很成功。這一段是我很重要的基礎，而前面跟賴成英、李行，比較是團隊合作。執行力、編劇（概念），是從他們那個系統轉過來的，我也不知道為什麼能編，反正就很快。

白：熟悉您後來好幾部經典大作的觀眾，也許會對這幾部電影的喜劇色彩很驚訝，他們大概沒想過「藝術電影大師侯孝賢」也有這一面。您個人覺得您善於處理喜劇題材嗎？

侯：以前就是皮嘛。有一種笑點，對我來講很容易；人的各種動作或是長的樣子，一出來就可以把你弄笑。我感覺這個人矮矮的跟那個人好像喔，《小畢的故事》書店老闆跟他的兒子，我就把他們配在一起，一出場大家都笑了（笑），類似這種很敏感的。然後拍實際生活、成長的經驗，要是沒有這個過程的話，在表達上就不會很容易。

因為拍實際成長經驗，有一種狀態開始出現——就是「真實」，這種真實不必去設計，本來就有了，但是image（印象）也很強，所以非得找一些非演員。我找那些打架的都是用非演員，工作人員就常常參加，或是找新的。

拍自己經驗更是，你說找演員，對我來講不對，沒那味道。因為前面的磨練，對這種東西的熟悉，到拍自己成長背景的時候，就會開始要求寫實，無意中就往那方向走，那種味道，是個人的味道，開始成熟。

之前就是翻跟斗搞笑很容易，但是把技術練好了。《風櫃來的人》我找到俯視的一個角度，那《冬冬的假期》呢？又成為問題了，我就想到我小時候爬樹偷採芒果。縣長公館跟縣政府官員宿舍連在一起，要爬上去圍牆裡的芒果樹，那時候初中吧，還是小學我忘了，反正就是去偷採芒果，先吃飽了再裝一堆溜耶，很驚險的。那是一個日式房子很大，有時候（在樹上）看見馬路上腳踏車騎過去什麼的，聽著風、蟬的聲音。這個就是《冬冬的假期》智障女來了，冬冬他爬到樹上面感覺到的那個曠野。

我後來慢慢自覺到這就是電影，因為當你專注的時候，所有東西是凝結的，是slow motion（慢動作）的狀態，最細微的細節都看得清清楚楚。所以我說表達情感什麼，其實就是一種凝結的狀態。那個經驗對我很重要，《冬冬的假期》的時候我就用這種方式。到《童年往事》，我已經不管了（笑），每一次都要找一個形式，累死了。

白：有趣的是，我們本來在討論《就是溜溜的她》，但回答的過程，您自然而然還是要回到82年以後的比較經典的電影。

2. 鐘鎮濤（1953-），暱稱阿B，香港藝人，出了多部粵語和國語個人音樂專輯。也演過許多電影，包括《天涼好個秋》、《就是溜溜的她》、《風兒踢踏踩》、《俠骨仁心》、《頭文字D》。
3. 鳳飛飛（1953-2012），台灣著名的歌手、電視主持人、電視劇演員和廣告代言人。參加的電影演出有六部，包括侯孝賢導演的《就是溜溜的她》和《風兒踢踏踩》。

鳳飛飛（右二）。《就是溜溜的她》劇照，陳銘君攝。

回到80年代初，當時台灣電影的主題曲對整個電影的宣傳非常重要。除了鍾鎮濤和鳳飛飛唱的主題曲以外，本片好像也特別介紹十餘年以後紅遍港台大陸的重量級歌手——齊秦。當時整個音樂的設計與製作，您參與得多嗎？

侯：你知道嗎，《就是溜溜的她》的老闆左宏元，就是作歌寫詞的，而且自己有電影公司，還有戲院。從陳坤厚的《我踏浪而來》，一路上來一定要主題曲，《天涼好個秋》左宏元開始當老闆。跟他合作的第一部片子就是《我踏浪而來》，請林鳳嬌演的。然後《就是溜溜的她》，都是這種模式，因為他就是唱片公司啊！

白：所以您自己沒有什麼選擇的餘地？

侯：左哥把歌給我了，我還現場唱（笑），鳳飛飛的歌，我現場唱。

白：本片的核心主題，還是年輕人要面對的一個典型人生抉擇，就是要追逐自由的戀愛，或者安於家庭的婚姻安排，這個主題中國最早的黑白老片都有，從30年

代的《銀漢雙星》（1931）一直到李安的《囍宴》（1993）一直有這個主題。

侯：因為以前的「三廳電影」[4]都是這個，自由戀愛和家庭之間的衝突，《就是溜溜的她》也是。以前都是這種，很不自覺的。《風兒踢踏踩》就不是了，男主角是一個盲人。

白：似乎在中國電影歷史上，導演一直要不斷地探索這個主題，不斷地描寫……

侯：現在沒這一套了（笑）。現在是另外一種，很複雜。像我拍《珈琲時光》，那種人的移動很特別，我拍他們的背景，就可以看出經濟體系裡代工移動的背景，角度不一樣，不單純了。小孩做主的能力要比以前強，以前是父母比較重門第。

白：除了愛情、親人與長輩之間的隔閡等題材，電影的另一個主題便是鄉村與城市之間的關係。城市青年潘文琦（鳳飛飛）和顧大剛（鍾鎮濤）好像無法在城裡找到愛情，只有回到鄉下才真正認識對方。《風兒踢踏踩》好像也有這樣的感覺，而且城市與鄉村之間的關係，也將成為您後來的影片——比如《冬冬的假期》、《風櫃來的人》、《兒子的大玩偶》、《千禧曼波》等等——時而出現的重要主題。

侯：那也是不自覺的，因為那個時代嘛，你自己本身就是這樣子，一直移動。那個時代就是不停的從城市到鄉村，坐平快車，很多這樣的經驗。因為經濟開始起飛，代工業越做越好，鄉下到城市，現在很多大陸的年輕人差不多二十幾歲到三十幾歲，看我的片子很認同——現在他們也是移動（狀態）。

《戀戀風塵》，吳念真[5]的故事，他自己移動的故事。《童年往事》，我的。

4.「三廳電影」泛指台灣電影中曾經大為盛行過的愛情文藝片類型，因為片中場景總是在餐廳、客廳、咖啡廳等地間轉移切換；主題多為自由戀愛與環境限制因素的對立。其中以瓊瑤小說改編的電影作品，尤具代表性與票房號召力。

5.吳念真（1952-），作者、導演、電影策劃人，是台灣最多產的電影編劇之一。曾經在中影為多部新電影的代表作擔任策劃人或編劇，包括《光陰的故事》（1982）、《兒子的大玩偶》、《海灘的一天》（1983）。與侯孝賢合作的作品包括《悲情城市》和《戀戀風塵》，後者改編自吳念真本人的成長經驗。導演作品包括侯孝賢監製的《多桑》（1994）和《太平天國》（1996）。

《冬冬的假期》也是從城市到鄉村，那時候也是比較喜歡到鄉下。

後來（小孩子們）放暑假都出國，經濟起來了嘛。我們那個時代一定是回爺爺奶奶家，像我太太帶小孩回外婆家一樣；而我爸爸媽媽早就不在了，我每年過年都是回我太太家。

白：在您導演生涯的這個階段，您另外一個重要的夥伴便是陳坤厚。您應該是在1975年的《雲深不知處》的劇組就認識他了吧？早期您與陳坤厚合作的作品，至少有十餘部電影——包括徐進良、賴成英等導演的影片——也許陳先生算是您當時最重要的拍檔？

侯：主要是談得來，會聚在一起談。他年齡比我大七、八歲，（徐進良的）《雲深不知處》那時候我當過兩部片的場記了，陳坤厚說我應該當副導——因為常常私下會聊。我當副導，很快進入狀況，許淑真就當助導，從定裝開始啪啦啪啦一直很快。所以《雲深不知處》之後很自然的跟陳坤厚，我們的默契就有了。記得我們現場趕戲的時候，這一邊我在弄，那一邊徐進良在弄。接著拍（李融之的）《近水樓台》，陳坤厚當攝影，更是快。可能都是火象（星座）的，他獅子座我牡羊座，從那時候開始奠定。

他的系統是賴成英攝影的系統。有時候張惠恭攝影，賴成英的另外一個外甥——他們就是賴成英系統——我比較喜歡他們的視角，比較開朗。後來我跟李屏賓[6]合作，他是中影的林鴻鐘[7]的系統，我一看不對，因為我腦子裡有畫面，不對；起先我把攝影機移前或移後一點，還是不對，我就知道是鏡頭問題要換鏡頭，所以我馬上調整，譬如35釐米鏡頭換50釐米鏡頭，就對了。以前陳坤厚在，我懶得看，他會處理就好了。

後來李屏賓的框就比較接近陳坤厚的框——像拍《童年往事》的時候——跟他的師父不太一樣了。林鴻鐘的框比較「緊」，很滿。賴成英、陳坤厚都是攝影師，所以我跟他們合作而懂得攝影。

白：除了攝影以外，陳坤厚也會給你一些其它建議嗎？

侯：主要是一種調子，他的攝影。

他對劇本沒辦法，因為我們年輕，他比較老；但是有一個助手許淑真嘛！她有些觀念很不錯。《小畢的故事》中影出一半資金，找兩個新編劇的進來，朱天文[8]、丁亞民[9]，兩個寫小說的，許淑真他們三個先寫，討論完以後分段寫。我拿到劇本後從第一場重新整理到最後一場，一邊拍一邊寫。譬如說今天拍第八場，要從第一場重新寫到第八場，然後拍十二場我還要寫到十二場，這個主景拍完，所有的劇本才整理完。

白：《就是溜溜的她》的剪輯工作是由廖慶松[10]負責的。往後的三十餘年來您幾乎所有的電影都是跟廖慶松合作，到了90年代，廖老師除了剪接還幫您做監製。廖慶松的剪接風格，與其他的剪接師有什麼不同？隨著時光的流逝，您們的工作關係經過什麼樣的改變？

侯：廖慶松呢，我幫中影拍16釐米的《陸軍小型康樂》（紀錄）片，他就幫我剪接了。他很安靜，以前有點自閉，我時常逗他，他太認真了。

那時他是師大附中（畢業），但他不考大學。他以前在家看電視，模仿導播，筆記做這麼厚耶。他是中影第一屆技術班畢業，學剪接。他常常把放過的拷貝搬回中央電影公司，一個鏡頭一個鏡頭地看，很厲害。

所以一起成長。而且我拍電影剪接時，不會受到自己主觀的影響，比較不會——通常自己剪會比較主觀——我剪掉就剪掉。正好我比較快，他比較慢，那（合作）就很穩。他跟我非常要好，像我弟弟，組了公司就一直在一起。

6. 李屏賓（1954-），台灣傑出的攝影師，侯孝賢最重要的電影合作者之一。1977年入行，1984年開始擔任攝影指導。與侯孝賢合作拍攝多部影片，包括《童年往事》、《海上花》、《千禧曼波》等片。其它代表作包括《花樣年華》（2001）、《小城之春》（2002）、《挪威的森林》（2010）。曾獲得多項榮譽包括坎城影展最佳攝影獎、兩度獲得金馬獎的最佳攝影獎。著作有《光影詩人》一書。
7. 林鴻鐘（1934-），中影的資深攝影師，曾經為許多重要電影擔任拍攝包括《梅花》、《假如我是真的》、《小翠》、《嫁妝一牛車》和《苦戀》等近百部影片。
8. 朱天文（1956-），台灣著名作家和編劇。曾主編三三集刊，三三雜誌，和三三書坊。文學代表作包括《巫言》、《荒人手記》和《朱天文作品集》（全九冊）。自從1982開始與侯孝賢合作，為侯導之後拍攝的大部分電影作品都擔任編劇。與侯孝賢電影相關的作品包括，《朱天文電影小說集》、《最好的時光》、《紅氣球的旅行》、《劇照會說話》等書。
9. 丁亞民（1958-），台灣新電影運動早期成員，活躍於台灣電影圈。他擔任編劇的作品有《小畢的故事》、《最想念的季節》、《春秋茶室》（1988）。他也導演過電影《候鳥》（2001），以及根據知名詩人徐志摩的生平改編、收視率很高的電視連續劇《人間四月天》（2001）。
10. 廖慶松（1950-），台灣電影圈最著名和多產的剪接師。1973年考入中影第一期的技術人員培訓班。為侯孝賢的大部分電影作品擔任剪接師，其它剪接作品包括《十七歲的單車》（2002）、《吳清源》（2006）、《流浪神狗人》（2007）。其導演作品包括《期待你長大》（1987）、《海水正藍》（1988）、《大選民》（2004）。

他現在幫一些年輕人剪，也替一些大陸的（導演）剪，基本上沒什麼錢的。他講的名言：「你們以為剪這個不要錢，這個很貴的，是因為我們待在公司有職務有薪水，所以我們才來幫你們的。」他幫很多人。

坦白講，我們已經像兄弟了。他那時也幫楊德昌和很多人剪，而我跟他最合。因為我有辦法把他扭轉過來，別的導演都會跟他衝突，但我有方法。我跟廖慶松是互補，在剪接上的觀念也是（互相）學習啦，跟後來的李屏賓有點像，因為我敢嘛！像我拍《風櫃來的人》有一個鏡頭撞球出鏡的：撞進來是白（球），跳個鏡頭，出鏡是黑（球），我們故意的（笑）。我們這樣黑白剪讓觀眾去發現，但沒有人發現（笑）。

我們剪《風櫃來的人》的時候，發現高達（Jean-Luc Godard）的《斷了氣》（*Breathless*, 1960），他才不管（規則）呢，只要情緒夠，就在情緒裡頭，同鏡位的怎麼jump cut（跳接）都可以。拍《風櫃來的人》真的受到《斷了氣》的影響，jump cut跳一下都可以，打破以前一定要遵守的鏡頭規則，我們不太管動作連不連，都是這個緣故。

白：拍《就是溜溜的她》的1980年，您還為李行、陳坤厚寫了三個其它劇本，《早安台北》、《我踏浪而來》和《天涼好個秋》，那是什麼樣的一個工作狀態？

侯：那同一年，《早安台北》本來是小野編劇，李行脾氣很壞，沒辦法就停了，我去接手，一下子霹哩啪啦花了十幾天給他。《我踏浪而來》就是左宏元（公司的電影，陳坤厚導演），林鳳嬌跟秦漢演的，現在細節記不得了。還有一個《天涼好個秋》，我喜歡淡水河邊的味道，林鳳嬌和阿B（主演的）。

坦白講《早安台北》比較特別一點，就是父親跟兒子之間的關係，還有育幼院的部分，就是另一個角度。

白：除了鳳飛飛與鍾鎮濤，《風兒踢踏踩》也有喜劇演員陳友。為什麼決定找同一批人馬，來主演《就是溜溜的她》和這部電影？是否因為演員組合的成功，就想再度合作？

侯：主要是《就是溜溜的她》太賣座了，老闆就要再加一次。《風兒踢踏踩》好像是過年（上映），因為《就是溜溜的她》就是過年（檔期）。鳳飛飛很少拍片，她前面有一部片子不賣錢，之後我們就拍《就是溜溜的她》。那個（製片公司的）老闆想過年上片，但排不到戲院。後來找到高雄有一家歌舞秀場本來是戲院的，因為放電影生意不好就改為演歌舞秀，就過年跟它包了兩個檔期——譬如兩個禮拜五十萬。很多戲院都是要預付錢，因為生意不好，所以要預付。過年很難敲定，結果第一天就爆滿了。（戲院的）老闆馬上說不行要做分帳（笑），結果過年期間越加越多，那個片子就很賣座。我記得大概是隔年的過年就上映《風兒踢踏踩》。

白：那時候寫劇本非常快速，大概沒有時間去訪問一些盲人，或做其它方面的研究？

侯：還是有，譬如去盲人的學校。鳳飛飛有去唸書給他們聽，其它都有聯絡一下，那時候並沒有拍到很生活的細節。而且男主角不是先天的盲人，他在等眼角膜，是後天的，所以還好。

港星鍾鎮濤（右二）。《風兒踢踏踩》劇照，陳銘君攝。

白：拍鍾鎮濤這個角色，有什麼樣的挑戰，或是要調整的地方？

侯：還好吧，拍得很快。

白：說到盲人——雖然這是第一次——身體上有欠缺或殘廢的主角，在您的電影裡不斷的重現。比如梁朝偉在《悲情城市》裡的聾啞，或《風櫃來的人》的父親。最近還為紀錄片《我們三個》當監製，為什麼對這個群體有興趣？拍殘疾人士能給電影打開什麼樣的新空間？

侯：我感覺是直覺比較多，有時為了電影。譬如梁朝偉[11]，他不會講閩南語，邱復生[12]當老闆希望有一個港星——辛樹芬[13]是我路邊找的嘍——找他（梁朝偉）就有語音的問題。演員要練習一個語言很困難，因為語言是反射的。所以我就把他（的角色）根據一個叫陳庭詩[14]的（畫家）來設計。他年齡比我們大很多，天文認識他，就找他出來。他是一個藝術家，一個畫家、雕塑家。他是八歲從樹上掉下來，漸漸聽不到的。家人要他學手語，他不要，他覺得那很醜。後來就用筆談然後學畫，我把這背景移植給梁朝偉，很方便。而且他在現場更方便，因為他聽不懂台語更有趣了。

先是一種直覺，到後來才慢慢介入社會，所以我跟多方面有接觸。例如「日日春」這種娼妓[15]（社會組織），不是被陳水扁把整個華西街毀了嗎，廢公娼，那之後我們介入日日春。後來台灣國際勞工協會（TIWA, Taiwan International Workers' Association）裡面的外勞，他們抗議，我常跟他們一起上街頭。還有勞工工作傷害，從南洋嫁過來的外籍新娘……他們都被歧視。這方面蠻多的。

白：我看您參加這種社運活動特別多，有時打開報紙，便發現侯導又上街遊行，是最近這幾年才開始的，還是一直都有？

侯：以前沒那麼明顯，這幾年因為機緣，所以比較多。他們有時開會，我會參與討論。

白：《風兒踢踏踩》裡，有一段拍一個廣告公司的導演。導演的助理跑過去要阿B往另外一個方向看，因為如果一直對著攝影機看，會打破整個現實感。這讓我想到本片的大量群眾演員，會不會很難控制？

侯：《風兒踢踏踩》我是這樣子的，那邊在拍，有很多人看，然後我用（另外）一個小攝影機——這個才是拍戲的。你懂我意思嗎，大的是假的，小的是真的。

群眾看阿B拍片，在演拍廣告片，其實真的是我們那台在拍的；我把群眾和拍廣告片的兩邊都拍起來，完全是看現場的。群眾很多，那是一定的，不必避開。阿B、陳友那組好像在拍戲，其實真正拍戲的是另外一組在拍。

白：您拍片時，都會想到用這種很有創造性的技巧，像前面已經提到，您有時用棉被把攝影機蓋住了。

11.梁朝偉（1962-），原為電視演員，旋即成為香港電影最具天分且炙手可熱的明星。他主演了無數電影，包括王晶導演的商業喜劇、吳宇森的警匪片，以及侯孝賢、王家衛的藝術片，他主演了王家衛大部分的作品，與侯孝賢合作了《悲情城市》和《海上花》兩部片子。

12. 邱復生（1947-），70、80年代活躍於台灣電視圈，為台視、中視製作許多綜藝節目。其創辦的年代電影公司曾經投資發行多部獲獎的華語電影作品，包括《悲情城市》、《大紅燈籠高高掛》、《戲夢人生》、《活著》。曾任無線衛星電視台董事長，2009年當選中國國民黨中央常務委員。

13. 辛樹芬，台灣女演員，被侯孝賢發掘之後前後參加《童年往事》、《戀戀風塵》、《尼羅河女兒》、《悲情城市》的演出。1989年後退出影壇，移民美國定居洛杉磯。

14. 陳庭詩（1915-2002），著名的版畫家和雕塑家。八歲從樹上掉下來便失聰，隨國民政府來台，白色恐怖期間受到影響。後期的作品主要為抽象表現主義，曾參加過藝術團體「現代版畫會」與「五月畫會」。

15. 日日春關懷互助協會（Collective of Sex Workers and Supporters, COSWAS），建立於1999年，其組織主要提倡性工作者的工作環境及其它權益，並爭取性產業相關的政策改善。

侯：對，因為要同步錄音，攝影機的聲音太大只好用三牀棉被包住機身。那時候拍片要再造一個現實是很難的，尤其在街道上，非常困難；所以我們很多偷拍的方式，攝影機隱藏的啊。看什麼地方什麼做法，完全是看什麼場合。

在西門町，camera（攝影機）一擺，一堆人就在旁邊這樣圍著看。跟早期大陸很像，大陸是一發生車禍一堆人站在那邊看。我們把攝影機放好，演員走位呢？就用替身，先把位置focus（焦距）調好，記號都做好，很多人（圍過來），收了！收了！走了，人都沒了，演員在一家咖啡廳等著，等沒人了，「好，放！」演員走（開始演）！手勢一打，開機拍完，人又圍過來了，我們就走了，就討論剛才拍得行不行，不行再來一次！用這種方式。

西門町因為閒人多；車站我感覺是沒有人會停下來看你，因為他們都有事情，要趕火車，沒有人有時間在那邊圍觀。每個地方不一樣，完全是善用這種現場狀況。因為台灣不像好萊塢那種電影工業，沒辦法的啦！好萊塢（拍片）到一個程度是政府都配合的。

白：好萊塢拍片，街頭上全部都是群眾演員，您大概從來沒有這樣的奢侈？

侯：沒有！我只有拍古裝才是。好萊塢很厲害，譬如說早上九點上班，個個扮演好，你是白領、你是藍領、你是什麼形態的，清清楚楚。已經到一個（專業）程度了，只要一找人大概就沒問題了。台灣是不可能的，所以必須用這種方式。

白：這電影一開始玩弄一種「電影中電影」的一種遊戲……還有海邊廢墟建築上的幾個字：禁止攝影（剛好是在陳坤厚的credit在銀幕上出現的同時）**。這樣從一開始便有一種對電影的反思——或反諷——的氣氛……。**

侯：故意的，是啊，《風兒踢踏踩》其實蠻好玩的。演盲人啊！

白：這個片子好像開始走上稍微真實一點的語境，除了標準的國語，也可以聽到台灣國語、香港國語，還有台語。這算不算一種突破？當時的新聞局管不管這些？

侯：新聞局不太管，好像有一個（規定）比例，我也不知道。應該是沒問題我才拍，但是我通常也不理。

我感覺角色最重要的，他身份是什麼就是什麼，硬要改變他的身份很不好；

所以有腔調，很正常，尤其兩個香港來的更是。我使用語言，在《悲情城市》裡南腔北調上海話日本話一堆，什麼樣的人講什麼樣的話，基本上是這樣。

白：當時主流片基本上都是使用最標準的國語。

侯：以前都是，三廳電影全部都是配音的。我這個也是配音，但都是演員自己配。以前是找配音員來，標準國語。

白：這個也使得電影有種更真實的氣氛。

侯：往寫實上走，我其實是一直往寫實上走。

白：《風兒踢踏踩》和《就是溜溜的她》兩片採取許多方式，讓鍾鎮濤和鳳飛飛的角色有一種呼應的效果。像《風兒踢踏踩》的剪輯，讓他們的動作有點重疊；或設計鍾鎮濤當盲人，鳳飛飛當攝影師，後者剛好補上前者不足之處。

侯：其實就是搞笑嘛。而那考慮一方面是現實，現實就是身份，就是寫實。她不知道他是盲人，所以一直拍，最後才知道他是盲人，這種設計我感覺有趣。

白：這兩部片子都有一點三角戀的故事，剛好也是同一批人馬，鍾鎮濤、鳳飛飛、陳友。就是因為前面那部片子那麼賣座，才重複相似的組合和模式？

侯：《就是溜溜的她》，（女主角對抗）父親主宰。

那時候都還講標準國語，還沒有什麼身份（區隔）——你看演鳳飛飛父親的（崔福生）完全是外省的，而鳳飛飛看起來就是本省人。一直到《風兒踢踏踩》才開始有身份。也是三角戀愛嗎？我忘了。

白：是啊，而且兩部片的第三者都是陳友[16]！

16. 陳友（1952），香港演員。原先為溫拿樂隊的鼓手，後來轉到電影圈。80年代到90年代初活躍於港台影壇。

鳳飛飛（左）與鍾鎮濤。《風兒踢踏踩》劇照，陳銘君攝。

侯：我忘了。阿B先來，李行那邊就先拍了，後來我跟他們合作好幾部，就把陳友拉進來。

白：您應該很少回去看您早期拍的片子吧？

侯：記得有一次，應該是十幾年前吧，在試片間放，是《悲情城市》以後了，《悲情城市》也看了很多遍。看得全身冒汗，感覺以前拍的……現在不會這樣拍了。現在偶而電視上有演，我就會看到，哎呦！以前怎麼拍成這個樣子，很多搞笑的東西。

白：因為這種形式——愛情喜劇——比較受大眾觀眾的歡迎，現在在洛杉磯或紐約的唐人街，要找侯孝賢的片子基本上很難找，只有兩、三部比較容易找得到——那便是：《風兒踢踏踩》、《就是溜溜的她》和《在那河畔青草青》。因為瓊瑤式的那種愛情喜劇一直有觀眾，一直很賣座。這是很有趣的一個現象。

侯：因為後來的片子，美國一直沒有版權，前幾年他們要蒐集這個版權，但也沒蒐到《風櫃來的人》與《冬冬的假期》，我那製片張華坤不賣，因為價錢開得很低；因為我們兩人是一起（共同擁有版權），他不賣，我也算了。

白：《風兒踢踏踩》和《就是溜溜的她》從農村到城市是來來去去。一看《在那河畔青草青》的片名和故事背景，好像完全地回到鄉村。但是仔細看第一個鏡頭，會發現攝影機慢慢地往左移動，銀幕上呈現了火車鐵軌——正是連繫農村與城市的象徵。電影裡的最後一個鏡頭也是火車，剛好產生一種呼應。而且在您後來的整個電影生涯中，火車軌道是一個不斷重現的畫面，或許可以把它當作您電影裡的一個標誌。您怎麼看？

侯：我拍電影不會想這個，完全是現場。我對現場的能力非常強，就看怎麼用。

火車是我記憶中很重要的事情。因為我從小坐公車暈車，坐一陣子就會吐，很怕聞那個汽油味；所以從鳳山離開，要去哪裡，都是坐火車——常看到有人送別，就像在機場一樣，父親送小孩，送當兵什麼的。

火車這種節奏我很喜歡，在火車上你可以作夢一樣，想很多事情，很有意思。而且以前的小說裡面，日本小說或黃春明的小說都有火車，有一篇是三島由紀夫還是芥川（龍之介）的？很動人。火車是以前我們時代的標誌，很重要的。

白：《在那河畔青草青》的結構有意思。前半有點像《風兒踢踏踩》和《就是溜溜的她》那樣的愛情電影，整個氣氛——等到阿B的台北女友出現之時——也有點重覆前兩部片的三角戀結構。

但到了後半，老師向學生介紹「愛川護魚」的概念，讓小朋友搞小規模的環保運動——就是建立一個所謂「河川魚蝦保護區」。在某個層次，這個部份與60、

70年代的「健康寫實主義」非常相似。不過80年代，健康寫實主義的時代不是應該已經過了嗎？聽說您是在報紙上看到類似這樣的一條新聞，但在某一個層面，不會是為了呼應政府的某種政策吧？還是又受到李行電影的影響嗎？

侯：沒有，我從來就反政府的。李行的健康寫實主義，我拍《戀戀風塵》時，（片中）放的露天電影就是《養鴨人家》（1964），我看《養鴨人家》那時候才十幾歲，很喜歡，很感動，那時候還小。

拍這個呢，為什麼會這樣？我常會使用報紙的事件，有一篇講到拓魚，講到護魚，愛護河川、保護魚類，也有電魚、炸魚這些，然後老師帶小朋友用紙拓（印）魚的形狀——用墨汁拓，是一種畫的方法，那叫「拓」——我感覺這很有趣，愛川護魚也蠻好玩，我就拍這個啊。

然後就去找那個小學很棒，客家人的小學，跟他們約了就拍，演校長的是不是當地的老師？我忘掉了。我都是這樣子找實際的人演，李宗盛[17]演鎮長，反正都是啦。去的那地方又漂亮，我對鄉下很喜歡嘛。所以就設計了。跟一班學生，每天被他們吵的，他們過來就拔我的頭髮，我不理；我拍小孩很快。

白：像在《蚵女》（1964）、《養鴨人家》等片，都是愛情故事加上大自然的保護，這樣的一個組合。您不覺得《在那河畔青草青》可以歸類為健康寫實主義這樣的一個傳統嗎？

侯：沒注意。

白：另外一個當時比較通俗類型的，就是那些圍繞著「學生、學校、教育」等主題的片子，像《魯冰花》（1989）等片。您怎麼看這個現象，《在那河畔青草青》是否有意識去走這個路子？

侯：沒有耶。我沒有一定要怎樣，我看了《民生報》（的報導）覺得有趣，就找了一堆小朋友——像顏正國一定會有的啊，因為他很好笑，就會把他擺到學校旁邊。《冬冬的假期》是因為我感覺小朋友很棒——有人說「你怎麼那麼會拍小朋友？」小孩很簡單啊，你不要在那邊一直盯著他，你要他背台詞幹嘛，沒有的！都是他們熟悉的事情，一拍就OK。假使我覺得他講錯還是什麼，也不會針對他講，我會跟旁邊的燈光師討論，那是假的，演給他看的。對小孩都說「你

《在那河畔青草青》劇照，陳銘君攝。

很棒！再來一次！」雖然是他錯了，但我把焦點放在別人。幾次他們調皮得好厲害唷！如果你壓抑他，他就越緊張，越緊張就越慘。

《在那河畔青草青》不是脫光了在那邊游泳嗎，他們比我想像的沒有那麼鄉下，因為時代不一樣了，他們會害羞。我說一個人給兩百塊，哇，每個人都脫了，前面還這樣掩掩遮遮。我們工作組都知道，沒人理他們，沒多久（他們）就習慣了。小朋友就這樣子，其實就這樣處理。他們不是專業，美國那種專業方式是不可能的，那種要帶很多戲，千挑百選的。

白：《風兒踢踏踩》、《就是溜溜的她》其中都有好幾個兒童演員，但都遠不如《在那河畔青草青》的兒童演員多。教兒童演員演戲，給您提供什麼樣的挑戰？會不會很難調整他們的一些動作與反應？

侯：不會啊。我拍這個很自然，有一些是應徵來的，他們正好唸小學五、六年級，有些四年級。我跟這些家長都很好啊，我跟他們講，不要把小孩當演員，來玩，來度假。

17. 李宗盛（1958-），著名音樂人，為數位當紅的歌手寫詞作曲，身為歌手的李宗盛出了多部個人專輯包括《寂寞難耐》、《愛的代價》、《李宗盛的凡人歌》。還演過幾部電影包括侯孝賢編劇的《最想念的季節》。

有一些孩子現在台大畢業，在路上還會遇到，很正常。演員不容易，如果叫小孩從小當演員，會耽誤他們的教育。

顏正國是因為他們家——他妹妹他哥哥，拍《戀戀風塵》時都來了。他爸爸是計程車司機，外省人，年齡跟他媽媽差很遠——有時候就變成他們需要那些收入，那是不一樣的。像《冬冬的假期》裡面的小女孩，後來台大畢業，但現在也回到這個行業。

白：您剛才提到顏正國[18]，他參與過您的好幾部電影。當初您怎麼找到他？還有其他的兒童演員，您一般通過甚麼樣的途徑來找他們？

侯：以前有這種臨時演員的領班，好像叫駱明道，顏正國最早是李行那邊拍《原鄉人》（1980），戲裡秦漢看書寫字，就給他綁了一根繩子拉著，免得亂跑，那時候很小很調皮；推薦他來《就是溜溜的她》，很調皮很好玩，不怕，所以就一直用一路拍，拍很多。後來紅了，拍電影、電視。朱延平[19]拍的《好小子》（共六部），徐楓他們做的。他唸國中，才國一，紅到人家會指指點點。有一次我進電視台看他帶了一堆人，那警衛說不行，他翻臉就說不去了。其實這些東西很容易會傷害到他們而不自知，後來我們再找他回來，他那時候已經很瘋狂了，騎著摩托車，會吸那個「安」（「安非他命」），所以拍片一下子就睡死了。跟我們拍片時是最好的；但後來有慢慢恢復。

白：他後來的情況怎麼樣？

侯：後來拍完，警察要捉他，因為有個案子。我去基隆警察局見那檢察官，檢察官給我看他的（前科）資料那麼長，我說能不能用一種隔離（類似限制入境），他在那邊發生那些事，叫他不准進入那一區，檢察官說台灣沒有這種法律。但也緩刑了，讓他繼續演完《少年吔，安啦》。後來他還是不行，因為從小出名的影響，沒辦法承受別人的眼光；父母又不懂，就會受到很大的影響。他現在好像還在監獄吧。[20]

白：那其他的兒童演員都是從那班子找來的，還是您到當地拍攝才找的？

侯：一般是透過領班找的。也有從朋友找，向朋友找就知道是來玩的。領班找的，常常是家境不好童星的這種。

白：**《在那河畔青草青》是一部充滿「地方色彩」的電影，很有「台灣味」。雖然如此，也可以看到外面的世界的一些影響，像從台北開著BMW車下來的女孩，和將要隨著先生移民到印尼的老師。當時不太有人講「全球化」之類的詞，但早在80年代初，您的電影已經充滿各種全球化的象徵。而且您後來的電影，從《兒子的大玩偶》裡日本報紙介紹的sandwich man一直到後來的《千禧曼波》，都有一定的世界觀。**

侯：那時候是直覺。我一退伍，上來台北就是在加工廠，那個很有名的美國電子公司，做半導體的，在裡面做。那零件不能內銷，所以離開工廠都要「檢查」。很多外地來的學生打工，各地方來的，在那公司；像《風櫃來的人》裡面，整個（廠區的人）上下班騎腳踏車，密密麻麻的，也有公共汽車，現在都沒落了。因為這個地方的勞工成本、土地成本都增加了，所以就移動到泰國、東南亞；大陸（經濟）起來，就移動到大陸。

《珈琲時光》裡面也講到這背景，那父親是日本正蓬勃時移動到歐洲。這移動我很早就敏銳感覺到，很直接感受——我們以前跑船的、跳船的、去各地的，每個人都在為自己找出路。所以我感覺全球化在二戰結束後，從代工業開始，其實都美國弄的嘛。台灣很快就學會這個，我們現在IT行業都是這樣的背景上來的，學會了技術學會了品質，代工很厲害。其實大部分還是代工，台灣大部份是這樣。

白：**在鍾鎮濤的自傳《麥當勞道》裡有這樣的一段回憶：**「（侯孝賢）導戲和其他導演很不同，他較愛捕捉臨場感覺和氣氛，要求演員發揮寫實逼真一面，而不是單

18. 顏正國（1974-），台灣80年代的童星。曾演過侯孝賢的多部電影作品包括《就是溜溜的她》、《在那河畔青草青》、《小畢的故事》、《冬冬的假期》。從1985至1989主演《好小子》系列的六部電影。後來染上毒癮，因為2001年與人合夥參與一個綁架勒索案子被捕，2002年被判有期徒刑十五年。
19. 朱延平（1950-），台灣影壇非常活躍的商業電影導演。1980年至今導演過八十多部電影作品，包括《火燒島》（1991）、《中國龍》（1995）、《來去少林》（2003）、《功夫灌藍》（2008）等片。
20. 於2012年出獄，結婚並育有一女。目前在台北少觀所當書法老師，還開工作室著手拍片，重新投入演藝工作。於次年出版《放下拳頭，揮毫人生新顏色：好小子顏正國的青春與覺醒》（春光出版社）一書。

靠演技，所以到後期，他拍戲選角，農夫角色就眞的找一個農夫來演，郵差也眞的找郵差來演，我算是他少數用過的明星演員了。」[21]**有意思的是他所描寫的那些，都是您後來電影中的一些標誌性的特質：寫實，環境的真實氣氛，非職業演員。但很早在1980還在拍所謂的「商業電影」之時，您這些特質已經存在。**

侯：以前是找人來演郵差，到後來不需要，找個郵差來吧。我看那醫生，就是當地的醫生，還找當地的一個護士，要他們在外面等著，拍時就直接進屋來，不必演，他們一來就標準動作，很精準的。這樣比較快，如果你找個人來演，他還要弄半天，除非戲很多，需要真的演員；其他的，我基本上都是這樣。而且找個人來，只要是他職業相關的東西時候，他會有一種累積，這種生活的累積是一般人沒有的，只有他有。

我第一次拍《戀戀風塵》李天祿的時候，大概有設計他的背景，後來發現根本不需要，他人在那邊根本就是了，都不需要跟他講什麼；他自己講，真實到不行，是經驗累積下來的。我知道沒辦法配音的，只好用棉被把攝影機包起來同步錄音。你要設計一個角色絕對比不上他本身。

就像我拍《尼羅河女兒》那個楊林[22]，我用一個漫畫（故事）當背景。楊林是因為唱片公司的老闆是投資人，這人以前投資過《就是溜溜的她》，現在他想推這個歌星。楊林已經出道五年了，十七歲到二十二歲，我在想年齡上應該沒什麼問題。《尼羅河女兒》那漫畫[23]在日本出了一冊又一冊，長到不行，（連載）好幾年！現在結束沒有，我都不知道？但是我發現我錯了，因為她二十二歲太大了！

她雖然樣子還很純，沒有歌星的習氣，但你想想看，《尼羅河女兒》你看過嘛，她假使只有十五歲，她跟她哥哥的關係那range（範圍）會很大。然後她愛上她哥哥的朋友，人家不會把她當愛人嘛，那range也很大。我就知道不行，因為漫畫和現實的重疊跟混淆，十五歲可以成立，二十二歲就很難看著就不像；我只好改，順著楊林改。原先我太自信了，以為沒有問題。

白：年齡無法改變了！

侯：就是這個問題！

白：那現在這三部片子——《就是溜溜的她》、《風兒踢踏踩》和《在那河畔青草

青》——您整體上對它們有什麼樣的評價？這是磨練自己導演功力的寶貴時間嗎？還是……

侯：沒有！那時候拍電影就像玩，唯一改變的是拍電影不再打架了。拍《就是溜溜的她》製片和助理有衝突，兩個打起來我追著要打，想想不行，我現在是導演不能打架，很好笑。（笑）

其實我以前幹的事，差不多也是導演的事，但是當了以後還是不一樣，會比較認真。我常常會順場，通常都在清晨。那時候比較早睡一點，清晨很早起來差不多四、五點，我會從第一場拍過的沒拍過的順下來，拍過哪些鏡頭一個一個順，這場沒拍過我也順。我腦子裡都是畫面一直過一直過，到今天要拍的這幾場，就順到這裡；然後明天又從頭。拍了一些空鏡頭覺得不錯的怎麼放，哪幾場可改可連，每天都這樣。

白：在您早期的電影主題都專注在愛情。對您而言，這些作品，包括早期當副導演參與的幾部電影《愛有明天》、《月下老人》以及《昨日雨瀟瀟》——有一種近乎天真的簡單，反映了台灣社會解除戒嚴之前的單純。回顧早期的作品，有什麼評價？

侯：那個時候年輕吧。我感覺年輕的時候需要一種想像、視野，就像天文講的那樣。我們小時候看很多戲劇，尤其是布袋戲、皮影戲，還有武俠小說——以前的老小說，裡面那些像是「俠」、以天下為己任、打抱不平的觀念，是屬於民間的傳統。所以在無形中會對這有想像，想要有一番不同的作為。接觸影像形式了，很自然就會把成長過程中看的書、看的戲，在編劇、拍戲、當導演的時候放進去。

而早年看的都是主流電影，大部分都是愛情的、講羅曼史的，開始拍電影的時候，也很自然就把這當作一個題目，放進自己的作品。

21. 鍾鎮濤著，《麥當勞道》，154頁。
22. 楊林（1956-），1980年代出道的台灣歌手，個人專輯包括《窗》和《玻璃心》。曾經也參加四部電影和九個電視連續劇的演出。現在已退出歌壇成為畫家。
23. 《尼羅河女兒》為日本的漫畫書系列。書的原名《王家的紋章》，細川知榮子之作。本系列已出版五十五本書，在台灣市場非常受歡迎。故事講述少女凱羅爾的考古冒險和跨越時空的經驗。

光影革命

我感覺創作上觀念最大的差別，
就是把自己生活的過程，成長的經驗，
慢慢放在電影裡，
越往真實上走。

●《兒子的大玩偶》●《風櫃來的人》●《冬冬的假期》●《童年往事》
●《戀戀風塵》●《尼羅河女兒》

關鍵詞 ●改編小說●削蘋果事件●台灣新電影●音樂●從文自傳●剪接突破●青年壓抑●電影中的電影●報紙新聞●空鏡●真實場景●成長眼光●資深演員●火車●撞球場●電影院●摩托車●風吹樹葉●圍桌吃飯●杜篤之●李屏賓●吳念真●手銬●高捷●繁華台北

《冬冬的假期》場邊照，陳銘君攝，城市電影公司提供。

60、70年代的台灣是類型片的天下：黃梅調、武俠片、瓊瑤片、健康寫實、戰爭愛國；還有侯孝賢和陳坤厚攝製的數部愛情喜劇，也趕上了類型片的尾聲。實際上，無論是好萊塢或世界其他市場各種類型片，一直是國際電影產業主食，藝術電影相對來說只是小菜一碟。

所以1982年啟動的「台灣新電影」，就是台灣的「新浪潮」，能夠在票房、評價雙贏，實際上是台灣影史上比較不尋常的一個環節。像朱天文在訪問裡指出：「從一開始，台灣新電影就不是一個商業趨向的電影模式。它能夠賣座，其實是個誤會。」

但誰會預料到這種「誤會」會在80年代導致整個台灣電影的振興，給當時的電影市場注入一種新的力量和創新的潛力。除了侯孝賢和朱天文以外，許多評論者也談過新電影起來的特殊背景，但一個運動的開始背後，還有許多相當複雜的因素。

在某個程度上，台灣新電影奇蹟式的崛起，都是因為剛好各種因素和力量碰撞在一起：台灣當地電影產業的工作者，遇到留學回來的一批年輕電影人；台灣觀眾開始厭倦愛情、武俠、功夫等類型片的刻板和做作；香港新浪潮為藝術電影的新形

劉逸萱攝，白睿文提供。

式所提供的可能性和榜樣；還有在台灣整個社會上，開始慢慢走上解嚴之際，所帶來的新鮮空氣。當然還有新電影創作者在80年代初期和中期的合作精神，看侯孝賢主演楊德昌導演的《青梅竹馬》、楊德昌幫侯孝賢的《風櫃來的人》做音樂、吳念真在《光陰的故事》等片客串角色，還有幕後人才杜篤之、陳博文、廖慶松、李屏賓、詹宏志等人周旋在不同導演和班底之間，便可想而知當時的特殊團隊精神。

除此之外，新電影的兩種最主要創作淵源：（一）創作者本身的自傳性題材，（二）根據現代文學和鄉土文學作品而改編的數部電影，這兩者體現了一個豐富多彩的新電影視野。

在我個人的觀影史中，我為了教學和研究，曾把侯孝賢所有的作品都看了又看了數遍，各個階段的作品都能夠欣賞。但坦白講，當我有朋友請我推薦侯導的作品的時候，設計新課程的時候，或想到「什麼是侯孝賢的電影風格」的時候，我自然而然地會想到《風櫃來的人》、《童年往事》、《冬冬的假期》和我最鍾愛的《戀戀風塵》。

雖然在《風櫃》之後，侯開始探索一種新的電影美學，從攝影和敘述方面強調「遠一點，冷一點」，觀看這系列作品的時候，心裡卻不得不湧上一種溫暖之感。剛好這幾部經典之作，也都是侯孝賢（或其合作者）自己的童年故事，但我想，為什麼我（和其他觀眾）一直不斷地回到這幾部電影呢？因為它們講述的不只是創作者自己的親身經歷，而且同時也喚起我們共同成長的童年回憶。

白：您第一次看黃春明的小說是什麼時候？《兒子的大玩偶》原著小說最吸引您的地方是什麼？

侯：應該是在唸藝專的時候吧，就從《書評書目》開始，有年度小說選，黃春明、王禎和、陳映真一堆，一直看到小野他們的，還有小赫（楊宏義）什麼的。

《小畢的故事》只是我們跟中影明驥合作而已——先前《光陰的故事》已經開始（合作）了，我們那時候成立萬年青，和他們合作第一部片子。接著小野、念真有個計劃，就是《兒子的大玩偶》三段。

白：聽說《兒子的大玩偶》最初的計畫，是您、王童和林清介要合拍的。

侯：對，本來應該是我、王童[1]、林清介[2]，《兒子的大玩偶》、《小琪的那頂帽子》、《蘋果的滋味》這三段。他們那時候都蠻紅的啊，林清介拍學生片，王童之前也拍很多；他們兩個不願意拍這種，我就說我來拍，讓兩個新導演先選：萬仁[3]選《蘋果的滋味》，曾壯祥[4]選《小琪的那頂帽子》，剩下的給我。

我先拍，一個導演只有一萬二千呎底片，我們的 team（團隊）成功後，就當作我們三個拍攝的 team。接著是《小琪的那頂帽子》，最後是萬仁《蘋果的滋味》，要搭景。我在現場幫忙，大概是這樣。

白：電影的三段式結構，是直接受了《光陰的故事》的影響嗎？還是追隨到更早像

李翰祥、白景瑞、李行、胡金銓合導的《喜怒哀樂》（1970）等片子的一個傳統？這些三、四段式的電影，都是中影的片子吧？

侯：其實明驥底下，吳念真、小野他們想跟年輕的導演合作，要直接拍壓力太大了，所以第一個就是《光陰的故事》四段，成功了。第二個《兒子的大玩偶》也採用這種模式，新導演比較容易（完成）嘛，一下子就好幾個。

白：先把他們推出來，然後各個新人都可以單獨拍自己的長片。

侯：小野說有年輕的再找啊，有啊！曾壯祥，那時他在中影紀錄片部門；萬仁在外面，就直接找了，很快，這是個不錯的模式。

白：我還聽說《最好的時光》本來也是要做這個模式？

侯：（《最好的時光》）不是找不到（新導演）；本來是我，還有一個拍廣告的叫彭文淳，和黃文英[5]，三人一人一段。我說各人年紀不同，我們（根據）記憶中的歌曲去想故事。黃文英她美術（背景）嘛，想拍早期的藝妲；彭文淳想拍唱片行的老音樂，他那時代的（記憶）跟我們不一樣。

這三段得到輔導金有九百萬台幣，差不多是三十萬美金。還有韓國釜山影展

1. 王童（1942-），出生在安徽太和縣的文人家，1949遷居台灣。1966年進電影圈，曾為胡金銓、李行、白景瑞等導演擔任美術。1980年代開始當導演，其代表作為《看海的日子》（1983）、《策馬入林》（1984）、《稻草人》（1987）、《香蕉天堂》（1989）、《無言的山丘》（1992）、《紅柿子》（1995）。
2. 林清介（1944-），台灣電影導演。其作品包括多部學生電影《學生之愛》（1981）、《畢業班》（1982）、《安安》（1984）。也拍攝電視連續劇《汪洋中的一條船》（1999）和《老師錯了》（2007）。
3. 萬仁（1950-），獲得美國加州哥倫比亞學院電影碩士後，返國參與台灣新電影。1983年參加《兒子的大玩偶》（第三段）的拍攝，引起所謂「削蘋果事件」。後來拍攝的作品包括《油麻菜籽》（1984）、《超級大國民》（1995）和電視連續劇《風中緋櫻——霧社事件》（2004）。
4. 曾壯祥（1947-），香港出生，1982年獲得德州大學電影碩士後返台參與新電影運動。作品包括《兒子的大玩偶》（第二段）、《霧裡的笛聲》（1984）、《殺夫》（1985）。也拍了多部電視劇和紀錄片。現職台灣藝術大學電影系副教授。
5. 黃文英，台灣電影傑出的美術師，清華大學中文系畢業後赴美深造。獲得卡內基美倫的藝術碩士後在紐約當服裝及舞台設計師。1994年返台便開始與侯孝賢合作多部電影包括《好男好女》、《海上花》、《千禧曼波》、《最好的時光》等片。

當年催生出「台灣新電影」時期重要作品《兒子的大玩偶》的參與者們：（左起）導演曾壯祥、侯孝賢、萬仁；策劃吳念真、小野；作曲溫隆俊；小說原著作家黃春明。

開辦一個項目叫PPP（Pusan Promotion Plan），「釜山推廣計劃」，大家提拍片案——得案的，PPP會撮合投資者看誰有興趣；影展邀請我投企劃案，就拿了這三段故事去，得到獎金少少的，是鼓勵性質，但後續並沒有誰要投資，因為三個導演很難賣。並且三段平分製作費，他們兩個新人覺得做不來。

輔導金是這樣，如果不拍要賠10%，還是我們要付九十萬。我想說不要浪費，就去法國找資金，很快把它拍掉了。

白：回到《兒子的大玩偶》，除了黃春明的原作和吳念真的劇本，在製作方面，《兒子的大玩偶》的三段故事還有什麼樣的聯繫？萬仁和曾壯祥的部分，您也參加討論或製作嗎？

侯：有，有參加，因為他們比較沒經驗，所以我就參加討論，有時候在現場看一下，幫一下。而且這個工作組就是我的工作組，就是我的工作團隊，攝影師陳坤厚、副導演許淑真都是一樣。

白：前面談到《在那河畔青草青》與健康寫實主義的聯繫，到了《兒子的大玩偶》好像與健康寫實主義有了更複雜的關係。一方面從第一個鏡頭開始，小丑身上掛著《蚵女》的廣告，本片馬上與當年健康寫實主義的老片子產生一種聯繫，似乎想向《蚵女》等片致敬。但同時，雖然《兒子的大玩偶》的歷史背景與《蚵女》是同一時代（60年代）**，您作品所表現的強烈現實感——環境，人物的造型，悲慘的命運，聲音的真實性——却是對健康寫實主義的一種反駁。**

侯：其實我們腦子裡根本沒有健康寫實這件事，你知道嘛，那是後來評論的；我有一個毛病，我從不看評論的。我不看評論，所以並沒有這樣自覺的意識，主要是黃春明的小說，基本上特色就是描寫他自己的經驗，非常寫實，所以我自然就走上這條路。

白：我那時候看了，感覺產生很大的反差，因為在《蚵女》、《養鴨人家》等片子的世界觀裡，人都高高興興的，胖胖的，好像吃得很好，開開心心地種菜啊唱歌啊或者幹嘛；但到了《兒子的大玩偶》，主角顯得很瘦，社會顯得很殘酷，給觀眾提供另一種台灣電影歷史上似乎從來沒有呈現過的現實感。

侯：是，這就是更接近真實了。

白：甚至還有主角上廁所的鏡頭，還可以聽到蒼蠅的聲音。

侯：對對，因為那時候錄音師都是新的一批啊，對聲音很著迷的。

白：台灣之前電影很少看到這樣的鏡頭，那個鏡頭剛好是他上茅房，最後小孩的一隻手伸進鏡頭的角落，偷了主角小丑服裝的大紅鼻子，可說是神來之筆吧！

侯：那是原著沒有，加進去的。我那時候不太敢動黃春明的小說，唯一加進去的就是這場戲。為什麼？因為黃春明我感覺是作家，好不容易寫了一個作品這麼好，所以我不太敢改，不太敢動。

白：他被侮辱的那場戲，在火車鐵軌旁邊發生，所以這裡火車有了另外一層意義，因為他每天都在火車那邊做廣告，最後被羞辱，剛好也在火車軌上。

侯：沒啦，我沒有去想這符號上的問題，或是象徵的意義，我不來這一套。

白：但它非常配合整個主題——因為《兒子的大玩偶》可以說是對現代化的一種批判，城市的產品都是要經過這個火車鐵軌來到鄉村。主角為了應付這種現代化，失去自己的一個身分，而在同時，他還不斷地在鐵軌旁被那些小孩子欺負。那時感覺很震懾人，也跟整個現代化的主題非常地契合。

侯：那車站其實是往阿里山的車站。（笑）

白：但還是可以有這種閱讀的方式。像Sandwich man經常出沒的地方是火車站，您不覺得這裡火車站有一層很強的象徵意義嗎？

侯：我拍片不會想這個，我都是拍人物啊，情感啊，在他生活的這個階段啊。他小說背景就是講這個。你看他第二段更是，有沒有，去推銷燜鍋。黃春明很早就有這樣的意識了，陳映真更有，你懂我意思嗎？

白：在結構上，《兒子的大玩偶》比您過往的影片更大膽，還採取大量的倒敘鏡頭和畫外音。那是因為當時看了很多的歐洲的藝術電影嗎？還是你們經過了什麼別的（影響）**才開始想做這些的實驗。**

侯：因為小說。小說改編電影其實很難的；因為小說是文字，可以穿越時空，可以進入腦子，所以小說才有（無窮）可能。

有些人的表達方式是，想怎麼表達，就怎麼表達，你還是在一個現在進行式嘛；我的電影，在這中間會有許多要說的，有時候用聲音，有時候就用過去式——我感覺主要是小說的影響。

白：這是您第一次改編小說，過去都是您自己編的。有什麼樣的新挑戰？

侯：對，這是第一次改編劇本，但沒有（特別的挑戰）。我那時候不太敢亂改，你知道嗎，不太敢。

白：因為是大師的作品嗎？還是因為是第一次？因為後來的電影裡，凡是改編自小說的故事，您都比較大膽地改。

侯：後來我發現不是這麼一回事，因為文字跟影像的表達方式不一樣，只要情感和味道是一樣的就OK了。

白：80年代初，大部分台灣電影都用國語配音，但《兒子的大玩偶》幾乎是全程用台語，這個沒有引起什麼爭議吧？

侯：（因為是）中央電影公司拍的啊。這部片子我那問題還不大，比較嚴重的是《蘋果的滋味》，所謂「削蘋果事件」[6]。

白：雖然跟您拍的那段沒有什麼直接的關係，您那時如何看這個事件？

侯：我對這個喔，坦白講我不太理這個。我當然知道那時候這是很大的事件，這個事件對我來講本來就是意料之中，看怎麼處理。我說我們那明老總，明驥他很厲害，他真的是一肩扛。主要是文工會，他們一直想攪動——這裡面還包括中影公司人事變動，他們其實想把明驥打掉。明驥也不是大膽，他只是相信年輕人，敢用，這沒什麼。

白：削蘋果事件是片子還未發行就……

侯：是啊，片子還沒推出就開始了。你知道這削蘋果事件不是鬧開的話，就要改，不然就沒辦法上片；不然就要剪，好像剪了一刀我忘了，這個引起了很大的議論。

那時候的氣氛剛好在變動，等於是老勢力與老觀念剛好在交接的時候，還好

6. 削蘋果事件：1983年中影出品的《兒子的大玩偶》放映前，中國影評人協會人士寫信密告國民黨文工會批評該片的「貧窮落後」畫面，擔心本片會傷害台灣的國際形象。面對官方的各種壓力，中影打算刪節《蘋果的滋味》一段的部份鏡頭。後來《聯合報》的影劇版記者楊士琪女士，把此事的經過加上她對官方處理此事的嚴厲批評發表於《聯合報》。最後《兒子的大玩偶》一刀未剪，通過審查放映。

我們明驥明老總很厲害，後來國民黨的人都被他說服啦，就OK了。那預告片很早就剪好了，剛好成龍的《龍少爺》（1983）在中影的影院熱映，我（搭便車）打了一個月的預告，片子大賣座。

白：這個削蘋果事件應該對它整個票房有所幫助吧，每一次炒這樣的新聞都會。

侯：我沒注意到這邊耶，我感覺看電影就是（要靠）觀眾，觀眾就是在戲院（接收訊息），所以預告片非常非常重要，放了一個月。我後來想採取這個模式，但其它戲院不放，院線片手上很多片子，不讓你單獨做這件事。

白：本片是否有助於80年代開始崛起的新台灣本土意識的整個建立？您和其他和作者是否有意去用這部電影，反抗國民黨當時的霸權？

侯：我們倒沒有在這意識上那麼強烈；比較有意圖的是吳念真跟小野，他們在中影體制裡天天撞牆，但也沒那麼強烈。我們還是純粹在一個文學性上，我們喜歡黃春明的小說，感覺那是台灣生活的白描。

當然那時候黨外運動興起，時代已經在騷動了，經濟起來，中產起來，社會力開始釋放能量，而我們正好拍出跟以前不一樣的電影，社會空氣跟輿論都支持我們。

白：小時候你們老家是不是也出現過這樣的三明治人。

侯：每個鄉鎮不一樣，鳳山是騎三輪車、上面尖的兩個板子；有的會敲著鑼，戴尖的帽子，一路去宣傳電影。三明治人更早，是黃春明他們那個時代，日本的雜誌上有，我影印了一張，當成阿西找來的雜誌，用這個三明治人的圖照去討工作。

白：當時演坤樹和阿珠的陳博正（阿西）**、楊麗音已經是專業的演員嗎？那是不是們的第一部片子？您怎麼找到他們的？**

侯：楊麗音是第一部吧。為什麼找楊麗音，好像是誰介紹的，跟舞台有關係，她好像是蘭陵劇坊的。那時候杜可風也在裡面。陳博正是台語片的演員，在電視上演了很多。

白：那是您自己選的？還是……

侯：陳博正是我選的，我看他脖子就喜歡，細細的。楊麗音是蘭陵劇坊的，我一看就知道好，就用了，她好像第一次演電影。

白：也差不多那時候——82、83年期間——新台灣電影誕生了。您當時有意識去做一次光影革命嗎？

侯：那是有一位記者叫楊士琪[7]，一直在支持。你看看小野、念真他們，還有一些評論很激動，黃建業他們這些人。焦雄屏比較晚。但我基本上是聽他們講，不會在上頭去想什麼，我感覺還是拍電影比較重要。

白：您有意識到這些片子跟過去的不同嗎？

侯：這裡面有一種差別性。因為我在電影圈已經很久了，實務技術很出名，但碰到學電影回來的那一批人我感覺都是新的，我很樂意跟他們一起。一些新的觀念，聽他們講，我才知道有德國新浪潮、法國新電影，跟他們我才知道，不然以前我不知道，沒注意這個。

像曾壯祥說德國的*Fitzcarraldo*（《陸上行舟》，1982）、荷索的《天譴》（*Aguirre, the Wrath of God*, 1972），後來金馬獎國際電影節放了；那時候才接觸到文．溫德斯（Wim Wenders）、法斯賓達（Rainer Werner Fassbinder）、還有法國那些，《斷了氣》啊！高達（Godard）、楚浮（Truffaut），也是透過這群新導演才知道。

這對我改變其實蠻重要，沒有這種自覺意識有時候是不行的。對我們這種技術面已經達到一種程度，再加上氣氛——改編小說的文學氣氛——我才會開始拍自己的成長故事，《風櫃來的人》之後幾部，幾乎都跟我成長背景相關。

7. 楊士琪（1951-1984），曾經在《民生報》（1978-1983）和《聯合報》（1983-1984）擔任影劇記者。新電影初期楊士琪發表過多篇文章來批評台灣電影的官方與商業體制，其中1983年的「削蘋果事件」中扮演了重要角色。為了紀念英年早逝的楊士琪對台灣新電影的貢獻，楊德昌把1985年的《青梅竹馬》獻給她。

白：您剛提到黃建業，他和當時的影評人，基本上都是把82年前後當作一個分水嶺。您個人有同感嗎？您自己是否認為，您電影創作在82年出現了一種明顯的斷裂，還是覺得一直有一種連貫性？

侯：我對以前，沒那麼清楚。反正我拍電影嘛，從以前一直做上來，對我來講只是一種新鮮，一種新的氣氛在變化；並沒有自覺去思考這個問題，要為這個運動做什麼。所以我動作很快，一部一部拍我喜歡的片子；但唯一的改變是不考慮觀眾了，誰配誰怎麼樣的結構會很賣座，已經不管了！

白：那時候所拍攝的新電影，像《風櫃來的人》、《兒子的大玩偶》和《冬冬的假期》的票房紀錄，與早期的《風兒踢踏踩》、《就是溜溜的她》和《在那河畔青草青》怎麼比？

侯：喔，這樣子啊，《風櫃來的人》以後就開始賣不來了，一直到《悲情城市》。我後來的片子，《風櫃來的人》是最差；《冬冬的假期》啊，《童年往事》啊，《戀戀風塵》啊，其實也還好。

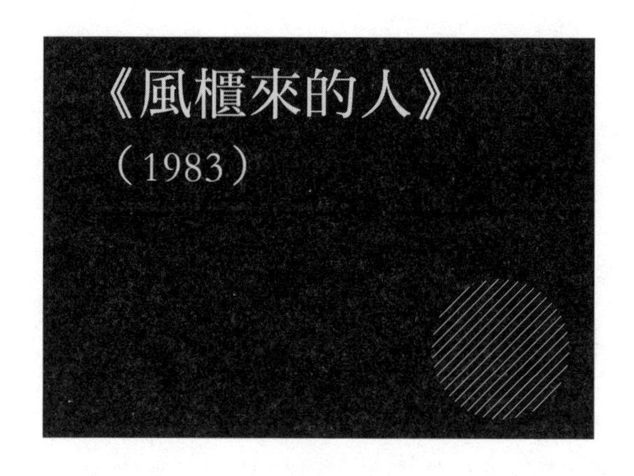

白：《風櫃來的人》可以說是半自傳題材的電影吧？有多少是來自於自己的經驗，有多少是別人的故事？

侯：左宏元他公司那時候拍鬼片（1980年的《地獄天堂》），王菊金導演的，用了我那副導許淑真，所以有空我就會去（探班），因為我們是同一個老闆。我就坐公車從澎湖（馬公）那邊一直坐到底，就是風櫃東站。下車來一個小雜貨店，幾個年輕人在那邊（玩撞球），很老的老頭在計分。我感覺很有意思就在那看，就寫了一個筆記，沒想到後來，《小畢的故事》之後，我會拍《風櫃來的人》。

那時候討論《風櫃來的人》，還有丁亞民、朱天文、許淑真，丁亞民就提供他的經驗，他在高雄看片子被騙；我就把這風櫃年輕人——因為都是移動嘛——（設定在）高雄發展，高雄有澎湖幫，就這樣子。

我在鳳山住，後來住一個半島，要坐船過去——叫旗津，以前叫旗後。第一年沒考上大學，去那邊說要唸書，唸個屁啊，朋友都是海四廠（海軍第四兵工廠）做工的，去沒多久就跟人家打架，打了好幾場。但我住那邊有個記憶，所以就把它放進電影，而且那邊到加工出口區很近，那味道對我來講很過癮。以前渡船頭很漂亮，是日式的，叫「哈瑪星」，本來叫「哈瑪線」，是日據時代一條鐵路線直接開到鼓山渡船頭，唸成台語變成哈瑪星；所以那個地方是我唸書待了幾個月，住在朋友家裡。

澎湖是去看拍片、探班。我就把這兩個（場景）合在一起，又跟加工出口區合在一起。而我有一個朋友剛好在加工出口區，電影裡工廠那頂樓是我朋友在那裡打工的頂樓，但工廠生產線是找另一個地方拍的。基本上是因為熟悉，所以這樣使用，這樣味道和內容都跟我成長有關聯。其它是創造，像庹宗華跟他女朋友（林秀玲飾），那女孩子跟他們之間的關係，完全是創造的。

其實庹宗華是鈕承澤他們的學長，因為拍《小畢的故事》一起（開始合作）；他們那幾個台語不好，配音的時候就摻著。

白：當時拍片檔期非常緊，在《朱天文的電影小說集》的序文中，天文有記，當時拍《小畢的故事》你們10月28日初次見面，到了1月29日電影就上映了。而且很難想像的是，《風櫃來的人》更快了，從編劇到上映只花了兩個月！那是什麼樣的工作狀況？這種驚人的拍片速度，是因為被逼要趕片，還是因為激情？

侯：是這樣子的，《小畢的故事》陳坤厚導演，我們萬年青成功了，接著去幫《兒子的大玩偶》，我們整個 team（團隊）參加。然後輪到我導，拍《風櫃來的人》，不是跟中影，而是跟外面的發行公司；他們很信任我，投資一半，我們自己投資一半，沒想到賠錢。

其實是照著我們自己的節奏，那時拍片很快，然後就賠錢啦！接著《小爸爸的天空》，陳坤厚導，中影出錢，這部片賺錢才把債還掉的。其實這就是照著過往合作的模式，他一部我一部，下來就是《冬冬的假期》。

但大家想法不一樣了，陳坤厚覺得我為什麼《風櫃來的人》上完片還要重做音樂，花了二十幾萬，有這個（疑惑）就開始分開了。我最後一部跟他（合作）就是《最想念的季節》，「畢寶亮」的故事，那是我很早以前的劇本；把那弄完之後就分了，各做各的了。

白：有一點很有趣，就是觀眾與評論界總會用一種「作家論」的觀念，來看導演的電影。凡是侯孝賢的電影，都會歸類某一種模式，但因為您跟陳坤厚的關係不是一般的，是非常密切的，而且是輪流掛名的；我們是不是要調整我們的想法，把陳坤厚導演當時與您合作的片子，也歸類到您的創作上，把《小爸爸的天空》、《最想念的季節》等作品看得跟您早期的電影一樣重要？

侯：可以參考，但心情不一樣；你懂我意思嗎，因為他要導演基本上要他通過啊！他要喜歡那題材，但我自己的就不一樣了，我有我自己想做的，所以不能用這兩個……。

白：您還是會覺得是別人的片子。

侯：對。因為那最重要的意志在他，雖然處理是我，編劇我參加討論，但問題是他喜歡的……我那時候已經在變啦。像《小爸爸的天空》其實蠻好玩的，那部愛情（題材），跟我後來寫實的風格已經有點不一樣了。其實是心情啦。

白：在《風櫃來的人》裡，所謂「侯孝賢風格」的主要因素，已經很成熟地展現出來。是否在您頭幾部片子裡，一直試圖展現這種風格，但無法逃脫通俗電影的一些規範？

侯：沒有。就像我前面講的，因為自然到了一個階段，要拍自己成長的經驗，就像《風櫃來的人》裡，母親向阿清扔菜刀，是我自己的經驗；還有他爸爸，這裡（額頭上）有一個凹，那是陳坤厚的一個朋友，他頭上真的有這個凹，這朋友前幾年才去世的。你知道他是怎麼凹的，就是高速公路剛建好那時，他被一輛砂石車上一顆石頭打到，喀！車窗玻璃整個破掉，頭蓋骨陷了一個凹。

白：那就請他來演這個角色嗎？

侯：他倒是正常的，並沒有影響他的腦子。我會用這個，是一個記憶：小時候很小，在鳳山打棒球，沒護具什麼的，只有手套；球很硬嘛，有一個瘦瘦的（孩子）——不知道為什麼也沒有閃開，恍惚了，還是怎樣——碰，打到頭，磅！倒地都是灰塵，我們看見他這裡凹進去一塊，印象很深。就像打蛇這印象很深。這些我感覺很過癮，都加在一起。

所以，我感覺創作上觀念最大的差別，就是把自己生活的過程，成長的經驗，慢慢放在電影裡，越往真實上走。這跟碰到楊德昌他們一群有關係，大家對電影一直在聊，無形中……我感覺這種新鮮，會一直往這個方向走，我再也不管票房了，很慘！

白：您剛才提到楊德昌對音樂的貢獻，後來李宗盛跟蘇來的音樂完全拿掉了嗎？

侯：拿掉了，但是有人保留這一版，陳國富[8]就有這版，那時候是video（錄影帶）。

白：我覺得在音樂運用上，《風櫃來的人》還是比較克制。是否在這階段就開始對電影音樂有著不同想法？也開始逃脫通俗主題曲的運用？

侯：基本上是這樣，楊德昌一配（《四季》），哇，我感覺很棒，很爽。《童年往事》找吳楚楚做音樂，那時候能力眼光都不夠，其實那不是很好，那音樂很輕。

白：後來用陳明章[9]的？

侯：陳明章是《戀戀風塵》開始（合作）。當時我那劇照陳懷恩[10]，他對這一方面比較有感覺，聽了一捲陳明章的帶子——好像是一個記者發現陳明章的，做了一個demo給中央電影公司，然後給陳懷恩——他聽了覺得很棒，於是就用。

白：聽說陳明章做了四十幾分鐘的音樂，可是您在《戀戀風塵》只用了不到一分鐘的音樂——很短的一個小片段。

侯：其實《戀戀風塵》（的音樂）都是他的啊。他這音樂，本來我們是想要拍一個歌仔戲的（題材），叫《散戲》，弄了一個劇本，但後來沒拍；好像他有這方面的音樂在裡面，那是他本身很厲害，自己這樣彈的，完全擺脫明星唱的了。

白：您那些主題曲，本來是電影公司指定要用的？

侯：老闆（左宏元）就是！

8. 陳國富（1958-），台灣新電影時期為影評後來轉為導演。導演代表作為《徵婚啟事》（1998）、《雙瞳》（2002）、《風聲》（2009）。2000年代後積極參與兩岸三地的幕後製作、監製，和策劃工作。出版過影評集《片面之言——陳國富電影文集》。
9. 陳明章 (1956-)，台灣音樂創作人，製作人，歌手。出過多張個人專輯，也曾經為侯孝賢的電影《戀戀風塵》和《戲夢人生》作配樂，其它電影配樂包括《幻之光》（1996）和《天馬茶房》（1999）。
10. 陳懷恩（1959-），台灣電影攝影師，導演。1983年入行為《兒子大玩偶》擔任場記，1985年《童年往事》擔任劇照師，後來升為攝影師，為侯孝賢的四部電影——《尼羅河女兒》、《悲情城市》、《好男好女》、《南國再見，南國》——擔任攝影。其它攝影作品有《7-11之戀》（2002）、《經過》（2005）等片。《練習曲》（2006）是陳懷恩的首部導演作品。

《風櫃來的人》劇照，陳銘君攝。有張世（右二）、鈕承澤（右一）等年輕演員加入，

白：《風櫃來的人》顯得非常成熟，而且整個風格與前幾部電影很不一樣。雖然如此，電影裡的一些主題還是很相似。像鈕承澤、庹宗華、林秀玲的三角關係，城市（高雄）**與鄉村**（風櫃）**之間的差距。您用比較成熟的電影手段，來把同樣的主題表現出來……**

侯：這時候專業技術還有美學，電影的美學、影像的感覺，開始成熟，我感覺是這樣。我這次去大陸，他們在討論本土跟國際、商業和藝術，我說其實沒有分別的，那都是專業技術，是養成的，有些人慢慢養就會有。

白：您曾經談過，沈從文對您電影美學的影響，尤其從拍《風櫃來的人》的那段時間。您能談談朱天文在甚麼樣的情況之下，介紹沈從文的作品給您，以及《從文自傳》等書對您拍攝電影的影響？

侯：當你準備拍一部電影，要處理劇本的時候，最需要的，其實是一個清楚的角度和說法。比如說，一群年輕人的故事，像《風櫃來的人》，你得知道你用怎麼樣的角度，用什麼「容器」去裝這個故事？

以前我編好故事立刻就可以拍，跟天文他們認識以後，就開始尋找「角度」。你可能有內容，但你的形式是什麼？以前拍電影很簡單，從來不管什麼形式，後來跟台灣新電影運動中那些國外回來的聊了以後，變得不會拍了，開始有這個困擾。《風櫃來的人》很多出自我自己的經驗，我想要說一個關於成長的故事，但是這個觀點到底是什麼？我也說不上來。朱天文就拿了沈從文的自傳給我看。

沈從文的書以前在台灣算禁書，我看了之後感覺他的視角很有趣。他雖然描繪的是自己的經驗和成長，但他是以一種非常冷靜、遠距離的角度在觀看。

白：您過去不是有一段時間想把《從文自傳》改編成電影？

侯：但是很難，那個時代過了，那時代人的味道也沒有了。他們那時候人的樣子、觀念——那時候各路軍隊殺來殺去，抓到人要殺；因為太多人了只好抽籤，農夫抽到了要被殺，結果他在擔心他的牛，交代他的牛要處理——我們現代人看了非常震撼，我前一陣子還在重看《從文自傳》，因為要寄給我兒子。我兒子在美國要我寄幾本書給他，我就找出來重看，更清楚。

他們那時代實在太天地不仁了。但我知道那是不可能拍的，坦白講拍不到，就算美國那樣的電影工業都不容易，光要找像他們這樣的人都很難了，那是一個動亂的時代。

白：還有沒有您一直想拍，可是無法實行的電影？

侯：《合肥四姊妹》[11]啊。沈從文他太太張兆和一家人的故事，在美國的一個作家（金安平）寫的，因為認識張家四姊妹的老四，她做的記錄訪談叫《合肥四姊妹》，哇！那種中國家庭的結構，那東西我非常想拍，但我知道非常難。聽說大陸有一個年輕導演，拍過《綠帽子》的劉奮鬥要拍。

白：廖慶松曾經說過，「《風櫃來的人》是我剪接上的轉捩點，是我『掙脫』傳統規則束縛的電影。」[12]能否談談《風櫃來的人》在剪接和攝影上的突破？

侯：攝影就是「很遠很遠」；因為我看那本書（《從文自傳》），所以擺了一堆遠鏡頭。然後我跟廖慶松在電影圖書館看《斷了氣》，人家高達《斷了氣》早就突破了！我知道高達那時候底片很少，一捲底片拍完喊停，換底片，換好就從前面那一句接著演，然後他片子的剪法完全不管接不接，喔！我們看了這個就開始（嘗試）了。

譬如電影裡，幾個男生到了高雄等公車，上錯車又跑下來再上的那場，我們拍了好幾個take，剪時從不管鏡位的，就剪在一起，類似這種剪接的方式。還有最後送那女孩子走了，鈕承澤在公車站的茫然，車子一輛又一輛開過去擋住他，我就抓了一部分畫面接在一起，因為能量夠，根本不必管鏡頭的邏輯，這觀念就更新了，跳了一級，完全打破了！就像廖慶松講的，因為我們兩個都是一起嘛！

11. 《合肥四姊妹》（*The Four Sisters of Hofei*）是耶魯大學歷史系教授金安平（Ann-Ping Chin）2002年的著作。本書講述出生在1907至1914年間的張家四姊妹在20世紀中國的真實故事。關於張家四姊妹的其它材料可以另外參考張允和口述，孫康宜撰寫的《曲人鴻爪本事》（聯經，2010）。
12. 張靚蓓。《電影靈魂深度的溝通者：廖慶松》。台北：典藏，2009。46頁。

白：那攝影呢？

侯：還是陳坤厚，大量用自然光，儘少打光、補光，黑的地方就給它黑才不管，然後我一直叫他「遠一點」。他跟我攝影的最後一部片是《冬冬的假期》。

白：劇中這幾個角色，黃錦和（庹宗華）**、阿清**（鈕承澤）**和小杏**（林秀玲）**都有非常複雜的性格和豐富的內在世界。您怎麼去塑造這些人物？他們是否根據您生活中的一些親人或朋友來打造的？**

侯：基本上是啊。鈕承澤有很多我的影子，加了他的父親小時候帶他去打棒球，這裡（額頭）壞掉了；然後打蛇——父親還健康的時候。還有他媽媽；他姊姊與姊夫，有點像我的姊姊與姊夫，一副就是你應該要怎樣怎樣。砸飯碗也是我的記憶，就是我姊姊一直在唸你要幹嘛要幹嘛，那時候父母都死了，之後祖母去世的喪禮完吃飯，我那個碗就「叭！」往牆上砸。這些內容就放在鈕承澤這個角色身上，包括母親丟菜刀，這些細節就把他複雜了，有了人的深度。

包括他那個信封，那信封買來撕開，有一隻蟑螂壓死在那邊，我說很好你就

鈕承澤（右）與林秀玲。《風櫃來的人》劇照，陳銘君攝。

畫吧，寫吧，大概是這樣。

白：電影裡的幾個青年都充滿著一種壓抑。按您看，這種壓抑來自於哪裡？它源於整個地區還是戒嚴時代？您如何看？

侯：這種困境，很怪，不知道為什麼有一種掙扎，可能是那時代的氣氛；我的片子為什麼都有這種東西，只是那時候不自覺，已經不是以前那種光明燦爛的愛情故事了。完全回到我自己的成長，感覺那才有味道，夠味道，可能走上寫實以後這是逃避不掉的。

白：對於鈕承澤的角色來講，這種壓抑和他整個性格的形成，好像都跟他父親的意外事故有很密切的關係。雖然父親的鏡頭不多，整部片子的核心，還環繞著他與兒子的關係。

侯：就是把他的角色加重了；直到父親去世，他回去想了很多。我那時用了兩個時空，現實的時空，然後鏡頭攀（pan）過來，變成小孩子。

白：處理這樣的關係，在拍攝的過程中也會想到您自己跟父親的一些因素，或者處理自己感情的一些經歷在裡面嗎？

侯：那是一個感覺，處理這個感覺，用了不一樣的情節。我跟父親沒有講過什麼話，十三歲我父親就去世了，但感覺那 image（印象）非常強。我一個同學，媽媽是小學校長，我幫他打完架，他媽媽來，談起我爸爸。那時候我爸爸已經去世四、五年了，說我爸爸很有氣節，很正直。聽她言詞之間，好像尊敬我爸爸，感覺很奇怪。這種影響，家教這種東西很難說，力量很大，所以我才感覺我不可能當流氓，算了！

小時候在宿舍外面玩，很黑，只有一個路燈小小的，玩「五、十、十五」；躲迷藏——數到一百，就要躲好，鬼要抓。有一次，一個大垃圾箱旁邊有一個狹洞，我就趴在那狹洞裡，鬼看不到我，我看得到他；這一趴，完了，手摸到雞大便（笑）。小孩摸到雞大便沒什麼，還是照樣玩，到一個階段後才衝回家洗手，就聽到說我爸爸回來。我爸爸那時候在台南的肺部的療養院，住了很長一段時間，接回來，姊姊就叫我們回家，不能玩了！這個印象很強，跟父親之間的。

他早上去上班，中山裝是卡其的，我媽媽都會用米漿，這我們從小就會的，用米漿來漿衣服（笑）；漿了以後，曬過然後燙，很挺，所以我父親騎腳踏車，褲管都會夾一個木夾子，不讓鏈子弄髒了。他有一陣子不在，車子我都是穿過橫槓騎的，不是坐車座上面騎，個兒太小踩不到輪子所以是穿過去騎。（關於）父親很多印象，就這種吧。

我說的世界觀包括細節都會加進去。有一次我們去吃館子，高雄我爸爸一個朋友的「梅州餐廳」，客家人，不是吃飯時間我們去看那個人，結果那人弄了一大碗的牛肉丸子湯，好好吃喔。小時候，唯一一次。

母親的事更多，但我比較少在電影裡表達，我本來想拍母親傳。

白：後來呢？為什麼沒拍？

侯：我外公常常去南洋泰國做生意，我母親是大女兒，掌上明珠，所以他回來常常有東西都是給我媽媽的。後來他在泰國又結婚，那邊又有老婆、孩子，就死在泰國，財產全歸那邊。我母親那時候已過來台灣了，嫁給我父親；以前本來有一個談得來的男人，一個老師。她會跟我姊姊講，我姊姊大嘛，我們比較小怎麼會了解這個。我母親的故事也是很過癮。

白：您沒有打算把母親的故事也拍出來？

侯：不知道，但可能會有一個原型呈現在我的電影裡面。

白：那麼再回到父親的形象，《風櫃來的人》的父子關係和《戀戀風塵》的父子關係非常地接近。除了父親的殘廢，還運用了許多倒敘的鏡頭，來表現他受傷的經過；雖然《戀戀風塵》是吳念真的故事，但整個表現的方法非常接近。

侯：拍那片子（《戀戀風塵》）其實很好玩，我是想說拍完這片子，念真就可以脫困覺悟了，那是他刻骨銘心的愛情卻失戀，他姓吳嘛！吳的諧音（無）就是nothing。「念真」是筆名，因為他以前愛的那個女孩叫阿真。

白：那一些父親在礦區中的受傷鏡頭呢？

侯：也是他故事的一部分，細節記不得了，因為我加了一些東西。

白：其中之一的倒敘鏡頭，講父親用棒球棒打蛇的一個記憶，來展現父親過去的勇敢、驃悍，但是否也有一層比較象徵性，甚至宗教性的解讀方法？

侯：我通常不管象徵性，只管順不順，對不對，象徵意義是別人去發現的。

白：但是一直不斷回到這個鏡頭，因為只有在這記憶中，父親是可以站起來的，一個驃悍的父親。是棒球棒打死這條蛇，也剛好是棒球棒造成他的傷害。

侯：對對，棒球，這都是記憶和經驗。你要我這樣拆解沒辦法，我要是這樣拆解就不會拍了。

白：我看在碼頭打起來的那段戲，有個遠鏡頭，攝影機擺得又遠又高，有點類似紀錄片的手段吧，以前有用過這樣的拍法嗎？

侯：有啊。我們那是偷拍，為什麼，因為很多人來來去去，我們就偷拍，只跟演員兩個講好；沒想到鈕承澤很狠，還把張世推到水裡面，所以有一個騎摩托車的還停下來責問。所有人都以為是真的，群眾的反應你要去哪裡找啊！

白：像《風櫃來的人》打架的鏡頭，後來《悲情城市》、《再見南國，南國》也有這些打架的鏡頭，很難拍嗎？您是如何指導演員？剛才提到鈕承澤把張世推到水裡的鏡頭，他們有時候還會來真的或演得過頭？

侯：沒有，也沒有真的打，你看《童年往事》一樣啊，就是我跟這邊的演員講等會兒怎樣，然後跟那邊的演員說不一樣的（笑），結果一上來就把腳踏車踢倒了，就兩邊講不一樣的，一陣混亂。（笑）

白：所以您要的就是這種混亂，像《悲情城市》裡他們用武士刀砍來砍去，表現這種亂。

侯：對啊，真正打架沒有什麼套招，那種都不像。

白：一般來講，這種打架鏡頭會拍好幾次？還是一個take就夠了。

侯：通常一個take就解決了。通常，除非我覺得真的不行。以前我拍《尼羅河女兒》不是街上開槍嗎，旁邊剛好有人，以為是真的，嚇死了，拍完我還要去安撫一下。

白：像《風櫃來的人》有多少對白是根據劇本，又有多少是您讓演員即興發揮？

侯：通常是有個劇本有對白，但是這個對白只是給他們知道有這對白，可以增加或是減少他們都已經習慣，很清楚了，尤其是高捷。這些都很容易，因為我現場是不帶劇本的，就一直盯著演員，不合的——就是不合氛圍的——就不行。

到《千禧曼波》更是，哪裡有對白，只有一個氛圍形容這場戲，但我安排了很多元素，像我要他檢查7-Eleven的收據，檢查女友的行踪——這會造成衝突，都是reaction（反應）的。這需要不錯的演員才有辦法。

白：這有點像錢鍾書《圍城》（1947）**背後的哲理：城裡的人一直想跑出去，而外面的人一直想衝進來。還是跟移動有關對不對？就像《風櫃來的人》往高雄去，高雄來的人往台北跑；也許台北的人想往國外跑？人生也不過如此。**

侯：是啊，那時候移動得很厲害，誰也不知道會如何，冷戰還沒有結束，我們退出聯合國了，整個狀況是不明不確定的。你看以前流行說「來，來，來，來台大；去，去，去，去美國。」很多都是不安全感，都是從上一輩傳下來的。

白：這種壓抑跟不確定性，跟這很有關係吧？

侯：對，就是這種不確定性，是好幾個世代傳下來的，就像朱天心形容的，「沒有祖墳在這裡」。你有祖墳在這裡，表示家族很大、有根基，那種感覺是不一樣的。所以我那時候就感覺到我們跟台灣本地的人是不一樣的。

白：《風櫃來的人》已經開始展現您作品裡對電影的迷戀，像成龍的《醉拳》（1978）**、維斯康堤**（Luchino Visconti）**的《洛克兄弟》**（*Rocco and his Brothers*, 1960）**，甚至那部「彩色大銀幕」的虛無電影。選《醉拳》和《洛克兄弟》是**

出自於什麼樣的考慮？

侯：《醉拳》是因為投資方，這部片子是他們發行的，最簡單嘛，拷貝也最快。《洛克兄弟》是我很年輕時候看的。

白：《風櫃來的人》和《洛克兄弟》二部片子的故事情節有點相似，主題也很像。而您不斷地探索（電影中的電影元素）**這個主題：從《兒子的大玩偶》三明治人的電影廣告，《戀戀風塵》的電影宣傳看板，《千禧曼波》裡滿街掛滿電影看板的日本小鎮，一直到最近的《珈琲時光》和《紅氣球》，整部電影已經變成一種對過往光影記憶的兩次致敬。**

侯：沒那麼自覺。《珈琲時光》在日本拍，人家指定的，我本來不敢去，因為生活細節不一樣，但我拍都是丟給演員然後捕捉的，有這種形式所以我就試了，結果很成功。

又去拍《紅氣球》，本來呢是短片後來變長片。我讀了兩個多月的散文與隨筆，都是住在巴黎的外國人寫的，提到這個（老片）《紅氣球》的是《巴黎到月球》（*Paris to the Moon*, 2000），一個美國作家（亞當・高普尼克Adam Gopnik）寫給每期《紐約客》的，他在巴黎住了五年，書裡提到小時候看電影《紅氣球》（*Le Ballon rouge*, 1956），我找來看了很有意思，很像我們那個年代，小孩好自由喔——其實很殘酷，那是一種成長過程必然會碰到的。所以我把那紅氣球當作主角，它跟小孩的關係，它好像跨越以前到現在來看，一切不一樣了，現在的小孩什麼都有，有電玩有什麼……而它只能遠遠的看，這idea（概念）是看了那本《巴黎到月球》得來的。

白：但您把這個電影主題連在一起，還是有很明顯的發展，像《兒子的大玩偶》裡面的人掛著小的廣告，《戀戀風塵》裡的人掛大的廣告……。

侯：掛這個廣告呢，因為我們以前在鳳山，跟我一起打架的朋友，小學同學，後來在鳳山戲院還是大愛戲院畫廣告，我常常去找他，有這個記憶所以就使用這一段。

白：還記得《好男好女》裡面一開始，她房間裡有一張電影海報吧，電視還在演小津安二郎的電影。

侯：海報，好像是一部美國片，《大河戀》（*A River Runs Through It*, 1992）吧，我忘掉了。《好男好女》我用了一些小津的片段，就是《晚春》，這電影我非常喜歡，原節子跟笠智眾演的，很過癮，張力很強。

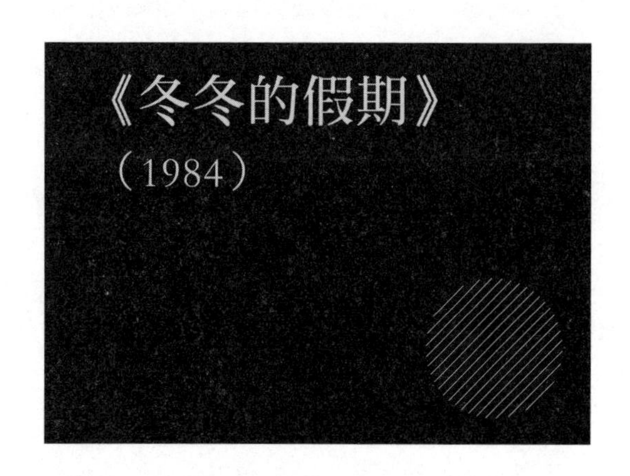

白：《冬冬的假期》是根據朱天文差不多同時寫的一個短篇小說〈安安的假期〉。故事最吸引您的地方是什麼？

侯：就是他們回外婆家嘛。另外有一個女孩子（張安槿）寫有關於母親生病，把小孩送回外婆家，那小說叫〈流放〉（1976）；加上朱天心的小說〈綠竹引〉（1977），寫那個瘋女的，客家話叫「癲痲」。

主要是一個城市（孩子）回到鄉下，描寫鄉下的一些狀態和一個瘋女。包括那個涵洞、拿石頭砸人偷東西，那是我看報紙的。然後阿西（陳博正）的痔瘡，是我的經驗，割痔瘡喔，痛到不行這些。

白：我覺得電影裡的一些人物組合非常有趣。

侯：一部分是天文她們家的，譬如說她的外公、外婆、三舅、小舅，母親生病是別人的，瘋女是天心寫銅鑼外婆家的，她小時候被女傭春蘭阿姨背著到處串門子。捉小鳥是我小時候，放學走稻田看到（捕鳥人），嗶！波！波！波！一直拍手，哇所有的麻雀都來，以為老鷹來了；他吹一種哨子，很細的哨子，然後有網，（麻雀）一衝進去，有羽毛（纏住）就拔不起來，他那一抓，頭就「啵！」脖子就扭斷了，放進袋子。

白：除了核心人物之外，還有一群調皮的鄉村孩子、幾個流氓、一個瘋子，但同時您還是採取一個很寫實的拍攝手法，使整個非常自然地合在一起。

侯：因為那小舅舅比較有狀況，所以就添了一些東西。

白：您說您有些是從報紙得到靈感。您經常看報得到靈感，直接放進去嗎？

侯：報紙最快了，很多東西，像《斷了氣》的故事也是高達從報紙看來的。我發現楊德昌上課也很喜歡聊報紙；我之前上課也是聊報紙，六、七個學生有編劇有演員，我說好，你們各自（從報上）去選你們的角色，內心是什麼狀況。雖然報紙呈現一點點，但是很多軌跡，很多 information（資訊）在裡面。

報紙其實很好，《俏如彩蝶飛飛飛》的一屋兩租啊，很多都是從報紙來的。我本來剪了一堆報紙，很多台灣奇奇怪怪的社會現象；剪報需要整理，然後寫筆記，現在是太忙了沒做。

像楊德昌的學生戴立忍[13]，拍了一個《不能沒有你》（2009）[14]，也是根據幾年前的報紙；他上楊德昌的課，也有這種習慣。他就用那事件呈現社會背景與

13. 戴立忍（1966-），台灣電影編劇、導演，非常多產的電視、電影、和舞台演員。演出的電影包括《一一》（1999）、《雙瞳》（2002）、《停車》（2008）；電視劇有《大醫院小醫生》（2000）、《白色巨塔》（2006）。導演作品有《兩個夏天》（2001）、《台北晚九朝五》（2002）、《不能沒有你》（2008）。2009年金馬獎最佳導演、最佳劇情片、最佳原著劇本、年度台灣傑出電影、觀眾票選最佳影片的得主。

14. 《不能沒有你》取材於2003年的一個台灣社會新聞，當年有一位單身父親抱著女兒在天橋上準備跳下。此新聞引起不少社會反應，後來由戴立忍親自改編成電影作品。

《冬冬的假期》劇照，陳銘君攝，城市電影公司提供。

結構。布列松[15]（Robert Bresson）是此中最厲害的，他拍的《扒手》（1959），呈現的是背後的家庭結構，社會結構，money（金錢）。

白：那麼您每一部片子都會受到當時的一些社會新聞的影響嗎？

侯：倒也沒有。拍《冬冬的假期》我去那邊看景，有個涵洞，剛好前不久有一個新聞，卡車司機喜歡在涵洞睡覺，有兩個流氓搶劫，他怎麼被打傷的我不知道。所以《冬冬的假期》一個寙三拿著石頭要砸睡著的司機的頭，那石頭好像是我加進去的。

白：《珈琲時光》好像有一些情節也是因為看報的因素。

侯：一部份是我女兒的同學，他家加工廠移動到泰國，唸美國學校，然後去美國唸大學，回來以後已經在大陸開工廠，有做皮革的，有做輪胎的，有做雨傘的，做這些有的沒有的；我家收了很多雨傘——他跟我女兒很好，所以我知道這種移動。但《珈琲時光》主要是我的日本翻譯朋友小坂史子的故事。

白：回到《冬冬的假期》，之前您有運用一些空鏡，但好像沒有《冬冬的假期》多，空鏡使整個片子有點山水畫的感覺，有點禪宗的意境。身為本片的攝影指導陳坤厚，對這些空鏡應該也有一些功勞吧？您是在什麼樣的情況之下運用空鏡？

侯：我看到不錯的（自然景象）就會拍，有什麼天氣變化，感覺很過癮就會拍，會想什麼戲跟這個有關。以前爬樹採芒果吃，怕被人發現，就很注意周遭環境，那時候好像時間是凝結的，因為太專注，（可以自由感覺）蟬聲、風、樹在動、有一個人偶而經過，這是空鏡——並不為了介紹環境或負擔劇情推進什麼的。雖說是「空」，但有一種氣息、一種意思在那裡。

《冬冬的假期》冬冬看到有一棵大樹很漂亮，那就爬樹，爬得很高啊；瘋子來了，玩伴全跑光了，冬冬在樹上面不敢動，稻田與原野那一刻就停止了，有人在收割。

天文外公家那留聲機是日據時代的，掛鐘也是，老一輩的人所有的東西都會留下來，一直用。外公家兩座掛鐘，會噹噹噹報時，幾點鐘報幾下；留聲機是要裝針上去，粗粗的那個針劃著黑膠唱片，很早的，唱片都還能放著聽。我喜歡這條線索，當場就錄用，唱片音樂轉到大樹上的冬冬，風呼呼地吹。

白：除了這種空鏡以外，83年以後的電影，總體來講運用更多的所謂藝術電影手法，像空鏡，不直線的敘述，長鏡頭等等。當時合作的製片人和片商會不會反對，擔心電影太藝術化了，觀眾就吃不消？然後跟片商有一些衝突？

侯：導演雖然在體系之內，但有時候也在體系之外。意思是說，我的資金來源、跟什麼人合作，我有我的想法。我感覺當一個導演是這樣，你有多少credit可以找什麼樣的人，什麼樣的公司。

我跟中影先拍了三部，後來再簽了三部但只拍了兩部，《戀戀風塵》與《童年往事》，後來拍《尼羅河女兒》是人家找我拍的。坦白講，這些人不懂。其實中影都不懂。你懂我意思嗎？《風櫃來的人》走太快，劇情稀薄只看見一群

15. 羅伯特・布列松（1901-1999），畫家，法國電影大師級導演。1934年開始拍片，四十多年拍了十三部電影。主要作品有《鄉村牧師的日記》（*Diary of a Country Priest,* 1951)、《死囚逃生記》（*A Man Escaped, 1956*）、《聖女貞德的審判》（*The Trial of Joan Arc*, 1962）、《錢》（*Money,* 1983）等片。

少年在遊蕩，觀眾追不到故事線索了，但有些人很喜歡，所以我感覺還好，自作自受嘛。

後來焦雄屏學電影回來，寫很犀利的影評，鼓吹新電影。最早她寫她的文章，我們不太理她，一如我不理影評，也沒有跟她接觸。後來不知道從什麼時候形成藝術電影與商業電影的對立，《童年往事》吧？沒有她，不會對立（笑），她有那種 power（力量），她認為的就是全部，她說的就是對的。

那敵對一派說要走好萊塢路線。我通常不看媒體的，不看電影評論。我也不理好萊塢，你說怎麼拍好萊塢？說給我聽聽？電影工業差太遠了，（我們）做不到的。那時候沒有那麼清楚，只知道東方電影就是東方電影，跟西方的表達形式不一樣。

這兩個表達情感不一樣。一如東方的文字與西方的文字不一樣，東方的文字是具象的，象形、形聲、指事、會意……基本上是象形延伸的；例如「書」這個字以前叫「冊」，「象」這個字形就很像一隻大象。而西方是符號語音的，是抽象的。

西方從小的抽象思考就比東方強，這種邏輯概念、組合、結構跟東方不一樣。戲劇傳統也不一樣，戲劇我們很晚，再加上十九世紀末照相術的發明、光譜的發現、佛洛依德的心理分析包括潛意識，影響很大，這些影響drama（戲劇）和表演非常大。

我那時候的直覺，東方表達情感不一樣。我舉個例：以前出國我買東西回來，我太太很開心，但是她不會說的，她只說花了多少錢，很貴會罵；但是做菜的時候那菜就很好吃（笑）。她是間接表達，很多都是這樣。東方很政治的，話說一半的（笑），西方就不會。西方很直接。我那時候就知道要找一個東方的表達方式，不屬於西方的表達方式，正好現實面有。

現實面就是：我不滿意這些演員，一般的演員沒辦法，他們演電影和電視演習慣了。我只好找非演員，越找越過癮，越找眼光更清楚。我會根據找來的人重新設定，感覺這個人有趣，就會按照他的狀態去設計，根據背景，調整他跟角色之間的關係；然後拍的時候不能叫他演，因為他沒演過。我的鏡頭形式，就是從非演員來的，要長要遠不要亂動，若是太近拍他會發抖，不行；最後換了Taylor鏡頭來拍。所以我就遠遠的，盡量一場戲不切斷拍下來。

要跟這些非演員講這個時間的流程，上午、中午、下午還是晚上，要讓他在生活的時間裡而不是戲劇的時間——上午有時候小朋友就在玩，還沒上學嘛；媽媽一定在準備午餐，有時候買完菜回來——這樣他就不會手足無措。這些變成我拍攝的一個重要的基調。

我一定要知道什麼時間做什麼事才能判斷，不是這時候人該回來的，或是正好這時候該回來的；要不然要怎麼判斷呢？喔，演戲啊，戲進來，霹哩啪啦一直拍。西方對這個也很嚴格，不是隨便來來去去。所以拍這些非演員，就是把他們放在生活的情境裡。拍吃飯很簡單，每個人都會吃，然後把我要的情感或事件放在吃飯裡。我拍吃飯，一定是吃飯時間，不是中午就是晚上。

白：我覺得《冬冬的假期》其中有一個角色很有趣，就是那個外公。他在《在那河畔青草青》裡演鍾鎮濤的父親，演得很過癮，而且他的角色塑造得很好，因為一開始感覺很冷，很嚴肅，後來漸漸產生一種溫暖的感覺。

侯：以前天文她們在光滑的檜木樓板上刷！刷！刷！玩溜冰，外公就會上來禁止；外公午睡的時候，大家都不敢動。我們在拍片，外公在看診，我們是不影響他的，我們拍我們的片，他看他的病人。他一定要午睡，我們全部也睡覺，鋪了草蓆，每個都睡，從來劇組沒有這麼舒服過，每天中午都在午覺，跟著外公的作息。

白：電影都是天文外祖父家拍的，《童年往事》也是在您小時候住過的老房子拍的，是不是《戀戀風塵》也是在吳念真長大的那個環境拍的？

侯：念真那個地方已經毀了，所以我們是找九份的山坡頂上。

白：《童年往事》和《冬冬的假期》都在故事發生的真正場地拍攝，會給您整個電影有什麼樣新的氣氛？

侯：因為天文參加編劇，她很清楚小時候這些，很 match（契合）的，很好玩的。她那外公打她三舅，三舅都走後門，外婆會拿東西給他……很多細節在裡面，所以很有意思。

白：那《童年往事》裡面那個家也是你們小時候的房子……

侯：那時候還是，有點變了。我把它重新整修一下，恢復以前的樣子，包括我祖母睡覺的地方，都是以前的樣子。

白：這樣的話，尤其您祖母過世的那場戲，就在它發生的地方，又回去拍，會不會在感情上比較不能面對……

侯：沒有，拍片我很清楚。你想想看，我們從大陸來，上兩代都去世了，我們十幾歲能幹嘛，沒有能力去應付這種事，只能找一個醫生來。我可以面對這件事，很清楚背後的原因與狀況；年輕嘛，所以直接呈現，不會閃躲。

白：《冬冬的假期》整個電影氣氛非常溫暖，說不定是您所有電影裡最「溫暖」的一部，但同時也有傷感的氣氛在內：母親的病情、瘋子的遭遇、小舅和外公的隔閡等等。任何一部電影的氣氛是非常抽象、很難抓住的一個東西，您怎麼塑造整個氣氛？在溫暖和悲傷之間，怎麼去找到一種平衡？

侯：是根據每個人物（來塑造的）。對中國人來講，親人就是親人，表面上都很嚴厲；但媽媽偷偷會拿錢，時間過了一陣子外公會來看他——表面上都很遵循傳統，很嚴厲，私底下都很柔軟。

小時候我媽媽和我爸爸不知幹嘛冷戰僵持，我自動洗完碗，我媽就摟我誇獎，其實是吵架中間藉這個來緩和氣氛。我那麼小就知道。但她摟我，我會滑開，因為不習慣，我媽媽從來沒有摟過我——很多這樣的細節，從小就很敏感，人跟人之間的關係就這種。

白：其中我很喜歡的一幕，是婷婷幫那小羊的娃娃打針，很可愛、很溫暖，但這背後心理的層次，可以通過這樣的動作知道，這個小遊戲是小孩對病重的母親的一種示愛，但最終還是無能為力。

侯：對啊是無意識的，但小孩有小孩的直覺。還有那麻雀死掉，她就轉移到瘋子，因為那瘋子救了她，還背著她。她其實懵懂不知道什麼是被救，但瘋子那感覺很像媽媽一樣，所以後來她一直堅持不睡要陪瘋子，就睡在瘋子旁邊，她外婆說她個性真硬。

白：瘋子救她，就在火車鐵軌上面，所以還是回到前面談的那個主題，如果火車鐵

《冬冬的假期》劇照，陳銘君攝，城市電影公司提供。

軌是鄉下與城市之間的聯繫，在這裡變成一種很危險的地方？

侯：（笑）我都是看景來設計的，看到涵洞很好，看到有鐵軌就用，我們那時是這樣設計。

白：另外一個特別動人的戲，就在冬冬背叛小舅的時候，這跟一開始冬冬在火車站試圖保護小舅的那場戲，有非常有力的對比，也許這就是冬冬失去他純真的時刻。既然是天文的故事，為什麼把重點放在冬冬身上？

侯：冬冬啊，我也不知道，應該是用了〈流放〉裡面那個男孩安安的故事，然後那妹妹是（來自）天心寫的〈綠竹引〉。冬冬比較大，啟蒙的故事不是都從失去純真開始嗎，婷婷還太小，一片渾沌無意識。

白：所有的演員也表現得相當出色。雖然《在那河畔青草青》也有許多兒童演員，主要的戲還是由鍾鎮濤、江玲等職業演員來演。但這次可不一樣，兒童演員變成整個電影的核心。是否因為《在那河畔青草青》等片的經驗就更順利？

侯：是啊，就像我前面講的，要他們脫褲子，沒那麼容易（笑），後來一個人給兩百塊全都脫了，脫了還掩掩遮遮，我們team（團隊）不理他們，很快就很自然了。

有一場不是（冬冬）睡覺嗎，醒來看有什麼事，好像家裡有誰來。那個冬冬，我就真的讓他睡覺，醒來他臉這邊都是榻榻米的印子；睡了差不多就開始拍了，就很有趣啊。

伊能靜[16]也是這樣子，拍《好男好女》，我叫她醒來要開什麼燈，接電話，結果她睡著啦！終於吵醒了就起來，因為演戲很集中，忘了開一個燈，很暗看不清臉（笑），但我想OK，因為那被電話鈴叫醒講話啞啞的聲音很真實，情緒狀態很動人。如果為了要看清楚臉部重拍，效果反而沒有了。

營造出一種狀態，然後幫助他們做到，每個演員不一樣。我都有這種營造方式，因為我感覺演員太重要了！角色不活，這電影就沒什麼好看的，再安排什麼劇情都沒有用了。

白：《童年往事》處理您的整個成長背景，您有什麼樣的考慮，才決定把自己的故事搬上銀幕？會不會有所顧慮？

侯：不會。那個軌跡，有很多生活經驗揉在裡面，已經越來越可以掌握了。《小爸爸的天空》之後，跟中央電影公司簽了三部片子，總經理明驥走了，等於是新電影的保姆走了，換了一個電視台的總經理；但小野、念真還在，我們就談，問我要不要簽，就簽了三部。因為我那時候歐洲的（拷貝版權）已經可以賣，所以小野還幫我加一個歐洲的分配比例，我佔50%。

《童年往事》這個題材在我腦子裡很清楚。祖母的荒謬，其實是真實的，真實到一種地步就是荒謬；我感覺荒謬的元素就是真實——大批大陸人移民到台灣來，最後上一代全部去世，這裡還在反攻大陸。那時候自覺到這個東西了。

我成長（過程）很重要的三個眼光，一個就是我媽媽口腔癌，去台北醫療回來知道我賭博花了很多錢，她看了我一眼，在榻榻米那邊回頭看了我一眼。梅芳[17]演的時候，我用這個眼光。

第二個是我哥哥師範畢業，在小港，離鳳山差不多20公里，在那邊教書，禮拜六、日才會回來，我把他的存摺拿去花，去賭博，他會跟我媽媽講——所以我媽媽會用那眼光看我。後來我媽媽死了，她是基督徒，有教會姊妹來唱詩，喪禮上我哭，我哥回頭看我一眼，那眼光就是不相信我會哭，因為我壞到了一個程度。

第三個眼光是收屍的人。其實（祖母去世）那時候只有我在，電影裡我把四個兄弟放在一起，「不孝的子孫」。我那時十六、七歲，其實是沒有能力應付這件事的，沒有辦法周全，最多只是請醫生來看，看祖母能不能（有救），如果不能，我能送她去醫院嗎？不能嘛。大概就是這樣，每天叫她吃飯，大小便失禁，醫生說太老了，器官都衰竭了；那就只好放著啊，每天測試有沒有反應，有沒有鼻息。沒想到後來有血水，躺在榻榻米上的背部（都潰爛了），一翻過來的時候，收屍人就回頭看了我一眼。我很清楚這個。

白：一旦決定要拍《童年往事》，那麼初步的準備要有哪些工作？您剛才說回家整理房子啊……

16. 伊能靜（1968-），台灣藝人、歌手、演員、電視主持人、作家。與侯孝賢合作《好男好女》、《南國再見，南國》、《海上花》。
17. 梅芳（1936-），台灣資深的女演員。參與多部電視劇和電影的演出。參加侯孝賢電影演出包括《風兒踢踏踩》、《冬冬的假期》、《戀戀風塵》、《童年往事》、《最好的時光》。

侯：應該是挑演員，都是非演員，演姊姊那個大學剛畢業。

然後找到祖母，她（唐如蘊）那時候假牙拿掉，就很像。她其實沒那麼老——我祖母去世時八十幾歲——她是廣東人，所以客家話配音很準。婦女那時候「針頭線尾」，會縫紉的就可以了，「田頭地尾」會耕種的，「灶頭鍋尾」會煮飯的，唸什麼書？我祖母就是重男輕女到一個程度。

我沒有把我母親自殺留下的疤（這件事情）放進去，那時候還沒有能力面對；

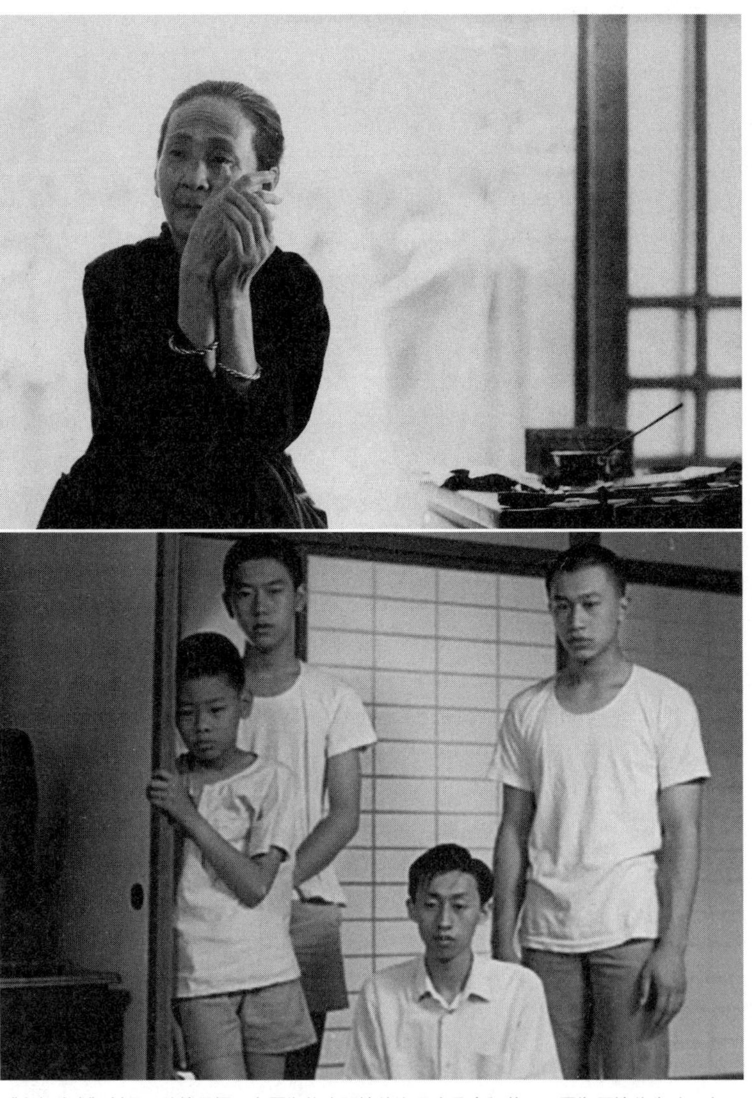

《童年往事》劇照，陳懷恩攝。上圖為飾演阿嬤的資深演員唐如蘊。下圖為阿嬤往生時，在一旁呆立的主角一家幾個兄弟。

我若把疤放進去，電影的故事要回溯到一些東西。是拍完以後，我才更了解母親的情況，就是那種移民到這裡，沒有什麼親戚在這裡，那種壓力很重——以前有什麼事，娘家可以商量，找親戚就好了——老的老，小的小，我爸身體又不好。

我就根據現實找演員，調整一些啦，但調整不是很大。

白：因為《童年往事》的故事需要跨越二十餘年，演員需要很大的range（範圍），**而其中的主要角色還要請不同演員來詮釋不同年齡。像阿孝這角色有兩個演員，會不會很難保持角色的連貫性？**

侯：還好，我主要是（靠）神情、直覺，像游安順演少年時代；另一位演童年時代的，很會唸書，後來唸到台大。

拍父親死的那場。我記得那時停電，電一恢復，我父親已經差不多了，我祖母過來就掐人中；他們老一輩的，掐人中沒用，就代表死了。我半夜跑出去叫醫生，回來已經不行了，死了以後就煎一塊荷包蛋放在他嘴巴上，可能是怕傳染病，或習俗之類的。

我拍那些小孩，哥哥和弟弟——就是我哥哥和我、我兩個弟弟；（另外就是）姊姊、祖母、媽媽。這裡面有兩個演員，躺著的爸爸（田豐），和媽媽梅芳。我跟梅芳講她的角色要啟動場面，那些演鄰居的都是小孩的媽媽——演我弟弟的那兩個小朋友的媽媽。那場戲很怪，現場有一種能量，就是醫生檢查，宣布死亡了，梅芳就這時候表現，結果那一哭，小朋友的爸爸、媽媽，去拉去勸的都哭了，連躺著的田豐[18]淚水都，啪！這樣。當然沒拍到啦！（笑）不是姊姊叫他們來握爸爸的手嗎，那個小小的很軟的手，田豐的淚就啪啦掉下來（笑）。

白：談到田豐，其實他演過無數經典武俠大片，像《獨臂刀》（1967）**、《空山靈雨》**（1979）**，是非常資深的演員……**

18. 田豐（1928-），資深演員，歷年來演了六十餘部電影，包括《阿里山的風雲》（1950）、《楊貴妃》（1962）、《盤絲洞》（1967）、《天下第一》（1983）、《童年往事》（1985）、《青蛇》（1993）、《經過》（2004）。也曾任《梁山伯與祝英台》（1963）等電影的副導演。導演作品包括《金印仇》（1971）和《大江南北》（1976）。

《童年往事》劇照，陳懷恩攝。

侯：對啊，他以前演很多邵氏的片子，跟李行也常常合作。

白：過去田豐在銀幕上都顯得強壯英勇有魅力的，但在《童年往事》我們看到他脆弱的一面，但還保存一種尊嚴。您能不能談談角色的塑造？

侯：我爸爸很瘦，是個文人，假使他還在，我去弄電影是不可能的（笑）。他對電影這種（職業）會有意見。

我父親學教育，黃埔新村那邊的小學校長每次提起我爸爸，都會稱讚他；雖然（我父親）過世那麼久，大家還是很尊敬他。我父親做合作社主任，跟田地有關，自己找資料出了一本合作社的書，就是文人，有辦過報紙。我媽媽嫁給他的時候，聽說是要她唸英文，盯著我媽媽唸英文——那時候都生小孩了——很嚴厲的，很正直的一個人。

白：那您那時找田豐……

侯：有那個味道，我找來找去只有田豐有點像，田豐有一種肅穆。

初登大銀幕的辛樹芬（左）與飾演青年阿孝的游安順。《童年往事》劇照，陳懷恩攝。

白：除了這些資深演員，辛樹芬應該是第一次上鏡頭吧。她當時只有十幾歲，您是怎麼挖掘她的？

侯：辛樹芬，我是在西門町的萬國戲院看到她，哇，這女孩子很漂亮之外，有一種氣質。她一直走我就一直跟，到天橋時我才追上去，介紹我自己，給她看我的身分證和名片，要她的電話。她那時候唸五專，唸商的還沒畢業，所以我拍《童年往事》時，就叫她來客串一下城隍廟旁邊那個女孩子，畢業後拍《戀戀風塵》。

拍完以後就嫁人了，跟她小學同學（結婚了）。小學畢業後，他去南非，他們兩個一直通信，後來他到美國開電腦公司，賣電腦零件、用品，一直通信。她拍完《戀戀風塵》就去找他，結婚了。

我拍《悲情城市》的時候，本來找伊能靜，會講日文，樣子很好。但伊能靜不接，戀愛去了，去日本戀愛了。沒辦法，我只好把辛樹芬找回來。

白：演祖母的唐如蘊，她也是非職業演員嗎？

侯：沒有，她是演員，沒那麼主要的；她先生是編劇，老一輩的。我找她，因為她樣子瘦瘦的，那時候才六十幾歲，但假牙拿掉便老了，所以找她演。

白：《童年往事》一開始，觀眾馬上被畫外音的獨白吸引了，而且是您自己的聲音，便使得整個電影更親密。幾年以後，您為吳念真的《多桑》當監製，也是一部講述父親自傳題材的電影，剛好也用吳念真本人的畫外音。雖然《童年往事》和《多桑》兩部片子的主要對白分別是客家話和台語，旁白都決定用國語……

侯：我的客家話要講旁白沒那麼容易，因為那比較文。客家話現在聽可以，但是很多詞已經記不得了，要講得那麼文和白，除非一直成長到三十幾歲還在客家語系裡面，我才會講。

其次對我來講很正常，因為第一代去世，我們這是第二代——用國語很正常。在中影配音的時候，楊德昌在幫我錄音，那時趕上片趕得很累，聲音啞啞的。做混聲到最後一本時我已不支睏倒，楊德昌幫我混完。

白：您是一開始就決定要用這個旁白，還是剪接的時候才決定需要加上去？

侯：現在記不得了，大概是剪接的時候吧。劇本是一個藍圖，我會不停的根據演員和情境，拍攝過程、演員狀況、現實環境，不停地整理跟調整。

白：我們談過拍父親的那場戲，電影中有三個鏡頭都拍到父親的空椅子。這是非常動人的一個畫像，讓我馬上聯想到《風櫃來的人》的結尾，看到阿清的爸爸也有這樣一隻空椅子在那裡。

在您電影裡總有些畫面，會使人聯想到您其它電影的畫面，譬如說《童年往事》父親剛過世以後，有一盞吊燈的特寫，在《悲情城市》、《最好的時光》兩部片第一還是第三鏡頭，也有類似的鏡頭。

侯：《最好的時光》第一個鏡頭，《悲情城市》也有。不知為什麼我很喜歡燈，因為老，因為光吧，跟電影有關係。那種光影的關係很漂亮，一直照著，都不講話看著這家庭的變化。

白：另一個例子是，《最好的時光》、《悲情城市》裡的全家福照片，我身為一個觀眾會馬上聯想到您其它的片子。您是否有意讓觀眾有這種聯想或聯繫？

侯：沒有。拍過去的事情，照片變成很重要的意義，照片以前是很少的——以前真的很少，要某種聚會才會有，很少有生活照。這些黑白照片，一種時間、情調，一種懷舊。

這種會影響電影的節奏，我其實因為想擺脫這個節奏，才去拍《南國再見，南國》，沒有劇本，只有大概的結構，然後現場調整。不然對老照片會有一種緬懷，一種美（的感受）；那個情感方式不一樣，對現實是詩化了的。

白：像蔡明亮的電影，就很有意圖讓他電影之間產生一種聯繫或對話……

侯：那是自覺的，非常自覺。

白：但看您往後的片子，會覺得其實也有很多呼應的地方，有一些場景與動作不斷地重現。您不介意的話，我想我們就玩一個小小的遊戲吧。我講幾個主要的場景，請您講講看各場景的印象，對您有什麼樣的特殊意義，就是一講到這東西您會聯想到什麼呢？為什麼會一直回到這些場所活動？不一定要講某一個片子的具體情況，也可以講抽象一點。第一個就是火車。

侯：火車是啊，我對火車就是迷戀啊。小時候坐汽車就吐，汽油味，我不習慣，而且我小時候有氣喘。所以我都坐火車，火車你知道很怪嘛，火車的穩定，會讓思維進入一個狀態，像催眠一樣，在看景物中間就會去想很多事情，可能跟它的輪聲有關。以前上台北回高雄都是坐夜快車，晚上開的，（大家都在）搶位子我告訴你，那很慘，稍微有一點年齡的，都有這種經驗，帶著大包小包。

火車拍起來漂亮，尤其是冒煙的火車；移動，離別。《珈琲時光》拍火車，完全去找支線，決定女主角老家在哪裡，火車經過的地方鐵橋什麼的，哇，她老家附近的火車站很棒，我本來找一個更小的，但那也很棒。然後呢，我朋友家在附近，是高崎電影節的主席，就借他家拍，當成老家。

白：第二個是您電影中常常出現的一個空間，撞球場。

侯：我以前常去租小說，初中的時候，有一次我去租小說，在等（新書），看到旁邊有一個撞球。那時候只有四顆球很陽春的，兩紅兩白，沒有洞，不（算）進洞的，有一個算盤在旁邊打分數；裡面的音樂是美軍電台，放的是〈Smoke Gets

In Your Eyes〉（煙霧迷濛了你雙眼），那時候不知道是什麼，可是感覺有一種味道，幾個很帥的年輕人，很強，有一種雄性的味道，還有一種男人的感傷。

撞球以前是我們很重要的一個娛樂，也是追女孩子的地方。台灣早期加工出口區的時候，女孩子會去做工，還有彈子房計分小姐；她們是流動的，一個地方一個地方移動。

白：移動的理由是？

侯：有認識的、錢比較多的，或提供住宿條件比較好的，就過去，跑來跑去；跑到一個年齡就嫁人了，那有些會被追或戀愛什麼的。另外一種是理髮廳，理頭髮小姐，她們沒有真正在剪頭髮、理髮，也是吸引男客人的一種方式，我們叫「剃頭婆仔」，「撞球婆仔」（台語），不然就是冰果店的小姐，找漂亮的，生意就特別好。以前撞球間沒有營業執照，後來是因為出事才要執照。這些都是女孩子的工作機會，就是小學畢業、初中畢業，學歷沒有太高的。

白：另一個經常利用的空間便是電影院。

侯：這些都跟小時候生活型態有關係，火車、撞球場、電影院。以前我們（在）撞球場還有賭博，有人來我就跟他打牌，撲克牌取單數，一個人拿五、六張，多少錢看誰贏，看誰數字最高，就可以打雙的，把「仇人」殺掉，很好玩。

電影院呢，我說過我們家旁邊有一個戲院，以前演布袋戲。每次結束前十分鐘左右會開門，小孩在那邊等，叫「撿戲尾巴」。後來開始演電影，我們就會抓人的衣服（央求），「阿伯，阿伯，取我進去！」（台語）十三、四歲就開始爬牆。鳳山戲院的牆比較矮，上面有鐵絲網，把它剪了，爬進去。東亞戲院（有）樓梯的，旁邊有個廁所，有一個網子，剪破進去。

還有一個方法就是用假票。我跟一個朋友叫阿雄的，我們會撿人家丟的票根，他認識撕票的人，看完出來的時候在剪票桶抓一把回去黏。因為以前是這樣（的長方形票面上）有一條斜線，會在斜線蓋一個戲院的章，通常會撕過頭；撕下來的這票根很有用，沿著線接起來——當然圖章通常是不會合嘛，歪的，但撕票的人不會看這個——就混進去了。換什麼片看什麼片，所以戲院是從小白天玩完了，晚上就去看電影，有時候看的恐怖片，回家還很緊張。

後來年齡大一點會去高雄看，騎車去，香港的《火燒紅蓮寺》（1950）這種；

奇奇怪怪的很多，《里見八犬傳》、《三日月童子》、《摩斯拉》這種一堆；打鬥的，日本的、邵氏的愛情文藝片、黑社會片。美國片也看，比較少，那時比較流行日本片。

白：您剛說騎車到高雄看片，其實騎摩托車也是您電影中的另外一個重要意象和動作？

侯：那時候是騎腳踏車去，摩托車很少。我第一次騎摩托車在城隍廟，有一個年輕人騎了65cc的Honda，他騎一圈回來，我說借我騎，（結果我）不會換檔，不知道要換檔，一路騎。我家隔壁的隔壁是一家洗衣店，沒有店面，是收衣服回來洗，他們有一台老的叫「Yamazaki」，重型的，我跟他借就借我了，我騎去高雄。那車很古老，是貨車型的。

我考上大學後一面在上班，就叫我哥哥、姊姊出錢買一部摩托車通勤。我騎摩托車，可以把那引擎拆開清潔，排氣管都清得乾乾淨淨，全部再組合，都沒壞。後來給我們那道具小張，騎到哪也忘了，隨便停，忘了，車就不見了。我騎那車差不多十年，都沒彈缸、沒「摩另骨」（boiling，台語），唸藝專時每年從台北騎回高雄，騎到手、臉都麻了……。

白：另外一個是樹葉被輕風吹的畫面，您很多電影都有這畫面。

侯：有啊。今天剛好風很大，我住天母那邊坐公車，樹葉這樣「啪啦！啪啦！」一堆吹下來。我說沒有人會注意，但把它框起來時有一種味道，很怪，這就是frame（框）的魅力。我正在想這事（笑），我對天氣、環境的變化很有興趣，一種說不上來（的感受），那是一種自然的東西。

白：在您片子裡頭，它經常代表人物的心情的一種象徵……很有力量的畫面。

侯：我爬山的時候，在路上，我對各種種子也很有興趣；種子有各種形狀，有的像翅膀，有的很像臉。這是欒樹的（種子），像翅膀，它是一對一對的，可以拆開。因為風飄，我覺得樹有意識；若（種子落點）太靠近沒辦法活，長不大，所以飄散得很分開很遠，很好玩。

他們說樹木其實會移動，非常緩慢；反正對這些你會感覺都比人好，人喔！就是異化，往另一個方向去了。其實大自然「天道無親」，有四季的變化，夏天來了，春天就要讓開，它有一個規律的。人違反這個規律，生那麼多人，弄一些有的沒的，用這些資源；到最後，我看地球是救不回來了。

白：另外一個是圍桌吃飯的，在您幾乎所有的電影都可以找到這種場面吧？

侯：我喜歡拍吃東西，因為每天都要吃嘛，對不對。有一些小攤子啊，我從小在外面吃各種小攤子，到現在還是；有時候為了找一種肉，叫紅糟肉，找到萬華周記那邊去吃。我坐捷運，有時候故意坐過頭，過站，去看那邊有什麼好吃的小吃。我常常在咖啡館「25度C」看資料做筆記，東區那邊有什麼吃的我大概知道，喜歡這種。

白：尤其是很多人一起吃飯的，像《海上花》第一個鏡頭，或《戀戀風塵》有辛樹芬男友不高興的那場戲，從他的眼神可以表達很多……

侯：那是使性子啦。吃飯是很過癮的，像《悲情城市》就是啊，最後就一直吃；我感覺吃飯是一直在的，人必須吃飯，生計啊，必須生活下去。

白：回到《童年往事》，本片也增加了兩位日後變成非常重要的合作者，擔任音效的杜篤之[19]和攝影師李屏賓。雖然本片的錄音是忻江盛[20]做的，後來大部分電影都是杜篤之擔任錄音的。這應該不是您第一次與杜篤之合作吧？

侯：其實杜篤之，我們早在中影的時候就認識了。他們都是新進的學員，他跟楊德昌比較早。

那時候我在中影用一個比較老的，我是想刺激你這個老的看看會（觀念保守）到什麼程度，所以《兒子的大玩偶》就用老的；到《童年往事》我想就算了，因為他們觀念太老了。

杜篤之又快，他對聲音非常狂熱的，半夜也會去山裡錄音。當時配音，很多效果也是要做啊，譬如說放鞭炮，他就去外面錄各種鞭炮，用Steenbeck把聲音的磁帶剪好，跟畫面的底片配準，彌（mixing混音）一次把音量調齊，再聽這聲音，不夠再加。那時候忻江盛（擔任）錄音師，我最後一次跟他合作好像是……

白：《童年往事》還是忻江盛擔任錄音師，但杜篤之也已經進來了，他做的是「效

果」一職。《童年》的另外一個大突破是在攝影方面。您之前的片子都是陳坤厚做攝影，為什麼到了《童年》換成李屏賓？他給整個電影什麼樣的新氣息？

侯：主要是我跟他（陳坤厚）拆夥，所以要找新的（攝影師）。

白：《童年往事》之前就決定跟陳坤厚不合作了？

侯：他最後拍的是《冬冬的假期》。《童年往事》因為跟中央電影公司（合作），所以用中影的人，正好李屏賓有空，我就用了。

我跟陳坤厚，有一個因素就是年齡的不同；很多外面的人來了，我開始轉彎了，他還在那裡，觀念有點差別，所以很自然就分了。分了以後我找李屏賓，一開始合作我不喜歡他的frame（框），但他很快就調整，換鏡頭的方式35釐米換50之類；合作了兩部，他也有一點改變了。

以前他從攝影助理開始，每個鏡頭他都記的，每個鏡頭的佈光方式，畫面，光圈，底片，全都記錄。他是很認真的一個人。《戀戀風塵》完他去香港，所以《尼羅河女兒》我就用拍劇照的陳懷恩，他沒幹過攝影，但我叫他攝影。《悲情城市》也是陳懷恩，拍完他不太敢幹了，他感覺很多他來不及。同時李屏賓在香港成熟了，有空了，我就找他回來拍《戲夢人生》。《好男好女》還是另一個（攝影師韓允中拍的），後來都跟李屏賓（合作）了。

然後跟他一起成長。變化最大是從《海上花》開始，那時候大量用軌道移動。到《千禧曼波》的時候用Taylor 85銳角鏡頭，很少打光，光暗就光圈全開，所以景深很小，哇！袁師傅跟焦，要移動，來不及跟，有時候focus out（散焦）失焦了，李屏賓也不喊停，自己就移動到in，就這樣隨意（笑）。後來我們兩個默契到他拍他的，我不管了，很準很厲害。

19. 杜篤之（1955-），台灣電影最活躍和多產的錄音師。1973年考入中影的電影技術訓練班，1981年開始為電影《1905年的冬天》擔任錄音。之後為台灣新電影的大多數重要作品擔任錄音工作包括《光陰的故事》（1982）、《海灘的一天》（1983）、《兒子的大玩偶》（1983）、《風櫃來的人》（1983）、《青梅竹馬》（1985）、《恐怖份子》（1986）、《悲情城市》（1989）、《牯嶺街少年殺人事件》（1991）等片。其中《悲情城市》是台灣電影史第一部採用同步錄音的電影。2001年曾獲得坎城電影節的高等技術獎。是侯孝賢從1983年至今最重要的合作者之一。

20. 忻江盛，資深錄音師。作品包括《秋決》（1971）、《梅花》（1976）、《稻草人》（1987）等。

白：《童年往事》的剪接過程中，我聽說您當時跟廖慶松有一些意見不合，甚至產生了一點衝突，所以是你親自去剪片子。

侯：不是，因為他那時離開中央電影公司了，我們自己有一個剪接室。但是《童年往事》是中影的片子，他們一定要派中影的人剪，在中影外雙溪的廠裡剪。

沒有（什麼衝突），剪片子我一定在的，我所有的片都親自（剪）。這部我就跟廠裡一個老師傅（王其洋）剪，一個鏡頭沒cut，他回頭看我，馬上就是跟他們的剪接經驗違背。只有這個片子，其它都是廖慶松剪的。

白：除了他們個別的專長以外，您的長期合作者像杜篤之、李屏賓、廖慶松等人，會不會在電影的許多其它部份也有貢獻？能否舉幾個例子？

侯：廖慶松本來是做 postproduction（後製），做熟了後來就做製片。他剪接非常厲害，postproduction也步步到位，盯得很牢；結果到後來前製呢，就是整個預算安排，也很清楚，就接手做製片了。

李屏賓主要是攝影。他每次會定一個調子，會先想這個題材需要什麼樣的調子，然後test（測試），有時候會加filter（濾色鏡），會（考慮）選擇什麼樣的底片。我完全隨他，技術問題就由他，我不太管。我主要是要把人物拍出來，對我來講這最重要。

那聲音呢，杜篤之有時候會提一些意見，一些鏡頭需要什麼聲音，然後把那個效果做出來——這都是後製。

白：您會希望從工作人員的身上得到什麼東西，會希望他們乖乖聽話，做他該做的事，還是多提供一些意見與您積極參與創作的其它部份？

侯：我告訴你，我拍片的那個心態很好玩，我是主，我帶頭，但希望有人來飆。我空間放很大，但你不能大到over（過頭），我馬上會知道。大家很清楚這focus（焦點）在什麼地方。一起成長以後有一種默契，這默契很重要。我知道誰能耐到什麼程度；或有時候我想改變，不是那麼容易，也不是那麼快，因為人都有慣性。

我看年輕的攝影師他們用DV拍，我說你試試看用Bolex，這種要上發條的老式攝影機一次只能拍30秒，停了就立刻上發條拍，我說試試看這個，為什麼？因為用DV拍，沒有時間限制可以一直拍下去，結果就拍糊了，沒有focus了，拿著一直拍，拍到不知道拍什麼東西，搖到這個，搖到那個，對畫面沒有感覺了。

而Bolex的時間很短，注意力得高度集中，盯準目標全心全意捕捉，沒時間在那裡移來移去擺 frame。並且Bolex的視窗很小，沒得看，就只有盯住被拍的對象看。（追求）一個美框，不如忘了框，框來框去沒意思。我建議他們縮小整個 team（團隊），這樣可以靈活機動，多一點時間，一天拍的可以用兩天拍，反而拍得很棒。

白：有時您會一邊拍攝一邊剪接，還是拍完再剪？

侯：我是整個拍完，現在拍當中也不看——我對看毛片沒什麼興趣。只有開始的時候看看光，這樣好不好啊；（這是）以前啦，現在也不看了，他們去弄吧。

白：回到《童年往事》，觀看本片會覺得它已經開始背叛action（動作）**和講故事的大眾電影原則。《童年往事》重視的是生活中的碎片，似乎在找尋一些即將失去的破碎記憶吧？這算不算您電影生涯中的一個轉捩點？應該也是跟沈從文的那種視角有關係？**

侯：《童年往事》是我小時候的故事，面對形式與內容的問題，我想算了，不理這個，直接拍了。記憶對我而言很重要，就再也不管要用什麼形式了，那時候有這種改變。

白：結構上《童年往事》可以分上下集，上集從小孩阿孝到父親去世，下集從阿孝十六、十八歲的反叛階段開始。雖然整個後半父親已經不在，仍可隱隱約約地感覺，阿孝的反叛還是與父親的死亡有非常密切的關係——阿孝好像在不知不覺中找尋著，怎麼當一個男人。是否請您談談這種男性意識和本片的結構？

侯：你們說的男性意識我是不太了解啦，我感覺是一個人格的調整，一個人格的發現。

譬如說我打架，他們對我的眼光和姿態會不一樣，馬上感覺；我媽去世，我去討債，結果人家比我們還窮，我哥哥寫信就不要他們的錢，像這種會讓我自覺，有一這種認定。加上我去黃埔新村打架，朋友的媽媽小學校長來講我父親是一個怎樣的人，那感覺很奇怪，畢竟我在當兵之前不可能當流氓，因為我不可能去欺負人家——回想起來，所有打的架都不是我的（而是幫人家打），是阿

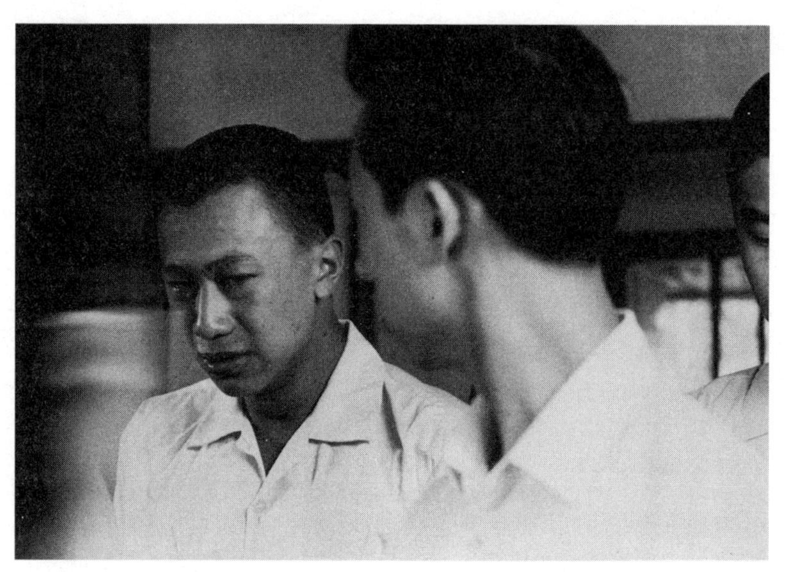

游安順（左）。《童年往事》劇照，陳懷恩攝。

雄的不然就是誰的，所以就有一種認定；這種認定是在很多事情中間，一件件發現的。

我去當兵時是很開心的，先到台北去找我兩個同學，很好的同學，一個是初中，他初二搬到北部去了，後來還有連絡。（他們）一個住台大，一個住東吳。我來是住台大的男生宿舍，跟他們倆在一起，相處了兩、三天就去車站集合。他們倆送我去泰山憲兵訓練中心，車上我們一直講話……那種感覺很強烈，覺得當兵是跟以前切斷，是一種重生。

我去那邊訓練，通常要四個月才可以出來，我過年前進去，待了兩、三星期也不知是不是過年沒人吧，就放三天假，把這新兵放出來，一放出來我就去找以前認識的一位撞球小姐。我就一路找，三天回來不知怎樣心情就不好了——心情不好半夜緊急集合我不理的耶，那我們那班有十一個人就很緊張，硬把我拉起牀穿衣服什麼的，我就站著給他們弄，弄完出去在操場上就眼睛閉著，後來就恢復理智了。

我當兵後，決定要走電影，所有的事情就是這樣，有一個切斷，開始沉靜，沉靜以後開始想到未來。二十歲之前，逝去的親人，片段片段組合起來的，好像越來越清楚自己的狀態。

白：我們先從編劇開始談《戀戀風塵》，吳念真加入您和朱天文的編劇後，整個編劇的過程產生了什麼樣的變化？

侯：《戀戀風塵》是（吳念真）以前的戀愛故事，就是（寫）家鄉的一個鄰居女孩。因為他初中就上來台北唸書，唸延平高中夜間部，一邊做事；那這個女孩子也上來台北了，在裁縫店。念真去當兵，女孩子還給他一千多封寫好自己姓名地址的信封，一元郵票都貼好了。結果就被常常送信的郵差追上，結婚了。我想那女孩太年輕了，太寂寞了。

三個人合作劇本的情形是，（我）先有一些感覺，就找天文聊，聊了之後再進一步結構它。結構出來，情節完整了，天文就把初稿整理出來，這時候才找吳念真。吳念真的台語好，擅長處理對白。三個人合作大致是這樣的形式。

白：關於《戀戀風塵》的原型故事，您是過去聽念真講過，感覺不錯，還是他提了這麼一個案子？

侯：他的故事我們很早就知道了啊。他本名叫吳文欽，「吳念真」的意思就是不要再想這個阿真，取了這個筆名。其實拍這片子，我的想法是可以替他解困，因為感覺他與他的家人對這個事耿耿於念，我自作多情在猜啦！

白：跟吳念真和朱天文的劇本討論和寫作過程，花了多少時間？

侯：那年五月初決定拍這故事，就在「客中作」（茶藝館）討論，五月下旬，天文把分場寫出來，月底導演組就開始勘景籌備，念真按這分場寫劇本——花了四、五天吧。六月上旬大家就拿到劇本了。

我本來有拍礦工罷工抗議的戲，用了以前一個新聞報導；因為那礦場的經理借我那地方拍，拍完我感覺人家好意借我地方，却拍了罷工要求薪資這些事，他並不知道。這樣做有點過頭，所以剪掉沒用。

白：我們談過很多關於火車的內容，但是到了《戀戀風塵》，它的表現有一些變化。不是單純只是去看火車，而是從火車的角度去看世界。隨著時間的流逝，這種鏡頭逐漸變成當代台灣電影裡很經典的畫面。

在此，火車不只是城市與農村之間的一個橋梁，也是回到過去的一個時間隧道。同時單從視覺上的角度看，也具有非常獨特的美學——剛好可以跟電影裡的大多數固定鏡頭產生一種互動。這應該是你第一次把攝影機放到火車裡面，往外看。

侯：這個地方很特別，因為煤礦是私人蓋的，日據時代的煤礦公司。《珈琲時光》裡一青窈她父親，他們那家族，姓顏，基隆顏家，很早他們就蓋了，很大的煤礦；火車冒著煙從瑞芳到菁桐，「平溪線」，主要是為了煤礦而開的。

以前是很美的，每一個車站都是小小的，連那月台都是用枕木拼成的。那時火車車長會（隨時）停車，路邊房屋會跑出一個歐巴桑，拿了豬肉給他託帶給誰，然後又繼續開——也常常停下來，有人上車也可以上車。後來煤礦沒了，煤礦火車就停了，收歸台鐵。

賴成英有一部片子，張永祥編劇的，叫《悲之秋》，秦漢跟陳秋霞演的，就在那條線拍，在菁桐拍的[21]。秦漢演那個煤礦工人，後來去打仗，黃昏兩人約著去唱歌——根據一部日本電影改編的。我那時候當賴成英的副導，那一塊區域很過癮，後來我跟陳坤厚合作拍《俏如彩蝶飛飛飛》也有那條線。

白：所以這種鏡頭，不一定是跟故事本身產生一種關係，它有時候是純粹受到地方的啟發。

侯：沒有這地方，你也拍不到這種的啊。火車只掛一節，平常人少時，隧道很多，真像時間的隧道，我常用啊，《南國再見，南國》也用了。

白：前一段時間，我看到中國大陸拍的一部紀錄片，講到台灣時，他們就用《戀戀風塵》中火車進隧道這個鏡頭，把它當作台灣一種很有代表性的象徵。

侯：喔，真的啊？也許大陸很少有這種。

白：那麼，電影的主要倒敘片段，表現阿遠回到父親在煤礦受傷的一個記憶，也跟火車這鏡頭產生一種聯繫。就是阿遠的父親昏倒的時候，突然回到父親當年在煤礦，回到那樣一個視覺的（衝擊）**。**

侯：回到他父親以前發生的事，這樣。就是災變嘛。

白：結構上，都有細心的設計吧。

侯：是啊，因為煤礦也是隧道，也是火車——採煤的火車；這都是，從黑暗到光明。後來（他父親）沒事，被救出來。

白：前面講過的，《風櫃來的人》也有非常相似的倒敘鏡頭……

侯：就是父親跟兒子之間。

白：與《童年往事》和《風櫃來的人》一樣，《戀戀風塵》這一部也是離不開父親的影子，和一種父子情結。這一次感覺上父子關係更可悲。《童年往事》和《風櫃來的人》的那兩位缺席的父親有點身不由己，前者是擔心把病傳染給孩子才避開他們，後者因為意外的腦傷便無能為力；《戀戀風塵》中父親也有身體上的缺陷（腿腳傷）**，但導致更多問題的，是他好酒、好賭和對孩子的不關心。**

侯：他父親是「過繼」，台灣話叫「入贅」，第一個小孩基本上要姓（妻家的姓）吳——他父親姓連。李天祿有演，有講到這個；對男性而言，入贅是很不得已的。

21.《悲之秋》的第一個鏡頭也是火車進站。

白：觀眾會注意到李天祿為兒子準備的拐杖。《戀戀風塵》中，拐杖和手錶不是普通的道具，而是在心理層面上有很深的象徵意義。顏匯增曾經發表論文專門討論這一點[22]，剛好也是兩代父親對兒子表示父愛的一份心意。能夠請您談談電影中的拐杖和手錶嗎。

侯：拐杖和手錶都是念真小時候的記憶。就是他離開家時，（父親）就給他一個打火機，告訴他你自己去闖吧。其實（他父親）對這兒子很矛盾，他是家裡最寵的，因為跟外公同姓，是媽媽母系這邊的姓，這孩子又最聰明。

你看（吳念真拍）《多桑》（1994）就知道。加上採煤肺部壞掉，他父親一直憂鬱。那時候我還不認識蔡振南[23]，不然就可以找蔡振南來演父親。畢竟是吳念真自己的故事，他拍《多桑》就不一樣了，會更深入。對我來講感受沒有那麼深刻，不像我拍自己（記憶）的深刻。

白：他拍《多桑》，您也當監製，您參與得多嗎，拍攝時您也在現場？

侯：我絕對不會去現場。

白：那您的主要貢獻在哪？

侯：我本來建議找辛樹芬回來，但她結婚去了。《悲情城市》（1989）她回來；《多桑》要找，（相隔）太久了，已經回不來了，不可能。我對演員有一些意見，會建議他，其它不干預的。片子是他的，他自己去拍，只是幫他搭配組合——工作人員要怎麼搭配，就這樣。

白：整個風格很像您當時拍的電影。

侯：吳念真最怕人家說這個（笑）。所以基本上我不介入。

白：剛才我們提到那手錶，手錶可以具有非常微妙的一層意義——代表時間、歷史，過去和未來。在您後來的《千禧曼波》變成段鈞豪與他父親之間的斷裂點，而《珈琲時光》裡懷錶變成陽子和肇之間的一種特別禮物。為什麼在您電影裡，您分給手錶這種特殊的意義？

辛樹芬（左）與王晶文。《戀戀風塵》劇照，劉振祥攝。

侯：一種偶然吧。《千禧曼波》裡面的手錶，是一個叫薇其（Vicky）的女孩子的故事，她的男朋友偷了他爸爸的錶。

《珈琲時光》因為那時正好有台灣火車開通一百廿、卅年的紀念錶——清朝開通的——以前車長都有這個錶，很重要的。那我看日本電車車長也都有一隻懷錶，交班上了車，就把懷錶取出，嵌在引擎板上一個凹槽裡。因為剛好碰到台鐵開通紀念賣古董懷錶，所以讓陽子買了那錶送給肇，肇是電車狂嘛。

我很喜歡坐在第一節車廂，山手線繞東京都心一圈，是循環線，我有時坐山手線，就會到車裡面睡覺，睡一圈；不然就在第一節車廂看車長怎麼操作，所以很清楚那些細節。

22. 見顏匯增，〈《戀戀風塵》的影像物語〉，發表於聞天祥編，《書寫台灣電影》台北：電影資料館，1999。第38-39頁。
23. 蔡振南（1954-），台灣演員、歌手。電影作品將近二十部，代表作為《多桑》和《眼淚》。也參與多部侯孝賢電影的演出包括《悲情城市》、《戲夢人生》、《好男好女》。另外還發行過十餘張個人專輯。

白：除了這些比較明顯的例子，本片還有一些很微妙的象徵性的東西。像番薯，一來是外公請阿遠送番薯給老闆娘（她不接受）**，一直到電影的最後一場戲，外公才把種番薯背後的哲理告訴阿遠。這種處理有深度，處理得很好。**

侯：阿公在旁邊種番薯，我聽他講得很好玩；他罵人都說「幹你三妹」，很好笑。他常常就是種番薯，長孫又是姓他的姓，所以很疼。結束時種番薯最好了——他也知道阿雲嫁給別人了，所以才講種番薯（的道理）。

白：最後那一段確實很感人。還有一場戲是阿遠的摩托車被偷走，而且他還想偷別人的車，這個有點像義大利新寫實主義的經典《單車失竊記》（*Bicycle Thieves*, 1948）**，您是故意想向狄西嘉致敬？**

侯：沒有啊，這是念真自己的經驗，後來（阿遠）不敢偷嘛。

白：但《戀戀風塵》裡您還向另外一部老電影致敬，李行的《養鴨人家》。有一場戲就是阿遠、阿雲和全村的人戶外看戲，看到一半電停電了，是否通過影片中銀幕上的電影（一種「戲中戲」）**，表現對美好世界的一種反諷？**

侯：因為我喜歡《養鴨人家》，而且是中影的片子，用中影的方便啊。因為停電，那阿公呢，摸黑摸了一根爆竹，他以為是蠟燭，結果一點，啪！在那裡罵，主要是阿公蠻好玩的。

白：難道您選《養鴨人家》沒有別的一層意思？

侯：主要是喜歡電影裡趕鴨子，滿銀幕鴨子跑出來，然後藉這戶外談一些事。譬如有一個一直罵兒子沒有拿錢回來，那是顏正國他媽媽演的一個角色，她很會講台語；那時候回家沒拿錢回來，會被罵得很慘。

白：辛樹芬扮演的阿雲，塑造也非常有趣，又天真又容易相信別人，從火車站遇到騙子，和男人們喝酒的那場戲；又從給阿遠的朋友脫衣服（讓他在襯衫上作畫）**，到跟郵差的戀愛，她的性格是一層一層地表露出來。整個結構上表現得非常好。**

《戀戀風塵》劇照，劉振祥攝。

侯：其實辛樹芬本人個性是很強硬的，強硬中又很溫柔。現在要把她變成會跟郵差走，有她的弱點啦——也不是說弱點，是個性——所以才會有這種安排。一次一次，現實改變了人的狀態；那時候他去找她，兩人透過（紅樓戲院旁邊）裁縫店的窗子講話（已經有一種距離）。

白：**而且郵差第一次出現，那個鏡頭的調度與設計非常精明，就是阿遠和阿雲隔了一個窗子講話，而郵差很有象徵性地出現在他們中間。插在中間的郵差出現，就是阿遠阿雲要分開的預兆。**

侯：阿雲都會跟阿遠投訴，被燙到或者幹嘛。

白：**很有趣的是，阿遠與阿雲之間的關係變成一種惡性循環，阿遠越寫信，就越使得她跟這郵差產生連繫。**

侯：離鄉在台北一個人，阿遠又不在，阿雲太年輕了，現實的力量比我們所想像的要大很多。

白：**阿遠在當兵時，遇到來自大陸的一家人，也讓人想到《童年往事》裡祖母喜歡走那段「回大陸的路」；雖然這段電影裡的時間都發生在台灣，還是可以感受到被壓抑的一種大陸情結，在隱隱作痛。**

侯：是啊，這也是一個社會新聞。在金門，兩邊太近了，超過海域就會被抓；給（俘虜）吃飯，他們說饅頭是有毒的。兩邊都做洗腦的宣傳。

白：《尼羅河女兒》應該是您所有電影中，比較不容易看到的一部；比70年代末您編劇的那些喜劇愛情片子還要難找。這是因為發行的問題嗎？

侯：這個唱片公司叫「綜一」，曾經是《就是溜溜的她》投資人之一。楊林是它的基本歌星，因為以前合作賣座，所以又來找我。

那時《尼羅河女兒》漫畫在台灣很流行，沒完沒了的，一直沒有結局，久久又出，有沒有ending（結局）我不知道。講一個女大學生研究考古，結果掉入尼羅河，進入時光隧道，愛上曼菲士王；但曼菲士王二十二歲就死了，所以她又從現代再回古代，想要改變歷史救他。我感覺這故事有意思，這其實是楊林（在影片中）的心情，我設計她哥哥遲早會出事情；她哥哥偷錢，她幫他保管。

白：那發行問題卡在哪裡？

侯：發行是「學甫」，舒琪[24]有把這底片拿到香港，幫忙賣國際版權，但因為股權是

24. 舒琪（1956-），本名葉健行，香港影評家、編劇、監製、導演。 曾出版小說和多部電影研究的著作。導演作品包括《虎度門》（1996）、《愛情Amoeba》（1997）、《基佬四十》（1997）等片。其作品《老娘夠騷》（1986）和《沒有太陽的日子》（1990）都與侯孝賢合作。也曾經為《悲情城市》做過電影市場宣傳。

綜一的，我沒有管，現在底片下落，我們都找不到。

有一次遇見舒琪，我問，他說香港那家公司倒閉了，不了了之。但紐約電影節有演過，紐約應該有拷貝。所以你沒看過？

白：我看過，我在大陸找到一個盜版的VCD，品質挺差的，但還可以看。那是我唯一一次看到。大陸專賣一些盜版的地下電影，我再也沒有看到過。

侯：對，這綜一老闆呂義雄後來去美國，沒辦法追蹤；他委託舒琪，舒琪把底片弄到香港，反正後來這片子就一直沒出現。

白：《尼羅河女兒》是您頭一次與高捷[25]合作嗎？他是一位充滿爆發力而且很有氣質的好演員。他的什麼特質，讓您在往後的許多片子裡不斷地用他？

侯：高捷是製片張華坤好朋友的弟弟，那朋友年輕就車禍去世了。我認識高捷，是虞戡平[26]在台北的新公園拍《孽子》（1986），我去探班，碰到高捷正好去那邊，我看了高捷就說哇，這個人是誰？張華坤就幫我介紹，改天叫他到公司來。我感覺好帥喔，有一點Al Pachino（艾爾・帕西諾）年輕時候的味道，味道很棒。

白：他那時候已經是演員嗎？

侯：不是。他是開餐廳的，國中畢業開始進圓山大飯店學當廚師，《南國再見，南國》那都是他本身的事啊。

白：我還聽說《海上花》那桌很精緻的菜，也都他一手做的。

侯：所有都是他做的。我感覺他不錯，就找他來演，試試看；他演得不錯啊，《尼羅河女兒》。還有他很喜歡玩台北夜間生活，他太清楚了。

拍完《尼羅河女兒》，有個電視劇找他，一集三千六百塊，他說不行我是電影演員要五千。演什麼呢？演一個王爺，要背對白，要打一套招的，一、二、三、四；他演了半天就走了，他說他吃不下來。

《尼羅河女兒》以後《悲情城市》，他演三哥；之後《好男好女》有他，他演現代的部分，跟伊能靜。《戲夢人生》沒有啦，再來就演《南國再見，南國》。《南國》我感覺是他最好的時候，有一種自在，他講什麼話我都感覺很真實，無論講什麼，在銀幕上都很真實。

後來他去香港拍，香港都是短鏡頭，他沒辦法表達，演技沒到那程度。是我會用他這個特質。

之前張華坤成立了一個「城市國際電影公司」，拍了一部叫作《少年吔，安啦》，徐小明導演，但拍五、六天以後張華坤來找我，我就下去重新調整。我帶高捷去一間理髮廳，專門替黑社會兄弟理頭的，然後叫他戴個粗粗的金項鍊，戴墨鏡，全套兄弟裝束；他一個多月穿下來這個樣子，走在路上人家眼光不敢看他，不敢跟他對視，所以他演《少年吔，安啦》也演得不錯。

白：回到《尼羅河女兒》本片，在您創作生涯中顯得有一點點的尷尬，一方面不太像前面的「青春叛逃事件簿」那一系列作品，又跟後來的「台灣三部曲」不太一樣。

侯：那唱片老闆希望那歌星能夠……就像以前鳳飛飛那樣能夠起來嘛，我知道他們要的是什麼啊。以前拍了一堆現在再來拍，跟以前的不一樣了，沒辦法；（跟其他的電影）前後不搭，好像從以前抓回來的一部片子。

我根據那漫畫編，也有社會新聞——就是有個小偷被打死，屋主是個體育老師，用棒球棒打死進屋來的小偷。我用了這個事件塑造高捷，他妹妹楊林從朋友們那邊聽到收音機報新聞說打死一個小偷，就半夜騎車到《聯合報》等出報，急切想看報紙（寫的）是不是哥哥。《尼羅河女兒》結束，我是用一個巴比倫城的寓言這樣。

白：這故事是跟朱天文合作的，她還有一篇同名的短篇小說，是先有劇本後來才有小說的。

25. 高捷（1958-），當代台灣影壇最傑出的男演員之一。1987年被侯孝賢發掘之後參加40餘部電影的演出，其中主演侯孝賢導演或監製的影片八部。其它電影包括《星月童話》（1999）、《天堂口》（2007）、《一席之地》（2009）。

26. 虞戡平（1950-），台灣電影導演。代表作包括《搭錯車》（1983）、《孽子》（1986）、《海峽兩岸》（1988）。

楊林。《尼羅河女兒》劇照，楊雅棠攝。

侯：我是先有影像，寫筆記，然後丟給她，幫我整理出來劇本，作溝通用。她寫這個，後來她就寫成一篇小說發表。

白：從一開始，本片跟您之前的電影有明顯的不同，其中兩點是：人物直接面對鏡頭，和女性的旁白。這跟您以前的作品很不一樣，產生很不同的感覺。過去您的片子好像都沒有出現過人物直接面對鏡頭的戲。

侯：幾乎沒有，當初也不知道怎麼想的。不過印象比較深的，是布列松的《慕雪德》（*Mouchette*, 1967），開場時慕雪德她媽媽坐在那邊自述，短短的自述。我不知道是之前看的還是之後才看的，完全記不得了。

結果我一拍就知道完了，就是《戀戀風塵》太自信了，李天祿這樣子都可以拍，我對處理演員太自信了，所以我找（楊林）來應該沒問題；這關係設計沒有仔細考慮，結果就錯了。楊林這角色假使是十五歲，你想想看那range（範圍）多大很過癮的，跟哥哥之間喔！蠻可惜的。

這片子我找沒當過攝影的陳懷恩來攝影，要培養人材啊。夜戲太多，我們用magic hour（魔術時間）拍。有人叫這狗狼暮色，是說人們不能辨認是狗是狼的時刻。這個把黃昏用來當夜景拍的magic hour只有七、八分鐘，這邊陽光下去了變暗，天還紅紅的亮，照得到建築有那藍藍的輪廓，夜景就出來了。《尼羅河女兒》大部分都那時間拍的，很多。

白：雖然這部片子還維持侯孝賢電影風格的某些特點，在另一方面却非常獨特。尤其是在顏色和音樂上。前幾部電影的顏色非常淡（還是青綠灰等自然顏色為主），**但《尼羅河女兒》的顏色非常顯眼；另外，您大量運用當時的流行音樂。整體感覺非常不一樣。**

侯：這是因為唱片公司嘛，寫歌詞的有一部分是謝材俊[27]，就是天文她的妹夫唐諾。大部分的歌曲是齊秦作的，楊林唱，比較像以前的模式，只是明顯跟以前不一樣了。

白：因為是唱片公司的案子，有一些限制，當時會不會覺得難受，無法自由發揮？

侯：還好耶，（拍得）很快。

白：《尼羅河女兒》台北都市的外景（尤其是夜景）**比您其它任何電影都要多。焦雄屏曾寫《尼羅河女兒》真正的主角應該是台北，您怎麼看？這是一個關於台北的故事嗎？**

侯：那時候台北經濟不錯啊，（到處都是）霓虹燈夜景，我就用magic hour拍，所以很鮮豔有這個意象嘛，我把它形容成「沉淪的巴比倫」（笑）。

白：剛好那時候80年代末，在台北應該是比較特殊的年代。

侯：80年代末時代變了，解嚴，蔣經國去世，整個時代在變。

27. 謝材俊（1958-），筆名唐諾，作家。曾任出版社總編輯。曾為《風櫃來的人》寫歌曲，也參加《悲情城市》的友情演出。著作包括《唐諾看NBA》、《文字的故事》、《閱讀的故事》、《讀者時代》、《世間的名字》、《盡頭》等。

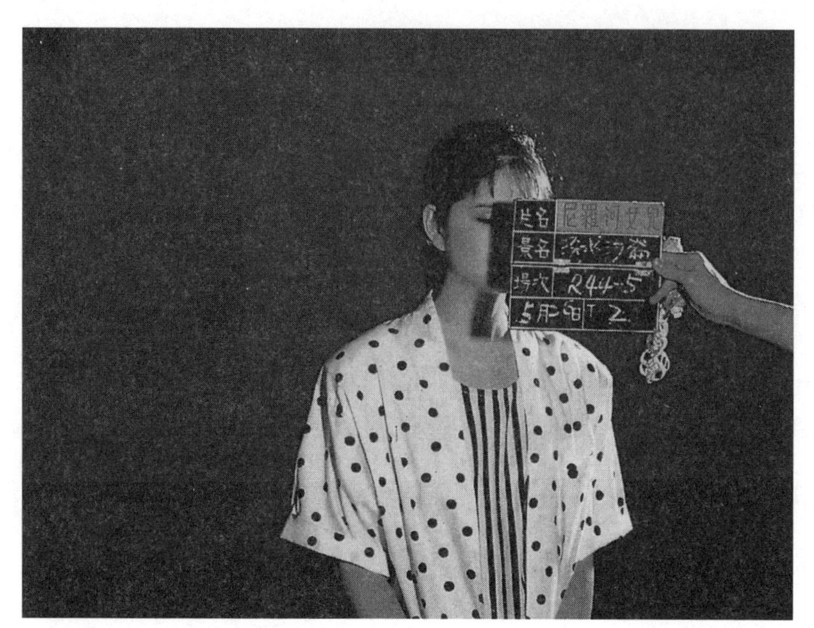

《尼羅河女兒》工作照，楊雅棠攝。

白：電影裡的霓虹燈、通俗音樂、名牌時尚表現一種燈紅酒綠的現代繁華都市。但這繁華的背後還藏著許多悲慘的故事，像幫派暴力（高捷的角色）**、政治壓迫**（吳念真的角色）**。**

侯：是啊，那是台灣「發了」的時代。

白：我想，很少人會把《尼羅河女兒》跟《悲情城市》連在一起，但實際上它們之間生一種有趣的對比。《悲情城市》的故事背景是1949年戒嚴的開始，而《尼羅河女兒》的故事（和拍攝）**背景剛好是1987年解嚴的前夕。所以從歷史和政治上，這兩部有一定的連貫性，您怎麼看呢？**

侯：我沒注意，主要是一解嚴，白色恐怖我就敢拍了。早些時候我跟天文和陳映真碰面，在「明星咖啡屋」，我要拍陳映真的《山路》，他說你們何必花這樣大的精神拍，到時候要花更大的精神應付後面，勸我們不要拍。沒想到後來解嚴，蔣經國去世，我就直接拍《悲情城市》。

《悲情城市》最初有一個故事，（時空設定）是在《尼羅河女兒》之前吧，周潤發、楊麗花[28]的《悲情城市》，講陳松勇他們下一代。香港「嘉禾」他們想投資，就是成龍那經紀人陳自強，還有蔡瀾——主要是蔡瀾。

我設計是光復之後，基隆的走私很蓬勃嘛，就是《悲情城市》裡面的下一代那個女兒阿雪做主角，從小愛跟她三叔，坐在腳踏車後面，三叔給她看那些社會主義的舊俄小說，三叔是後來梁朝偉的原型啦。原來是陳松勇的女兒阿雪他們這一代的故事，楊麗花演阿雪，是酒店「小上海」的當家，周潤發從香港來追一批走私貨。結果為了建立阿雪的背景一路追溯上去，變成上一代的《悲情城市》。

白：87年解嚴，很多原來的禁忌都開放了，這應該意味著台灣電影新的一頁，但也差不多這時候，有許多人宣布「台灣電影已死」。您怎麼看這個問題？

侯：當時有〈台灣電影宣言〉[29]，楊德昌、黃建業、唐諾、詹宏志他們在討論擬定。

白：您不是也參與？

侯：我有參與，但這些東西都是他們在討論，我就是在旁邊OK、OK這樣子。我在旁邊只是理解，沒有辦法像他們那樣詳細定義這件事情，對宣言的內容其實我沒什麼貢獻。

白：對您來講有沒有什麼新的改變？

侯：對我來講沒有，我感覺拍片還是拍片，宣言完了還是要面對拍片這件事。

28. 楊麗花（1944-），台灣著名的歌仔戲藝人。從1971年至1994年在台灣無線電視演了許多電視歌仔戲包括《七俠五義》、《洛神》和《西江月》等「楊麗花歌仔戲」。

29. 〈台灣電影宣言〉，由詹宏志執筆，當年的五十三位電影工作者共同署名，發表於1987年1月24日的《文星雜誌》和《中國時報》。該文分三段，「我們對電影的看法」、「我們對環境的憂慮」、「我們期待的改變與我們自己的決心」。本篇主要批評政策對台灣電影的不重視，大眾媒體的膚淺報導，對電影文化不夠關注，另外還向電影評論體系提出質疑。本文又稱〈民國76年台灣電影宣言〉或〈另一種電影宣言〉。

歷史台灣

我不是在拍歷史，主要是在「人」，
一種台灣人的尊嚴。
台灣人需要有台灣人的尊嚴，
我們不能這樣對待人，
那時候想法就是這樣子而已。

●《悲情城市》●《戲夢人生》●《好男好女》

關鍵詞 ●二二八事件●現場感覺●素樸左派●全家福照片●隱藏，顯露●同步錄音●女性敘述●倒敘鏡頭●副導●李天祿●台灣三部曲●登陸審查●固定鏡頭●白色恐怖●蔣碧玉●伊能靜

李天祿（左）與侯孝賢。《戲夢人生》場邊照，蔡正泰攝。

到了80年代末90年代初，台灣電影產業開始進入一個新的階段。雖然解嚴和蔣王朝之結束，給社會帶來一種新的氣息；但台灣新電影的藝術本質，卻開始使得其在票房上遭遇挫折。

台灣本地的許多電影投資者，把資源轉移到更有商業保證的香港電影；好萊塢、香港、日本、韓國和其它外語電影，在台灣票房的表現，都比大多數國片要強。在新電影導演各自走上獨特的創作道路時，原先的團隊精神也開始瓦解，也就在這個時候，五十三位電影人發起〈台灣電影宣言〉，意味著台灣新電影運動的黃金時代已過。

也就在這個時候，台灣國產片將要踏入難以生存的90年代之際，侯孝賢導演開始他當時創作上最大膽的一次電影實驗。從1989年到1995年，侯孝賢透過電影來重新整理他對現代台灣歷史的種種思考和反思。這種歷史反思表現在他攝製的三部電影，也就是經常被稱為「台灣三部曲」的《悲情城市》，《戲夢人生》和《好男好女》。

能夠拍出有這樣濃重政治題材的作品，完全是由於1987年的解嚴，突然間昔日的政治禁忌和言論自由的限制給打破了，創作的新可能性打開了。實際上，侯孝賢原先籌備的《悲情城市》是香港「嘉禾」娛樂有限公司要投資的商業電影，也準備請港星周潤發和台灣的楊麗花主演，而且故事與日後拍的《悲情城市》完全不同。

但因為解嚴，整個計劃全變了，侯孝賢和他的班底就衝著40年以來台灣歷史上最大的創傷，台灣政治上最大的禁忌——1947年爆發的「二二八事件」。

《悲情城市》無疑是侯孝賢最龐大、複雜的作品：故事背景跨越台灣現代歷史上的特殊交叉點（1945-1949年），龐大的敘述中有幾十個角色，使用國語、日語、粵語、閩南話、上海話等不同的話語，電影呈現的敘述是多層面同時而並行；本片所使用「藝術電影」的特殊風格和語言，要比侯孝賢過往的影片還多——比如以較為前衛的手法來使用倒敘鏡頭、空鏡、畫外音、字幕等等。

雖然《悲情城市》在台灣當年的票房有了驚人的成績，好像台灣新電影還未亡，但事實證明，台灣電影工業在90年代，將進入最艱苦的時期。

台灣電影在90年代的主要挑戰，便是藝術電影在國際影展的得獎紀錄，跟台灣島內票房對國片的冷淡態度之間所產生的惡性循環。比如，就算旅台的馬華導演蔡明亮的《河流》獲得多項國際榮譽（柏林電影節的銀熊獎等），但電影本身的獨特美學（長鏡頭，沒有配樂、故事內容，開放性的結尾……等）都使得主流觀眾愈來愈不願意看國片，甚至類似「榮獲某某影展的某某獎項」的宣傳標語竟然變成了台灣票房的毒藥。

也就在這個期間，侯孝賢把《悲情城市》的歷史探索，延伸到其後的兩部電影，

《戲夢人生》與《好男好女》。這三部作品，後來被稱為侯孝賢的「台灣歷史三部曲」，對台灣在20世紀的歷史動盪和浩劫，進行了深刻的反省。但同時，在三部曲的製作和拍攝過程中，侯孝賢的電影風格也變得愈來愈走向國際藝術電影的實驗性形式。雖然《戲夢人生》跟《好男好女》在法國、日本等國際藝術電影院的紀錄還不錯，在台灣島內，它們在票房的表現卻遠不如《悲情城市》當年的驚人成績。

被稱為「三部曲」的《悲情》、《戲夢》和《好男》，雖然嚴格來講，都講述自成線索的故事，它們之間也不是沒有連貫性。三部曲處理的歷史事件，可以一起構成現代台灣歷史上的編年史，從昔年日據時代開始，到1945年的光復日，又到國民黨後來在台的「白色恐怖」。

但除了這種共同關懷的歷史觀，還有許多更具體的連貫性。比如《悲情》跟《好男》二部，都借用鐘浩東和蔣碧玉的部分歷史材料；《戲夢》跟《好男》在架構上對虛構和記錄，歷史和想像所進行的對話，等等。在訪談的過程中，侯孝賢又展開了許多新的切入點，來解讀和理解這三部經典之作。

劉逸萱攝，白睿文提供。

白：今年2009年，是個很好的時機，來好好回顧1989年攝製的《悲情城市》吧！

侯：OK，《悲情城市》二十週年，戲院有放耶，（2009年）金馬影展有放兩場，是新的拷貝。

白：《悲情城市》被某些電影評論視為有史以來最有力量的作品。由於它是第一部直接面對「二二八事件」的電影，一上映便轟動，堪稱台灣電影的里程碑，同時震動了台灣社會。隨著電影帶出的歷史、社會、政治意涵，創造了一個新的社會現象。是什麼啟發了您拍出《悲情城市》？

侯：新電影剛剛開始的時候，大部分的人都拍自己的成長背景、台灣經驗，表現在電影上，比小說晚了十年。《悲情城市》所談論的二二八事件，在台灣一直是個禁忌，所以更晚，1989年，又晚了十年。隨著蔣經國去世，解除戒嚴，時代變了，空間打開了，用電影討論這個主題成為可能。

即使在解嚴之前，我也聽說很多過去的故事，看了很多跟政治相關的小說，比如說陳映真。這引發了我的興趣去找白色恐怖、二二八事件的資料。這是個時機，我本來不是拍二二八，是拍二二八事件發生之後，下一代人的生活，他們活在事件的陰影之下。後來正好解嚴，我感覺這時來拍是一個時機。

白：您提到說很想拍陳映真的《山路》，那麼既然解嚴了，後來為什麼不拍，而改

去拍《悲情城市》？

侯：因為《悲情城市》前面有一個劇本計劃，好像是《戀戀風塵》之後。那時候《悲情城市》是另一個故事，找香港「嘉禾」投資。找的演員是周潤發和楊麗花，一個香港天王，一個台灣天后，兩人碰撞會產生什麼化學變化。

（當時設定）楊麗花演的是基隆酒家的大姊頭，就是後來《悲情城市》裡的大哥的女兒阿雪。1949年的基隆港，火車、煤煙、下雨、逃難來的人潮。周潤發從香港來，要找一個失踪人口。為了建立楊麗花這個人物，追蹤、上溯到她的父母親，因而弄出來的家族樹譜，就是後來《悲情城市》裡的阿公、梁朝偉他們。

後來要拍《尼羅河女兒》，就先拍了，拍完就解嚴啦。這時候邱復生他去歐洲，知道我的狀況，然後（加上）陳國富，我們就組一個「電影合作社」——但「合作社」這個名詞不能取，因為它是公共的名詞，不能當公司名字，就顛倒過來叫「合作社電影」——反正就是陳國富主導，我啦，楊德昌、陳國富、吳念真、詹宏志啦，差不多這幾個人。

當年曾參與《悲情城市》的製作、演出者，於2009年侯孝賢獲邀擔任影展主席的金馬國際影展期間重聚一堂。（左起）廖慶松、侯孝賢、陳松勇、蔡振南、高捷、梅芳。白睿文拍攝、提供。

白：那公司是後來的「年代」公司吧？

侯：不是，年代影視公司那時候早就有了。陳國富在年代工作，還招了一個美國女孩當英文祕書，叫「芭芭拉」（Barbara Robinson），會講中文，就是後來哥倫比亞電影公司亞洲區總裁，蠻好玩的。

很多人就一起弄《悲情城市》，拍上一代的，就是陳松勇[1]這一代的，我先跟天文把分場做好；分場寫好了，然後找念真寫對白。

白：在張靚蓓的《電影靈魂深度的溝通者：廖慶松》，廖慶松回憶《悲情城市》時，特別提到寫劇本的緩慢過程。

侯：劇本弄得很久，那是需要時間的，那一定的啊。現在弄得比較快，那個劇本弄蠻久的。

白：那時候有多少二二八的真人真事，放進電影的創作？

侯：有啊，最初看過一本叫《二二八真相》，是一位記者寫的。除了那本，基本上是沒書的。我們那時候要找報紙資料，然後去問，去訪問一些人，但大部份人都不太講；後來我用了「鹿窟事件」——那其實是再晚一點的「白色恐怖」了。

白：您為什麼在電影中選擇以一個幫派家庭、流氓家庭的角度，述說這個故事？

侯：這樣的家庭，作為台灣社會結構的一部分，其實很早。我們不應該把它叫作「黑社會」，他們就是民間、地方上的勢力，是有錢人、仕紳。他們的基本功能是解決地方問題，相對保守。當時的社會就是這樣，叫作「山頭勢力」或「派系」，到現在地方選舉也還是這樣在運作。

有了這個結構，還有像李天祿這樣的角色，我再組合成為一個家庭。總之，戰爭中的家庭裡總是會發生一些變化。

白：那麼林家有一個原型的模式嗎？還是都是編的。

侯：沒有，那時候還有《幌馬車之歌》（1991），藍博洲的；（發表在）陳映真的

《人間》雜誌，就是鍾浩東、蔣碧玉的故事，我就用這背景。（設定）辛樹芬是護士，因為以前學醫思想比較開通，大概是這種。

很多這樣的訊息我就開始拼，這家族完全是虛構的，有誰有誰，就拼。爸爸就是李天祿嘍。本來要找柯俊雄演大哥的，柯俊雄比較麻煩，我就用陳松勇；基本上他不用特別做一些激烈的表情，因為他本身是有那個樣子，他是練武的，他爸爸是武師，他從小跟這邊的地頭大哥是兄弟，所以他有刺青，正好。

他臉皮又厚又會說話，我每次都用試戲——叫他試喝茶、點菸，我跟他說我要知道你的節奏跟快慢，他就開始試戲——其實他試戲的時侯我已經拍好我要的鏡頭，但是不能跟演員說這樣就OK了，還要正式來一次。起先會開一下機器，後來乾脆不開了拍假的，不然他一演喔，演得很怪很誇張；所以說他得影帝不知道是怎麼得的，他自己都不知道。

白：說到二二八，在解嚴之前，通常不能談這個話題，您最早聽說二二八是通過陳映真的小說嗎？還是通過什麼樣的管道來……？

侯：陳映真的小說，基本上是白色恐怖啦。二二八其實大家都知道啊，只是沒人講，沒人公開講，但背後底下尤其黨外運動，都在講了。

白：除了二二八以外，1947年也剛好是您出生的時代，父母從大陸來台灣的時代，您是否想透過《悲情城市》，回到或重構您父母的那個特殊年代？

侯：《童年往事》拍完，不會想這個，跟這個沒關係。二二八那時我還沒出生，我是四月出生的。反正解嚴了，小蔣死了，所以就衝了，就拍；邱復生根本不知道我們在搞什麼。

白：《悲情城市》裡的「城市」，指的是事件首先發生的台北嗎？還是場景所架設的九份？

1. 陳松勇（1945-），台灣男演員，1970年代出道，2000年息影。參加多部黑幫電影和電視劇的演出。因為《悲情城市》的傑出演出，榮獲第26屆金馬獎最佳男主角。

侯：都不是，「悲情城市」其實是講台灣的意思。這原本是一首台語老歌，也是另外一部台語片的片名，就叫作《悲情城市》[2]，不過它跟政治完全沒關係，是一部愛情片。

白：每次講述二二八，好像都有很多不同的視角，政府與民間，國民黨與民進黨，本省人與外省人，大陸與台灣，等等。是否想通過電影來綜合很多不同的角度？

侯：我以前對政府公家機關，基本上就是對國民黨，沒有那麼清楚的意識，只是素樸的反對。曾經在中山北路，那時候還很年輕，坐計程車，前面有一個人擋住巷子，擋很久，司機就下來問，那個人不理，把衣服撩開，身上有一把槍，一看就知道情報單位的，我就下來質問他。我很氣這種，公家機關怎麼能這樣，我很兇，他就讓開了。我對這種都有一種反抗。

二二八是早就知道的，而我更想拍一個時代變遷、政權交替時，家庭的一個變化，主要想拍這個。

白：有一點非常奇怪，就是當年《悲情城市》紅遍整個台灣，很轟動啊，票房很好啊，但往後的二十年沒有人再拍二二八，只有林正盛的《天馬茶房》，還有幾部關於白色恐怖的電影，包括2009年《淚王子》，但總的來講真的不多，基本上還是沒有人敢碰這種題材。

侯：政治介入太多了，本來可以是回到歷史本身，有一個理解的反省。但是政客喜歡用這個悲劇當提款機，隨時可以提款，就爛掉了。所以不管站在哪個角度拍，人家都會攻擊。我那時還是禁忌的時候拍，我有我的角度不管什麼，我就是站在人的角度和一個家庭的角度拍。

那以後國家也在調查，從李登輝開始也在道歉，二二八平反了。我跟一個老人，現在八十歲了吧，叫陳明忠，演《好男好女》伊能靜的爸爸，他三次進監獄，是受所有刑最重的。二二八的時候，他是二七部隊的隊長，才十八歲，他最清楚了，死多少人，清清楚楚。這個東西被政治化了以後，吃力不討好，拍了總會得罪一方，不然就是被兩邊罵。

所以我感覺從《悲情城市》的90年代到現在，就是一個混亂時期，誰主政誰有解釋權，真相不明，沒有人公正而持平；馬英九算好的了，每年都會去白色恐怖、二二八受難的（紀念儀式）致意。白色恐怖就更複雜了，是針對共產黨、地下黨。我後來拍《好男好女》就是白色恐怖第一案，《光明報》案[3]。

現在回想起來，要不是在威尼斯得獎，亞洲四十年沒人得了，得了那獎就算個護身符。而我們那組成也很怪，吳念真、詹宏志、朱天文、我、陳國富，包括楊德昌，這樣很怪的結合體，不是（跟二二八有關的）政治團體，就是電影人嘛。得獎以後，媒體報導那麼大，聽說總統府、李登輝，行政院長那時候是郝柏村——郝柏村看了以後非常生氣——他們想剪掉一段，就是山上「鹿窟事件」[4]那一段；晚報消息出來，就不敢剪了。

白：您以前都是拍自己的故事，或朋友的成長故事，但《悲情城市》大不一樣，拍如此政治的電影總有一些陷阱吧？

侯：你說陷阱，我說限制、壓力。年輕嘛，我真是不怕，完全看不在眼裡。怎麼弄，我完全在人物與劇情裡面，真是不管。

其實鹿窟事件，因為電影結束有出一個字幕，「1949年12月大陸易守。國民政府遷台……」，那字幕是一個象徵性的。有人說，那時還沒發生鹿窟事件，但它是延續白色恐怖，對我來講都是國民黨幹的壞事。如果不得獎，可能會有很多麻煩，不會硬來會軟的來啊，或封殺很多東西啊，但是（後來）還好耶。

2004年我不是參加「族盟」嗎，擔任召集人，民進黨馬上就查帳。2002年是我們「台灣電影文化協會」跟文化局標到台積電修復的美國大使官邸，成為「光點台北」來經營，自負盈虧，自己要負責的。我跟協會講，會計系統一定要清清楚楚，要找一個非常公正的大會計；結果民進黨政府來查，沒有一件事不清清楚楚，沒有一件事出紕漏。

2. 《悲情城市》是1964年的黑白台語片，導演為林福地，金玫、周遊、陽明主演。電影描述玉琴遭受的苦難與試煉：入獄，淪為夜總會歌手，最後死亡。但為了與愛人文德重聚，玉琴再次回到人間。
3. 《光明報》案，又稱「基隆市工作委員會案」或「基隆中學案」。基隆中學校長鐘浩東（1915-1950）1947年9月成立共產黨組織「基隆中學支部」，1949年5月後改為「中國共產黨台灣省基隆市工作委員會」，還組織共產主義思想的讀書會，發表地下刊物《光明報》。1949年8月參與此組織的大量知識份子，老師和學生陸續被捕。所有涉案的外省人都被處死刑，鐘浩東1950年10月14日被槍斃處決。藍博洲的《幌馬車之歌》和侯孝賢的《好男好女》都描繪此案。
4. 鹿窟事件，又稱「鹿窟基地案」，白色恐怖初期的重要案子。1949年中國共產黨台灣省工作委員會把台北縣石碇鄉的鹿窟選為「北區武裝基地」，不少共產黨員活動於此地。1952年12月28日發生的鹿窟事件是國民黨對石碇鄉進行戒嚴，四百餘位農民和礦工被捕，三十五人被判死刑槍決，其他九十八人被判有期徒刑。

只有一個電視機型號不對，因為（不符合）起先訂的規格，後來有比那個好的，就直接用那個好的，就只差那個電視機。查了一年！他們是更厲害，比解嚴後的國民黨更「敢」，用各種方式，但我都不管。

白：您剛剛說拍《悲情城市》時，關於二二八的資料相當有限。現在隨便去任何一家書店看，二二八的資料特別多。從拍《悲情城市》到二十年後的今天，您對二二八的理解和角度，有甚麼不同？

侯：沒有不同，都是從人的角度去看，只是細節知道得更多了。（當時）中國還在內戰——國民黨共產黨。米糖都往那邊運，所以這邊物價高，那邊內戰這邊只是物質供應。生活困難，民怨已經積很久了，突然一件小事情民怨就鬧，還有陳儀那時處理的問題。

看過沈從文的自傳，（中國）國內就是這樣，殺過來殺過去；而台灣在日本統治之下已經五十年，很多已經不一樣了。畢竟日本比較現代化，現代化在生活制度面就有一些改變，幾乎懷柔的，這是文化上，差了五十年的生活差異。這個例子其實適用到現在，1949至今六十多年了，台灣跟中國之間還是這種差異。

白：我聽說拍《悲情城市》不是那麼順利。好像是拍一段，又停下來不拍了，過幾天又開始拍。按照廖慶松的回憶，那些停拍的階段，您說在「找感覺」，那是怎樣的一個狀態？

侯：《悲情城市》題材大，處理起來很複雜，我的頭痛毛病是從這部片子開始。

還有我的執行製片張華坤，我用他的哥哥拍《童年往事》的時候，不知道為什麼他不開心，本來我想找他哥哥繼續當執行，反正他是總執行製片，但是他不要，就找幾個年輕的；年輕的不會做嘛，脾氣壞的那兩個差點被我打跑了，他就對付我底下的美術、副導。因為我跟他一起太久啦！他以前是場務，當道具，我感覺他很靈活就帶在身邊，有這樣的關係。這其實對我影響不大，雖然走了十個人左右，但是那壓力很悶，牙痛、頭痛，第一次頭痛痛到我沒辦法，打頭「他媽的去死吧！」後來睡醒就好，但是久了就可以看出壓力。

美術也走了，我們拍那個「小上海」（林家開的酒店），什麼都沒有喔！叫陳國富跟親戚家借了一組漂亮的桌椅來，就靠那一張古董紅木大圓桌鎮住場面，還有太師椅。然後我找到一個拍攝的角度，是從裡面的客廳開始，從這個角度我就帶著人弄，柱子什麼弄OK了拍。拍完了要拍外面，就靠那一壁彩繪玻璃在撐，弄到外面OK了拍。要弄好幾天耶——景弄完，拍完。

我還要求要用砂紙磨，像那些柱子門框什麼的，磨過打平，再上自然漆，再調整。「小上海」就靠裡面的客廳、外面的正廳這兩個景在拚，拍完這兩個大概就穩定了，主景拍完就開始穩定了。

白：拍攝時間多久？

侯：也記不得了，沒太久耶，我是看路邊沒什麼雜物，景很棒就拍。反正，沒有很久。

白：拍攝期間，最大的困難是什麼？

侯：困難就是所有東西都要做，因為沒有。那時代（的東西）已經毀掉了。你看那個金瓜石的礦工醫院，是一個廢棄的醫院，我們要把它整理得乾乾淨淨的；因為現場收音太空，所以還要掛黑布在上面。

那麼多臨時演員什麼的，都是找當地的人，當地的人走那路很習慣嘛。然後我看到葬禮儀隊叭叭叭（經過），就請他們吹奏著經過醫院門口，拍一下這樣。

礦工醫院，礦工的福利社當作梁朝偉的照相館，都要佈置，都荒的嘛。福利社前面是理髮店，後面住家接到北投那邊，土地銀行宿舍的日式房子。全片的景都是這樣接來接去。

白：後來有好幾個鏡頭，是在醫院門口拍的，您很多鏡頭是喜歡把門欄或窗戶當框架，能不能談這樣的視覺效果？為什麼選擇那麼多這樣的景？

侯：我沒辦法解釋。我以前拍室內，習慣找到一個最恰當的位置，這個位置看出去是外透的，有光，常常窗框後面可以看到外頭，我喜歡那種景深，不但景的前面在發生事情，景的縱深裡也有活動。

我找到這個位置感覺很過癮，如果（使得）要拍的飯廳只露一角怎麼辦？那就來解決這個問題；但有時候人物不見，我也不管。可能是很早養成這個習慣嘛！

白：雖然您還用很多遠景和固定的鏡頭，但因為您充分利用人物之間的流動，畫面一直有變化，觀看時不會覺得節奏慢。而且給觀眾的印象，是每一個鏡頭和調

度都經過精心設計。

侯：我拍戲是現場，和感覺。現場的感覺是我在想這個畫面，畫面裡的狀態是什麼，然後現場找一個角度呈現。有時候是聲音，有時候是線條、動作。對我來講，其實聲音能量很強；沒有火車沒關係，我只要拍個電線杆聽到火車嗚……都可以。拍打鬥，我不喜歡拍近的，因為我感覺人做不到打架的真實，人在這種狀態是很難的，我寧願遠遠看著他們的行為。

白：說到用遠景拍打鬥的戲，其中一個好例子是太保站在前景，背後藏著一把武士刀。後來慢慢看到了走到遠處的時候才開始打起來。攝影機不怎麼動，但人物的流動，從前景到背景，使得畫面的變化很大。像這樣的鏡頭，應該都是之前經過細心設計吧？

侯：我沒有分鏡頭，很多是到現場看見就拍，因為那時候是在路邊；我們常常去九份那邊，坐車去，看見這個地方不錯，古老的倉庫，有一條路，然後有一天就把它納入這場戲，（太保）坐三輪車去殺他，去報仇。

白：您每一個鏡頭都會拍好幾個take，都是大同小異嗎？還是每一次都會做一些完全不一樣的東西？

侯：沒有，有時候一次拍OK就OK了。很多都是第一個take就OK，假使不OK，再拍也不行，你就知道不對。有時候演員不對或狀況不對，需要調整，就要換，我就會改天再拍，或者再拍的時候我會換一種方式。就是一樣的意思但我換一個行為，換一個動作，換一個表達，不然對演員沒用啊，演員也沒那麼厲害，又不是好萊塢演員；好萊塢演員對劇本要非常的透徹，他們依循劇本就很厲害了。

白：《悲情城市》的四位有點左派傾向的知識份子，是個很有趣的組合。剛好這四個也是當代台灣文化圈的四位名流來主演，張大春、謝材俊、吳念真，還有本片的策劃，詹宏志。因為他們跟林家有一點距離，能不能談談這四位知識份子在電影裡的位置。您把他們當作社會的良知嗎？還是通過他們，帶一點反諷的眼光？

侯：他們有點像我看的那本《二二八真相》，裡面的那個記者，就是張大春，他的腔調就是從大陸來的。詹宏志這種就是台灣去大陸很久又來來回回的。吳念真跟謝材俊這種比較是在這邊，講的都是閩南話。這種知識份子，那時代都有一些左傾；台共很早就有，二二八的時候，謝雪紅他們才逃到大陸的。但是地下黨是比較後來的。

我感覺自己還是比較傾向素樸的左派，類似好打不平這種。

白：他們與林家不同，可以提供一個不同的視角吧？

侯：主要是辛樹芬（這角色）她哥哥嘛。後來很激烈在鹿窟的這條線，就是她哥哥的朋友，她哥哥就跟林家的梁朝偉（林文清）很要好。我其實最早的設計不是這個林家老四，是老二，一個左派的社會主義者，電影裡沒出現的失蹤的老二，是電線的維修巡查員，常常騎單車載他大哥的女兒阿雪，從小就給她看舊俄小說。是這個（左派）傳統，有這樣延伸過來的東西。

你說我很早就對社會主義關懷嗎？或者左的這種傾向嗎？完全不知道。那時候也沒看《資本論》（*Das Kapital*, 1867）什麼，我不是從思想上對這種價值的嚮往，然後去看很多書，完全沒有。

我感覺是民間，我就是老百姓，完全民間，一直在民間混。所以民間這個東西是又順又反的，好像都是順民，但不滿起來就是不滿，會有一種反抗，那就很自然的站在社會主義的這種角度。陳映真他們，都思想很強，我沒有這種思想體系，只是對人的感覺，對弱小（關注），可能就是成長期，看很多武俠小說好打架，好打不平之類，慢慢累積的。還有，我對物質沒有什麼耽溺，對物質沒嗜好，不會去弄什麼，我可以欣賞，但從來不想擁有。這個，我也不知道怎麼養成的。

白：電影裡面出現了一系列的照片，每一張都有它自己的特殊意義。能不能談談您對當下某些照片的感想，第一個就是「小上海」的全家福。

侯：二哥，三哥，小上海的全家福，出征前的照片，日本老師與他的學生，文雄的遺照，文清、寬美與嬰兒的合照。

因為我們那時候看資料裡面有很多照片，尤其這類日本的書都有出征什麼，都要用一個旗幟，於是仿了一下這個；加上文清本身是攝影師，就有這種背景

飾演林文清的港星梁朝偉。《悲情城市》劇照，陳少維攝。

可以做這些事。小上海的那張照片，以前都是這樣啊，我感覺照片很好玩，拍《戲夢人生》也有啊，那個麗珠去拍很多照片，然後被撕掉。

白：《好男好女》也有，演員去拍那些劇照。但在您電影裡，照片之間可以產生一個很有趣的關係，像《悲情城市》小上海的全家福，跟文清小家庭的全家福，有一種強烈的對比。

侯：一種時代的變化之感。文清後來不逃了，坦白講，真的無路可逃，四周都是海，除非有船，也沒那麼容易。謝雪紅他們逃到廈門，是國民黨一艘巡邏砲艇出任務去廣東、福建對付海盜船和走私船，艇上有軍官掩護她，偷運過去的。

以前的時候勝者為王嘛，國民黨與共產黨基本上都打天下嘛，共產黨打贏了（國民黨）怎麼辦呢，那就跟鄭成功一樣啊，反清復明不成功就退到後面，慢慢在台灣就淡化掉了。對我來講，共產黨也是打天下，不是什麼仇敵之類的。這些

《悲情城市》劇照，陳少維攝。

是歷史感，看很多資料，裡面有很多照片，就會使用那個情境。文清我設計他是一個照相師，所以更可以用照片表達，那表達是很過癮的。

白：很有趣的是，最早的照片在「小上海」門外拍的全家福，但恰恰身為攝影師的林文清不在。

侯：對，他沒回來，本來應該他照的嘛，他爸爸有問他大哥，陳松勇說他沒空啦，找了豬哥賢、好洨坤（台語）來——豬哥賢是我；好洨坤是張華坤，執行製片——那個陳松勇很好玩，對白即興講，找誰啊？就找豬哥賢、好洨坤。

白：這一幕剛好也跟結尾的文清一家三口拍的照片有種呼應的關係，昔日的大家族已不再，而且在政治的漩渦中，連一個身體殘缺的攝影師也無法倖免。

電影上映時，引起了非常大的社會迴響與爭議，您拍這部片子時，有預期會

引起這麼大的反應嗎？

侯：拍的時候不會去想這個（笑）。每天解決問題都來不及了，為了找到當時場景就是一大挑戰，很多場景都沒有了。台北是事件首先發生之處，經過這麼長的都市變遷，怎麼可能重回1947年二二八事件當時的台北市，整個變了。我們得到中國大陸去拍部分外景，譬如基隆港。

二二八事件發生的原因很複雜，有其歷史成因，很難在電影裡面描述清楚；電影只能反映拍攝人自認為看到的，它當然受限於拍攝人的眼界和態度，我只能呈現一部分當時的氣氛。

白：後來本片榮獲威尼斯金獅獎，國內的票房破了很多的紀錄，而且引起社會上的很多轟動。在1989年，可以說《悲情城市》不只是一部電影，它變成了一個文化現象。有許多人喝采，但也有許多罵聲，甚至有一本書《新電影之死》專門批評《悲情城市》。

侯：有這本書喔？我告訴你，我很酷的，理都不理，從來不看評論，你知道嗎。

白：那本書的部分文章，都在批評《悲情城市》的內容。因為這部片留著很多詮釋的餘地，似乎什麼樣的看法都有，從獨立到統一，從藝術到商業，等等。當時您怎麼看圍繞著《悲情城市》的這種文化現象和爭議？而二十年後的今天，您的看法有什麼不同？

侯：問題是我以前對這個現象理都不理啊，所以我根本不知道有這個，有人批評那，有人批評這，我只風聞很多話啦，但是關我屁事啊！我又不是在拍歷史，你懂我意思嗎，主要是在人，一種台灣人的尊嚴。台灣人需要有台灣人的尊嚴，我們不能這樣對待人，那時候想法就是這樣子而已。

很奇怪的，我不是站在哪一方，或是幹嘛，所以很好笑啊，我拍了很久以後，大陸以為我是台獨；沒辦法歸我類，對不對。

白：既然對這現象沒什麼看法，那您對二十年以後的今天，回頭看《悲情城市》這部片子，會用什麼樣的眼光來看它？

侯：不知道耶，因為太久沒看了。有時候會碰到，譬如說在韓國釜山，人家聊起來都是《悲情城市》，因為有公開放映，聽說有剪短。在釜山碰到一個大陸的女孩子——就是釜山影展設有一個AFA（Asian Film Academy亞洲電影學院），第一屆找我去當校長，裡面有一個女孩子二十歲——她說十三歲就開始看《悲情城市》了，可能家裡面都有個「盤」嘛，每年看一次，每看一次都哭，怪不怪？我想說，裡面有愛情，梁朝偉與辛樹芬兩個人的愛情，那個家庭，最後他們只能照相，無路可去……它也不是民族主義，有一種奇怪的味道，時代變遷中間的；那個就是我感覺超越了二二八這些的東西，還是在人上面。一個家庭的變遷，人在時代裡面，逃難、離開、家庭拆散，這種故事多到不行。

以前我第一次看《悲情城市》，就說唉，這部爛片！後來得獎，不知道是誰打電話給詹宏志，還沒講，他就說「怎麼樣，那部爛片得獎了是不是？」（笑）

白：因為這部片子有很多層次，每次看都會有一些新的發現。它很多細節，就算我這樣已經看了二十多次，還會有新的發現，新的感受。

侯：我在處理人物的結構，其實很多東西不顯露；有些顯露一點點，那我也不理，都是埋藏的。

像《珈琲時光》也是，很多身世，她（一青窈）跟他爸爸，跟她生母，還有跟她男朋友懷孕了這種，到底是什麼關係？很隱晦的，她那男朋友從來也沒有出現。然後又有音樂家江文也這條線，從台灣去到日本——他是音樂天才，但是被打壓得很厲害。

整個這種很複雜的。其實，我就是喜歡這種，建構感覺，但是不會很白的表達，它是埋在裡面的，表面上情感都有，然後你可以看到底下的東西，這樣。

白：對，它算是您塑造的一個大世界，但您給我們看的只是小小的一角。

侯：我最喜歡玩這種遊戲，不喜歡暴露太多。

白：雖然主人翁是個聾啞，但很巧這是整個台灣電影史上的第一部同步錄音的電影。同步錄音對您提供什麼樣的自由，又有什麼樣的新挑戰？

侯：同步錄音就是你在現場更純粹。大家不能講話，都很集中，演員也很集中。然後聲音的美，那種真實的美會出來——配音會差，都會差一點。所以那很過癮。

那時候就是一個Nagra（錄音機），兩個boom（吊桿麥克風），哇，那時候聽聲音！Nagra的質感真是很棒。後來在L.A.（洛杉磯）放的時候，洛杉磯導演協會有一個戲院，它不是Dolby（杜比）的，另外有一個系統，一放片子，哇，那聲音！那個聲音在哪個方向錄的，都清清楚楚呈現出來，都會出來。

新電影當時怎麼會出來，它的精神是什麼——就是對畫面的質感，對光影、對聲音、對顏色的一種挑剔，一種嚮往。這個很重要，是通向美學的一個基本。你沒有這種感覺，最後就沒有這種眼界、眼睛，看不到電影之美，所以基本上這是很重要的。

白：那麼一改用同步錄音之後，就沒有再回去吧，後來的片子都同步錄音？

侯：有時候需要處理，真的沒辦法就用配音；但是已經很厲害了。

我拍《海上花》那個日本女演員（羽田美智子）現場講日文，事後找（已故港星）陳寶蓮來配音，我把日語的長短字數調到跟上海話的對白一樣，幾個音，我叫日文翻譯把它調到一樣的長短，不然很難配的；因為有時候那句子很長，日本人說一件事比我們用中文說得久。

白：《悲情城市》裡面有一場戲，醫院的員工在學習國語，剛好正在學的新詞為「你哪裡痛啊？」我總覺得這一句，除了有一點諷刺以外，也對整個電影作了一個最有力的闡釋，也許二二八便是台灣現代歷史上一個無法治療的創傷，然後您透過電影，試圖對台灣歷史脈絡尋找這個痛點？

侯：沒有，因為那是醫院嘛，教那些醫生、護士講國語「你哪裡痛啊？」很自然。我會找我們那個老製片，他是山東腔在教國語，也符合當時的狀況。

其實最早在（國民黨政府）接收前，我後來才知道的一個訊息就是，其實在語言的恢復上，他們是贊成先用台灣本地人（來教），恢復閩南語，然後再學普通話。這個想法很先進，但沒有執行下去，時間那麼急迫，還在內戰——你內戰退到這邊，心情是完全另外一件事，只怕政權能不能保得住，是不是要逃到美國去了——根本沒時間處理這個。

白：《悲情城市》的女性敘述有三個：寬美的日記、靜子的敘說和阿雪的信件。您

是經過什麼樣的考慮，才決定採取這樣的一個敘述方式？

侯：這些很自然啊，信件很正常，只有阿雪會寫信給小叔梁朝偉，家族裡兩人最要好。我不走劇情舖排，用信件可以說明一些來龍去脈，最省事。寫日記也是，只有文藝少女氣息的寬美會寫，在醫院的小桌上有短短空閑時會寫，其他人忙生活哪有工夫寫這個東西啊。

所以看信的時候是阿雪的聲音，然後寬美的聲音寫日記，靜子的敘述會延續畫面，都有節約敘事的作用，我通常是依據現實來用。

就像那個字幕，要怎麼用啊，最後就決定要用這樣；兩個人筆談半天，我根本不管，基本上就是呈現我要的內容，我的文句，在呈現上已經把現實藝術化了。

這個東西是很主觀的，有些會先有自己的腦子的聲音，轉到寫信人的聲音，或是寫信人的聲音轉到自己的聲音；西方常常這樣子，比較寫實，但我感覺不需要。這是情感問題，因為主觀敘述者基本上就是這個女孩子，就讓她的聲音出來吧。

白：但通常來講，那個時候台灣社會還是比較重男輕女，凡事女性都在比較邊緣的位置，所以從這個角度來講故事，也是一種距離吧？

侯：男女（角色位置）是，女的永遠在旁邊，但永遠知道最多，永遠看得清楚。這就是邊緣的好處。男的在中心，糊里糊塗，却自以為什麼都知道，就像中國大陸和台灣一樣的道理，大陸是中心嘛。

白：除了影像和三個女性的旁白，電影的整個敘述策略比較複雜，還採取文字、詩歌、書法、文清的字條，客觀的歷史敘述（陳儀的廣播）**，照片和倒敘鏡頭**（小孩子在玩耍京劇）**，我們身為觀眾很難分辨這些鏡頭的視角：它們代表的是客觀的歷史，文清對自己童年的回憶，還是寬美對文清童年的一種想像？**

侯：這個無所謂啊。有時候我聽你講話，腦子裡想的是另一個畫面，或者你這個話引起我一個想像，這種可能都有；感覺對，有味道，就OK了。

我不會遵守應該怎樣，沒有什麼應不應該的，完全是一種直覺的判斷。處理不好就不要，然後換。筆談若是寫實用寫的很醜嘛，一個個字歪七扭八的寫，很難。

用字幕表現筆談的內容，到後來也不是字幕，而是把它當成畫面，在做一個影像處理。一個 frame（框）裡面的 focus（焦點）基本上是一個，你要多個的時候，就要小心處理，要對時間空間的轉移有辦法，不然就純粹一個focus，很清楚。電視最足以說明，螢光幕這麼小，你就是線條，線條要簡單、清楚明瞭、集中，組成一種美學形式；千萬不可以這邊一個 focus，那邊一個 focus，兩個要在短短的時間看到，在電視是不可能的。電影就看功力囉，所謂情境，是人和空間，和氛圍。

銀幕大，frame裡有景深，讓你可以去安排縱深，這就是「電影感」。常常拍電視的跟拍電影的分不清，差別就是一種對 frame的感覺，起先是直覺，慢慢變成自覺。

白：談到這些倒敘鏡頭有一場戲：一開始靜子到醫院找寬美送竹劍、詩作書法和和服。然後一系列比較長的倒敘鏡頭，描繪這些物品的重要性。後來便回到寬美和哥哥寬榮在討論此事，但最後透過旁白的轉移，變成是寬美在把整個過程告訴文清。

一開始似乎只有中間那段是倒敘鏡頭，但後來才發現整個一段都是回憶。這種敘述的轉變處理得非常微妙精緻，也是把整個結構都複雜化了，因為它挑戰了傳統電影的時間觀。

侯：這些常常是剪接當下發生的。譬如劇本裡原先並沒有字幕，筆談是用O.S.而非字幕，剪時覺得用字幕很棒，就用。或者有時發現情緒其實一樣，重覆了，囉哩囉嗦的就不要，就跳接，轉出去，又轉回來；基本上是把我感覺有能量的鏡頭和畫面接在一起就對了，哪管邏輯，旁白再來串，所以很節約，產生詩的效果。

白：一般的倒敘鏡頭只有一個層次，從一個時標上回到過去，再回到原初，就完了。但《悲情城市》的一些倒敘鏡頭都多層次的，最少有三、四個層面吧，最後時標位置都搞不清楚了！

侯：（那一段）寬美的哥哥講到日本的櫻花、墜落什麼的，我也沒辦法，小廖一邊剪一邊說是「氣韻剪接法」，靠畫面底下流動的氣韻在接，哈哈哈（笑）。

白：您在某一個層次要故意玩弄這個東西，是覺得這很有趣？

侯：我通常很怪，都是（專注在）內容。櫻花開得最美最青春的時候，他說可以一死，那是日本人（的美學）；所以我感覺這種美，會把它放進去，然後寬美想把這種情緒轉述給文清，用日記或是用信。基本上那片段我喜歡，我就用。譬如寬榮在彈琴靜子就在唱歌，那個倒敘鏡頭在教室裡，我就是對很多東西很癡迷，把它放進去，至於怎麼結構成功，我也不知道。

重點是，每一個鏡頭、每一個畫面都是飽滿的，豐富的，就可以不管因果關係地 jump cut 跳接；否則（跳接）就很難接，不成立了。

白：我們談電影裡對二二八事件本身的呈現，雖然影片中的二二八只有幾分鐘，但是表現得非常有意思。其中有幾個特點：第一、就是通過倒敘的方式，來回憶所發生的事情。因此還是有剛才談到的所謂視角問題，就是分不清視角是導演的，文清的，寬美的，還是客觀的歷史。

第二、全片中唯有這場戲才聽到文清的聲音，而且是用閩南話，四個字「我，台灣人」。

第三、影片中所觀看的二二八，暴力主要發生在火車上（或火車鐵軌的周圍），**剛好跟您過去影片的各種火車鏡頭**（像《兒子的大玩偶》三明治人在火車鐵軌附近被小孩欺負）**產生一種共鳴，能否談談這場戲，就是《悲情城市》對二二八的那種暴力呈現？**

侯：二二八用鐵軌場景，因為沒辦法，只有這個景是最容易再造的，因為火車和鐵道有被保留下來。小的火車站也是，最容易被保留，我看見就感覺這場景不錯。

那時候台灣人反抗（外省人政權），在街上都會這樣，直接用閩南話問你，用日本話問你，回答不出來就打，把你當外省人。這件事是攝影陳懷恩告訴我的，後來詩人詹澈說他父親也是這樣。文清八歲以前耳朵是好的，對語言是有記憶的，只是久沒有講了，發音就很怪，所以用他（梁朝偉的粵語腔）的怪聲音沒問題。

白：但是他講的這幾個字……

侯：「我，台灣人」（台語），尤其他哥哥陳松勇咆哮：這樣子隨便政府他們說，法律翻來翻去，台灣人就任人宰割……

白：而且把它視為倒敘鏡頭，也不是正面的在看這個事件。

侯：我這結構已經忘了，但總之是為解決問題。因為我們沒有電影工業，過去時代的場景造不出來，根本沒辦法正面的全面去拍。只能有什麼，拍什麼，到了剪接機上，用倒敘或主觀敘述；某方面說也是不得不如此，結果反而變成了我的電影美學。這種美學在先進電影工業的國家，是產生不出來的。

因為我可以把拍到的局部場景當成時代冰山上露出的那一點點，我通常不會去正拍歷史，而是致力在營造歷史是一個氛圍。我很難（去做歷史的）複製，就透過最小的人物來表達，輻射出能量；要拍客觀歷史的話，那是另外一種電影了。

所以基本上我是短處當長處來用，開始是克服困難，慢慢變成有自覺的運用，把劣勢變成優勢，給我什麼條件我就做什麼樣的電影，我可以很使勁的拍，所以能一直拍。

白：您用過的副導演，包括徐小明（《童年往事》）、張作驥（《悲情城市》）；日後還為徐小明的《少年吔，安啦！》擔任監製。跟他們合作是什麼樣的一個情況？您一般願意聽他們一些想法和建議，或就按自己的想法來執行電影的拍攝？

侯：徐小明就合作那一部嘛。張華坤的「城市電影」找他拍《少年吔，安啦！》拍了五、六天不順利，我就介入。就是重新找演員，整個幫他們弄，在現場盯著拍，等於有點像是我在導；因為張華坤我們一起很久了嘛，所以城市公司第一部片子還是把它拍完吧。他們本來不拍了，拍了五、六天，看那毛片算了，後來我還是在現場執行到完，一直到剪接完成這樣。

張作驥是《悲情城市》的副導，因為副導被張華坤打跑了，打跑了他接。

白：一般您跟副導的關係密切嗎？

侯：以前是跟許淑真啊，還真的很久。後來副導沒有固定，一直到比較固定是姚宏易[5]，小姚，他也是攝影師，也是編劇，也是導演，現在還在我公司；《海上花》是蕭雅全[6]，後來去拍很棒的《命帶追逐》的那位。

白：您曾經跟張藝謀合作，當監製，那是個什麼樣的經驗？您參與得多嗎？

侯：《悲情城市》之後，邱復生想找張藝謀，我就幫他介紹。張藝謀我們很早就認識了，（吳天明）拍《老井》的那時候，張藝謀還當攝影。

我第一個在海外（認識的中國導演）是吳天明[7]，在夏威夷影展；他的片子是《沒有航標的河流》，我的是《風櫃來的人》，他另外還帶16釐米的《老井》，專程就找了一個地方放給我跟天文看，那是1984年，看得我們稀哩呼嚕大哭。張藝謀攝影的、演的，很早就認識了。

後來邱復生就找他拍，一個教授（倪震）跟他一起改編《大紅燈籠高高掛》，我就跟邱復生去北京，在王府井唯一的大飯店，討論這個劇本。但是我覺得沒得討論，我們倆背景不一樣，成長不一樣，他用的形式我根本完全無法介入，我一介入就亂了。我就說我不介入討論劇本，你就照你的方式拍吧。

因為對我來講，舊式大家庭有這麼多老婆，這些老婆雖然受寵，基本上對大老婆還是尊重，不會這麼的明目張膽，只要看過《紅樓夢》就知道；像這種我知道（跟我）是兩個完全不同的成長背景。而且他們對政治非常敏感，所以電影裡面充滿著政治的元素，階級、權力啊，劇本我不可能改動的，他就OK這樣；所以我也沒去現場，只有開鏡的時候去一下大院，沒待在那，也沒看他拍片的過程。

如果由我來拍一個類似的故事，我會把重點放在那個大家庭，就像《紅樓夢》描寫的那樣。我喜歡發揮的是各房之間微妙的關係，還有那些大宴會場面，表面底下的衝突。這種角度複雜很多，那些細節很吸引我。

但張藝謀選擇拍故事，而且採取徹底風格化的表現方式，那種方法完全是他的。在技術上也許有可以給意見的空間，但中國大陸和台灣畢竟不一樣，我進不去他們的世界。關於服裝、美學觀點、電影的表現形式，我完全尊重張藝謀的風格，還有他拍攝的方式。

5. 姚宏易（1972-），自從《好男好女》之後便開始和侯孝賢的工作團隊合作。擔任過攝影助理、剪接助理、美術等各種幕後工作。導演作品有侯孝賢監製的《愛麗絲的鏡子》（2005），紀錄片《金城小子》（2011）獲台北電影節百萬首獎。

6. 蕭雅全（1967-），廣告導演及電影導演。國立藝術學院（現改制為台北藝術大學）畢業，曾擔任侯孝賢的副導。其導演作品有《命帶追逐》（2000）和《第36個故事》（2010）。

7. 吳天明（1939-），中國著名導演與電影人，曾擔任西安電影製片廠廠長。代表作包括《人生》（1984）、《老井》（1987）、《變臉》（1994）、《首席執行長》（2002）。

白：李天祿是台灣布袋戲的傳奇人物，經過《戀戀風塵》、《尼羅河的女兒》、《悲情城市》三度合作以後，您便決定拍李天祿本人的傳記《戲夢人生》，能否談談李天祿的魅力和智慧。

侯：其實李天祿跟我有點像，就是人跟人的直接面對，這方面很有能力。他以前學布袋戲，因為他祖父。他父親姓何，入贅給李家，第一個小孩李天祿，就像吳念真一樣；而且他們三代人都是這樣，到李天祿本身也是，他是入贅給陳，他二兒子叫李傳燦，大兒子叫陳錫煌。就是三代人都不同姓，這種複雜也會有一種眼光，有不同的心情，加上小時候爺爺很疼他，就像吳念真一樣爺爺很疼他，所以他從小學漢文，對這方面很敏感，就很厲害一路起來，口白這種編劇很厲害。

他年輕的時候，還學麒麟童[8]京劇的唱腔，所以他們演布袋戲《三國》還有京劇的唱腔。他因為光復的時候有去大陸，本來要在麒麟童的黃金劇場表演，麒麟童自己的戲院；但沒有演成，滯留在上海，後來麒麟童生日，他演《三國》祝壽，麒麟童看了很喜歡要他留下來在劇院，演一年兩年，他沒答應，不然他就回不來了。

他年輕時就對人情、聰明、才能、動作什麼都很快，你說他怎麼來的，每個人都是這樣學啊，他就特別厲害，還有平劇的底子。除了這個之外，他人際很好，不是那種客氣什麼的，而是很真實，所有習俗他全部知道。我們拍《戲夢人生》，小孩子夭折（場面）要怎麼弄，要有什麼，所有儀式全部問他，清清楚楚。因為（熟悉）世俗生活，還有戲劇上的需要，定場詩都他自己編，可能原來（舊的戲文）有一些，他會對應現實而改，我感覺他這一方面蠻厲害的。

然後呢，意志力又強，很強的一個人，在坎城《戲夢人生》得評審團獎，有記者圍著他——他那時候七十幾了——就問他：「你已經年紀這麼大了，你感覺這麼一輩子，你對人生有什麼看法？」他回答說「人生要奮志」（台語），酷到不行，這小子！我印象深刻。

我跟他是忘年交，非常要好。我跟人交朋友都不膩的，不囉嗦，但有什麼事，絕對會去幫他。而且他也知道，我的脾氣跟他年輕時一樣，他孫子有時跟我拍片，他說要注意，我在抓頭的時候，要躲遠一點。他拍《戲夢人生》，看我脾氣很暴躁——我很暴躁是這樣，有時候有些事，製片處理不好，有時候借景不順，罵天罵地不知道我在罵誰，我在發洩，一下子，好！拍片。

白：您每次拍片都會發脾氣嗎？

侯：以前會啦。（然後）會有一個360度的轉變，脾氣發完，馬上盪下來，又馬上集中在拍片上。

白：我聽張作驥講，雖然您會發脾氣，但永遠不會往演員的身上發。

侯：我不會往演員身上，也不會往工作人員身上；但工作人員知道，誰的錯他知道，但我不會指著人罵。我不會罵演員，因為我罵演員幹嘛呢，演員是你的寶貝啊！他們有他們的狀況，你不能罵他們，罵他們會崩潰，沒辦法繼續演的。

因為我們這種，從電影圈基層幹上來的，你存在必須要有你的方法，一堆事常常要面對的，但我從來就是面對啊；所以基本上知道演員，知道拍片，我再怎麼衝動，都會有一個（理性）比較冷靜的在看自己，所以還好！

8. 麒麟童（1895-1975），周信芳的藝名，中國著名的京劇藝術家。民國期間曾演過多部傳統與現代京戲，包括《民國花》、《宋教仁》、《文天祥》、《徽欽二帝》、《明末遺恨》。1949年代表戲曲界參加開國大典，之後擔任上海市文化局戲曲改進處處長，全國人民代表大會代表，上海京劇院院長等職位。文革期間遭到清算。

白：那您從李天祿身上學到最寶貴的經驗是什麼？

侯：就是意志力，那麼老還很強悍；而且他其實算很輕鬆，也會發牢騷，也會罵政府。像《戲夢人生》，以前日本皇民化的時候他演過一些劇，那日本課長也很喜歡他，但在別人的眼光就是，我們說「三腳仔」（台語，多指日據時期御用仕紳和台籍警察）——因為日本人我們罵他「四腳仔」（台語）、日本狗，而台灣人是「兩腳仔」，意思就是介於這兩者之間。但他一點也沒有這種感覺，他感覺是在維護戲班子，維護這個表演業，任何政策要怎麼改，這中間都可以有機會去溝通，他完全是現實，就是存在；然後你這個人好壞，跟你是不是日本人，沒有必然的關係，基本上就是這方面很豁達，我蠻喜歡這個。

我們很容易就會貼標籤說人家是「漢奸」，就像前面提過的胡蘭成[9]。李天祿一出生，就在日本人統治之下，那是所有他知道的世界，在這種情形下，很難簡單用道德評斷他的行動。所以我選擇站在人的角度，就他當時所處的環境，去看他的一生，儘量客觀地來看他所見證的時代變化。

李天祿要不是跌倒的話，更長壽；他就是因為跌倒，走路不方便。他那時已經八十幾歲了，年齡跟黑澤明差不多。還有一個就是在電視主持節目的，叫淀川長治[10]，結束都會在那邊「莎喲娜啦」，他那個招牌手勢和聲腔喔！

他們三個都跟我非常要好，淀川大一點點，過來是黑澤明，李天祿小一點點，三個人在一年中間去世；我三個老朋友，就在一年的前後，全部去世。都差不多九十歲的時候，八十九歲左右。

白：那麼《戲夢人生》最少有三種敘述方式：一、關於李天祿故事；二、李天祿本人面對鏡頭講述自己的人生大事；三、好幾場歌仔戲與布袋戲的表演。這種敘述方式非常有趣，可以談這三個敘述方式和它們之間的關係嗎？

9. 胡蘭成（1906-1981），中國近代作家，是個爭議性人物。1937年開始替《中華日報》撰稿，並出任汪精衛政府的宣傳部部長。1944年與張愛玲結婚，1947年6月離婚。胡蘭成曾在台灣住了三年，促成《三三集利》創立，影響了重要小說家朱西甯及朱天文、朱天心姊妹的文學道路，後終老日本。主要作品有《今生今世》、《山河歲月》、《禪是一枝花》。

10. 淀川長治（1909-1998），日本影評人，電影歷史專家，電視主持人。曾被稱為「日本最著名的影評家」。

既扮演劇中人也是敘事者的李天祿。《戲夢人生》劇照，蔡正泰攝。

侯：我那時候在想，李天祿有出一本書《戲夢人生》（1991）——最早叫作《尪仔人生》，因為布袋戲偶就是尪仔（台語）——（訪問者）曾郁雯在錄音的時候，我感覺很有趣，就提供她一個很好的錄音機，Sony的我記得，錄完以後我叫她給我一份，然後我拍《戲夢人生》，她出的書也跟著改名。

我就用這個錄音資料，想拍這個片子，但李天祿的事情太多了，簡直昏了，太難了！我一直在想要怎麼表達這些事情。後來我的女兒呢，差不多小學五、六年級，女孩子的叛逆期比較早——小孩差不多十三、四歲的時候會有叛逆期，男的比較晚——跟她媽媽每天都吵架，有時候她打電話，她媽媽會去拔她的插頭，（類似）這種衝突。我每次都調解她們，我說妳們這樣子太好笑了。女兒上課去了，她媽媽就在哭。

這個時候我正好聽天文說起她妹妹天心跟謝海盟，天心的女兒，差不多三歲，黏媽媽，媽媽在幹什麼就跟前跟後，不時的叫媽咪，不回答就一直叫「馬蜜，馬蜜」，問幹嘛！又沒事。她們姊妹是寫作的，會感慨這時候是最親密的，將來變成仇人那就是叛逆期的時候。我覺得這個有意思，剛好我女兒是這個時期。我就把李天祿的敘述，前一段是親密期，這場戲三歲的時候，啪！下一場就十五歲——前面是親密，後面是叛逆，兩個接在一起不是很過癮嗎。

我起先沒有想李天祿會出現，後來實在那戲太難拍了——有些戲是說出來聽得很棒，你要還原當年的現場，做不到。有時候文字敘述很棒，你要拍出來卻沒有；我就乾脆把他請到現場自己說吧！所以影片裡很晚才出現，法國人都嚇一跳。

白：特別有意思的是，李天祿接受訪問的地點，便是「演李天祿故事」的主要場景。這點使得電影裡的現實／虛構，回憶／再現，人生／電影之間的關係，變得更複雜。

侯：對啊。

白：您可以到一個攝影棚去拍，但您就請他到現場。

侯：到現場，差不多一捲一千尺底片有十一分鐘，他講到一個人物，講到（底片結束）線那邊去了，也由他講。有時候拍了一堆，很有趣。

但《戲夢人生》底片不在我們這裡，在香港一家沖印公司那裡，後來那家倒了，資產全被扣押，很可惜；不然把其它沒用到的剪出來也很有意思，他講得很好玩。包括廖慶松在旁跟拍的16釐米紀錄片的底片，都被扣押在那裡。

白：《悲情城市》後來成為您「台灣三部曲」的第一部，隨後您拍出了《戲夢人生》、《好男好女》。這是您原先的計畫，還是隨著《悲情城市》的成功所發展出來的？

侯：《悲情城市》拍完後，我就有再拍兩部片的構想，主要是意猶未盡，一路追踪（材料）愈追愈多，不過每個片子角度都不太一樣。《戲夢人生》（的時空）是在《悲情城市》之前，描繪日本統治下的時期；《好男好女》則是《悲情城市》之後，拍的是白色恐怖。所以這三部電影是以三個角度，描繪台灣的現代史，但事件是背景，主要的重心還是放在人身上。

白：三部曲的計劃，是當時的製片邱復生提出來的，還是誰提的？

侯：我忘了，但一定不是邱復生。《戲夢人生》主要是想拍李天祿，日據時代一直到光復的那一段時間，等於是《悲情城市》的前段。那後段是二戰後、白色恐怖的《好男好女》第三段。開始其實還是機緣和現實題材。有李天祿的認識，他的人生很過癮；然後有一個人（曾郁雯）要訪問他，錄音，就構成了。

到《好男好女》那時，《人間》雜誌出了蔣碧玉的口述記錄，兩對夫妻和另外一個叫什麼鋒的，五個人[11]一起到大陸參加抗戰，差點被誤認為日諜——那時候抓到日諜有獎金——後來丘念台救了他們。這個很有意思，那時候有很多資料出土了。

白：藍博洲的……

侯：對，後來出了單行本，叫《幌馬車之歌》。在《悲情城市》之後，很多東西出來了，就乾脆拍一個三部曲。

11. 即鍾浩東與蔣碧玉、蕭道應與黃素貞這兩對夫妻，以及鍾的表弟李南鋒。

白：《悲情城市》好像在大陸拍攝只有三天，但到了《戲夢人生》，電影的三分之二都在福建拍的，這是因為90年代的台灣，已經找不到您要的20世紀初的那種氣氛嗎？

侯：《悲情城市》我只是去拍了一點點空鏡，碼頭的空鏡。《戲夢人生》我去福建看景，哇，可能緯度差不多，那植物、稻田、生活方式、房子的結構都跟我們鄉下一模一樣，而且都還沒開發，所以《戲夢人生》在九份拍日本課長和巡佐的戲一個月，其它在福建拍三個月，很多地方，福州、泉州、漳州、南晉、拍了整整三個月，帶了八十幾個人。

白：在福建拍攝，好像還要跟福建電影製片廠合作，那經驗跟您在台灣的拍片經驗有什麼不同？

侯：跟他們製片廠合作，他們其實很歡迎，就是協助拍攝——他們福影廠有這個資格嘛，在中國大陸，只要談好條件就好啦——他幫我們找當地的資源，譬如說車輛，但其他工作人員很難，因為觀念差很遠。

很多拍攝期間要借東西，我們比他們快，因為閩南語就是福建話，所以很快。不過福州人講福州話，閩北福州話是另一種話，莆田話沒人聽得懂；在泉州、漳洲、南晉，這些都是我們熟的，所以我們溝通直接很快。

白：因為跟他們合拍，劇本是不是要經過審查？

侯：要！《好男好女》跟《戲夢人生》都要，但基本上沒什麼問題，因為《戲夢人生》沒什麼，然後《好男好女》是站在共產黨一邊的。

白：只有到《海上花》才有問題？

侯：《海上花》是那個妓女生活的背景不讓（審查通過）。李安去拍《色・戒》（通過的標準）也很模糊，就是所謂的偽政府——南京政府——就是不讓碰。

其實我有一個題材一直很想拍的，「上海愛珍」，佘愛珍，吳四寶的太太，她後來在日本與胡蘭成結婚的。她起先是吳四寶的太太，南京政府時期，吳四寶管76號房屬於特務，但他做來不像特務，還是上海「白相人」的作風跟本色。胡蘭成的《今生今世》裡有寫佘愛珍，這個人很動人，我感覺是中國女子的典型，想找張曼玉來拍，但那塊南京政府的史實，中共不放（通過），我沒辦法。

白：張曼玉您好像找她幾次了……

侯：是，《海上花》，但因為要講上海話她嚇到了，但是「上海愛珍」還是想找她，還是講上海話；佘愛珍其實是廣東人。

白：《戲夢人生》的剪接過程好像特別長又特別難，聽說您和廖慶松還發生了一些衝突。[12]

侯：完全記不得！但應該沒有啦。我對他太了解了，他搞不過我的。我不會直接的，先放著，然後再迂迴，最後還是聽我的，因為我實在蠻冷靜的，而且比他敢。

白：可以談談整個固定鏡頭、長鏡頭和電影美學的塑造。

侯：我跟李屏賓講，我要中國人的神明和祖宗牌位上的那種紅的燭、紅的漆，很古老很久的，暗暗的紅紅的，我要那種味道。因為以前的光不可能點那麼多燈，所以閩式建築房頂的瓦中間會有一塊像A4紙那麼大的玻璃，採光用的，我就用房頂玻璃光源的這種色調。不然就是（光源）斜照，（會有）亮與暗的對比，幽幽暗暗的。

但我一天到晚說太亮，其實李屏賓的測光錶已測不到指數，指針都不動，沒得感光了，他都說好啦可以啦。因為那時候進一組鏡頭1.3的，光圈可以放到

12. 朱天文的〈雲塊剪接法——代序〉一文中有這段回憶：「一剪剪了三個月。慢啊，為此侯孝賢幾乎跟廖慶松翻臉。起先是，小廖仍然採用『氣韻剪接法』，那是他從《悲情城市》裡剪出來的心得。一言以蔽之，就是剪張力。剪畫面跟畫面底下的情緒，暗流綿密，貫穿到完。但這回，侯孝賢不要張力，他要，他要甚麼呢，開頭也說不清，只是削取法的，他不要情緒。如此，兩個人磨掉絕大部分的時間跟精力，最糟時，侯孝賢抱怨，以後他找一名技工完全聽他指令就行了。要剪到後來，侯孝賢才明確能說出他要的是，像雲塊的散布，一塊一塊往前疊走，行去，不知不覺，電影就結束了。他叫小廖仔細看剪接機上拍到的阿公，他說，『片子照阿公講話的神氣去剪，就對了。』」參見侯孝賢、吳念真、朱天文著，《戲夢人生：侯孝賢電影分鏡劇本》，第52-53頁。

很大，柯達底片的感光也很好，所以再暗都可以，暗部裡的細節都看得見。極少極少的光源，這種打光法，讓李屏賓找到一個他自己攝影的根本，是一次突破。那畫面整個顏色，我感覺很過癮，在坎城放映完，有人說像林布蘭的畫；《戲夢人生》算是很過癮。

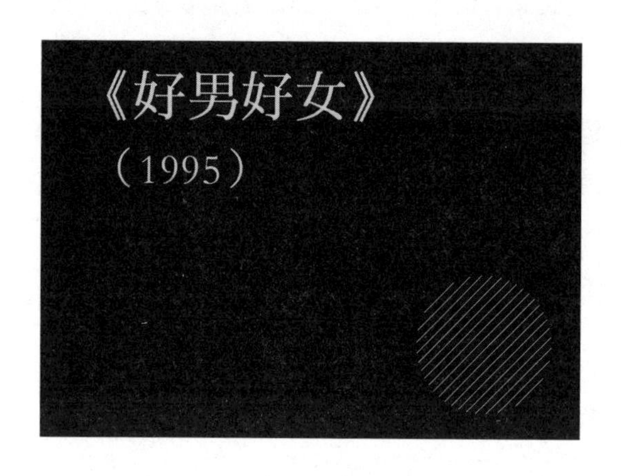

白：《戲夢人生》之後，您好像計劃要拍一部《從前從前有個浦島太郎》的電影（發想自朱天心同名短篇小說）**，聽說跟萬仁後來拍的那個《超級大國民》**（1995）**有很相似的一個故事，就是白色恐怖**（期間）**一個人坐牢，後來放出來，重新面對社會。怎麼從這個案子轉到後來的《好男好女》呢？**

侯：「浦島太郎」很早了，那時候有想法並沒有實際做。《好男好女》跟那想法已經隔很久了。《好男好女》是白色恐怖第一案。蔣碧玉與鍾浩東，鍾浩東是鍾理和的哥哥，他是同父異母的哥哥只大一歲。他戰爭前就從東京輟學回來，跟幾個唸醫的年輕人想組一個醫療隊，去大陸參加抗日。

《好男好女》我的感覺是，每個時代有每個時代的意志，以前的革命不都是跟愛情在一起嗎，他們的故事也是這樣；所以就拍這樣的故事，他們一共五人，兩對夫妻，另外一個人叫李南鋒，拍他們一起回去參加抗日的過程。然後就去蒐集這五個人的資料，那時候蔣碧玉還在，有訪問過。還有台灣調查局裡的鑑識科，CSI（Crime Scene Investigation犯罪現場鑑證）有沒有，刑事案件調查找證據的，就是（這五人）其中一個叫蕭道應的後來做了法醫，他所建立的。

（他們）本來是去參加祖國抗日，跟國民黨體系是一起的，後來感覺國民黨太爛了，在那邊就加入共產黨了，回來變成地下黨；所以鍾浩東回來，當基隆中學的校長，出了《光明報》，就是一個地下報。這是白色恐怖的第一個案子，（國民黨）抓了他們，暫時不敢動，因為局勢不明，而且剛開始也不想殺台灣本地的；但是這人太硬，非常堅毅，沒辦法。

而韓戰（1950-1953）之後就（更激烈的）白色恐怖——因為局勢穩定了，冷戰（開始後，台灣）已經進入美國的保護範圍了。我主要是拍歷史三部曲的這一段，就是二戰之後過來的這一段。

白：最早是看藍博洲的小說所以才……

參與演出的作家藍博洲（左二）、音樂人林強（中）與演員伊能靜（右前）。《好男好女》劇照，蔡正泰攝。

侯：藍博洲的小說在《悲情城市》時就已經看了。

白：但這次除了參考他的書，您還請藍博洲本人演一個角色？

侯：對，他演蕭道應，也跟蔣碧玉談過，但還沒拍完蔣碧玉就去世了。

後來我也分出一部分的錢，差不多三百萬台幣，給藍博洲和關曉榮去拍16釐米的紀錄片《我們為什麼不歌唱》（1995）。當初兩對夫妻生的第一個小孩，都留在廣東那邊託給人家，80年代末開放探親後（他們）有回去找，紀錄片也追踪了這一段。

白：當年蔣碧玉對您要拍片子的計劃，有什麼想法？

侯：沒有，她還沒看片就去世了，對這個還好；因為我拍了《悲情城市》又拍了《戲夢人生》，他們老一輩的心胸都很大。我倒是想現在拍蕭道應（1916-2002），建立台灣CSI的那位，因為他太太現在快九十有了，好像寫了一本回憶錄。

白：我覺得《好男好女》的旁白很有意思。一開始旁白配著梁靜的當代部份，但旁白漸漸的開始出現在蔣碧玉的那些片段，第一次梁靜還說：「我感覺我快要變成蔣碧玉了。」這種很委婉地把電影的不同時空連繫在一起。

侯：那完全是直覺。在剪接的時候，我感覺這片子因為有些限制，有些場景很難，所以我才利用一個形式，用了一個現在式和一個過去式，現在式中還有拍片——我不用真正的拍（歷史場景），真正的拍只一小部分，而是借了一個地方排戲，用每天在排戲的方式來表現。但我感覺，處理這個還不夠成熟。

白：所以您把40年代那個蔣碧玉的片段，不是當成客觀的歷史，而是梁靜在演那個角色。

侯：是，就是她要演這個角色嘛，所以一直在看小津的電影做功課，為了融入那個時代。因為梁靜這個演員之前荒唐過一段時間，她的祕密日記又被人偷了，所以在一種狀態裡，很困頓。

我感覺《好男好女》的意思是什麼：每個時代意志不一樣，氛圍也不同，但是人的處境和掙扎都有動人處，都是「好男好女」，意思是這樣。

白：《好男好女》有三個不同的時空，然後各個時空的顏色和色調都有點不同，您怎麼塑造整個顏色的策略？

侯：這是印片的時候（決定的）吧，主要是印片時候的調色。現在對這個完全沒印象了，只知道不管是梁靜的想像，或是實際演戲的，凡是去大陸的部分，都用黑白的。

白：好像有一點點顏色。

侯：對，單色啦。然後「當代」（場景）裡的（顏色）「現在」跟「過去」也不太一樣，「過去」有一種五光十色的頹廢，主要是場景和整個tone（色調）有一點不同。梁靜想像的那一部分，基本上都是用單色的。

白：這些都是後製作調整的，本來就有這樣的構想嗎？還是……？

侯：本來只有在場景佈置上才這樣，因為生活不同了嘛，場景上自然不一樣——小屋子裡那個吊球啦，有的沒的，跟她的黑道男友，高捷演的那個。

白：（接演）《好男好女》以前，伊能靜主要是位當紅的歌手，而且這應該是她主演的第一部片子，讓她演三個不同時代的角色，跨那麼大的歷史時空，有什麼樣的挑戰？您怎麼讓她熟悉，又怎麼讓她融入這個角色？

侯：以前最早想找她，是因為《悲情城市》，後來她去日本戀愛了；沒辦法，戀愛了她不拍耶！所以這個女孩子也蠻奇特的，有一種她的特性。

那時候找她呢，第一個她會講日本話，第二個我感覺她能量很強。譬如說她想從唱歌轉到表演的那種主動性很強烈，所以從劇本開始，她就很投入，然後也跟美術黃文英討論造型什麼。黃文英那時候從美國回來，她在匹茲堡大學（University of Pittsburgh）、卡內基美倫大學（Carnegie-Mellon University），念了兩個碩士，都第一名畢業的，很厲害。她曾經在百老匯做，想回來做，回來後跟伊能靜一直在聊。

高捷（左）與伊能靜。《好男好女》劇照，蔡正泰攝。

我剛才不是說，黑澤明的演員都是場景好了，就要穿好戲服在那邊等，以進入角色狀態嗎；我跟你說伊能靜投入的狀況，（劇組）在定裝，定裝都是一天兩天，她衣服一穿上去馬上進入那狀態——那拍劇照的都拍得發抖——就很投入。我看這樣子太投入了，所以一開始拍就拍最重的，戲中戲，就是她（蔣碧玉）先生鐘浩東死亡了，她燒紙錢的那場戲，就拍那個最重的；她哭一哭就厥過去了，沒辦法收的。

我一看這太重了，但是很好；這樣下去就比較知道，後面不能這樣，如果這樣沒辦法演的。不是她演的問題，而是結構上你不能到那種程度，有時候是要收的。所以我剪就會看，夠了，不要那麼過，那麼over；如果那麼over你後面拿什麼接，接不起來。那時候感覺她的投入，蠻好玩的。

本來第三部仍是跟年代合作的，但是他們感覺伊能靜有什麼，為什麼要找伊能靜，有一種質疑。我就不跟他們合作，就從日本找錢，所以《好男好女》是跟松竹[13]合作的第一部片，拍出來以後，伊能靜還入圍金馬獎最佳女主角。

白：松竹投資的話，請伊能靜主演應該也是配合日本的市場，因為伊能靜在日本都有出日文的唱片。

侯：我其實不太管市場。

白：但製片人應該管。

侯：製片人管，所以他（年代）就不投資啦！我就好啊，不投資就算啦，我就跟松竹合作，對松竹來講，這種投資不是很大，他們投了八十萬美金，總共才三千多萬台幣，但是那時候錢好用啊。我申請輔導金有一千萬台幣，我都花得光光的。

白：您過去的電影處理男女關係，都是比較單純的，但是到這一部就非常直接，而且伊能靜對欲望和性愛的表現比較大膽。這就是時代的不同嗎？能不能談一談這種不同的處理的方式？

另外伊能靜與高捷的床戲，都靠著一種表演的成份，就是要照著鏡子相互撫摸，化妝，或用那種狄斯可的裝飾之類的，跟演蔣碧玉一樣，她都是一直演戲、作秀。

侯：台灣那個時候很流行這些，大麻啊，或是這種。解嚴以後經濟越來越好，歸國華僑都說「台灣發了！」就是那個時侯，以前不出現的東西都通通出現了；我都笑說「大麻時代」，不管是解放或者是幹嘛，各方面的解放，人跟以前的人不太一樣了，有他們自己的一種自主性，跟以前制度下被壓抑的狀態不一樣。主要是這個，我弄一個「當代」，去拍也差不多十年前的80年代的某種狀態。

同時伊能靜又演一個革命的純心女子，半個世紀前的女子的那種質地，那部分我感覺比較差。她沒有辦法演那部份，這個責任在我，不在她。假使當代梁靜和40年代的蔣碧玉的反差非常準確，那就會很棒；假使類似一個辛樹芬（的演員）演那位參加抗日的（蔣碧玉），那種樣子她就會不得了，她一定會得獎。

13. 松竹株式會社，日本五大電影公司之一。於1895年創辦傳統劇場，1932年轉為電影製片公司。出過的電影包括小津安二郎、溝口健二、成瀨巳喜男等著名導演的作品。也與侯孝賢合作多部影片。

白：我看了您過去的一個訪問，就講《好男好女》是您比較不滿意的一部。您現在還這麼認為嗎？

侯：那個時候想用一個複雜的形式來表達，但是掌握得不好。複雜形式是沒關係的，但不要被它綁住，主要還是演員嘛。我覺得不滿意的是蔣碧玉這一段，「現在」、「過去」的90、80年代都OK，她演得很好。

我不是說她整個投入嗎，有一場最後結束前，她被電話鈴聲叫醒起來接，有點confused（迷糊），現實和過去的事混淆著講。（那一場）她在睡覺，我讓她先睡，然後我說電話響妳要醒來，醒來以後，妳要開這個燈這樣；我就說睡吧到時候會有鈴聲，妳就起來演。她就真的睡著了，電話啷啷啷很久，就醒來了，忘了開燈，所以很黑，但是那聲音表情非常厲害，完全投入，很過癮一次OK。雖然忘了開燈，幾乎看不見臉，也幾乎看不見傳真機一直吐出來的一大疊紙張，一般會NG重來，但我知道重來是拍不到那種（剛睡醒的）聲音了，所以黑就讓它黑，就一次OK。

她拍當代部份很棒，當代的「現在」和「過去」兩段都很棒，就是拍蔣碧玉比較沒辦法，我感覺這是一種質地的問題。

白：那個也是回大陸拍嗎？

侯：在大陸廣東。他們那時候在廣東，丘念台救了他們。他們參加的是東區服務隊，不是在第一前線打仗，而是在服務，幫助老百姓或是救援，因為他們都是醫生和護士，那個野戰醫院的景，都搭的啊！

白：拍了幾天？

侯：拍了沒多久，以前拍片很快啊。因為我帶了一個美術去，會搭景的木工，他是中影的老木工；我要搭一個醫院說用竹子搭，他就跟當地的人談好，只花了一萬塊人民幣，當時台幣八萬，搭完以後竹子給那個人。那個人還客串演翻譯，因為那個人會講汕頭話——也是閩南話的一種，有點像——但是演鍾浩東的林強他們五個人完全聽不懂，很好笑，所以我拍他們被一一盤問審訊却語言隔閡的那表情就夠了。

白：有一場戲拍蔣碧玉在監獄裡，那場就很有意思。它展現的氣氛也非常陰暗、沉重，剛好跟《戀戀風塵》中那場台灣軍人收大陸難民的戲，對照看可以產生很有趣的對比。這場戲之前，有做什麼樣的準備？

侯：沒有，這是事實，他們本來就碰到這樣的遭遇。因為當地單位懷疑他們來幹嘛的，語言不通，講不清楚，加上私心——只要抓到一個所謂日諜或者共產黨，就有多少獎金。

後來無意間讓丘念台知道——就（清代著名的台籍詩人、教育家）丘逢甲的兒子，在台灣出生，在閩、粵抗日——他聽說有台灣來的人，才保了他們。不然他們五個是要送去砍頭的！

昔日未來

很多私密的情緒，因它的普同，
尤其男女關係，拍來拍去很難，
非職業演員很難演得可信，
專業演員也演不到；
每當這種時候我就只有後退，
讓演員根據自己的個性，去演這個角色，
這是很大的挑戰。

《南國再見，南國》劇照，蔡正泰攝。

●《南國再見，南國》●《海上花》●《千禧曼波》

關鍵詞 ●回到當下●林強●愛唱歌●嚮往離開●尋找攝影哲學●散文式敘述●《海上花列傳》●蘇州話●尋找演員●一鏡到底●場面調度●黃文英●服裝、道具、陳設●各國演員●陳寶蓮●海外資金●時空距離●舒淇●世紀末

攝於2009年侯孝賢獲邀擔任影展主席的金馬國際影展期間。白睿文拍攝、提供。

雖然侯孝賢從1996到2001年拍攝的三部作品不見得能夠像前三部作品那樣，組成一個完整的三部曲，但《南國再見，南國》、《海上花》、《千禧曼波》走在上世紀末的創作路上，還是共同探索著一些相關的主題，而且可以被看作導演縱橫在「世紀末的華麗」和「世紀末的廢墟」之間的一個思考。

從「台灣三部曲」的濃厚歷史感出來，侯導直接跳到當下的台灣社會，來攝製1996年的《南國再見，南國》。在深入台灣南方的黑社會生活狀態之際，《南國》體現了吸毒和賭博，紋身和手槍，女色和暴力，政客與流氓之間的黑色交易，和社會的各層黑暗面。整體來講，也許算是侯孝賢作品中最冷酷絕望的一部。

訪談中，侯孝賢經常提到文學作品給他創作帶來的影響（比如朱天文、黃春明、陳映真、沈從文、藍博洲等作者的作品），但到了拍攝《海上花》的時候，侯孝賢已經很多年沒有直接改編文學素材。除了第一次改編古典小說題材（改自晚清的經典小說《海上花列傳》）的特例之外，《海上花》也在侯導的電影生涯中，佔了許多其他的「第一」：第一次從頭到尾只拍內景，第一次拍大陸（雖然大的攝影棚都在台灣）故事，第一次拍晚清；也應該是侯導第一次組合了一個真正跨國界的演員組合（演員分別來自台灣、香港、大陸和日本）。另外《海上花》還把侯導和資深攝影師李屏賓長年以來運用的長鏡頭美學，發揮到最極致。

從當下的《南國》到昔日的《海上花》，又到未來的《千禧曼波》，這三部電影在時間上的跳躍性，呈現對歷史的一種天馬行空、縱橫古今的大膽嘗試。

對許觀眾來說，《千禧曼波》又是一次較為大膽的嘗試，雖然內容上講述現代台北年輕人的夜店王國：性，吸毒，搖頭丸跟電子音樂，都是許多商業電影的主題，表現的電影手法還是與侯孝賢往常一樣，採取較為複雜和多層面的形式。

一個有趣的比較，就是戴立忍導演差不多同一段時間拍攝的《台北晚九朝五》（2002），也是處理當時的台北的夜店文化，二部電影也有許多相似的主題，但表現手法與侯導完完全全不同。到了《千禧曼波》，侯孝賢一貫尋求的那種「距離感」——就是長鏡頭和空鏡傳達的「遠一點，冷一點」意念——現在是用時間（故事的敘述發生在未來時空）和空間（部分故事發生在日本）來探索電影中的距離。

說到「距離」，也使得我想到「逃避」在這三部電影的共同主題。《南國》裡的高捷想從他的處境逃到上海來重新開始；《海上花》的梁朝偉從港「逃到」滬，青樓的名妓想給自己找條出路；《千禧曼波》的高捷和舒淇都逃到日本，尋找新的開始。而侯導本人，也將從他多年以來精心塑造的台灣本土電影視界，逃到海外。

白：除了銀幕上的表演，《南國再見，南國》的幾個主要演員，也在幕後參與了本片的製作，像高捷和金介文提供故事，林強[1]作曲；有點像當時找李天祿當演員，後來他自己的故事變成《戲夢人生》的正式主體。您是否經常從演員的身上得到很多的啟發？

侯：他們提了一些，但我都習慣，你提了我就幫你放進去，credit也歸你；他們到底提了什麼，我們也搞不清楚耶，就是一些細節吧。

我拍《好男好女》不是拍到「現代」的部份嗎，我發現我再處理，對現代已經有點陌生了；我拍了太多的「過去」——從我的童年記憶，到歷史三部曲——哇，我感覺「回到」現代來拍了。因為拍過去，就像拍老照片一樣，有一種情懷，舊的色調；那種情感是比較濃郁的，浪漫的。後來我就想回到現代。

回到現代，我用的方式就是《南國再見，南國》，劇本簡單到不行的，沒有什麼情節，就是他們從賭場一路去到南部，有時候是一邊拍然後找場景這樣。因為我要用現場拍攝的氛圍，是用「現場」拉回到現代，因為我對現場的處理能力很強，《南國再見，南國》等於是用這種方式拍。

結果拍得最久，拍了三次，前後九個月。我怕拍不到，抓不到現代的味道，到底是什麼我也不知道（笑），就是抓不到，算了。停了以後休息，一兩個月後再拍，又拍一個多月，感覺還是不行。從夏天拍到快冬天了，再拍快一個月吧，錢都花光了；我想沒錢了，想算了，丟在那裡不管它了。

然後我跟那個日本製片Ichiyama Shozo（市山尚三）[2]說要不要重拍，他就一直笑。正好邱坤良那時在國立藝術學院（後改制為國立台北藝術大學）當戲劇系主任，他說你要不要來上個課，我說不要不要，他說來嘛，幫我辦了一個教授的證明——因為我有作品——就去教了。我也不知道怎麼教，就給他們看電影，教了兩個月；那個日本製片打電話來問，要不要參加坎城，你到底剪好了沒？我想算了，還是面對這個事情，就回來剪，一個禮拜就剪完了。

其實就印證了布列松說的，我們現場在看待我們拍的內容的時候，是很主觀的。我感覺有些東西沒做到，有些什麼搞不清楚，或者有些細節沒辦法照主觀的想法做到，但其實攝影機都幫你記錄下來了，事後一看都看見了，很多東西已經拍到了，所以我們一個禮拜就剪完了。很快，而且我感覺很有意思。而且我叫林強去找音樂，給他音樂的製作費，他就找了雷光夏、濁水溪，這種個人或樂團也好，每個音樂都放得太過癮了。

拍了二十二萬呎，是我拍片以來最多的。之前《悲情城市》、《戲夢人生》最多都是十萬多，不可能超過十五萬，那之前更少，不可能超過十萬；但這個超過二十二萬，一個簡單的現代片！但剪完以後我感覺蠻特別的。

台灣有人說，十幾年前當時看沒感覺，十幾年後又看，不就是台灣每天正在發生的事嗎，但這個當下却好像是十年、二十年之後，再回來拍的當下；雖然是這個當下，却好像過去了，拍一個過去的感覺。我也不知道為什麼會有這種感覺，不知道，我其實看這部片子蠻過癮的。

這部是柯波拉（Francis Ford Coppola）那屆坎城影展最喜歡的片子，他那時候當評審主席，他是那種很大方、無所謂的（個性）——有些會堅持（他們本人看上的片子）一定要得獎——他不會的，他不會堅持別人一定要同意他的看法，只是他當評審團主席，在公開場合却不避嫌說：「昨晚我作夢，還夢到這個片子。」他當評審看一次，公映時又跑來再看一次。因為口味偏怪不可能得獎，所以他主動跟台灣的媒體講：「你們想知道我對這部片子的看法嗎……」然後就告訴他們，他的看法，很好玩。

1. 林強（1964-），台灣歌手，演員，音樂人。身為演員的林強與侯孝賢合作三部電影《戲夢人生》、《好男好女》、《南國再見，南國》，另外還在侯導監製的《少年吔，安啦》、《只為你活一天》參加演出，也為侯孝賢部份電影擔任配樂。2004年開始為賈樟柯的多部電影作音樂。個人專輯包括《春風少年兄》、《娛樂世界》、《驚蟄》等作品。
2. 市山尚三（1963-），日本電影製片人。曾與侯孝賢合作《南國再見，南國》和《海上花》，也和內地導演賈樟柯合作多部影片包括《站台》、《任逍遙》、《世界》和《二十四城記》。

我從坎城回來，有人拿報紙給我看，柯波拉說他特別喜歡這部片子的剪接、攝影，像夢一樣。（《民生報》報導柯波拉說：「雖然我的同事很多人看不太懂，但我完全知道它在說什麼。它對台灣當代生活的描寫非常有趣。我相信一定會有人因看不懂而討厭它，但是我了解它。」）後來（柯波拉）想發行耶！連絡日本松竹但沒有下文，因為沒有任何賣點，很費勁，很難做。

不過美國很多人喜歡，歐洲很多人喜歡。這個片子在法國，是超過差不多二十萬人次看，就是這個《南國再見，南國》。

白：這個片子除了高捷、林強、伊能靜等這些演過電影的之外，其他流氓、黑社會老大都是非職業演出，您怎麼找的呢？

侯：他們都是跟他們原來的身份相關。像高高個的那個金介文，以前是演員，他爸爸也是一個導演，以前認識很多兄弟，所以牛埔大哥認他做契子（台語「乾兒子」），我就從他身邊找這個關係；因為我感覺演流氓沒那麼容易，那要一種氣質，所以找他們來。然後演刑警的那一個，其實是很有智慧、很有腦筋的一個大哥，我叫他演刑警。

白：他們都願意上鏡頭嗎？容易介入整個戲的狀態嗎？

侯：有些人願意，有些人不願意。但是他（演刑警的）比較有腦子的所以沒什麼問題；他演得很穩，非常穩定，他其實在《好男好女》已經出現了──就是他開槍把高捷打死的；所以再找他很快，幾乎他身邊的人都來，很好笑。

我本來要找另一個檢察官，演那場喬事情的戲，他很會唱那條歌但不來演；後來找一個老的議員、會唱這條歌的來演，因為他們民意代表很會應對嘛，處理事情嘛，所以找他們來最容易了。我一定要唱那條歌，〈男性的復仇〉，很奇怪的一條歌，有口白，我很年輕就會唱。

白：不管是職業演員也好、非職業演員也好，如果他們無法找到您想要的感覺，那樣的情況之下您怎麼辦？會示範一些東西給他們看嗎？

侯：第一、我不會換人。第二、我不會示範，絕對不會示範。

所有的判斷都在前面選角的時候，如果你找錯了人，自己就要負責；可能換一種方式拍，意思就是這場不行你也不說怎樣，再設計另外一場拍。

比較難的不是那些兄弟，而是那個演林強的哥哥難，因為那比較像一般人。他哥哥說賣了土地的錢（他自己那份）就給了那個廟，因為廟裡講父母去世變成城隍了什麼，世俗完全相信那一套——那原本是蔡振南他哥哥的故事，很好笑。所以我基本上找的就是當地的那些人。

後來林強就回去跟（當時做主的）伯父要錢——因為是祖產，所有子孫的圖章都要有，蓋了同意才可以賣，那時候林強在監獄很酷啊說放棄自己的那一份——那「扁頭」啊，林強演的那個，現在卻來要那筆錢。演刑警的堂哥，當然是不容他，而且看他一副小流氓的樣子還帶槍什麼的，就打起來了，把他打得鼻青臉腫，很好笑。

白：整體來看《好男好女》、《南國再見，南國》，音樂感比過去的電影要強，除了當歌手的伊能靜和蔡振南，也有其他演員自己唱歌的一些鏡頭。其實整體看您所有的作品便會發現，你好像比較喜歡用歌手來演你的電影：鳳飛飛、鍾鎮濤、伊能靜、蔡振南、楊林、梁朝偉、一青窈。您是找歌手獨有的一種氣質吧？

侯：我感覺都是個別狀態吧。一個是鍾鎮濤，那時候已經是演員了，李行那邊都已經拍啦，拍過好幾次了。伊能靜我是看她在轉型嘛，她要轉型就借她的能量。

然後林強，是看他在舞台上的那個能量，也拍了三部；但我發現拍他是錯了，為什麼，因為林強基本上是熟悉這個音樂的，音樂是自己做的，力量很強，那 local（地方色彩）很強，完全能掌握。可是拍《戲夢人生》，演員這個表演藝術形式，對他來講是不熟悉的，而他又很自覺，所以比較難。第一次我感覺不是很好。

第二次拍《好男好女》再用一次，還不是很好；第三次用《南國再見，南國》，因為我感覺他這個人是很 nice（隨和）的一個人，到《南國再見，南國》他就成了。這很奇妙，有一種朋友關係，他唱歌很厲害，叫他演戲他也演了，我感覺對他有責任，不要他有個挫折在表演裡面，所以最後《南國再見，南國》我才放他了。其實他也不太想演戲，《南國再見，南國》等於是他做到了，就可以（脫離了）。

我跟演員的關係常常會這樣，後來跟舒淇[3]也是，一次一次每次都不同的狀態。你說到蔡振南，我那時候找他拍《悲情城市》的時候，就感覺他樣子不錯，我是完全看樣子。

林強（左）與高捷。《南國再見，南國》劇照，蔡正泰攝。

楊林是老闆他們要的。梁朝偉後來才唱歌，最早是演戲，從電視劇起來的，他是TVB的基本演員。一青窈先是唱歌，我要一個懂一點中文但又不是很好的，那時候正好是一青窈，見到她我感覺非常不錯，那種味道。至少這些人是上過台的，不會怕，都是個別狀態。

白：您自己好像也很喜歡唱歌，徐小明的《少年吔，安啦！》電影原聲帶，還有您自己唱的兩首歌，您對音樂的喜愛，怎麼影響您的電影和拍電影的節奏？

侯：我是從十三歲就喜歡唱歌啊，很容易唱嘛，因為學過那個簡譜有沒有，拿了歌本就可以唱了。唱歌是某一種情感的抒發，這個跟我的電影有什麼關聯？它是間接的，很難說，我也沒整理這個。我喜歡用現代歌在電影裡，有時候放在現場，現場就決定了，而不是事後配樂。

林強做那個《南國再見，南國》（音樂），是他事後找來的，我感覺很合那個味道。那部戲他是演員，所以我感覺電影音樂應該跟影像是平行的，用影像去詮釋感覺與主題，音樂也是一樣詮釋感覺與主題。一般的電影配樂都是跟影像在走，加強什麼之類的，我感覺那個很沒意思。我比較喜歡平行的，有點像賦格的對位，賦格對位的方式比較有意思，它可能會產生一種化學變化。

我喜歡的歌呢，從小就喜歡這種：閩南語的而且是日本調子，日本曲改的；或者台灣調子，那種直接的情感，很直接的。我很怕那種電影音樂弄得很高深的樣子，我很怕那種。《悲情》（的音樂）其實在日本做的（SENS演奏，Funhouse Inc.製作），做得非常不錯，尤其是主旋律的那一段。但是我還是喜歡這種流行的。（笑）

白：您說喜歡在現場就放音樂，那同步錄音之後，會不會在剪接方面出問題，還是通常都是拍長鏡頭才放音樂？

侯：視這個場景需要，通常我是長鏡頭多，剪接上還是可以處理的，對我來講，並不是那麼難。

白：那麼《南國再見，南國》裡那些上路的鏡頭——坐汽車，騎摩托車，坐火車——特別多，應該算是您電影裡比較多的一部。而且除了這些鏡頭以外，就算見不到火車，人物活動的範圍也在火車軌道的旁邊，還經常聽到火車聲。您想通過這些鏡頭傳達什麼信息？

侯：那是嚮往外面的世界。我在一個小地方長大，會想外面的世界是不是海闊天空，我年輕的時候，交通不是很發達，常常坐火車東跑西跑。人會嚮往跟自己不同的生活，台灣本身也是，資源有限，人又多，不管出於經濟或什麼樣的原因，總是會向外看。我自己的經驗也是一樣，當兵退伍之後，就直接上台北，

3. 舒淇（1976-），台灣女演員。90年代以模特兒的身份入行，後來到香港發展，演了幾部艷情和通俗電影，漸漸地開始接一些比較嚴肅的角色。總共演了四十餘部電影，其中有侯孝賢的《千禧曼波》和《最好的時光》。除了兩岸三地的電影製作，舒淇也參與幾部國際電影包括《玩命快遞》（*The Transporter*, 2002）。以《最好的時光》的演出而獲金馬獎最佳女主角。

你知道男人總是會想出外冒險（笑）。

《南國再見，南國》這個題目，基本上「南國」就是台灣，想跟這個台灣再見可是擺脫不了，那個情感還牽扯著。因為那個時間點，對台灣有一種想離開可是又離開不了的感覺，對這裡有一種不滿。《南國再見，南國》，*Goodbye South, Goodbye*，台灣在大陸的南方，南邊的一個邊緣，但是你想要離開這裡卻離開不了，情感非常的濃，就有這種概念在裡面。

白：高捷的角色好像要去上海做一筆生意，都是跟這主題有關吧……

侯：那時候風行去大陸，他也要去啊。

白：我們談過電影經常處理鄉村跟城市之間的關係，每次回到這個主題，您覺得還是在處理同樣的問題嗎？還是藉一個舊體不斷地發掘新的意義？

侯：從來沒有想這個問題。以前（拍）鄉村跟城市是必然，經濟起飛就是這樣子（兩邊）移動，但是後來拍這個就完全不是了。它有點像公路電影，一直（向前）去，他們去南部，以為可以掌握什麼，去跟人家分錢。

那時候地方就是這個樣子：政府要買土地，他們馬上就會種一些東西，除了土地的價錢，上面的東西一棵一棵也要算，要收租的話就很貴；然後三方要分，這樣分贓的時代——李登輝當總統當了十二年的時代，跟地方勢力結合，然後集體分贓的時代。

白：《南國再見，南國》的攝影角度非常有意思，而且非常多樣化：有固定的鏡頭，還有一些慢搖、特寫、向上搖鏡、手提的POV（Point of View）主觀鏡頭，等等。能否談談本片的攝影哲學嗎？一般來講您都會先告訴李屏賓，您對某一鏡頭的要求，還是讓他自由發揮？

侯：這個片子開始拍的時候，是小韓（韓允中）當攝影，陳懷恩當攝影指導。我一直在try（嘗試），我說回到現代，我是在try鏡頭的形式，所以後來都是用25釐米廣角鏡頭在拍，拍人也是用廣角，拍了幾次。到後來的階段，就找李屏賓回來拍，像最後的鏡頭退後的啊，那些都是李屏賓的，李屏賓喜歡拍退後的啊。

所以對我來講，有點尋找的過程，因為那形式也不是那麼確定。我很奇怪，就是在找一個現代感，我不知道當下是什麼。大部份都用25釐米拍，廣角拍，畫面較寬；到現場有時候他玩影子啊什麼的，還有顏色啊。

其實這電影的起因，是《好男好女》去參加坎城，他們三個住公寓，坎城很多公寓，短期的，當地人渡假去了或怎樣，就把房子出租給來參加影展的人。然後高捷每天都在罵林強跟伊能靜他們兩個——他是那種習慣的：「你這樣做不行，要這樣這樣。沒規矩！」他們兩個都聽他的，三個人同進同出像連體嬰在一起那樣，我看了覺得很有意思。

算命的說高捷屬木——（五行）金、木、水、火、土嘛，他屬木——需要穿綠色的衣服，所以這部戲他全部綠的，因為他在坎城就買了綠的眼鏡，綠的珠珠，綠的襯衫，我說這個人有意思。然後林強就好玩，買紅的眼鏡，伊能靜就買黃的眼鏡；我看他們三個很有趣，就拍他們三個人。

有一場（畫面都是）綠的有沒有，是高捷綠眼鏡看出來的——我很討厭銀幕上出現他開車戴一個綠眼鏡的時候，才出現綠的主觀鏡頭，說明性太強我不喜歡，所以那場一開始就是綠的——雖然還搞不清楚為什麼綠，但感覺有一種魅力。然後林強那場紅的，是他在看他們談判，都有point of view（視角）。這些東西蠻好玩的，就是這樣一直在找形式，最後還能協調，一個禮拜就剪完了，很怪！

白：除了顏色，還有白天、黑夜之間的比例，也設計得很好。整體的結構都是從白到黑：前一半幾乎都是大白天的戲，但到了後面，晚上的鏡頭就愈多，剛好也配合整個故事的發展。

雖然在本質上，是兩種完全不同的電影風格和類型，這種白到黑的轉變，讓我想起李行的《養鴨人家》，它處理白天和晚上的戲，也具有一個相似的策略，從白到黑，然後一直到結尾，黎明才重現。

侯：沒有耶，我沒這個意思，那時候就是一直拍。本來的結局是他們開車撞到一棵樹，在台北。結果拍時攝影機半路停了，完全沒拍到那車，就送修了；我就算了，把它放在南部，然後重新設計。

這是第三次拍的時候，設計他們被（「扁頭」堂哥一夥）抓，帶到山上去，看狀況怎麼樣，怎麼「處理」，很恐怖的。後來處理完了，晚上黑黑的開到半途，放他們走了，把車鑰匙丟到野地裡讓他們去找，他們搞到快清晨的時候才離開那個地方，車子一直開一直開，感覺很過癮，就讓它衝進稻田裡。

白：那片子本來有白到黑的結構嗎？還是在剪接的過程才處理？

侯：拍片不會想這個，我不會想這麼風格的東西，自然剪剪剪，就變成這樣。

白：您是編劇出身的，但隨著您電影的發展，好像離電影的傳統講故事和敘述越來越遠吧？就算台灣三部曲的電影敘述已經有一種「散文式」的風格，至少還有一點歷史典故在，二二八事件、李天祿和蔣碧玉的故事，等等。但到了《南國再見，南國》以後，這種「散文式」的拍法好像更脫離敘事的骨子，您怎麼看？

侯：我感覺很自然，因為中國的傳統是很抒情的，言志的，賦、比、興。「賦」是敘事，「比」是對比，也是類比。「興」呢，完全跟主題好像沒什麼相干，「桃之夭夭、灼灼其華」，然後（述說）嫁女、出嫁，那種沒有因果律的、或說解脫因果關係的敘事。

我感覺中國傳統的戲曲也是這樣，它不是一種戲劇結構的表演，它是唱一種情懷。而且舞台基本上是抽象的、臉譜式的，只要你這個人是老生，聲音好就可以演，戴上一個鬍鬚你就可以演，這個傳統我感覺會影響到電影。

西方的表演傳統非常的強，因為從戲劇過來。東方就不是這種，東方是後來學西方的話劇，但是這種表演畢竟不成熟，時間短。那對我來講，我只能順應東方式的，因為東方的演員，尤其華人的演員要像西方那麼自覺，很難；而且（西方戲劇）形式那麼複雜，都有一個強的邏輯性，強的心理背景或者是概念，他們對這種東西很透徹，跟東方這種散文式的不太一樣。

由於我沒有那麼多的專業演員，邏輯、條理跟分析的那種基本結構，所以很自然走上散文式這條路。使用非演員，用他們表面的一種質感，那每一個人的質感都很不一樣。

你看「印象派」，就是捕捉光的變化，走出畫室到戶外寫生，他的筆法就會不一樣。「印象派」之前，是照相術發明，我看照相術很有意思：當時的照相術須曝光很久，被照的人要固定不能動，動就會虛掉，有重影。所以有些背後要支柱，有東西支著，不能動；當你人不能動，表示你人不能有表情，因為很慢的在那邊曝光。所以人呈現他們自己本色——你在那邊不能動的時候，你這個臉包括整體所呈現的，就是你整個人的成長到目前的狀態；就像我拍李天祿，就算他在那邊不講話，也會有那味道，那是他人生歷練累積出來的。每個人都有他的面相。

這東西很有意思，我拍的是這種東西，是使用人的成長背景所累積出來的，他的質感。所以用很多非演員，演員對我來講也差不多是這種意思，我是找到那個質感，然後看怎麼使用。

白：按您自己的看法，《南國再見，南國》最核心的主題是什麼？像您前面講的往大陸……

侯：對，很多台商都去大陸，那時候。有一個人去那邊不知道做什麼生意，因為過年要送禮物，就想說自己做一些香腸送人，所有的人都說好吃，改賣香腸，他就發了，「無心插柳柳成蔭」，那是高捷自己講的對白，很好笑。

改革開放後的大陸，充滿了機會，像冒險家的樂園，磁吸一堆人往那邊去；但台灣又是我們根壤，所以才會有這種「再見吧，南國」，離不開的，頻頻回頭的，這樣的一種情緒。

白：不少人寫過您的「暴力美學」，尤其是您曾談及，對本土的幫派文化的興趣，也表現在《悲情城市》、《好男好女》和《南國再見，南國》中。為甚麼您會對這個主題產生興趣？

侯：這跟我從小的經驗有關。我從小在鳳山城隍廟邊長大，城隍廟就像現在的麥當勞——當然以前的空間跟現在不一樣——有很多年輕人、小店聚集在那邊。不過不只是年輕人，比如他們的哥哥一代會在一起，父親一代會在一起，地方上的人會常常聚集，碰到事情就會聚在一起，所謂「角頭」，就是地方勢力，慢慢地會在這裡形成。

就生態說來，這是很正常的現象，倒不是什麼黑社會。這裡面就會有雄性之間、男人之間的兄弟情誼出現，也會形成跟外在世界的衝突，這個經驗給我留下極深印象。

很多我小時候的玩伴，後來被人家開槍打死、吸毒。天文說長大之後一同辦雜誌的人都散了，各走各的路；我這些朋友是更底下階層，是更不同的生活經驗，大家也都走不同的路，但是路更窄，沒有機會。

高中畢業繼續唸書的，只有我和另外一個人，其他的幸運一點唸完高中，更多人只有小學學歷。他們別無選擇，只有順著自己環境，可能性很小，有的混賭場，有的被人槍殺，有的進監牢，隨著台灣社會的結構慢慢變化，景況更差。所以我對所謂「幫派文化」的興趣，其實是我自己生活結晶來的。

白：您目前在準備武俠大片《聶隱娘》，但您部份的早期電影像《南國再見，南國》就是在描繪當代的一種「俠氣」？

侯：（笑）我想你是可以說，這些角色確實是現代意義的遊俠。不過我拍愈多電影，這個概念變得愈邊緣化。這種邊緣化，其中一個意義就是我得以保留一種俠的角色，如果你留在「中心」那幾乎是不可能的。台灣經過劇烈地改變，今天的主流全都是關於權力和利益，這就是為什麼我一直有興趣刻劃邊緣人的角色。

這也是我會想改編《聶隱娘》的根本原因，它和傳統的武俠、游俠小說很多不同。小說含道家思想，每當主角試圖逃脫傳統習慣規範，就關乎俠義。

白：因為《南國》拍攝的過程那麼長，而且斷斷續續拍了三次，那拍的膠片跟後來使用的比例有多少？

侯：一部片子九千呎的話是一百分鐘，所以差不多25比1，那是我拍過電影最多的。後來的《海上花》也才十六萬呎左右，都比不上這二十二萬呎，沒想到這現代片用那麼多。

白：在某個層次看，會不會覺得您所有的電影，都會洩漏一些關於自己的東西？

侯：當然啦，我常常說一句話：「電影本身就是作者本身。」什麼樣的人拍什麼樣的電影。我很年輕的時候，去英國的愛丁堡影展，很熱鬧，那時跟楊德昌去，我的片子是《冬冬的假期》，楊德昌的是《青梅竹馬》；看了一個Wayne Wang（王穎）[4]的電影，在美國拍的，叫《點心》（*Dim Sum:A Little Bit of Heart,* 1985），我說這導演一定是A型的血型，高高瘦瘦有點斯文——我沒見過這個人耶，後來見到了，果然如我所料！意思就是電影就是人本身。什麼樣的人拍什

4. Wayne Wang（王穎，1949-），美籍華人導演。電影作品包括《尋人》（*Chan is Missing*, 1982）、《煙》（*Smoke,* 1995）、《喜福會》（*The Joy Luck Club,* 1993）、《中國盒子》（*Chinese Box,* 1997）等片。

麼樣的電影，一點都逃不掉。

白：我看從《悲情城市》開始，有很多描繪討價還價、做買賣的鏡頭，後來到《南國再見，南國》、《海上花》就更多，特別是《南國再見，南國》。您是不是對這種細節很有興趣？雖然《悲情城市》與《海上花》都是歷史劇，這些細節應該也跟台灣當時的經濟情況多多少少有點關係吧？

侯：蔣經國去世前，經濟就起來了。早先退出聯合國之後，做了十大建設，等於是取代了以前的備戰的經濟。冷戰時期我們走資本主義路線，是亞洲四小龍，基本上扮演代工的角色，非常徹底。

白：《南國再見，南國》裡有一首老歌，就是〈夜上海〉，還有高捷談想到上海去投資做生意，沒想到下一部片子真的到上海去了；其實您本來的計劃，是拍一部關於鄭成功的電影？

侯：對。起先是日本，鄭成功出生的地方，九州平戶市，他們的市長跟議會想開發觀光。鄭成功的父親鄭芝龍，最早是跟澳門的葡萄牙商船（打交道），後來當海盜跟荷蘭人合作，在中國沿海劫掠，很活躍；他跟九州的武士的女兒結婚，小孩就在平戶出生。鄭芝龍的勢力越來越大，當上了清朝的官，就去接他兒子回中國。所以市長他們就想拍鄭成功來開發觀光。

這案子沒有成的原因是，我找阿城[5]來弄劇本，我跟市長他們講先開發劇本，有了劇本再去找電影公司投資；結果劇本還沒有開發好，市長就死掉了，議會重新討論，這個案子就沒了。那時候，我為了這個案子要去研究，讀資料——鄭成功被他爸爸接回福建，他爸爸送他到南京上太學，南京的秦淮河畔都是青樓，他在那裡流連忘返到大志全無；我就想去了解一下，以前青樓的狀態是什麼。

後來讀到《海上花》，就是《海上花列傳》，是描寫十九世紀末的「長三書寓」，韓邦慶[6]寫的。天文說可以看看這本，但天文自己都說屢攻不克，到第三遍才看完。張愛玲[7]也說，讀者三棄《海上花》。結果我開始看，越看越喜歡，一直看到完。我說拍這部算了——「鄭成功」正好又停了。因為我喜歡裡面的人情世故，人跟人之間的牽扯，我對這種特別有興趣，就決定拍這個，根據張愛玲的國語譯本改編。

中間又去上海勘景，他們不通過，說是舊社會、青樓妓女什麼的，不允許，上海電影廠說不可能的——我有給他們一個故事大綱，就想算了。

我在上海勘景那時候，（上海市政府）在拆「石庫門」，（以前的）長三書寓都在石庫門裡面；石庫門一戶裡面住很多人，很多戶人家都拆得差不多。有一本（小說）叫《閣樓上下》（1993）——曹冠龍寫的，他很早就出去，在美國——描寫上海居住的狀況，這本書沒人注意，寫得很好的。

那麼既然這樣不行，我就回來台灣，整個都是內景；而且外景本來就很難找，乾脆就把內景風格化。主要是這樣。

白：如果當時在大陸拍的話，本片應該還有一些外景……

侯：我去大陸本來是想看看有沒有外景，（可以拍）坐轎子，坐馬車——（以前妓女）出去「出局」都是轎子，或者馬車，本來這蠻有趣的。但在中國大陸找景的時候，就覺得很困難，同時劇本還要送審，他們不贊成拍這種舊社會的東西。最後，我想小說所描繪的這個社會，本來就是一個封閉的世界，用內景拍剛剛好，乾脆完全不用外景，把這點用視覺表現出來。

其實創作一定要限制，創作沒有限制，等於完全沒有邊界，沒有出發點。你一定要清楚限制，知道你的限制在哪裡，它們就成了你的有利條件。你可以發揮想像力，在限制內的範圍去表達。後來在台灣搭一個內景，然後就用很風格式的拍法。韓邦慶那本小說寫得太棒了。

白：《海上花》逸出了您前此作品所劃出的幾條軌道：首先，這部電影不同於以往您的電影強烈地關切台灣本土議題，根本與「台灣」無涉。其次，《海上花》所牽涉的歷史時期，是您從來不曾處理過的——只有《戲夢人生》部分觸及清末。

最後，不同於自當代小說改編電影，晚清的韓子雲（韓邦慶）**的小說，而由張愛玲譯註，無可避免留下她的經典印記。您如何面對這三點新的挑戰？**

侯：讀《海上花》會喜歡、會想拍，就已經跟這個作者認同，若不是這樣，也沒得改編起。我非常被這作者所描寫的中國人的生活情感所吸引。中國人的生活其實非常政治。

改編成電影，第一個就是你所說的，它的歷史背景和我們生活經驗相差甚遠的問題。不過我們從小看的舊小說、文學作品發生了作用，其實有一種熟悉感覺。我很喜歡《紅樓夢》裡所描繪的大家庭，所以最大的困難，是如何重現那個時期的一些要素，捕捉住氣氛。

電影不是做歷史考據，如果要掌握完整細節，全部研究過，那麼永遠也無法拍成。我們想做的只是抓到氣氛，用某些方式再造，呈現出我們對於《海上花》以及那些我們熟悉的章回小說的想像。這是最難的部分。每一場戲都拍好多次，不是一次能夠完成，前面基本上是暖身，讓演員慢慢進入情況，把妓院生活的氛圍做出來。

5. 阿城（1949-），原名鍾阿城，作家、編劇。代表作有中篇《棋王》、《樹王》、《孩子王》，其中的《棋王》電影版由侯孝賢擔任監製。參與《海上花》、《聶隱娘》等電影的編劇工作。
6. 韓邦慶（1856-1894），清末作家，多次參加科舉考試落第，文章在上海《申報》發表，開辦了中國第一份小說期刊《海上奇書》，完成唯一的長篇小說《海上花列傳》不久之後便去世。
7. 張愛玲（1920-1995），上海人，是那一輩作家中頂尖的中文小說家與散文風格家。小說作品有《秧歌》、《怨女》、《赤地之戀》等。張愛玲與電影圈有很深的淵源，她的小說曾被許多導演改編成電影和電視，如侯孝賢（《海上花》）、許鞍華（《傾城之戀》、《半生緣》）、關錦鵬（《紅玫瑰白玫瑰》）、李安（《色・戒》）。2004年丁亞民、王蕙玲將她的生平事跡改編成電視劇《她從海上來》。張愛玲也曾當過電影編劇，如《太太萬歲》（1947）、《南北一家親》（1962）、《小兒女》（1963）。

白：我覺得敘述非常龐大，人物很多，人際關係非常複雜，把它拍成電影，幾乎是不可能的任務。

侯：因為電影只有兩個小時以內，能取的只有幾組人物，有一等妓女「長三書寓」那一階層的，有二等妓女「么二」那一階層的，還有那些佣人階層的。

它有三種階層的生態，我沒有辦法拍到那種交錯，沒有辦法對比，我就取最上層的長三書寓，就是英租界裡的高等妓院。因為清朝政府禁止官員狎妓，只有在租界區的妓院可以公開接待社會上層人物；在這裡飲茶談話（「打茶圍」）玩，「出局」也就是應名陪酒玩，（分別都是三元銀元）——像（「推牌九」遊戲）骨牌中的「長三」，兩個三點並列，所以叫長三。

那作者是用蘇州話寫的，我用張愛玲的國語譯本整理好後，又把蘇州話原著拿來看，哇那蘇州話真是夠厲害的，有些根本看不懂，但是因為先看了普通話了，格外有意思，所以張愛玲把吳語（版本）翻譯成國語，翻了十年，也不容易耶！

白：當時決定拍《海上花》有什麼顧慮呢？

侯：我後來決定用蘇州話，幾乎就是用上海話的意思。最難的就是演員的語言問題。因為你想想看，這裡面包括香港、台灣（的演員），假如你講普通話，那簡直南腔北調一場糊塗，人家還沒看就先笑了——我們聽廣東人講國語就好笑——沒辦法，所以我決定用上海話。

我就開始找一些小的演員，在台灣找到上海嫁過來，在這邊定居的；包括一個演員夏禕，後來紅的。她們都是劇團的，找了這些來。在上海，我也找了一些過來，會彈詞，一邊彈一邊唱的，就是「評彈」。

然後演員就找背景相關的，譬如說劉嘉玲，是蘇州人，她蘇州話很好。《阿飛正傳》裡面演媽媽的潘迪華（是上海人），她是個歌星，（蘇州話）很標準，很厲害。然後李嘉欣自己推薦，因為她媽媽好像是蘇州人還是上海人？她可以聽，可是不太會講，但可以練。其他人就需要練啦！我本來以為張曼玉也可以，她家的背景好像也是上海，不過她一句都不會（笑），她很小就去英國唸書了，一點都不會。

白：您剛才講，聽廣東人講普通話就很彆扭，但是上海本地人看這片子也會有一點彆扭。《海上花》其中的演員蔣維國，是地道的上海人，有一次跟他聊，他說

除了他自己，幾乎所有人講的上海話都很奇怪。

侯：因為上海話，依那個年代要標準的話，可能只有那些老的（演員），連劉嘉玲可能都不標準。其他我找上海人來台定居的演員，像沈小紅（羽田美智子飾）旁邊的阿珠（李玉明飾），夏禕，她們的上海話都是比較新的上海話。

但是我的目的是什麼呢，上海人比起講普通話的人是少部分，而且那時候這部片不會也不可能在大陸上映，我不是對付上海人，我是對付香港、台灣——不是上海人——是華人。因為大家聽不懂就會有一種距離，就會集中，集中在演員的神情上，這是我要做的，不然沒辦法。

白：那後來決定選用的那些人物，小插曲和片段，為什麼吸引您？

侯：就是長三書寓，它是青樓裡面最高階的。在中國古老的宗法社會裡面，一直沒

《海上花》劇照，蔡正泰攝。

有談戀愛的空間，沒這件事，（就算有也）少之又少，民國以後才慢慢有。因為以前人通常早婚，性的需要並不成問題，男人到妓院，尋找的不完全是性，而是跟性同等重要份量的——愛情。只有妓院這個邊緣的角落，還有一點愛情的空間。

中國這種制度化的賣淫，發展到「海上花」時代，手續已經非常高明，很繁複，很細膩，妓女們在這樣人道的情形下，對稍微中意點的男子自然是有反應的。若是對方有長性，交往日久也容易發生感情，所以嫖客們與「倌人」，短的兩三年、長的六七年的一種一對一關係，形成了當時長三書寓裡濃厚的家庭氣氛。中國到民國初年還是這樣。

1927年北伐統一後，婚姻自主，廢妾，離婚得到法律上的保障，戀愛婚姻興起了，寫妓院的小說忽然過時，沒有了。張愛玲是說，作為第一部描繪妓院生態的小說《海上花》，主題是禁果的果園，填寫了百年前人生的一個重要空白。[8]

這個小說家韓邦慶在那環境泡過，所以他整個通透到一個地步。這小說寫了快十年，寫完好像還沒出版，他就去世了，才三十幾歲。讀《海上花》作者敘述的筆調，好像在旁邊一樣，所以我一個鏡頭一場戲，像是我們就在旁邊看這些人。

白：我覺得本片的場面調度（mis-en-scene）可以說是一種突破。能否談談燈光跟攝影的整體美學背後的哲學，是怎麼產生的？從一開始就設計好這樣的攝影風格嗎？日後這種風格好像變成李屏賓的招牌，我看他後來拍《小城之春》等片，攝影風格非常相似。

侯：最早的源頭是以前的平劇。我聽阿城講過，以前平劇沒有那麼多燈，古時候的燈是油燈，那光昏昏的，穿絲質的東西就有一種反光，油油的光。油燈有時候會放在一個架子上固定，但通常人移動到哪光移動到哪，這是一個概念。油燈油油的，絲質的衣服，大概光影的tone從這裡開始。

然後整個的調度，我感覺是一個鏡頭，一場戲一個鏡頭。這個就是舖軌道，然後跟拍。我一向不喜歡這個演員說完換那個演員說，這個說完該那個說，我最討厭這種。

每場戲大概我拍了三輪，等於是用底片rehearsal（排練）。因為他們沒有辦法很快進入狀況，我也沒有試戲的，他們都看了劇本，背台詞，就直接來了。譬如梁朝偉他們有五、六場戲，一天拍一場，一天可能拍個六、七個take（條），反正就拍著，他們能不能進步是他們的事。第一天拍第一場戲，第二天拍第二場，就是照場序，然後再回到第一場。一共三輪，到了第三輪你才感覺那味道出來了。

白：這是您頭一次使用這樣的拍法嗎？

侯：過去也有，有時候拍不到，我不會勉強的，就跳過，改天再來拍。不要一直拍，演員沒有就是沒有，要隔了以後再拍。要是真的拍不到，就重新設計——情感是一樣的，換一個表達方式。我通常就是這樣子。但這一次拍《海上花》沒得改，因為對白就是這樣。所以一輪一輪，鏡頭的移動就跟著調整。

譬如沈小紅那組戲，房裡有一個小娘姨，一個大娘姨阿珠，鏡頭從沈小紅講話開始，然後阿珠講很長的話，我叫小娘姨聽到某句話的時候去拿一下熱水，或是倒一下茶。我用的是譬如沈小紅在講話時，遠遠有一個小娘姨遞盞倒水什麼的，就是很邊邊有一個小娘姨在鏡頭邊擦過，藉這擦過的個影子，鏡頭就緩緩移到說話的阿珠身上去了，同時也看到梁朝偉坐在那裡被阿珠一直說——用這個方式，而不是很呆板的那種這個演員說完換那個演員再說。這種場面調度是越拍越順。李屏賓是越拍越有味道，最有味道的就是沈小紅出場的這一場。

白：那這種方式最大的難處是什麼，除了它大量耗費時間和底片之外？

侯：最大難處就是要「拍到東西」，有沒有拍到，我很清楚。因為我沒有rehearsal，而是用底片rehearsal，這樣演員很容易集中；他們等於是拚，拚不好很沮喪，但是往下走很便集中。於是再來，第二次他們就好一點。再過來又來，他們就很進入狀況了。弄到最後，連那喊叫的、送毛巾的、遞水的——都是我們工作人員嘛，台灣人哪會講上海話——都已經吼出一個味道了。（笑）

我很深切的感覺到所謂的「再造真實」：research所有資料以後，再造一個真實。但這個真實，絕對不是十九世紀末的真實，不是那個「真的」真實，是一個再造。它可以獨立存在，它實質上是一種等同的關係。卡爾維諾（Italo

8. 出自張愛玲，〈國語本《海上花》譯後記〉，原刊1983年10月1-2日《聯合報．聯合副刊》。

Calvino）在文學上有談到這一點，它基本上很像這種。

白：那後來您拍《千禧曼波》、《紅氣球》這些片子，會回到原來的方式，採原來的看法？

侯：基本上是用這種，但是它光影的變化設計不一樣。像《千禧曼波》，房間裡面完全是塑料的，因為那時候塑料很流行（cheap chic）——尤其是法國、歐洲，各種漂亮的陳設物件。而塑料對光的反射是另一種。

我們不像《海上花》用35釐米標準鏡頭，或較銳角的50釐米，較廣角的25釐米，我們用的是銳角85釐米的，它比較特寫。但是光不能太亮，因為房裡陳設用的是塑料的。因為光暗，所以光圈要比較開，就變得景深很小，結果就是 focus（跟焦）對不準，很難跟焦。所以拍《千禧曼波》的時候，李屏賓pan（搖鏡）到這個人，focus沒跟到，他就繼續 pan，去找 focus；看焦跟到哪了然後再回來。這個訓練對他是很特別的。基本上一樣，都一個鏡頭也沒試戲的。

白：除了這個調度，後來的片子也是按照《海上花》的這種模式來拍攝的嗎？就是說每一場拍多條（take），都是從頭到尾，然後再來一遍？

侯：後來的戲是現代戲，（所以）用不到了，除非是不好再拍一次，現代戲比較快。

白：《海上花》的場面調度，好像真的改變了您日後的拍片方式。

侯：也不是，還是要看每部片子的內容。譬如說《紅氣球》，本來是想像新寫實主義一樣，或印象派那樣——它在捕捉光影時，筆觸用點的、短線條的、長線條的，一直在捕捉和結構。《紅氣球》有人的過去、現在。每個人都有他的時空，在腦子裡交錯著，不是直線的。我那時想用短的東西，捕捉這個人的神情之外，也可以跳躍時空，用各種方式，有時候會閃過一些什麼。

結果因為在法國拍，製片每天要我 on time，on time，準時收工，就怕我超時、超支，那我就給它 on time，二十八天拍完了。因為搶時間，我們就自然採取用順的、很有默契的場面調度的拍法了。（笑）如果要跟李屏賓做到我本來想的，除非自己完全掌控時間，沒有限制。

白：《海上花》的長鏡頭，是您所有片子裡最多的一部，只要出一點點差錯——無論是演員、道具，或攝影機出了一點小毛病——整個take就不行了。所以這種拍法的難度，應該相當高而具有挑戰性，像第一場戲差不多八分鐘吧，但一定要拍得十全十美才……

侯：七分多鐘，頭尾剪掉了一些，第一場戲拍了三次。因為徐明演的（陶雲甫），用上海話講那兩人黏得像「口香糖」，以前沒有這個詞，就叫他改，我說像麥芽糖。那場戲有喝酒，那酒是真的，都是從紹興來的「古越龍山」，所有的菜都現場做的——高捷有一個廚房，我們用一個貨櫃在那裡，高捷把那菜弄好了。

白：可以談談本片的服裝設計嗎？那些服裝、道具、家具、煙斗等等，都是古董還是複製品？您花了多少時間來製造《海上花》的美學世界？在美學裡最大的挑戰是什麼？也許可以談談美術黃文英和阿城，在這一方面的貢獻。

侯：實黃文英她是有劇場製作跟劇場設計這兩個（碩士）學位。他們（美國的大學）訓練有自己的方式，因為他們Carnegie-Mellon（大學）有職業劇場，基本上從一年級就要開始，實際參加工作，不是光唸書；書也要唸，實際也要做——從助手做起，唸碩士也是這樣——所以她一畢業就可以上線。他們是職業劇場，不是理論劇場，所以她有一套。

因為前面《好男好女》，我看了她的狀態，就比較敢做，不然找不到這種人。沒有這種系統的訓練，要找很多人，很累。現在找她一個人負責，她就服裝、道具、陳設一樣一樣來。

找阿城，是因為他對大陸非常熟，古董的東西也非常熟，就給他當藝術總監。我們大概都在上海、南京找，運了兩個貨櫃到台灣：床啊，炭爐啊，水煙啊，鴉片煙管啊。至於鴉片要怎麼抽啊，得研究半天，但還是難弄，弄了半天還是弄不懂（笑）。真正有經驗的來抽幾下就知道了，不過還好，裝裝樣子就可以了。主要是水菸，像《點石齋畫報》裡面，以前沒有照相都用畫的。這樣找了一堆東西。那些老的東西都是從上海運過來的，然後房屋的結構，我們就把它弄得比實際尺寸高一點，寬一點。

白：有時候會親自去挑選嗎，還是讓黃文英他們去？

侯：他們去弄，我通常不會，除非到現場，他們要用這個那個的時候，我會選擇。

那些門扇是越南訂購的，一百九十幾片，都鑲好了螺鈿之類的；運來以後要烤漆啊，一個台灣修廟的師傅教他們做，也是非常費工的。然後房屋尺寸比石庫門大，為什麼？因為機器好運作，假如跟石庫門同大，那是另一種拍法，不可能用軌道一個鏡頭拍。

服裝去北京做，黃文英本身手工也很厲害；找刺繡，她跑了很多台灣的老師傅（那邊），老師傅工很好，跟她合作到現在，他們的手工很厲害。

白：那阿城的主要貢獻，是在道具和古董方面，還是在劇本？

侯：因為有一個小說原著，阿城主要是考據，這個事物的對或不對，或者我們不知道那事物是什麼，他就會知道。

白：我看了《海上花》的幕後花絮，發現您每一場戲開拍前，好像都會拿一塊布去擦所有的道具、桌椅等等，您拍片一直有這樣的習慣嗎？這是讓您熟悉現場環境的一種方式嗎？

侯：我每天到現場，都會比他們早一點。我的習慣就是到了以後，會用清潔工具把現場擦得乾乾淨淨，弄得乾乾淨淨的。因為這是演員要在這裡演戲的，總不好在這裡有一點灰什麼。你想想看我們住家會這樣嗎？不會，那會干擾。

其實另一個用意是一邊擦，我腦子一邊在沉澱，今天要拍的戲，其實是進入狀況的一種準備。這是最好的方法，我不只從這場戲，我從清早起牀就開始了。

白：電影裡面唯一的特寫，剛好也是一件道具：一個髮簪。您為什麼選一個那麼重要的鏡頭給它？

侯：那完全是剪接上的需要，找到這個take，接上去，一種節奏和呼吸。還有一個特寫，是主觀鏡頭。其實主觀鏡頭是多的，但是無所謂，我就是要故意「拙」一下，故意弄一下。

白：那個主觀鏡頭就是梁朝偉趴到地上，從門隙看到的鞋子物件什麼的……

侯：其實那個根本不重要的，但我們還是決定用。原因很簡單，要打破一下，我不想很固定，就像我有時候會在片子裡隱藏一些漏洞，試試看人家知不知道。就像——我說很調皮嘛——《風櫃來的人》撞球本來是白的（球打出鏡），打進來却是黑的，沒有人知道。（笑）其實電影情緒很凝結的時候，不會注意這個小節。好萊塢片也是，它拍那麼多，有時候手會不連的，手中的道具會不一樣，或是不連戲，我們叫「連」嘛。我們從一開始就不大理這個，什麼連戲，我們不理。（笑）

白：《海上花》的劇組裡有中國、台灣、香港和日本的演員，您怎麼讓他們都能夠很自然的容納在一起？又怎麼教他們進入1880年代的世界？

侯：其實這就是剛才說的一輪一輪的（重拍每一場戲）。

像那日本演員羽田美智子，她是現場講日本話。梁朝偉講廣東話，有時候講一點點上海話；因為他練了一陣子上海話，他說不行，沒辦法，我說：「沒關係，你就盡量，簡單的練一練，招呼的東西練一練。我幫你設計是廣東的買辦，所以我找的跟你在一起的，也常常講廣東話。」那個叫洪善卿（羅載而飾）的，上海話也很厲害，就是跟劉嘉玲演對手戲的，當地的商人，會講廣東話；所以廣東來的買辦梁朝偉，就常常找他跑腿辦事情，我做這種背景設計。

上海很多廣東人，青樓也有廣東人，她們比較粗，屬於「么二」階級，高等妓女「長三」是沒有廣東人的。所以我這是明知故犯。不過電影是影像視覺，為了克服執行上的困難，我只能放棄某些事實。我自己的邏輯是把沈小紅當成例外，把她界定為廣東人，上海話也很好，所以她跟梁朝偉之間的關係就變成這樣，梁朝偉講廣東話的時候，她就講廣東話。現場她是用日本話，他們要記彼此的對白。

然後日本話怎麼辦呢？我（劇本裡）的對白是很清楚的，對白字的音有幾個音，我就要那日文翻譯說到幾個音，所以嘴形很接近，我準備事後配音的。那麼羽田美智子呢？她習慣拍短鏡頭，所以她拍幾個鏡頭就回頭看我，她每次都問翻譯小坂：「導演說什麼？」（小坂回答：）「導演沒說什麼……」她問了幾次知道不問了，而且她沒拍過長鏡頭，所以對白講完，她不知道要幹嘛，不穩定。但第二輪到第三輪，她已經完全進入狀況了。那個對她的演戲有很大的幫助，後來在日本變得蠻會演戲的，接了很多日本電視劇，厲害的。

羽田美智子的聲音是陳寶蓮配的。我起先找了一個在香港配音很久的人，她是從台灣去的，會講廣東話、上海話，但不行，配不到那種感覺。會講沒用。我就很煩惱問高捷，高捷認識一些香港的（演員），我問誰可以？他說陳寶蓮。陳寶蓮剛好在台灣，他說來配音絕對沒問題。她後來常常吃藥之類的。

白：不是後來自殺了嗎？

侯：在上海住家跳樓了。當時高捷說沒問題，我想高捷有他的（判斷）能力，就找她來。不到三個小時就配完了，廣東話、上海話，哇，那情感之準啊！其實陳寶蓮絕對是一個很好的演員，很可惜她已經沒辦法了，後來差不多2000年或是1999年，本來想找她演一個片，沒辦法，她太不穩定了。工作人員沒有辦法照顧她，陪伴她去casting（試戲／挑演員）都沒辦法，大家都沒辦法，常常出狀況。在我面前是還好，可是沒辦法。要是我早認識她幾年的話，她應該是個很好的演員。你看她配音上海話、廣東話，簡直是！那麼快就解決。閱歷，整個經驗，很可惜。

白：您過去一般都是用非職業演員比較多，《海上花》是您所有電影中，明星陣容最強的一部，這個會影響您整個拍攝的方法，還是給您一些新的挑戰？

侯：挑明星我也是挑不一樣的。每個人有他的特質，你找這個明星演員，有些真的是演員會演，不會演的也很認真——像李嘉欣啊，之前他們都說她不會演，其實我知道她本人很好強，頭腦很清楚。原先她的經紀人想推她演沈小紅那個角色，因為跟梁朝偉對戲嘛；但我讓她演黃翠鳳，直覺就是用她的本色，結果證明是對的，她看了自己的演出也很高興。至於明星演員很會演。

白：這是你們第一次跟日本的作曲家半野喜弘[9]合作。後來他也為《千禧曼波》作曲。半野喜弘是所謂「電子音樂」的大師，怎麼會想到請一位電子音樂的作曲家，來為如此「古典」的一部電影作曲？對本片的音樂感，您向他提什麼樣的要求？

侯：《海上花》本身已經有音樂了，電影裡也用評彈啊，什麼之類的。找他是因為投資的松竹公司。松竹公司想說可不可以有一個音樂是日本的，我說可以啊，你找個demo來啊，聽完以後我叫林強聽，我感覺這個不錯，雖然音樂有點怪——但我們聽的，不是它怪不怪的問題，聽的是一種質。林強聽一聽也感覺不錯，就用他。

後來半野喜弘來了，用了幾天的時間看毛片，現場也看一看。他也沒說什麼，這不需要說的，反正做出來就知道了。回去做了，然後就是一種判斷，一種直覺的判斷。《千禧曼波》又做一部分，其它大部分是林強。

白：1998年《海上花》拍攝的時候，整個世界的步調越來越快速，都走上了一種MTV、便利店、速食文化的一個極端。您是否通過本片的節奏和內容，直接挑戰這種快速文化現象？有沒有擔心在這樣一個環境的觀眾——尤其年輕一代——無法理解您所塑造的世界？

侯：我根本沒有想這個，我主要就是對中國人跟人之間的關係，非常有興趣。中國人世俗之間這種很複雜，《紅樓夢》是一次經典呈現。其它的小說、傳記也可以感受到這種，像《合肥四姊妹》，沈從文他太太張兆和，她們四姊妹那個大家族裡面的關係；她們每個人都有一個佣人（保姆）叫「干干」，每個小孩跟干干之間的那種個性，之間的那種生態結構。那種是現在沒有的。所以我才不管什麼現代不現代，根本不理的。

而且我感覺人際關係的描述，在影像上很少，不多，因為一般都把它戲劇化了，那不像。我感覺蠻可惜的，如果有這機會就拍，反正日本人也搞不清楚。他們投資了快三百萬美金嘛！回收其實還好，這個片子一定會賠。

白：法國的票房很佳的。

侯：四十萬人次，年度十大賣座片裡有排到。但是松竹賣給（法國片商）ARP發行，是包底七十萬美金，要扣除各種費用後才可以分帳，你知道，片商永遠不會分帳的，全世界都一樣。

9. 半野喜弘（1968-），日本傑出的電子音樂作曲家。曾經參與樂團News From Street Connection，後來出了數張個人專輯包括*Liquid Glass*（與Mick Karn合作）、*Wake*、*Winterthur*。自1998年的《海上花》開始，為多部電影作曲，包括侯孝賢的《千禧曼波》，賈樟柯的《站台》、《任逍遙》、《二十四城記》和余力為的《明日天涯》、《蕩寇》。

白：雖然如此，應該算很成功。《海上花》在巴黎的戲院放映好幾個月。

侯：法國這個地方不管是觀眾、評論界，他們對電影的形式非常有興趣。我想重要的是，除了形式的表達之外，內容也緊緊抓住了他們的注意。小說太精采了，稱得上千錘百鍊。作者一輩子在青樓的經驗都放進了小說裡，人物的個性準確、清楚到一個地步。

只是這部小說很長，我們遇到的困難，是節錄哪些段落放上銀幕。我得把小說中描繪的生活氛圍，用這些段落重新創造出來。我們花了一年多時間做考據，拍片、施工的過程比較辛苦，但對於內容，反而是很放心，你知道可以做得不錯。

白：台灣的票房怎麼樣？

侯：台灣票房才四、五百萬吧，比我那《南國再見，南國》還少，《南國》有一千一兩百萬。《海上花》還有一點宣傳，配合誠品啦配合化妝品啊什麼，那個《南國》理都不理。我感覺台灣這時候沒市場——這個形式你別想，除非片子非常好看。就用試片的方式，用口耳相傳去做吧。

就像《海角七號》（2008）之前，誰一看到國片就想走了，不想看。現在大陸的片子在台灣也是，一看大陸片，就走了。好看的片子要打破這個，要不停的試片，《海角七號》試了七千人次，不多的，我說你們試到一萬、兩萬都可以的；試到一個程度，你在網路上一鋪，才有機會。

白：您的電影中，沒有一部在大陸正式發行過吧？

侯：我所有的片子都沒有在大陸正式發行，都是在地下的。

白：本來《千禧曼波》這一部，是一個龐大計劃中的一小部份。您好像原來要拍一系列關於年輕人的生活狀態的影片。最後只有這麼一部《千禧曼波》，為什麼沒有實現這系列中其它電影？

侯：《千禧曼波》是為了新成立的一個公司，網路公司sinovision.com，很多資金來源，一個是台灣工業銀行，一個是「中環」（集團）後來投資許多片；還有現在「華納威秀」的老闆，「宏泰」這個機構，專門土地建設的。他們三個找了三個年輕人，想成立一個網站的公司，那時候網路公司很多，每個人都以為發了。他們集資一億台幣，要做一個網路公司，一直拉我，主要是他們找到黃文英，黃文英認為這是很有可能的，我說會有可能嗎？他們一直拉，我就答應他們。其實我是出一個號召力、出名字嘛，佔一部份股份。

我想，什麼是網路、什麼叫數位，0101的組合嘛，這個東西是可以重新拆解、拼湊的，不管是畫面本身或者結構——我那時想得太扯了（笑）。我想假使以十年來拍一個台北市的角色，從一個角色開始慢慢延伸，像是一群細胞，當中有一個母細胞，可能是舒淇，可能是有些演員，最早的（加入發展的）；可能這些細胞就是幾場戲（幾段短片），他們之間的關係，從這裡延伸出去，是跟某種角色連結出來的，有很多各種細胞、各種連結法。很多十年中間的台北的一些人，角色各個不同的發展，把它拆解，可以上網隨便你連結，我想是這樣，像細胞連結一樣。發瘋了吧。

白：這種收費形式是在網上看還是……？

侯：我哪知道啊，我只想到內容結構方式，一個人物一個人物，每一年拍這樣。後來我發現他們根本不理我這個，結果拍片是我自己找錢拍的啊。

所以他們要做的是什麼呢？每天在做一個漂亮的網頁，六七十人每天在弄那個網頁，我說弄那個幹嘛？不知道，就每天在弄，收費呢？廣告呢？沒有。很多公司就這樣垮掉嘛。

我想做的是內容嘛，他們不做內容，我那時候幫他們列了很多短故事，不拍！後來工業銀行知道他們根本是不要做這個，是要做網路，沒想清楚，錢就一下剩下兩千多萬，燒光光了，因為用了多少人——六十幾個。到那時快垮的時候，工業銀行才說要我來接，我心想就算了吧，盤點解散了吧；但沒辦法，因為他們有他們的責任，我說好吧，接，我們就回到像一個電影製作公司一樣，也拍廣告，也拍影像相關的，就是這樣。到現在已經十年了，沒垮，還沒垮（笑）。起先他們想上市，以為事情是這樣，後來證明我最初的想法才對，達康（.com）什麼的全部都沒了，厲害的還是做內容的。

白：所以您後來就自己找錢了？

侯：《千禧曼波》，主要是法國，Paradis Films。

白：法國的製片公司提供什麼樣的自由度，或著什麼樣的限制？

侯：不是他給我提供（什麼），要合作，只有這樣沒有別的條件了——你就是給我多少錢吧。然後我拿到一百二、三十萬的美金，夠我拍一個現代片，沒問題。

白：因為到了90年代，您還有楊德昌、蔡明亮，都開始找法國投資，剛好這個時候你們分別在法國、日本開始拍片子，比如《一一》（2000）、《你那邊幾點》（2001）、《臉》（2009）等片，都在法國或日本有部份的拍攝鏡頭。我想很多人會以為，製片給導演開條件：你拿我的錢，一定要在日本、法國拍一些。

侯：完全沒有。我跟日本合作是從《好男好女》開始，跟松竹（合作）嘛，《好男好女》完了就有《南國》，再過來《海上花》，合作三部片，拍到那個總經理下台（笑），當然啦不是我的緣故。

因為我之前在日本的票房很好，所以才會有這樣的合作機會。沒想到拍《海上花》的時候，《南國》就在法國開始（紅）了，（在法國看《南國》的人數達到）二十萬人次出頭，到《海上花》四十萬人次，所以很自然資金就來了。就是本來在日本很紅，有票房，拍拍拍，拍到後來法國開始了，後面的《千禧曼波》、《最好的時光》還有《紅氣球》（的資金），都從那邊來。

像《珈琲時光》是因為松竹想要紀念小津安二郎——小津的片子大部份是松竹的也是差不多（投資）一百萬多一點，美金而已；因為我的team，錢多少就拍多少這樣子，於是就開拓了日本、法國這兩方面。那蔡明亮類似這種狀況，他主要是歐洲啦。其實是96年開始，我就決定不要申請輔導金，我感覺輔導金給別的人，逼著自己要去找（資金），那很快（會有壓力）啊，慢慢開始（與法國日本）合作起來。

我感覺這幾年藝術市場的電影越來越小，越來越沒有人看，找錢沒有以前容易。但以法國來講不錯，因為法國的電影多樣，剪接權是在導演，不在製片，跟美國的方式不同。那日本呢，主要是電視台的介入，拍的那種電影，都是年輕人看的。所以幾個老電影公司的去看《戀空》，是一個日本網路小說，手機小說，後來出版了很賣很賣，電影也大賣，老電影公司的就看了傻在那裡，這個什麼爛片子為什麼賣？因為年輕人，網路世代改變很大。

所以藝術片在生存上就比較難，但我感覺其實不是藝術片、非藝術片（的分眾消長），還是時代，你說DV世代、HD、網路，在這狀態之下，事物已經不一樣，影像也不一樣了。電玩這麼多，在這裡面產生的厲害的導演慢慢就會形成，但那不是我們。我們只能拍我們的，我們不能拍這個，這世代已經跟我們不一樣了。每一個世代都是這樣，一點都逃不掉。

白：很多年來，您的片子很難進入美國市場，《千禧曼波》應該是第一部在美國戲院放的……

侯：我從來不管美國市場。你想想看美國多大，好萊塢不只是電影，它是一個很大的工業，對美國老百姓來講，好萊塢電影代表他們的文化。每年在好萊塢上（院線）的外國片不到5%（笑），更不要說藝術片了。

我是從《珈琲時光》、《最好的時光》，一直到《紅氣球》啊，《紅氣球》票房不錯了，藝術戲院好像有超過一百萬美金，不到兩百萬美金，他們發行公司已經開心死了！（笑）你要進入他們那市場很難的，那是另外一種東西，他們有他們的品味。我連想都不想這事，想這些幹嘛，跟我毫不相干。

白：從一開始《千禧曼波》的形式很特別，電子音樂、攝影機的運動、燈光，演員的眼神——第一個鏡頭就是舒淇很有自覺地回頭看攝影機。在您電影裡面，很少有直接面對觀眾，或者跟觀眾溝通的例子——好像只有《尼羅河女兒》是，剛好這兩部片子都是台北的故事。

侯：我想做十年，所以我用2011年來回看；我假設我拍的時代是2011年，來（回頭）拍2000年。然後我用她的自述，但人稱不用「我」，而用「她」，用這種方式。

白：就是透過旁白，我們知道電影的敘述是從2011年的視覺來看，又是從第三人稱。雖然明明是舒淇的聲音，但聲音一直用「她」來描繪Vicky的生活遭遇，都產生強烈的距離感，除了時間的距離以外，故事移到北海道以後，便加上空間上的距離，能不能談談這種距離感。

侯：這有時候很直覺，因為我感覺時代變了，這種國際網路的時代變了，人跟人不一樣了。我本來為舒淇設計五段故事，有點像剛才我說的做細胞的那種感覺，後來沒做成。會用2011年，是因為這個計劃嘛——本來是拍十年，所以用2011年回頭看。

還有，應該說最重要的，我是為了解決觀看角度的問題。因為拍2000年時候的年輕人，我是個老頭兒啦，跟年輕人他們拍他們自己故事的那種活力、有勁、沒隔閡，很不一樣。老頭子的眼光老是在旁看，不管多麼隱藏自己的意見不批評，仍然帶有我這個世代的品味和審美；你說它是包袱也可以，我沒辦法像年輕人他們那樣自我投入的認同，這是這部片子的問題所在。

所以我用Vicky十年後的敘述來旁白現在，而且用第三人稱「她」，這個雙重距離感，其實就是我這個老頭的旁觀眼光。到了北海道以後，那些場景，更是我這個世代的感覺了，雖是空間上的距離，不如說還是時間上的。像Yubari（夕張市）那個小電影節——我們拍的時候是零下二十幾度，那個雪啊，那條電影看板街——後來（那個電影節）終於停了，沒錢繼續辦了，那時候已經知道它快停了，是這種時間感。

舒淇。《千禧曼波》劇照，蔡正泰攝。

白：《千禧曼波》的旁白跟《好男好女》一樣，片段都具有一種重覆。事實上Vicky跟小豪的生活步調，就像一種惡性循環，一直困在那裡，而且音樂的重覆性似乎都在強調這一點，這跟您過去片子的移動，剛好是一種很相反的步調。

侯：因為他們脫困不了，這故事本身是有實際的model（原型）。那個女孩子真是這樣從小就在外面喜歡玩嘛，各種的迪斯可、pub（酒吧）都去，也去上過制服店的班。而這個男的是個宅男，不出去賺錢，都是女的在賺，所以，控制她非常厲害。Vicky講的那句話，其實是那個model自己說的：「這樣吧，存款還有五十萬，五十萬花完就分手了。」

白：我看了一篇影評，說您電影裡的所有角色都值得同情，唯有《千禧曼波》的豪豪這個人物，一點沒有值得同情的地方，從頭到尾他就是一個特別可惡的角色，您能否談談這個人物的塑造？

侯：其實就是另外兩段故事沒拍。對我來講，每一個人物都有他們的身不由己，是時代的氛圍和意志所籠罩的，他們的善念都很微弱。本來是有他媽媽的這一部份，其實那也蠻動人的；但是後來沒拍，拍了一點，但我還是把它剪掉，不夠。我找（演員的）真媽媽來演（笑），但我錯了，應該找另一個媽媽。

就是那小孩本來有一個背景，（如果拍出來那樣就會有）一個環境形成的，那跟家庭很有關係，縮小到家庭就可以了。我後來沒往這方面去走，實在三段拍完沒錢，就算了。

後來（敘事）就直接走在舒淇身上，她一直在掙脫，一直想自我救贖。起先是對黑道大哥，去到那邊（日本）人不在，房間還在，人也不知道去哪兒了；好不容易認識了兩個日本人，於是就去夕張。（故事講的就是）一個女孩子的救贖。

白：DVD花絮有一個鏡頭，素描高捷在日本失蹤以後的遭遇，後來被剪掉了。這一剪，整個結構非常不同。

侯：有！我沒有拍到他（後來）遇難，只拍到他做生意合夥發生問題，這整個故事有，都有，但是後來沒拍。

白：花絮還有他打電話給Vicky的鏡頭，日本版的花絮都有保留這些刪掉的鏡頭。

侯：我已經忘了，反正高捷就給她一個手機，但連絡不到他，一直沒有訊息。最後決定（不交代高捷的下落），不知道這個人在哪裡，失蹤了。

白：後來那個剪法，就留下了更多的想像空間。《千禧曼波》裡面有一個很有趣的flash forward（未來敘述），就是Vicky認識竹內兄弟以後，有北海道的那個小片段。最早的結構有計劃這樣，還是剪接的過程中，決定做這個flash forward嗎？

侯：記不得了，應該是剪接上的需要，反正是十年後回述這段經歷，可以跳來跳去。我感覺《千禧曼波》沒拍完，算了……

白：後來對這片子滿意嗎？

侯：拍《千禧曼波》的時候，最大的驚喜是舒淇，我感覺舒淇非常有意思。前面講過的張力，就是她第一次跟我合作，不能輸，要跟我拚上來的這種張力，我就利用這種。她實在是聰明又好。

白：《千禧曼波》的結尾都是在日本拍攝的，表現一種非常純樸美麗且充滿理想的意境——跟在台灣拍攝的部分，有非常強烈的對比。剛好有點像楊德昌差不多同時拍的《一一》，因為《一一》也有一段在日本拍攝的，也是表現得非常純樸的。對楊德昌來講，那就是一種時間的隧道——回到過去一個比較單純的生活。您怎麼看？

侯：因為日本跟台灣的（歷史淵源）關係，我們對這有一種感情想像。

日本有日本的問題，把它純淨化的時候，是不一樣的，所以（Vicky）有一種自我救贖的味道。尤其夕張是很偏僻的煤礦小鎮，已經停產，人口本來非常多的，後來剩一點點人，連銀行都搬啦，現在更慘連醫院都搬，都沒了。然後留下來很多老的（空間），其實我想拍那種老的，我後來試拍一次，還是剪掉。

《珈琲時光》那裡面有很多老的吧，那個吧的主人有一個舞廳，很老的。那個舞吧的主人九十歲，頭髮是長的，他跳舞好厲害，我後來拍《珈琲時光》……

白：《珈琲時光》也有一組在夕張拍的鏡頭，長達半個多鐘頭，但基本上也都被剪了。

侯：太岔了，故事岔到別的地方去了，只有剪掉，因為那個夕張是我個人的感情，而不是女主角的感情。像九份，整個停了，荒涼到一種地步，後來我們去拍《悲情城市》又活絡了起來。

夕張的吧老闆裡面，那個女老闆，大家聊起來很開心，她年齡比我小一點點，高中畢業要去札幌唸美術，母親病逝，就決定留下來照顧父親，父親經營印刷廠，她是長女，起先在酒吧當衣帽間小妹，後來看出門道自己開店，快四十年了。那女老闆講很多關於人跟人之間的關係，怎麼經營這種店，怎麼對待這些客人，客人之間，老的男客帶年輕男客的——一種社交的開始，跟女人之間應對的開始。（她講）很多這種，而且很多外國人，因為煤礦嘛，很多技術人員在那邊。

我就對這個很有感覺，想把這個放進電影。包括竹內兩兄弟去他們祖母那邊，還有那祖母開的居酒屋，每天都穿和服，乾乾淨淨在那邊營生，有一種傳統（味道）。那現在都沒了，台灣很早就沒了；他們還保留傳統的一種關係，或是對人際關係的一種尊重和複雜。

拍《千禧曼波》，最終還是有這種迷戀。這種老派黑道大哥，雖然Vicky沒跟他怎樣，但還是來了東京，等不到，結果跟兩個年輕人去了年輕人的老家，類似這種，有說不上來的一種鄉愁。

白：我聽說您在準備《千禧曼波》的時候，跟這些年輕人去pub、迪斯可去體驗生活……

侯：我那時候混了一年。從高捷開始，很早就在其中。

然後林強音樂也是，之前比我早，他就一直弄techno，在其中很久，他那些歌早就做成了，我感覺特別有味道。本來有小貓跟魔術師那一大段，還有一堆人，我前面試拍了一陣子，用現實時間來拍，甚至採取順著場次不跳場的激進手段來拍，但是太難了。有段時間我覺得沒有辦法，我想算了。後來舒淇加入後，我才重新拍。

白：在您早期的電影像《童年往事》回大陸就是一種夢想，但到了《南國再見，南國》還有《千禧曼波》，中國大陸的位置和它所代表的一切，已經有強烈的變化。像《南國再見，南國》高捷想去大陸做生意，還有《千禧曼波》的那位到大陸參加魔術比賽，大陸已經變成沒什麼了不起的地方，好像可以隨便去了，整個地標已經在變動了。

侯：時代是這樣子啊，拍的時候很自然感覺一種東西在變化，也知道實際變化是怎樣，美夢不見得是美夢。我們在邊緣嘛，台灣是邊緣，會有不同於中心的想法。

白：《海上花》和《千禧曼波》同樣都帶有世紀末的美學，一部是描繪19世紀晚期清末的妓院，另一部拍的則是20世紀末的大都會台北，這兩部電影之間，是否有一種主題上的連結？

侯：但《千禧曼波》更難拍，難在我對當代沒有感情的累積，只能觀察跟記錄；可是觀察記錄又牽涉到距離，或近或遠，拿捏得不準，反正就是累積不夠，好像我對20世紀末當代的情感節奏、調子，反而不如對一百多年前那樣能掌握。拍

《海上花》我可以讀小說，或是同時代的作品，裡面的人物關係和情感方式，是我熟悉的，也喜歡的。

小津拍當代的生活，他是聚焦在家庭關係，父親跟女兒之間，那是長期一直累積的。王家衛也拍現代，但他的當下現在，其實是對於他的過去的鄉愁。他的背景是香港，香港在殖民統治之下，老早已經現代化、都市化，那種殖民和都市的迷人風情，由此建立他的風格。相對的我成長在鄉下小鎮，沒有相似的經驗累積，只有現代的吉光片羽，所以很難掌握當代主題。

現在的小孩子網路世界，《千禧曼波》的選角指導跟演員差不多一樣年紀，他告訴我，他們的生活步調實在太快，根本不可能捕捉。他看到幾個演員兩年前的照片，跟現在差別非常非常大，幾乎認不出是同一個人，外表、生活方式都變了。我做的事一部分就是捕捉他們的此刻，但同時我又不是要拍紀錄片。

很多私密的情緒，內心的苦悶，尤其男女關係，拍來拍去很難，非職業演員很難演得可信，專業演員舒淇也演不到；每當這種時候我就只有後退，讓演員根據他自己的個性，去演這個角色，這是很大的挑戰，尤其牽涉微妙的男女關係和情欲。

像是舒淇，很多香港、台灣、亞洲的演員共同的問題，就是排斥演出情欲戲，但去避開這個東西，就會更不像。像拍《南國再見，南國》，我拍了差不多二十萬呎，還是覺得很多東西捕捉不到。

VI

時光流逝

有時候這些材料的判斷，
對我來講還是那句老話，直覺。
我不會仔細去分析什麼，
而是一直往深處走，
感覺對，就OK了。
我沒有辦法把它形式化或者定位，
或者認為是什麼元素；
就是一種感受，一種直覺。

●《珈琲時光》●《最好的時光》●《紅氣球》●《聶隱娘》

關鍵詞　●小津安二郎●文化差異●核心團隊●日本製作環境●火車與電車●生活動線●聆聽●江文也●生死關照●圖像文本●消音的男性●三段時間●默片●奧賽美術館●物色演員●巴黎到月球●老靈魂●求妻煮海人●茱麗葉・畢諾許●宋方●剪接考量●戲中戲●實拍紅氣球●武俠電影●進入人物

《紅氣球》工作照，蔡正泰攝。

雖然21世紀給台灣電影帶來了一些新的氣息：從李安的《臥虎藏龍》到他在十幾年後來台攝製的西片《少年Pi的奇幻漂流》（*Life of Pi*），魏德聖從《海角七號》到《賽德克・巴萊》給台片的新活力，還有戴立忍、鄭文堂、鐘孟宏、張作驥、鈕承澤、陳玉勳等導演的一系列重要作品；但在台灣電影工業瀕於崩潰之際，往外跑，還是許多創作人的決定。

最普遍而易見的表現，就是台灣藝人大量擁抱中國大陸，劉若英、伊能靜、舒淇、歸亞蕾、蔡康永、林強、朱延平……等幕前幕後的工作者，一個接一個到中國去發展。另外，楊德昌、蔡明亮、侯孝賢也分別都到日本或法國拍片。所以在《艋舺》和《不能沒有你》證明台灣本土電影還健在的同時，我們不要忽略台灣電影人往外走的同步現象。

雖然多年以來，許多國際影評人常把侯孝賢和小津安二郎兩位導演的電影風格進行比較，侯導卻一直聲明他是《童年往事》之後，才第一次看到小津的作品。 既然如此，到了2004年當日本松竹製片廠為了慶祝小津誕生100週年，請侯孝賢拍攝紀念之作，這種美妙組合好像已是命中注定的。

其實侯孝賢和日本電影公司的合作，可以追溯到80年代末；在拍攝《悲情》的時候，已與日本的製片人和作曲家等幕後人合作，後來的《千禧曼波》的部分戲還在日本拍攝。如果說《千禧曼波》侯好像是把腳伸到水裡，那麼《珈琲時光》就是脫光衣服跳進去了。同時《珈琲時光》是侯孝賢比較細膩和微妙的一個作品，就像一個精緻的手工藝術品，鑑賞的時候可以看到電影的細膩和多層面，同時又是在敘述上顯得比較克制的作品，低調地演繹、流露背後的豐富感情世界。

既然觀看侯孝賢的電影都會被畫面上的所有小細節而吸引了，自然越看就越發現，畫面上看到的一切，也不過是冰山的一角。最初大概是看朱天文早期在三三和麥田出版的幾本電影劇本才發現的；後來越看侯孝賢電影的原作小說、文學劇本、分鏡表、宣傳片子作的各種訪問，以及部分電影剪掉的花絮，便越發現電影往往講述的，不過是一個更大的故事的小部份——侯孝賢的電影是一個開始，假如觀眾要深度瞭解作品，只能把視野延伸到這些其他的材料。這種延伸，跟文字和影響的互動關係，在《珈琲時光》被充分表現出來。

看了侯導怎樣講述《最好的時光》背後的故事，會發現它很多方面充滿意外，但同時這部電影又容納導演過去數部電影的一個精粹。有時候《最好》似乎捉捕了新電影80年代初的一種溫暖跟真情，尤其是1966年（《戀愛夢》）那段：老歌，苦戀，撞球場，服兵役的日子。但除了懷舊，《最好的時光》也似乎有更大的意圖在——三生三世的戀情，後現代社會之下的粉碎人生，歷史的變遷，音樂的力量。

本片也是侯孝賢在《千禧曼波》之後，再度重用舒淇（後來還在短片*The Electric Princess House*和《聶隱娘》繼續與她合作），一直到她漸漸地變成了侯孝賢在辛樹芬、伊能靜之後最重要的女演員。同時，從小受到楊德昌培訓的張震，也變成了侯導班底的新一份子。

《最好》之後，侯孝賢又到了海外拍攝向法國老電影致敬的《紅氣球》。這次與國際影展影后的朱麗葉・畢諾許合作，展開了侯導創作上的又一條新路，而且再一次讓導演充分發揮他對老電影的眷戀。

聽侯導講述在日本和法國拍片的各種小故事，有聲有色，不難察覺到這種新的拍攝環境的確給侯孝賢一種新的靈感和視野。《珈琲》和《紅氣球》似乎都是用特別小的拍攝團隊，可以說是侯導的「特種部隊」；意味著有點回到他剛入行時期的那種「游擊隊拍攝法」（guerrilla filmmaking techniques）。

這也讓我想到，我跟侯導某一天的訪談。我們當天約在「光點」二樓的咖啡廳，開始訪談前我們就隨便閒聊，突然侯導看到光點樓下的一個廣告拍攝團隊在搭景。雖然他們大概在拍一個三十秒鐘的電視廣告，卻像個軍隊一樣，兩部大卡車，幾十個工作人員，一排一排的燈光，多台攝影機……等高級設備。侯導從二樓俯視那群廣告工蜂，然後露出一個頑皮的笑容，「我拍片子，用不著那樣！我的team很小很安靜，霹哩啪啦，就拍完了。」侯導笑了，從他的笑容也看到他對他的那個特種部隊的驕傲。我也替他感到驕傲。

劉逸萱攝，白睿文提供。

白：《珈琲時光》是為了紀念日本導演小津安二郎誕生的一百週年。多年來，許多評論家也時而把您的作品和小津並論，《好男好女》還出現過小津電影裡的小片段。能否談談小津給您電影創作帶來了什麼樣的影響？您覺得您們之間有一種共鳴嗎？這種共鳴在哪一方面？

侯：初次看小津的片子是在法國，《童年往事》拍完以後。看的是默片《我出生了，但是……》，回台灣跟工作夥伴說太棒了，大家就去搜尋小津的帶子來看。

我1998年底去東京大學，有一場小津研討會——東京大學校長蓮實重彥[1]辦的，著名的電影評論家，也跟《電影筆記》[2]很熟——因為攝影師厚田雄春的後人捐贈了一批膠捲，是小津的默片《那夜的妻子》，清洗整理後放映，同時展出厚田跟小津的一些文物。

以前松竹製片廠門口有一個公布欄，完全像生產線一樣，每部片子你用多少底片，都公布在那邊。那我就看到小津的分鏡表，每一個鏡頭幾秒，底片多少，整個電影完成是多長，底片用了多少——很少，我記得是兩萬呎；前置作業非常精密，按表操課，跟我拍片的方式完全兩樣。他們是片廠制度，公布每位導演的底片用量，給你無形的壓力。厚田跟小津的手帳（小筆記本）就手掌那麼大，都寫得細細麻麻，用鉛筆，有橡皮擦的擦痕，乾淨整齊到不行，不像我的筆記本又亂又草，大概只有天文看得懂。

我講過小津跟布列松有相同但又不一樣，是這種對照，想到自己也是棄絕戲劇性，對寫實的那種真實要求到一種地步。儘管我用的方式跟他們不太一樣，但某方面呈現的要素有點像，就是用生活的細節、生活的語言呈現一部分訊息，說的是某一部份情感，表面露出的不多，底下隱藏的很多，這方面我跟布列松跟小津有相似，只是布列松更徹底。

小津有一部電影叫《父親在世時》（1942）——他中日戰爭（1937-1945）期間（跟著）部隊被調到中國大陸，回來那時候二戰（1939-1945）爆發，隔兩年太平洋戰爭（1941-1945）爆發後，他拍了這部片——是一個父親和一個兒子之間的事情，從小孩子養到大成為老師，兒子要入伍了來東京告訴父親，之後父親死了。那種很深沉的悲傷，我簡直是沒看過，但他什麼都沒說，而說的就是反戰。就是一個父親把一個小孩養大，最後是要送去戰爭的，意思是這樣，雖然他一點都沒有提這個。二戰對他來講，（影響）非常非常的大，他最後電影只回到家庭來表達。《東京物語》就很明顯是對戰敗以後（社會）的批判，但批判的話一句都沒講，這是他厲害的地方。

我對他的電影非常喜歡的原因是，他非常含蓄的。好像在說這個，其實是在說那個。而布列松是很明確的在說這個，像《扒手》，扒手的狀態，跟警察和社會結構的關係，不靠對白，用影像在說，真實到骨子裡去了。《慕雪德》（*Mouchette*）也是，那種勞動家庭的生態，慕雪德的遭遇，那種準確和真實，真叫人嘆息。

而我有相似的使用元素，跟他們的時代不同，但表達上非常非常類似，我看了他們特別印證到這個。

松竹找我拍這個時候，我（想像）如果站在小津的前面的話，怎麼看小津。他拍的都是嫁女兒，拍的現代社會，都是當下日本；那我也拍嫁女兒，拍他去世四十年後的當下日本，跟他對照。

其實之前在雜誌上，我就看過兩篇日本報導單親媽媽的故事。（其中一個）她本身就有職業而且收入不錯、很穩定，有戀愛了好幾年的男朋友，可是對愛情產生了不信任，這時無意間懷孕了，她選擇不告訴男友。另外一個案例是她告訴男友，但她選擇不跟他結婚。常常男的是完全沒有辦法接受自己要當父親這

1. 蓮實重彥（1936-），日本資深影評人，日本電影專家，作家。1997年至2001年擔任東京大學校長。
2. 《電影筆記》（*Cahiers du Cinéma*），1951年創辦的重要法國電影雜誌。此刊物與法國新浪潮的命運連在一起。其作者包括楚浮，高達和新浪潮日後的其他健將。

件事，從此再也沒有出現，或是有一個男的偶而會來照顧一下小孩。現代的有些乾脆不結婚了，結婚越來越遲。

我認識一個日本女孩叫小坂，她長年做我的翻譯，從《戲夢人生》開始，我就用了她的一部份背景。她現在快四十幾歲了，很小的時候，父親因為日本整個工業起來，被派到歐洲去，四歲的時候她母親受不了就離開了，她父親還在歐洲啊，把她留在宿舍裡面，在床上堆了一堆方便麵——她記憶裡面，在方便麵的麵堆裡看了一本漫畫。

我就把這些背景再加上台灣（代工產業）的移動，就是我女兒的同學在（美國）Carnegie-Mellon學商的同學，像那（家裡工廠）做雨傘的就是她最要好的一個同學，他們家的工廠在泰國，在泰國唸美國學校然後去美國唸，畢業以後就去大陸。我就把這個背景當作（女主角）她認識的台灣男朋友。

白：在影片裡面，呈現出來多半很單純，譬如說父親這個背景，影片幾乎看不到，只有在朱天文的劇本裡才會看到一些。雖然您剛把故事和人物的許多原型都講出來，如果只觀看電影，許多細節——像父親的背景——是看不到的，我也是看了天文的劇本後才知道這些，但電影本身都沒有。

侯：那時候叫小林（演員小林稔侍）講，他也不講，我想算了。訊息雖然漏掉，但是整體而言，對照小津以前的片子，已經是很明確的。基本上我都建構過，包括後母那邊的，全部建構過；她的男朋友、媽媽什麼，家裡是工廠之類的，本來都有。但是小林決定不講，我想其實無所謂。

白：就是演爸爸的那個，他的對白其實很少。

侯：等於沒有。他本來有要講，講以前的時候他們常常搬家，她小學爸爸就調國外，他就跟她媽媽講，今天小孩會做這樣的決定，也是跟以前有關係，對女兒有一種內疚。但他決定不（這樣）演，我也沒辦法，他不講。

他自覺不要講，他覺得這個東西基本上沒有辦法解決的，他不講就演了爸爸的某種狀態，我可以接受，而且還真的不錯。

白：其實您之前就講小津跟布列松的影響，我覺得很有趣，您在海外最大的兩個市場是日本和法國，您覺得這是一種巧合，還是在文化上有一種深層的共鳴？就

是日本和法國比較能夠欣賞你的作品？

侯：這個我沒有深刻的去想它，很怪吧，日本最崇拜法國，生活細節什麼，都崇拜法國。這兩個地方我都去過，法國人比較像中國人，應該說跟台灣比較像，因為民國以後的中國大陸跟以前不一樣了。因為我們人跟人的關係比較散漫而自在，生活型態也比較鬆，自為空間比較大——庶民的自為空間——你看他們有那麼多的咖啡廳，又是餐廳、又是鄰居常常聚集的地方，他們對古老事物的保留，雖然每次義大利人老說「我們比他（法國）更老！」但是延續在生活細節的味道不太一樣。

對照之下，日本是一個社會結構嚴密的地方，不能特別突出的，不然你在社區可能會被別人異樣的眼光評看。而且他們有一種集體意識，很服從的，而內心其實嚮往像法國那樣；他們能放開的空間就是出國，或者下班喝酒。他們壓抑很重。

我認識一個朋友的朋友，比我年輕很多，他在公司上班，有一個小孩，那時候很小，他們搬到東京的公司上班，他太太在社區裡面完全被排拒；那種排拒是什麼樣的狀態，就像村上龍一篇小說裡寫的，大家在公園裡面帶著小孩，她跟人家招呼，人家好像沒有看到她，其他太太都沒有看到她，她好像是透明、沒有（存在感）的，那種壓力多大！後來（鄰居）還寫明信片，對她有某種意見，結果他這個太太帶小孩跳樓死了。然後我這朋友的朋友更奇怪，他照常上班，公司沒有人知道他發生的事，多壓抑啊！我感覺這就是當代日本的結構。

台灣跟日本的淵源，因為日本殖民五十年，很多建築、語言已融在生活裡面，很多日本式的房子是我們成長的記憶，我把這些呈現在銀幕上，日本人好像在台灣找到了他們的鄉愁。相對二戰期間，被日本佔領或侵略過的亞洲其它國家，台灣是很友善親近的。日本對法國崇拜，美國早期也是，歐陸最吸引他們的是法國，還有《戰爭與和平》時代的舊俄，精英階級都講法文是時髦，也是對美好事物的嚮往。

電影的起源在法國也是很特別的，他們一向能夠欣賞奇奇怪怪的各種電影，小津在西方被接受就是從法國開始的。日本電影在小津他們那年代多厲害啊！小津、溝口（健二）、成瀨（巳喜男）還有很多，那個時代日本電影最蓬勃最多元，各種都有。

而且你說小津那時候是藝術片，沒有！那時候每部片都大賣錢的，非常賣座的。然後比較庶民的山田洋次拍的「寅次郎」，就是《男人真命苦》系列

（1969-1987），這種庶民的東西也是很多，但小津的風格算是特別的。

白：《珈琲時光》是小津從前的片廠松竹映画找您的，過去這種「約稿」的片子多嗎？拍攝的過程，您會用另一種眼光來看影片的製作嗎？

侯：起先我不敢接，因為我感覺異文化是很難的。你憑什麼拍別人、拍別的國家，你有什麼角度嗎？你對他們理解嗎？因為我感覺，電影呈現的是細節，而不是對白，不是你自己編一些東西就可以。你連人家生活的禮儀都不知道，怎麼拍？你以為你懂嗎？回來了，吃飯「itadakimasu」（日文「開動了」的意思），就這樣簡單嗎？不是的。所以我感覺很難，一直在猶豫要不要接，後來想說好吧，試試看！

我用的方式就是我拍片的方式——沒有rehearsal的詳細對白，而是丟還給演員。我發現在日本最成功，他們的演員非常守規矩，絕對不會叛變的。他們只會在那邊焦慮，就像那個演媽媽的余貴美子，很有趣。戲裡面她先生（有一段）對白（沒有說出來），她不知道為什麼他都不講，她就很焦慮；但攝影機都一直不停的，我利用了她這個焦慮，覺得正好符合一個「繼母」應該有的反應，若是生母就會直接問答，沒有顧忌。而她只問一次「為什麼導演不喊卡」，以後就很稱職地演。

白：那麼日本的整個製作環境如何，日方的工作人員、演員，和台灣最大的不同是什麼？

侯：他們的階級與結構很嚴密。所以他們在拍片的時候，系統非常清楚，誰的職責誰管什麼，一定不會越界，而且組織化，一個蘿蔔一個坑，導演的權威很大，演員他們都很遵守倫理。

我們這組去主要是燈光、攝影、錄音，我所謂的「重裝組」，一定要我的人，其他美術道具是他們。部份我也會調整。

我們拍片（方式）是他們沒看過的，好像打游擊，非常機動，靈活又快，你cover我、我cover你，松竹說他們沒看過這種team，拍片都沒聲音的，喀啦！一下子就弄好了！我們的速度與默契把他們嚇一跳，都沒聲音，他們說像影子兵團，啪啦啪啦，一下子都好了，很快，對他們來講，能力非常特別。不像他們那種大小聲，然後不停地開會。

我是很少開會的，我最怕開會，那有什麼好開的，大家一講就知道了。而且每天的通告只是大概，看天氣或現場條件隨時改變，把他們那邊發通告的弄得快崩潰，到後來拍夕張，乾脆放手不管了，在旁邊打棒球，很好玩。

白：因為全片的對白都是日文，在調整演員上，是否有很大的挑戰？還是有一種解放，因為您沒辦法用聽的，就可以去注意他們的動作？

侯：我通常不會看那個 monitor（監看屏幕），我感覺是看現場、看那個演員，那個氛圍現場看最清楚，我很清楚所有演員的狀態。

對白是小坂在監聽。我就問她這場「怎樣？」她說「這場講得很好，沒問題。」我問「有漏掉什麼 information（訊息）嗎？」她告訴我有漏掉什麼，沒講什麼，我想也可以，「OK！」（笑）。大半都是這樣。我就用這種方式，後來拍《紅氣球》也類似。

白：在您的電影裡，火車不斷地重現，但這次火車好像變成一個核心主體，或是一個象徵道具。電影從一個單車廂的小電車開始，而由許多火車軌道交叉的一個景來結束——最後那個鏡頭尤其感人。

在這部電影中，火車真正地變成全片的一個主要角色。從故事和電影的整體結構上看，能否談談火車和電車在《珈琲時光》裡的重要性？

侯：我對火車就喜歡嘛。（笑）我去日本常常坐，有時候就去晃。沒事情的時候，尤其夏天，我喜歡坐JR的山手線，因為它是一條環繞東京都心的環狀鐵道，一個循環線。我要睡覺的時候，在那個車上睡，打瞌睡醒來就看看到哪裡，要去哪裡。要嘛就直接坐下去了，不然就是下車到對面月台坐（折返）比較近。反正是循環線，是我一個休息吹冷氣避暑的地方。我很喜歡。

有時候我喜歡在第一節車廂，看那些駕駛的動作什麼的。我常常坐，有空就去坐電車。電車對東京的市民、上班族來講太重要了，上班的時候人擠人這樣子，新宿整個車上密密麻麻的人。我跟張華坤，《兒子的大玩偶》之前去的，那年代很早，我會開一個玩笑，哇，一堆人，我會大聲喊「張～華～坤！」聲音很大、很沉的，穿透力很強——因為當導演，所以丹田很有力量——我看那些人的背，好像輕微的蹬一下，又繼續走，沒有人回頭，很好玩！（笑）

我感覺那就是日本人的集體。加上我不是愛坐火車嗎，（更感受到）火車對他

《珈琲時光》劇照，蔡正泰攝。

們的重要性，是他們的生活動線，任何事情都可能在這線上發生。設計（一青窈[3]演的）這個角色的時候，我設定她是自由工作者，幫雜誌社寫一些東西，她這次是幫台灣的一個攝製組找江文也[4]的資料，平常的活動範圍是神保町舊書街。

那其實是我那個model（原型）小坂所做的事，她以前就這樣專門在咖啡廳工作。我最早本來想拍《咖啡女郎》，她這個角色——她都是選這種很老很老的咖啡店，而且它的咖啡都很好喝（笑），都有好咖啡。

我就以她為model設計這個角色，我就想，採訪跟蒐集資料能力的這種自由業，大概住什麼區塊？日本是很怪的喔，許多自由工作者通常都住中央線——橙黃色的，橫貫東西、從東京車站往西到終點高尾的一條（鐵路）——的西側，高円（圓）寺、吉祥寺、國分寺那邊，過著波西米亞式的生活。然後我去找一個文教區，我找的這個因為我看到都電嘛，東京都營的地上電車，現在只剩一條荒川線，行駛在早稻田和三輪橋之間。我想那電車有趣，那只有一節車廂的小電車真好，每一個小站都好過癮。我就選擇了「鬼子母神」那一站，跟楊德昌選的一樣[5]。我（本來）不知道楊德昌是在那裡拍的，我感覺那小站特別有意思。

那附近我探聽是文教區，我想一個雜誌編輯（平常就是）寫稿，很適合進去，就叫他們去找出租的房子，找來找去就找到那一家，小小的，有廁所但是沒有浴室，沒有洗衣服的地方。原來那附近有很多自助洗衣服的，投幣的。還有他們那種很大的公共澡堂，澡堂對面通常都有那種投幣洗衣的。他們生活型態是這樣，就決定用這一間。然後就（研究）坐車，這個角色怎麼到神保町，把她生活的動線都弄清楚。另一個角色就把他安排為神保町舊書店的第二代。

然後咖啡廳就是我最早跟阿城去過的——那時候還在準備「鄭成功」的案子——跟小坂就去過。一家咖啡廳五十年的，那老闆都快超過八十歲了。我感覺那咖啡廳很過癮，就跟他們談。我跟他們談，都不是哪種拍片方式，而是問他們咖啡廳最沒有人的時間，他們說九點到十一點，於是很簡單沒有什麼更動，只有稍微調一點點，加一點燈或燈紙之類的。

白：那麼，後來在咖啡廳拍片，您都用演員還是用他們的員工？

侯：日本製片問要不要找專業演員，我說不要，我們自己去談，談了我們就去拍了，從一青窈進店、老闆開始煮咖啡什麼的。（如果）你還要找一個人（演員）來多累。結果我還沒有拍到十一點，就結束走了，感覺好像沒有發生任何事，沒有任何干擾。之後改天又來了，沒拍完再拍一次。老闆他有一次經驗所以就OK，再借我們拍，然後我在日本有一點名氣，所以借東西很容易。書店也是，就是利用他們的空檔時間，很好玩。

用這種方式拍，最難的就是電車拍攝，因為我要把所有的動線弄清楚了才能掌握啊，不然我對這城市不熟，不能隨便弄啊；我需要知道她（主角）出現在這車站是什麼意思，這樣會發生什麼事情，就很容易判斷。

3. 一青窈（1976-），日本流行音樂樂手，作詞家，演員。父親是日據時代的台灣人，母親是日本人。推出的個人專輯有《月天心》、《一青想》、《&》、《Key》、《花蓮街》。在侯孝賢的《珈琲時光》扮演主角井上陽子。
4. 江文也（1910-1983），台灣作曲家。代表作包括《台灣舞曲》、《故都素描》、《孔廟大成樂章》等。
5. 楊德昌的《一一》有一場重要的戲也在鬼子母神此地拍攝。

包括她回到老家高崎，她爸爸媽媽家——那條動線，我就去找，哇那支線好棒喔！我會找高崎，因為90年代中，高崎電影節放我的片子，一個小影展，影展的負責人叫茂木，在電信公司上班，熱愛電影，影展都是他在管。多年後我想起高崎，就連絡他，結果就借他家拍；然後他家在JR高崎線的一條支線上，是上信電鐵的上信線，找到一個小站叫根小屋，在他家的前一站，就用了。把這些都布局好，故事和所有的細節自然也有了。

白：這樣您開拍以後，到日本多久，做一些研究找景？

侯：大部份蠻快的。我根據一些演員和朋友來設計，那些人物的來龍去脈大概有了，他們的生活動線就要實際去看，住哪裡，然後怎麼來去、路途是怎樣，完全根據真實的方式，這樣就不必去瞎編了，很快，你要用哪一塊而已。

譬如她（一青窈）有一場行李放在日暮里車站寄行李的地方——那很簡單，她從台灣回來，到日暮里換車，行李就寄存，因為她隔天要在這裡坐車去高崎的父母家了，就不必拎回去再拎出來，這個設計都很清楚，絕對正確的。大概都用這種方式。

白：我看火車上的鏡頭拍得非常精緻，但我估計也很難，就像接近結尾有一個鏡頭拍攝到淺野忠信[6]在一節車廂裡，然後攝影機慢慢地移到對面交錯而過的另一節火車裡的一青窈。因為沒有日本交通局的許可和協助，您怎麼處理火車上拍攝的各種實際技術問題，包括控制乘客的干擾等等？

侯：通常都是經驗。我們劇本好了，松竹就去找JR。JR說不可能協拍，我那製片山本進行了幾次都不可能，山本跟JR的人講，你不可能但我們還是要拍啊，他們就進去討論，出來還是不可能。這是可以理解的，按日本人的做事（方式），他是要成立一個協助拍電影的部門，哇，那會牽動整個調度。他們那種細密跟安排，對他們來講那是大事，事情會非常繁瑣，他們要避免這個麻煩。

也有日本當地的片子，去偷拍被抓到，被貼一個布告在那邊。禁止什麼！我感覺那是做樣子，對我來講一點用都沒有。當然我們不能理所當然這樣，過程需要讓他們理解，這屬於公共事務，在社會上是可以引起議論的——那議論就是到底車站可不可以拍。

所以我在拍的時候呢，就決定完全用偷拍的方式。我們用的方式是把攝影機

置身不同電車車廂裡的一青窈（右前）和淺野忠信（左）。《珈琲時光》劇照，蔡正泰攝。

先拆解，分別帶著藏好，講好一進第一節車廂馬上開始組合，組合完「卡」一聲架好、架上去就拍。我們不理乘客的，乘客起先不知道幹嘛，看我們拍片就不理了。但也有乘客會盯著我們，然後下一站就衝出去叫站務員，我們就比一個手勢「知道了」，門一關我們又繼續拍。站務員不可能進車廂，車廂有乘務員，雖然前後（車廂）有人，但通常市區的只有一個司機，因為都系統化了，不需要人力。

而且我知道（他們有）這種心理狀態——經過之前的程序，告訴他們，我們還是要拍，其實有一種默契——我們只要不弄得天翻地覆就好了，所以我們就躲躲藏藏地拍，基本上很順利。有時候需要連旁邊乘客都拍到的，小坂就去找一群朋友，先約好在某站上車，大家都擠第一節車廂，等閑雜人等慢慢淘汰掉，

6. 淺野忠信（1973-），日本橫濱人，著名演員，電影作品包括《光明的未來》、《宇宙的最後生命》、《成吉思汗》等片。

就剩我們自己人，隨你怎麼拍。當然得提防司機，因為他背後是透明玻璃，就得有人輪流擋。雖說是偷拍，拍起來倒很正大光明。

最難的是拍兩列平行行駛一段車程的火車——這兩列火車，一個是什麼東北線，另一個是山手線，它們有十幾站的並行，大概是同時間出發的，譬如說10：05出發，但有個幾秒的先後之差——淺野在另一個火車車廂，我們攝影機在這個火車車廂拍一青窈，鏡頭搖過去，透過車窗看到並行而過的淺野在錄音；然後車就過了，但他們兩個人沒發現。她一直找不到他嘛，這麼靠近的兩列火車裡的兩個人，却擦身而過。拍了十幾次，我們想可能沒希望，但最後還是拍到了（笑）。很好玩，每次要算那個速度，用手機通報淺野在哪一節車廂，每一次都不行，拍了十幾次才拍到。

白：您在這個電車和火車上，拍攝時間好像二十天吧。

侯：很多啦，拍了很多時間，她（這角色）有時候下車跑到一個角落蹲下來，因為懷孕很不舒服這樣。完全偷拍，像我以前拍《千禧曼波》。

我們在路上拍，我知道他們的警察（會干涉），我就叫日本的製片、會講日文的都不要來。有一次我們還在派出所對面，電線杆擋著就拍，如果警察發現，很簡單我們就講英文或講中文，「攝影機拍電影嘛……」，那個警察就會瘋了，他沒有辦法應付，看看也沒什麼事啊，通常不了了之。他們絕對不會大費周章把我們幹嘛，一個攝影機在拍而已，又怎樣呢？所以就利用這種心理。

白：我看了一青窈的一個訪談，她說她最喜歡的一場戲，就是在電車上打瞌睡，突然醒來看見淺野站在他前面向她微笑。但這個鏡頭卻偏偏被您剪掉了。

侯：那完全是為了電影上的剪接，不會想那些有的沒有的，主要是剪接上的衡量。

白：還有淺野的訪問，他說他看了三個不同的版本。您每一次拍片剪接的過程都會剪出不同的版本嗎？或《珈琲時光》是一個例外？

侯：我不知道他為什麼看了三個版本？第一次放的時候是另一個版本，就是急著小津誕辰一百週年的那一天放，後來我再調整另一個版本。他可能又看了一個試片的版本。紀念會上放的版本好像長一點，我後來看了感覺它還需要再修一修。

（但一般來講）不是（這樣）。《珈琲時光》拍太多了，而且有夕張的部份，我一直在衡量怎麼剪。因為時間趕就先剪一個出去，我也無所謂啊。最後我就確定是這樣的一個形態：剪他們的關係，所以剪一個結束在很多電車來來去去的，因為他們是沒有什麼結果的。他們這種關係很曖昧，很難講會往哪一方面發展，我感覺那樣的一個處理方式很好玩啊。

白：DVD發明之後，電影的所謂「導演版」或「增長版」特別流行。您有沒有興趣回顧舊作，剪推出導演版的？

侯：我對這個一點興趣都沒有，本來所有都是導演版的。我又不是像美國有製片版，所以他們很久會出一個導演版。但是導演版也不見得會比那製片版厲害，就像那個《2020》（又名《銀翼殺手》*Blade Runner*）後來出了一個導演版的，不見得比原來剪得好。

白：從某一個角度來看，我感覺《珈琲時光》是一個關於聆聽的電影，除了淺野忠信聆聽火車的各種噪音、廣播聲、乘客的談話、車門開關的聲音、輪子在鐵軌跑動的聲音，也有一青窈聆聽江文也的音樂。這兩種聲音或者音樂，背後也都有一種懷舊——對過去的日本老火車和江文也的生平軌跡；您剛好也找了兩位跟音樂很有緣份的演員，來擔任這兩個角色。能不能談談這部電影的聲音和音樂的因素？

侯：這個我沒有想那麼多。這是實質面，因為江文也的音樂我要了解啊，所以找出來聽，才發現他以前那麼早的音樂很棒，所以就放進去。徵得他們同意，就放這音樂。然後其它各種聲音，都是現實啦。

最後是跟一個日本老歌星井上陽水——因為我跟他合作過廣告片，日本的麒麟找我拍，拍了他三個廣告。我感覺他非常有意思，後來常有連絡，就說由他跟一青窈合作，一青窈作詞他作曲，由一青窈來唱，主題歌〈一思案〉就是。

白：淺野跟音樂也很有緣，拍攝現場他都放了一把吉他。

侯：最早是我去探班，他還在拍別的片，我感覺他特別有意思，有點害羞，演過那麼多片子卻不像一個明星，很素人，像一張白紙可以隨意上顏色，我就找他。

那次去探班，看到他休息時旁邊放了一把吉他，還有一部電腦，他說他有時候會彈彈吉他，我知道他有個樂團，也出過唱片。

我說，那電腦呢？他就放給我看一個圖，就是一個城市，一個城市在一個大的蜘蛛的肚子裡面，畫得很精緻。我就想，好喔，那你就把我們這故事畫一畫，電車山手線畫一畫，所以他後來在電影裡面秀出來，有一個胚胎在重重相疊的電車中央。那是他自己畫的，他傳達他的意識與情感。

白：您昨天提了一句話「善言不如善聽」，剛好可以配合這個主題。其實按我看《珈琲時光》，就是一部關於聆聽的電影：淺野一直在聆聽電車聲，一青窈一直在尋找江文也的音樂腳步。

侯：其實錄音的故事，跟我一個台灣的朋友有關。她是學日文的，在日本的電通廣告公司做事。她結婚去度蜜月，她說她還沒睡醒老公就跑出去錄音了，錄電車的聲音，火車電車啊，每天就跟老公錄這些聲音。我感覺這很有意思，就把它放給淺野，淺野除了顧書店之外，唯一的嗜好就是錄聲音。

白：電影中關於江文也的那個部份，沒有充份的發展，但它為電影提供了一種很重要的氣氛。最後除了向小津安二郎致敬，本片也是為江文也而作紀念，剛好這兩位藝術家差不多同輩——抗戰時代小津去過中國，而江文也也去過日本。當時怎麼決定把江文也納入這部影片？

侯：江文也是台北縣三芝人，他跟哥哥從小被送去日本受教育，他對音樂有天份，本來是唸電機的；他很年輕的時候就（以管絃樂〈台灣舞曲〉）在奧林匹克（即1936年柏林奧運）得獎了，但是他的經歷在（日本）當地被排斥，因為他贏等於是（殖民地的二等屬國）台灣島贏。他後來自由戀愛娶了日本太太，他這太太娘家很有錢，反對他們結婚，他太太是放棄了長女的繼承權跟他私奔的。

原先小坂幫台灣公視找資料，拍的是呂泉生作曲的，那條很有名的台語歌〈杯底不通飼金魚〉——把酒喝光乾杯的意思啦——我用了小坂這個事件，但換成江文也，可能是江文也的身世經歷，跟陽子有一種呼應……

白：影片出現的，是江文也真正的夫人嗎？

侯：對！1930年代後期，江文也把中國當成他音樂創作上的原鄉，北京師範大學聘他去教音樂，他去了，北京跟東京兩邊跑過來跑過去，這是中日戰爭期間。日本戰敗投降後，江文也就再也回不去東京，定居在北京了，娶了他的學生。

我只是把他當作一青窈找資料的一個對象，他這背景沒有辦法暴露太多。因為研究江文也，過程中曾經想拍江文也，但是太難。他的愛情故事真的很有意思，他那日本太太年紀很大了，記憶力還是很清楚，拿老照片給我們看，我們就順便拍。那之後有出一本江文也傳記，但是那個寫的人呢，採用社會新聞，就是江文也跟歌星白光的關係啊或者什麼之類的，引起江文也家屬的憤怒，那書就停了，出版了又收回去（停止發行）就停掉了。

白：那是日文的書？

侯：日文。有時候這些材料的判斷，對我來講還是那句老話，直覺。我不會仔細去分析什麼，而是一直往深處走，你感覺對，就OK了。我沒有辦法把它形式化或者定位，或者認為是什麼元素，我沒有辦法這樣弄。就是一種感受，一種直覺，我感覺這樣是對的，就對了！

白：《珈琲時光》的生跟死，有一種非常細微的表現。一開始陽子（一青窈）**回到老家掃墓，接近結尾的時候，他父親又到東京參加一個葬禮**（背後還有生母去世的影子）**。但對照這些死亡還有她的懷孕，產生一種新生命跟死亡的對比，能不能談談電影裡面的這兩個主題。**

侯：談這個比較難吧。掃墓是因為我要給她回去的理由，拍的時間正好八月，我就給她設定，因為日本八月盂蘭盆節，跟中國四月（清明節）不一樣，所以回到離東京比較遠的家，那就掃墓嘛，藉此暴露消息，她懷孕了。

其實有一個情緒我沒放進去，我那被她媽媽遺棄的朋友，她後來懷孕生小孩的時候，完全對她媽媽釋懷了。因為生小孩的體驗太強烈了，一個小孩從自己體內出來，她是那時候開始解開心結，在生產過程當中，體會到母親生活上的不容易，環境、個性、種種……，光是生產這件事就已經不容易了。

我沒把這個放在電影裡面，因為還沒生產，但是很多事物自有它的關聯性，像你們這樣的說法當然是有，在我是感覺很順，對，就是這樣。我很難說去把它弄得很清楚，給它什麼意義，要是這樣我的腦子就要另外一種才有辦法，我的結構基本上不是這樣。我是很多碎片，很多不同人的，或認識的人的這些碎片——我要組合這個很快，我拍拍拍，慢慢就組合起來。

白：那麼您剛說後來就沒拍——其實天文出版了那麼多劇本，裡頭有許多電影裡都沒有的戲。一般來講，這些「不存在的鏡頭」或「看不見的鏡頭」，是根本沒拍還是後來剪掉了？

侯：有些沒拍，根本沒拍。天文出版的劇本，就是我跟她討論的嘛，我差不多大概想好，然後跟她討論，她就用她的文字自己寫。然後有些根本很難拍或者拍不到，我感覺不需要，所以轉換成別種樣態，或者剪掉。

白：《珈琲時光》用*Outside Over There*（1981）一書當作一種對照或呼應的故事，讓我想到《尼羅河女兒》運用的同名漫畫書。能否談談這種帶圖的文本和電影之間的關係？

侯：主要是*Outside Over There*內容，在大江建三郎的小說《換取的孩子》出現過，我看他的小說才知道有這個繪本，後來考察繪本（出版）的時間，就差不多陽子小時候，那個時間是對的，所以我才用這個。*Outside Over There*就是美國的一個繪本作家（Maurice Sendak），他畫了一個嬰兒，被一群叫「戈布林」的矮人偷偷換掉，換成一個假的嬰兒，是冰雕的，久了就融化了。這個意涵很特別，像是她的一個心理狀態，她被母親遺棄，好像一個「換取的孩子」。

我是用這種似相關非相關的方式，而且對她來講一直似乎是夢境，後來才知道小時候看過這繪本，不是作夢，是真的有。這個你說有什麼關聯——不是直接的，但是就跟她的懷孕，跟她從小四歲被媽媽遺棄，都有關聯。

白：還有淺野在電腦上畫的嬰兒……

侯：那是淺野自己畫的啊。

白：是啊，那是一種巧合？

侯：基本上會有一種感覺在這個氛圍裡面，但人本身沒有辦法解釋這個現象。我也

一青窈。《珈琲時光》劇照，蔡正泰攝。

不想解釋，只感覺那樣弄很有意思，很有一種味道。一青窈在電影裡面很nice啊，但是很多事情她都不講的，她跟她男朋友的關係就奇怪到不行。

白：《珈琲時光》裡的男性都有一個特徵，就是無法用語言來表達他們對陽子的愛，父親多次似乎想對女兒的懷孕問題說一些，但始終都沒有表態。淺野對她的愛，從字裡行間都可以感覺出來，但一樣沒有說出來。最明顯的例子就是，台灣的男朋友從頭到尾沒說過一個字，也沒有出現過。

侯：這個好像是日本啊，或者我想像中的日本，男人跟女人之間的關係；日本是女人文化，女人國，所以她很多細節很厲害的。日本在表面上，好像以男性為主，其實骨子裡女性的位置很強悍——她不是強悍，是不避男人，「不避男人」這件事情其實很大的。你去看天文的《荒人手記》裡面有寫，提到日語一個辭，唸amae，翻成中文「依愛」，是指嬰兒緊依在母親懷裡的感受，這種依愛的制度化，可說就是天皇制，這是日本人根深蒂固的國民性。

然後你看，日本的神話跟歷史是很自然連結一起的，沒有切割。太陽女神天照大神住在高天原，她的弟弟（素盞嗚尊）因為作亂被放逐，去建了出雲之國，但是天照大神不承認他（的後人），另外派了天孫（瓊瓊杵尊）代替，給天孫一束稻禾去建立了大倭之國（即「葦原中國」）。那這個天孫很年幼，天照大神跟他同殿同睡，代表女家統治。從此萬世一系的天皇，他所代表的女神地位不變，總之就是一個女人國啦！她的文化會那麼精美、精細，是跟這個有關。因為女人才有現實感，現實感非常強；如果她不說，那麼男的就傻瓜一樣，什麼也猜測不到，我感覺這蠻有意思的（笑），很像日本的表達方式。

白：後製作是在日本做的嗎？還是回台北來剪片的？

侯：回台北，我都是在台北剪片子。只有印片的時候在日本，在IMAGICA（後製作公司）。

白：那麼您跟廖慶松剪片的過程，可不可以描述一下是怎麼樣，花了多少時間？您說有三個不同的版本，您是經過什麼樣的討論或者商談，才得到最後的版本？

侯：通常沒有，就是剪剪剪，我感覺應該這樣這樣。小廖會比較close（近）一點，意思說跟這個題旨比較近，有些東西前面不清楚，就剪到後面。我就看看剪剪，後來我說整個結束就在那個車站，她找到他，兩個人就在那裡錄音，她陪著他，就結束了，什麼都不必說，我就cut，最好，後面什麼都不必要了（笑）。

一決定了這個ending再往前一順，就知道是什麼東西了，本來還有去夕張什麼的一堆，後來不需要了。

白：在《悲情城市》裡，靜子有一段話：「一生裡最好的時光是在這裡度過的，不會忘記的啊。」十六年後您便拍了一部《最好的時光》，它的故事是怎麼產生的？

侯：其實是我出的那四部早期的電影[7]DVD，唐諾寫了導讀序，他把我那四部片子稱作「最好的時光」。他的意思不是說那段時光非常美好，而是它是不可取代的，存在在那邊但永遠失去了，我們只能用懷念召喚它，所以它才成為美好，就是在你記憶裡面有這一塊不可取代的東西。我感覺這個說法不錯，所以用來當片名。

白：觀看《最好的時光》，總覺得它吸收您過去電影的一些主要元素，然後再呈現一個新組合。第一段有早期電影《童年往事》或者《風櫃來的人》的那種懷舊和情懷；第二段有《海上花》的服裝、時代背景和氣氛，加上《悲情城市》的那種字幕；第三段還有一點《千禧曼波》的那種感覺。

而整體來講，還有一點《好男好女》的那種玩弄時間、空間、人物之間的關係。用俗話來講，好像您所有電影的「精選集」，把所有元素都放在這裡，您怎麼看呢？

7. 2001年三視影業出了一個四碟套裝「侯孝賢經典電影系列」之《青春叛逃事件薄》。套裝收藏四部1983到1986年攝製的電影：《風櫃來的人》、《冬冬的假期》、《童年往事》、《戀戀風塵》。

侯：對我來講就是題材嘛。當初是跟黃文英和一個廣告導演叫彭文淳，一人拍一段，題目叫「你記憶裡面的音樂」，那我記憶裡面的音樂就是〈Smoke Gets in Your Eyes〉，所以我就拍自己的那段經驗。

黃文英想拍日據時代的，那一段就是一個很有名的藝妲，跟台灣的一個仕紳的感情。那時候的文人跟藝妲有一種關係，有人說很像連戰的祖父（連雅堂），我們讀資料的時候的確是，但拍下去有意隱晦掉，免得那些有的沒的八卦轉移焦點。當時台灣的文人，在日本統治之下，他們的心只管嚮往大陸，辛亥革命成功，對他們是一個很大的鼓舞。

第三段現代的，是網路上有部落格的一個model。這個model其實是我公司的副導（姚宏易）自己要拍的，《愛麗絲的鏡子》（2007）裡面的女主角的背景[8]。他拍「實的」（原型故事），我拍另外一種。

為什麼設計這三段呢？起先想我帶頭，帶出兩個年輕導演，培育新人的意思。第三段彭文淳希望拍一個唱片行的故事，因為他也差不多四十幾歲快五十了，拍他的一個記憶。可是賣不出去，因為三段的沒有人要投資，那乾脆我拍好了。

還有，本來這案子不做了，但是跟新聞局申請了三十萬美金，有一條規定如果不做了要退回預付金，還要賠百分之十，我想那不要浪費，我把它拍掉好了。

然後我就根據舒淇來設計這三段。為什麼要根據她設計呢？就像我講的，《千禧曼波》我運用我們不熟識而她好強、要跟我飆的這種張力，讓她很專注進入狀態——這個階段已經過了，現在她要完全面對她自己。所以這三段故事我就一一告訴她，看她有沒有興趣，我是替她在設計的。她感覺有興趣，我感覺OK，就拍。那拍呢，仍是跟《千禧曼波》那一家法國公司合作，他們也是拍完後再來買的。

白：在選擇三個時間，1966、1911、2005，和這三個主題，「戀愛夢」、「自由夢」、和「青春夢」來結構這部片子的時候，有哪些考慮？

侯：1966年大陸爆發了文化大革命。它是真實的時間，我年輕的時候，與撞球小姐有一段這樣的故事。

白：您是希望觀眾看的時候，有這種歷史背景，文革、辛亥革命——因為一想到1966就會想到這些……

侯：對，在大陸是這樣，在台灣呢？台灣基本上是資本主義的，努力在搞經濟，完全崇美、看好萊塢電影，美軍的電台播的就是這些幾乎跟美國同步的流行歌曲。那時候的環境是這樣。

1911年是辛亥革命成功，台灣的仕紳文人，他們有組團去大陸恭賀什麼之類的，很熱絡。那2005拍的就是拍片的當下。

白：最後愛情都是因為國家大事而被干擾的：第一段是因為當兵，所以回去（部隊）**了；第二段其實是**（男人去東京）**見梁先生然後到大陸就離開了，把舒淇給拋下來。所以也是講國家與個人之間的關係。到了2005年，台灣的整個氣氛似乎都被泛政治化……**

侯：泛政治化的原因就是藍綠對立，政客搞民粹，老百姓的情感被操作，然後發現不是這麼回事，就轉而變得很虛無。2005年陳水扁的貪腐事情開始曝光了，為了遮掩就更煽動民粹，對綠的支持民眾實在很傷害，相對藍的也被激化。

白：各個片段都有它獨特的電影模式與設計。原來這三個不同時間的不同故事，它們三個風格也完全不一樣。開拍前是不是已經把各個風格都設計好了，至少您腦子裡應該有一個模式。

侯：沒有。會用這些夢，基本上是因為一條歌，台語歌，叫〈港邊惜別〉。那歌詞寫得很好，第一段講戀愛夢，第二段自由夢；第三段青春夢——當下台灣怎麼樣都可以，你可以雙性。

白：《最好的時光》是用膠片拍的嗎？還是數碼？

侯：膠片，我最討厭數碼了！

白：將來估計不會用數碼？

8. 此段的原型為歐陽靖（1983-），台灣歌手、模特兒、演員和作者。歐陽靖曾參加侯孝賢監製、姚宏易導演的《愛麗絲的鏡子》演出。著作包括小說《吃人的街》（2009）。

侯：我幹嘛用呢，我不需要啊，我用膠片就好啦。

白：因為數碼本質，質感就不夠？

侯：這是因為底片對光的感應很豐富。光跟底片之間發生的化學變化，看碰到什麼發生什麼，所以人參與其中的因素和微妙變化就多。底片從暗部的層次，到亮度over的層次，range（範圍）很大。

尤其暗部的「灰階」，從灰到黑的一階階層次，都可以做到透晰，很漂亮。但數位做不到，range小，太暗就沒有了。底片上呈現的分明的灰階，數位就是雜訊所以渾渾的，髒兮兮。雖然數位的技術會一直進步，但本質上跟底片是兩種東西。數位沒有意外，是什麼就是什麼，很駭板的。

白：第二段「自由夢」，是用默片的形式來拍的。這是因為1911年這個歷史背景之下，不好處理那時的人的講話方式？拍默片最大的挑戰是什麼？

侯：主要是1911年台灣人說的話，是古老的漢語——其實就是閩南話，那這種味道你要兩個年輕人講怎麼有可能，而且張震根本不可能講。

我想了半天，就用默片的形式來表達了。現場我要他們講廣東話，他們都會講廣東話，而且因為是他們的第二語言，非母語，咬字會比較清楚。他講廣東話，臉部比較端正有古味；你要他們講國語，就會像現在年輕人的口條，很差，講話都吞字的，根本聽不清楚，這樣臉部表情會受影響。

默片的挑戰，就是你得全部關注在純粹影像上的挑戰。因為沒有聲音條件的時候，焦點便是人，靠肢體語言、神情、眼神，都要生動明確，得要求演員他們做到。

白：雖然是默片，到了某一個階段，舒淇的嘴形看得出配合正在播放的南音。

侯：泉州的南音，一千多年了，那是非常難的，非常難。一個字的原音繞來繞去，那不是用記可以記住的，我不知道她怎麼做到的。

這段我拍的第二天就先拍了，拍不成嘛，給她一個刺激！她就一直聽CD，有空就聽，又怕做不到，壓力很大，那種狀態正好帶動表演符合劇情裡的角色。拍到倒數第二天，回頭拍這一場，結果一次OK。她自己也不知道為什麼就能夠

第二段「自由夢」中的清末知識分子張震（左）和藝妲舒淇。《最好的時光》劇照，蔡正泰攝。

進去了，完全配合還能夠掉淚，手還能裝著在彈，實在是很厲害。後來有記者訪問，她說那一刻好像「上身」了，被附身啦。

白：但很有意思的是，這一小段有點玩弄無聲與有聲片的關係……

侯：電影只要你自己表達，我管它什麼有聲無聲，技術是我們在操作，只要有味道，味道對就好了。（這段）假使沒拍到，我也不會用，沒想到她拍成了，真是。所以拍完這部片子，舒淇瘦了五公斤，瘦了很多。

白：因為電影從無聲轉到有聲的過程，曾經有一個階段拍了不少無聲但帶歌的電影，比如說《銀漢雙星》和《大路》（1934）**……**

侯：這個我倒不知道了。

第三段「戀愛夢」處於當代城市時空裡的舒淇（左）和張震。《最好的時光》劇照，蔡正泰攝。

白：除了那兩條歌，還有鋼琴獨奏，有個非常經典的味道。

侯：因為剪接的時候試過很多音樂，很難，只剩下幾天。我的判斷其實蠻厲害的，我認識一位鋼琴家叫黎國媛，她可以自由演奏，不是有譜的那種，我感覺很有意思所以找她來，找她做這個第二段。她看了第二段非常喜歡，拷了一碟回去，大概兩、三天吧，就約去鋼琴錄音的地方，那邊有很多好的鋼琴，一遍就結束了。

白：一個take？

侯：對一個take。完全就是平平常常對這段影片的情感和記憶，沒有看譜，很厲害。彈完錄完了，我再來用。

白：那麼這段好像有固定鏡頭，也有一些動移的鏡頭，您是現場才決定哪一場是固定，哪一場是動的？還是事前會畫？

侯：我從來不畫，從來不拿劇本在現場，完全集中在被拍的對象。對我來講最重要的是演員，怎麼catch（捕捉）他們這樣。

白：那這兩個演員同一部電影演三個角色，對他們來講最大的挑戰是什麼？

侯：最大的挑戰就是要演出來嘛。舒淇的挑戰非常大，張震還好，沒有舒淇的起伏那麼大。所以我看她幸好得了金馬獎，不然她就崩潰了——也不會啦！其實她是一個很強悍的人，真的很不容易。

白：其實第一個鏡頭除了舒淇，還有張震跟柯宇綸。他們的處女作剛好是楊德昌的《牯嶺街少年殺人事件》，而且那部電影的時代背景幾乎一樣的，都是50年代末，60年代初……

侯：純粹只是問演員有誰會撞球，樣子也差不多，年齡也差不多，差不多那個時代。其實張震演第一段年齡太老了。我跟你講第一段只拍了六天，連那個找景的時間都很短，很快就把它解決了。

白：除了演員之外，各段整體風格，包括場景、燈光、攝影、音樂、節奏等等，也大大不同，這對工作人員會不會很難適應？

侯：沒有，我是一段拍完再拍一段。

白：那麼三段的拍攝時間都連在一起？還是中間會花一點時間來再做一些調整？

侯：第三段最先拍，拍得比較久，因為是拍現代，一直在尋找調子，到底舒淇這個女孩是什麼狀態很模糊，我們一起在摸索，在試，拍了一個月。那個時候陷在那裡囉嗦，花的時間太長了。

到第二段的時候找到那個房間，看了以後，就OK了，差不多十一天就拍完了。所以第一段只剩下六天，沒有（時間）了，因為演員也要走了，攝影師也要走了，所以就六天拍完。

白：不只是演員需要跨很多不同領域，還有李屏賓，他每一段都會使用不同的拍攝手法……

侯：我們沒討論，他自己去弄吧。他基本上會跟我講，但我也不太在意。他會處理畫面上的色調，整個片子沒用到什麼燈，都是用日光燈，因為跟屋子裡本來就有的鎢絲燈的色溫不一樣，會造成畫面的偏紅或偏藍。色溫高的話，底片感光會呈現偏藍的色調，像日光燈，像清晨天剛剛亮。色溫低，對底片的反應呈現暖調子，像暮色，像鎢絲燈會偏橘。李屏賓他用這個調整片子的色調，然後加了一點點 filter（濾色鏡），尤其是第一段，有一點金黃的 filter。

白：關於您的電影我看過許多劇本、分鏡腳本、導演手記，好像都是文字方面的記錄，您好像從來不畫圖，雖然您做的都是影像的東西。

侯：在腦子裡從來不需要畫啊。以前幾乎沒有畫過，我感覺畫那圖幹嘛！（笑）腦子很清楚啊，編寫劇本的時候，其實都是畫面，或者人的狀態什麼之類的，我並沒有想畫下來，而且我讓它不確定，到現場再來弄，比較有意思，我不會很確定用畫面。

白：《紅氣球》跟《珈琲時光》一樣是約稿的案子，是奧塞美術館直接找您吧？

侯：後來我才知道有一個製片——一個大學教授，他做過一個紀錄片——他跟製片公司關係不錯，就跟他們建議，提了四個導演（來拍這個案子）。我還有阿薩亞斯（Olivier Assayas），Jim Jamusch（吉姆·賈木許），跟一個智利的老導演。我看阿薩亞斯答應，我就答應，其實這個製片跟阿薩亞斯熟嘛，就提了一個「奧賽（美術館）二十週年」這樣的 idea。奧賽基本上不出錢，因為有這個名目，他就可以去找錢了。

後來阿薩亞斯說不要拍短的，要拍長的。我聽阿薩亞斯說要拍長的，我就說：「短的就不必啦。」要嘛我就拍長的，後來就只有我跟阿薩亞斯兩個拍。我還先拍。先拍製片就會找法國補助，就先拍了。

奧賽最有名的就是（它們收藏的）印象派的畫，所以去參觀它的庫房，修復的、儲藏的、換展的運作都在這裡，非常大，還到上面屋頂整個都去看了。阿薩亞斯先去看，後來我去看，他去寫劇本。我看完以後，覺得屋頂有意思，紅氣球可以在屋頂上。我的法國公關跟我很久了，我的片子大概都她做的，這公關叫馬記得（Matilde）——連馬都記得（笑）——我很多片子都她做的，從《海上花》開始。我又認識她家人，她老公是人類學的博士，李維史陀（Claude Lévi-Strauss）的學生。所以我蠻喜歡她的，常跟她聊天，知道她有一個女兒，還有一個兒子好可愛，叫西蒙（Simon Iteanu），我覺得他不錯。

馬記得又介紹茱麗葉（Juliette Binoche）[9]，我就跟茱麗葉碰個面，在她要去拍片的空檔——她要拍一個火車上的戲，剛好可以來一下——在一個旅館裡面，我們見面差不多半個鐘頭吧。

因為她演過《藍》，我就問她感覺奇士勞斯基（Krzysztof Kieslowski）怎麼樣？對他印象是什麼？她說很簡單——她很了解導演，因為她跟很多導演合作過——她說有一場戲，是她女兒死掉出車禍，奇士勞斯基要她選一個女兒的東西，一個是女兒的棒棒糖，一個是女兒的鞋子，用這道具來懷念女兒，要她選一個。茱麗葉說我要選鞋子，奇士勞斯基講「那就棒棒糖吧。」（笑）她講完就大笑。她那笑聲很有能量。我懂她的意思：導演一天到晚叫你選擇，最後都要你去做你認為最不可能的（笑）。導演都來這一套。

後來我見過面就決定跟她合作。茱麗葉，小孩（西蒙）有了，後來我碰到製片馬哥朗（Francois Margolin），有一個女兒（Louise Margolin）——唸高中快唸大學了，我感覺這女兒很有意思，她有一種態度和感覺，就覺得可以演——這女兒也不錯。

白：先找到演員然後再去……

侯：沒有，演員是比較後的。

之前我去鹿特丹影展，坐火車去布魯塞爾一家老戲院放我的電影，然後坐火車到巴黎。我跟我太太兩人清晨在散步，就看到奧賽有一個大的鐘，很好笑，我老婆就說這是老鐘嘛，「就是時間嘛」，我說對。這個電影基本上就是要拍時間（笑）——我老婆講一講，我想說時間也不錯，就拍時間。從那開始想，開始了解，就先看景。後來有演員，我就想說應該要有一個家啊。

製片馬哥朗就帶我去看他的家，碰到他女兒。我看到他家就他一人，離婚了，我就比較理解，然後他講了一些樓下房客的故事。他家有樓上樓下兩層，房客是他朋友，不肯搬又不付租金，其實有錢，就是不給，耍賴皮。他有一天趁朋友去旅行的時候，用磚把門砌起來（笑），他朋友回來，不囉嗦，找一個工人把牆敲掉。後來弄到法院凍結他朋友的帳戶之類，弄得很麻煩。編劇的時候我就聽很多關於這種事。

我問他附近他們喜歡去哪一個麵包店啊？旁邊正好有一個傳統市場距離不遠——就是我們拍的。平常他喜歡的東西，也了解一下。然後附近有一個小學——西蒙也是住那一區，唸的就是那裡的小學。它是第六區與第十三區的交界。

我就把他每天去學校，要怎麼去那裡的小學，每一條路全部弄清楚；地鐵的路線，要怎樣坐，全部弄清楚。然後回台灣就開始想這個劇本，我坐咖啡廳想了大概兩個多月吧。

白：這個劇本好像跟過去不太一樣，您好像跟馬哥朗合寫的。

侯：那個就是製片，因為他們要一定比例的工作人員，才可以申請補助，所以他掛那個編劇。

白：沒有掛天文的名字？

侯：因為掛了名無所謂啊！因為她對這個不在乎，可能全世界就是我敢這樣了（笑）。你看掛名好像有很多事，其實只有一點點事。

以前我就把人家掛上去，楊登魁，監製什麼的——以前政府弄個「一清專案」把某些大流氓抓起來關，好吧，我就把他掛監製，其實他在監獄裡面，跟我《戲夢人生》、《好男好女》等幾部片子毫不相干，我就是要挺他，有這種味道。因為《悲情城市》那時候他幫了我大忙嘛，我很多事情就這樣。

白：但是這個劇本還是跟天文合作，跟過去一樣的一個創作狀態嗎？

侯：回來就討論嘛。天文就找了一本書給我，叫《巴黎到月球》（*Paris to the moon*），一個美國作家（Adam Gopnik）在巴黎生活的書。又找了一本《左岸琴聲》（*The Piano Shop On The Left Bank*），是一個美國人（Thad Carhart）住在巴黎，寫鋼琴舖和鋼琴工坊的事情。那兩本書以後，我又去書店找了幾本法國作家的，還有一本得龔固爾獎的《在我媽媽家的三天》（*Trois jours chez ma mere* , 2005. Francois Weyer方斯華・偉更斯著）之類的。看了一些這種書。

我比較喜歡看的是外國人在那邊生活的，還有本地坐電車的，一篇一篇的也蠻好玩，看了兩個多月，一直在結構。

9. 茱麗葉・畢諾許（1964-），法國著名女演員。自從1983年出道後，主演了四十餘部電影。代表作包括《布拉格的春天》（*The Unbearable Lightness of Being,* 1988, 1985）、《藍色情挑》（*Trois couleurs: Bleu* , 1993)、《英倫情人》（*The English Patient,* 1996)、《隱藏攝影機》（*Caché,* 2005）。

白：是在寫劇本的過程中，看了阿貝・拉摩利斯（Albert Lamorisse）的原版《紅氣球》（*Le Ballon rouge*）嗎？

侯：是看《巴黎到月球》才知道《紅氣球》這部電影。這個美國作家，他跟他太太在巴黎住了差不多五年，他第二個小孩是在那邊出生的，因為文化差異，那本寫得有意思，而且他的文筆非常好。書裡面提到對巴黎的最初印象，是小時候看過的一部法國片《紅氣球》，得到一種巴黎很陰鬱的印象，對孩童們都是禁止和嚴厲。他寫的充滿了生活細節，我都是根據他的描述和生活動線去看。

譬如說那個公園，好像叫盧森堡公園，（小孩在）裡面騎旋轉木馬，旋轉中，小孩拿小木棒去套住服務員手中木製蛋碗裡的小金屬環，他兒子小的時候很喜歡去套那個。他寫很多很瑣碎的事情，還有他兒子三歲時站在椅子上打彈珠，一個藍領的咖啡店——後來我找到了那家咖啡店。但是很多咖啡店的彈珠枱都沒了，他寫的那本書差不多是我現在要拍的五年前吧。他還買了一個「繪世機」——就是一座塑膠描畫鏡，頂端有一個觀看架，在上面鋪一張半透明的紙，光線要非常亮，這樣就會把你正在看的東西投射到紙上，然後把它描下來就可以這樣畫——給小孩用的。繪世機這個名字也很好玩，好像在圖繪這個世界一樣，這個名字取得真好。

那還有《左岸琴聲》寫搬鋼琴的，搬鋼琴是一個人揹鋼琴上樓喔！我感覺這很過癮。

再加上開始結構（茱麗葉）她的家庭，需要一個 babysitter（保姆），而她老公就像《在我媽媽家的三天》那樣，小說永遠也寫不出來，然後去加拿大北部那邊當客座教授一年，我就編他逾期也不回來，樓下他書房就給他朋友租了，就開始結構這些。把人物都結構了，一邊看書這樣想，差不多兩、三個月吧，過來開始寫就很快了；前面都是在一直 research，想這事，後來跟天文討論，就整理出來了。

白：那拉摩利斯的《紅氣球》，最感動您的地方是什麼，為什麼決定把它放在這麼重要的地方？

侯：因為那位美國作家寫得有意思，我才去找來看。然後我感覺《紅氣球》有意思，我說五十年前紅氣球跟小孩的關係，跟現在紅氣球和小孩的關係是兩件事。現在小孩什麼都有，紅氣球，玩沒兩下就不理了。

我就想說紅氣球可以像是一個老靈魂，從五十年前回到現代來，它來接觸現代的小孩，看看現代的小孩是怎麼樣。它知道是不可能像五十年前那樣的，所以它一直遠遠的在看，大概是這個想法，我就把它引進來了。

引進來以後，他們想用《紅氣球》這個名字，我說可以啊，你們去談啊。談了以後，他們說會有一些版權的要求，我說很簡單啊，就是向他致意，因為這部片我也很喜歡啊，就向這個導演致意，延續這個《紅氣球》，然後就開始做了。

白：我看了外國的影評人J.Hobelman（吉姆・霍伯曼）**曾注意到宋方**[10]**在電影裡面的出現，剛好發生在紅氣球消失之際，象徵宋方便是紅氣球的替身或延續。但我想另外一個閱讀方法，是把紅氣球的那幾場，當作宋方**（拍的）**學生電影的素材？**

侯：是呀，本來是這樣設定的，而且本來有宋方拍的，還有電腦上攝鏡的。我感覺太多了不需要，沒用。

基本上宋方在法國學電影、當 babysitter，都沒介紹，構想中是茱麗葉的一位教電影的朋友介紹來的，做 babysitter；她因為很喜歡《紅氣球》這個電影，所以她電影作業就想拍這個紅氣球，正好她又當西蒙的 babysitter，所以徵求茱麗葉同意，讓西蒙參加她的電影演出，本來劇本裡面都有。

其實紅氣球是她的想像跟虛構，但這個想像、虛構又是一個觀察，她當babysitter基本上也是一直在旁邊觀察這個小孩——而這種親密又不是親人。整個結構是這樣，但我感覺太複雜，就拿掉一些，無所謂；留個空隙，讓所有人自己去填補吧！

白：您與茱麗葉，是什麼樣的合作經驗？她為了演這戲還需要學習木偶戲？

侯：因為她父親本身就是 puppet maker（戲偶製作者），是做mask（面具）的，以前做木偶，後來做 mask，很有名。她房間裡掛的其實是跟她父親借的，我想這個有關聯，這個不錯。

再說李天祿很早就去法國公演過了，很多puppet這個行業裡面，大家都認識李

10. 宋方（1978-），中國女導演，演員。北京電影學院導演系碩士，憑短片《告別》獲得坎城電影節「電影基石」獎金，2012年拍攝長片《記憶望著我》。《紅氣球》裡飾演Song一角。

天祿。所以我就在法國找到一個劇團，這一家團長年齡很大的，我看到有一個年輕女的差不多四十歲左右，我感覺她很不錯，她正在捏土做puppet的造型。我就委託他們這劇團，整個由她來負責，我把故事講給她聽，他們就自己編。

法國的puppet跟布袋戲是很不一樣的，布袋戲跟戲曲一樣，要講定場詩之外，所有動作都跟鑼鼓有關係，這跟西方有落差。胡蘭成在他的《今生今世》裡面有寫到「求妻煮海人」，那題目有意思，書生張羽的龍女妻子被龍王抓回海底，不准他們在一起，（經仙人指點）他就在海邊弄個鍋子煮海，想把海水煮乾求妻，就是元曲《張生煮海》的故事。

為什麼用這個故事，因為之前正好楚浮（Francois Truffault）去世不知道幾週年，《電影筆記》要我寫一篇短文，我就寫〈求妻煮海人〉，楚浮電影裡面的人都好像求妻煮海人，執拗又癡狂，他很多片都這樣啊，男女情感之間都這樣。後來我用這個故事，讓法國木偶劇團自己去編，因為他們編法跟我們不一樣，那很好玩。

白：那西蒙就是您在法國的合作夥伴的兒子？

侯：是我那公關馬記得的兒子，那大女兒是製片馬哥朗的女兒，然後就編了一段他們的故事，茱麗葉的背景。因為我知道68年巴黎學生運動很強，「新浪潮」（電影）起來很蓬勃，他們年輕人很澎湃，社會主義很強，參加學運也追電影；之前我不是去布魯塞爾嗎，那家老戲院就是以前專門放高達（Jean-Luc Godard）新浪潮他們電影的老戲院。

我就設定茱麗葉的媽媽在布魯塞爾認識了老公——就是茱麗葉的爸爸——就是這戲院經營者的兒子。但是這戲院經營者本身又不太管事，因為喜歡puppet，反正就設計一堆這種。後來因為這種個性，結婚以後就分了；分了以後茱麗葉就跟媽媽在巴黎住，茱麗葉現在住的是她媽媽的房子。茱麗葉在外面唸書的時候，懷孕生了一個女兒，沒有辦法養，就放在布魯塞爾她爸爸大家庭那邊養，所以才會有這個女兒露薏絲。我是要看一下法國背景，1968年非常活躍，他們有很多傳記，幫她建立一個身世，我習慣這樣。

白：跟《珈琲時光》一樣，您在現場主要看演員們動作，然後靠翻譯來確定對白是否正確？

劇中母子檔茱麗葉・畢諾許（右）與西蒙。《紅氣球》劇照，蔡正泰攝。

侯：我寫了一個劇本給茱麗葉看，那個沒對白嘛，只是一場戲的內容，她知道是簡單的戲的內容，沒有具體的對白。之後我去巴黎給她詳細的定案，我跟她吃飯，看她樣子就知道，她一直說她沒辦法——因為以前都是劇本對白，很精準，她可以根據這個對白進入角色，對她來講這種形式很簡單；但是現在突然沒有對白，要自己想這個角色。

第一次吃飯，對她來講比較難。第二次吃飯，我看她沒聊到這方面，（時機）應該還沒有到。第三次她開始講了，進入這個角色了。她講在一個困境裡的女的，長年累積到瀕臨崩潰的邊緣，老公也不回來，也不見得會結婚，拖拖拉拉然後樓下又這個老公的爛朋友爛房客的事，她又要木偶戲演出，弄得筋疲力竭，大概就這樣。

然後拍的時候更好玩，沒有 reheasal 的，一進來就開始演了，她感覺非常特別，很融入，很快就掌握了。

白：跟茱麗葉・畢諾許以前演的大部份電影很不一樣吧？

侯：不一樣！以前她感覺到攝影機，感覺到燈，感覺到 boom（吊桿），而且要走到什麼位置，要符合攝影師的要求。她現在是完全free（自由）的，感覺不到boom，也感覺不到打燈，都沒有，都看不到（笑）。她形容我們的工作方式很輕盈，「大家都很珍視這一刻，每個人都很專注，專注到忘了自己，忘了別人的眼光。這份在空間上的輕盈像是一場孩子們間的賭注：我們在同一條船上，假如失敗了，沒關係；假如成功了，那也沒有關係！」

所以演完對她來講是一個很大的衝擊，訪問裡她曾說關於「日後的演員」，這位演員是作者，是導演，也是演員——對她來說，以後她就是想要成為這樣的演員，她說拍這部電影改變了她對「自己的事業」的想法。那也是剛好她演戲這麼久了，到了一個階，你看她現在也少接片子啦，就去表演跳舞去了，或者去畫畫。我感覺（這是）演完了（之後）她內心的變化；她本來就會畫畫嘛，她那個文字寫得非常好。

白：那麼跟兒童演員西蒙溝通，講戲不會有一些隔閡或語言上的障礙？

侯：我有一個助手張筑悌，還有一個巴斯卡（Pascal Guinot）她是法國人。我認識巴斯卡很久了，她是李天祿時代的，後來嫁到大陸，現在住巴黎；現場翻譯就找她，馬記得也是找她，只要有關中國宣傳的都找她。

筑悌是跟我十年了，在法國唸電影碩士，她法文很好，所以她們去應付就好。筑悌又很喜歡小孩，跟西蒙處得很好，她們都知道講很簡單的東西，叫西蒙幹嘛幹嘛就好。

白：宋方是很年輕的導演，我也是最近看了她拍的一部很感人的短片叫《告別》。

侯：很感人，對不對！她是我在釜山AFA（亞洲電影學院）第一屆還是第二屆的學員，我當校長嘛，他們每一個短片我會看，看完以後會跟他們對談；我再帶他們操作，就是我怎麼看一個景，這裡面的角色是怎樣，要怎麼安排，他們就實際拍攝製作。

我蠻喜歡她那部短片*Before*，一開始是父母打著傘出門好像要去買菜，住家的巷子，父母回頭注視著鏡頭；接著是一些生活片段，父母抱孫子啦，母親幫父親剪頭髮啦，燒紙啦，家中的角落啦，最後跳回巷子，父母轉頭走去，父母的背影……我看了感覺拍攝者好像意識到父母老了，有一天會離開，巷子裡回頭的父母好像靈魂臨終一瞥，對生命和兒女的懷念，是這樣的一種暗示，跟一

西蒙（右）與劇中擔任他babysitter的中國青年導演宋方。《紅氣球》劇照，蔡正泰攝。

種情感，蠻動人的。

宋方話很少，不太講話。我知道她在法國唸了一年的法文，也當babysitter，然後申請到布魯塞爾的電影學校，唸了一年拍了一個短片，是教堂彌撒的一個狀態，古老的一種儀式，我感覺也不錯。但她在國外沒辦法，就回去北京報名電影碩士班——她那時候去釜山，是以北京電影學院碩士申請，而原來她學的不是電影，是社會科學，我覺得有意思。所以後來我找她來演，她很穩，很平直，有一種氣質，正好對比茱麗葉，很像紅氣球不動聲色。拍完她畢業，就拍了《告別》那部片子。

白：《告別》講述一個青少年，受傷在醫院，醫院在她身上發現一個電話號碼，就是她已經過世的一個小學同學，同學的父母就去醫院幫忙。所以電影就處理她跟她同學父母的關係，因為在這女孩身上，那對父母好像可以找到自己孩子的影子。

侯：她得獎人家訪問她，別人才知道她演過《紅氣球》，她真的很像紅氣球，在旁邊不說話的。他們問她跟我合作怎樣，她說就是感覺到我跟演員之間的一種關係。

那個（關係）很細微，包括茱麗葉、小孩、律師，還有樓下房客的小女朋友——房客本來是另一個演員，我都是見一次就OK的，後來原先那個不行，他撞期，所以就換現在這個，都是OK的。那個法國公司搞不清楚，每個來談的，不到幾句話就OK了！（笑）

白：這有點像《冬冬的假期》，很奇怪的一個組合，樓下的鄰居、中國來的保姆，等等，但是都組合得非常好。

侯：我就是根據這個人的現狀，因為主要角色有了，就建立他們之間的關係，看這個人的個性和狀態去建立。我不是預先編好一個。

白：雖然《珈琲時光》和《紅氣球》是外語片，但都有一點台灣或中國的因素在內。像《珈琲時光》的江文也和台灣的男朋友；《紅氣球》有宋方還有《張生煮海》。您覺得在國外拍片，加一點中國的因素在內很重要嗎？或者這樣可以提供某種視角？

侯：也沒，完全就是在那個時間點，有這些 source（來源），這些元素現成的，我就把它拉進來。我不可能找台灣的 babysitter，因為台灣人已經不當babysitter了，去那邊唸書都是家裡供應得起的。而大陸來的還有，網上查都有。我本來想找別的國家的 babysitter，但是那很累，要弄另一個語言更累。

現成身邊有什麼材料，就用什麼材料。（笑）那個律師就是製片公司的律師，他們說找他來，我說好，開心得！

白：《珈琲時光》剪了三個版本，但是《紅氣球》剪了十多個版本？

侯：主要是第一個 step沒做。因為日文呢，它那音有一點類似（中文），很容易聽懂；法文就沒辦法了，我是看這段大概什麼意思這樣，這對剪接實在是一個很大的傷害。後來剪完，實在是不行，才開始上字幕。

其實拍回來應該所有的都要上字幕，才能準確，這個沒做，節奏完全抓不住。剪完以後，人家看感覺節奏不對，這是一個很大的問題。最重要是這個問題，弄了很久。這個片子拍了也不少，但上字幕本來就應該做，花再多的時間都要做，做了，後面的剪接就可以了。

白：後來剪接過程花了多少時間？

侯：記不得了，斷斷續續，隔一陣子不滿意又弄一弄，最後要交片了沒辦法了，才定稿。

白：為什麼這部片子台灣版跟海外版不同？您其它的片子也會為不同發行地區剪不同的版本嗎？還是這是第一次？

侯：我後來感覺不需要那麼複雜，越簡單越好，就拿掉一些東西。台灣的就更簡單了，有一些背景我感覺不需要，無所謂，所以更單純。

白：過去的片子都沒有這樣做吧，都是一個版本？

侯：一個版本。有時候會這樣子啦，譬如《再見南國，再見》中間有一段短的戲，發生在游泳池，我覺得不好，在坎城快放的時候，我到他們的放映間去跟那個師傅講，把這段剪掉，然後聲片打一個洞，把聲音接起來。那師傅說知道了，很多導演都這樣！（笑）坎城都要正式放了，還在機房打洞，很好笑，導演都是這樣！

白：像《珈琲時光》被剪掉的那個鏡頭（淺野和一青窈在電車上）**一樣，《紅氣球》的結尾**（茱麗葉在電腦上看西蒙）**也被剪掉了。為什麼剪這場戲？**

侯：不是結尾，而是在之前，她看到宋方拍西蒙的日常生活片段，所以哭了。我後來沒用，我的判斷就是不需要，好像她覺悟到她跟兒子之間的關係，其實不需要，我感覺。也許是很感人的一場戲吧，可是不夠開放，而且我也不想讓觀眾哭。

白：其實我會感覺，您早期的片子有很多動作、戲劇性的一些成分，譬如說《冬冬的假期》裡面的瘋子把那小孩救出來。但是越到後來，那種張力和action就沒有了，好像關注的是事情發生之前或之後，尤其是在《最好的時光》、《珈琲時光》、《紅氣球》最明顯。這是不是代表您的視角一直在變，是您的人生觀或電影觀有經過一些改變吧？

侯：（笑）我沒有辦法回答這樣的問題，可能年紀吧。因為我感覺也沒有什麼好action的啊，越呈現就越平淡，就不想弄那些有的沒的。不想去製造那些action，我感覺複雜的是前面與後面的那種situation（狀況）。那個比較有趣，因為有時候action不見得做得好，所以有時候也會拍，但是拍了不見得會用。

白：其實您的作品很喜歡放一些戲中戲的片段：《悲情城市》的〈Lorelei〉（德國詩歌〈羅蕾萊〉）**；《戲夢人生》的布袋戲；《尼羅河女兒》的同名漫畫神話；《珈琲時光》的*Outside Over There*；《好男好女》的蔣碧玉傳記電影《好男好女》；和《紅氣球》的《張生煮海》。**

整體來講，這種戲中戲會提供一個什麼距離？為什麼您喜歡拿一個外來的文本放在電影的重要位置？是喜歡文本與文本之間的互動和對話？

侯：不知道耶，我從來沒有自覺什麼戲中戲，我從來不會去想這些事。我喜歡東看西看，*Outside Over There*是因為大江健三郎的小說有提到這繪本，所以才會找出來。看別人寫《紅氣球》，就想這個《紅氣球》拿來看看，都是這樣，並沒有事先要怎樣，完全是對素材的使用，就像我使用非演員一樣。這個很怪，已經變成一種習慣了，什麼東西覺得可以結合，就拿來用。

白：我想它會使得整個片子更有深度，因為有一種更深層的文本對照。它提供一種對話的空間，也可以把電影的世界延伸到另外一種藝術世界。

侯：我也沒思考對不對，只是感覺這個可以，我也沒認真思考裡面會有什麼意義，我感覺有意思的是整個結構。

白：是不是因為天文是文學世家出身的，所以她會經常提供這樣的文本，或者這樣的想法都來自於您自己。

侯：主要是我喜歡看，她也喜歡看，有時候會交換。重點不在這上頭，有些事因為我跟她接觸的面不一樣，而她的範圍又跟我不一樣，這很難說，也許是一種互補。

像胡蘭成，他《今生今世》談那麼大的事，會用那麼小的例子來談，可能中國人都喜歡這樣比喻來比喻去，這也變成我們生活中的一個習慣，像我看一個人，有時候會從很小的地方，舉的例子很好笑；別人不會這樣弄，西方是很邏輯的，背景是很嚴謹的，跟我們不太一樣。

白：跟《珈琲時光》一樣，《紅氣球》有很多場景是在電車上拍的，在法國拍外景有什麼限制嗎？

侯：法國是這樣，你可以申請，他們會告訴你什麼時間哪一條線比較好。本來我想弄一個複雜的線，很多外籍的，就是中國人多還有非洲人多的，他們說那些地方太複雜了，很麻煩；後來我就選了白領的這條線，白領都很有禮貌很好。

我拍《紅氣球》，他們就派一個人來監拍，一個女孩子，規定幾點到幾點，月台上不能超過多少人這樣。但是他們很好玩，申請的時候很嚴格，但是來監拍的人她全部都配合，看我們沒聲音很安靜的在處理。我是實拍的，沒有做任何 special effect（特效），我叫工作人員在台灣先研究清楚紅氣球的漂浮度，事先都做了試驗。

白：我以為是遙控的……

侯：No！因為現在裡面的氫氣已經（換成）是氦氣，氦多飄浮力強，氦少氣球癟的就要人來用氣吹飽，有時候需要很慢、很沉或一點點沉的，都要控制剛剛好。或是底下再用魚線控制，黏一條魚線不讓飄走，以後再塗掉看不到的。還有用釣竿，紅氣球底下裝一個小環子在月台，魚線穿過小環子控制著，好像紅氣球在等車，車子一進站剪掉魚線，它就跟著氣流走了。

最好玩的是那些乘客下車碰到就撥開，也不會怎樣，那些中產階級很好玩，那些白領們理都不理，好像就是自然。我就是用這種方式，因為現場會有一種狀態出現，比你設計的好。

白：您從台灣帶過去的核心班底，和法國工作人員合作是什麼樣的狀態？

侯：都一樣，很容易，非常容易。他們感覺很意外的，沒想到我們這個 team速度、工作都很安靜很快。我們的主要是攝影組、燈光組、錄音跟導演組，他們是製片管場景，美術啦道具啦場務之類。只有六週能拍，製片每天叫我 on time，還要扣掉週末兩天，一定不能工作。西蒙在學校上課，如果我們又拍到需要他出現的場景，我們就說他在洗澡或者在樓上睡覺……

白：《紅氣球》的音樂很像《最好的時光》第二段的即興鋼琴獨奏，是同一個人（黎國媛）[11]**嗎？**

侯：同一個人，但是她不是為這部電影彈的。起先因為她要出一張唱片，我說能不能把《最好的時光》第一段與第三段想像一下，她就彈了。我後來剪這部，把她彈的錄音拿來聽聽，到那時候唱片還沒出，我聽了覺得很有意思，就來用吧。我都是這樣子，不會弄得很嚴重，我覺得沒有什麼不好。

白：拍《紅氣球》這樣的跨國製作，找資金難嗎？

侯：主要是製片要找，他找另外一家，兩家共同跟法國政府申請和銀行貸款，他們有這種機制，所以他們不難做。再加上有茱麗葉還有我，所以沒有資金的問題。

白：過去的片子主要是您自己找人投資，還是讓製片方去忙這些事？

侯：基本上都是我在控制這樣的事，我找錢，我主導。我們自己打一個預算，就是由我們台灣這群人掌控，包括底片，台灣的底片很便宜，包括後製作這些；其它都是法國那邊，雙方講好簽約的。我們這一邊要區隔開來，由我們自己負責。

白：您哪一部最難找到投資？

侯：它不是難，不難，我沒有感覺到什麼難。這個道理因為我是導演，又同時是一個公司，又同時是製片，所以我有這個概念。我需要做這個東西的時候，我都知道前面累積了什麼 credit（信用），然後這部戲的 credit 應該在哪裡可以找到，對我來講這不是很困難的事。如果我找的錢不夠的話怎樣？我一點也不擔心，多少錢我都能拍，因為我的班底很久了，多少錢我都能拍。

11. 黎國媛，台灣著名的鋼琴家。分別在維也納和倫敦深造，參加數次國際演出，曾為侯孝賢的二部電影《最好的時光》和《紅氣球》做個人鋼琴即興演奏的配樂。現任國立台北藝術大學音樂系副教授。

白：所以您過去都沒有一個非常好的 idea（想法），但是找不到投資只好放棄，難道都沒有遇到這樣的問題？

侯：我告訴你，通常我只要想拍，基本上我就會有我的方式，我感覺這是當一個導演本身應該要有的能力。這一切都在我的累積或經驗裡面，我要找，很快，很快就能找到錢。

我通常看不能拍，不是錢的問題，而是沒有那個條件，做不到。像《從文自傳》，做不到，我感覺那些人我沒辦法還原，那些人的氣現代人沒有，那個特質要那個時代才有。像《合肥四姊妹》也是，除非訓練一群人，要他們住在一起一兩年，我就喜歡那個東西，但就沒辦法！

白：我們比較熟悉的武俠電影，大半都根據清代和現代小說，拍第一部武俠電影為什麼追到最原初的唐傳奇？

侯：這個案子其實很早，是我年輕的時候喜歡的一篇故事，感覺很有意思，後來跟美術師黃文英講，她也非常有興趣，我就說慢慢來吧。差不多十年前就提了這案子要做，但我說時機不成熟——我都不急的，這種事不會很急，我都放著。我跟你十年前在紐約也稍微聊過，但我一直放著不理它。那時候想做的原因是新的武俠片沒有，舊的武俠片也沒人做，那時候我想的問題，還沒有辦法解決。

白：這問題包括特效方面的嗎？

侯：也不是。還沒有深入，我也不急，因為我還沒有專心要馬上做。事情是要做就會開始明白，而我那時並沒有非做不可，只是想說拍武俠——《臥虎藏龍》拍啦！我就不想做了。我就擺著不理，一直到差不多了，我才開始動手。但是之前黃文英很積極找一些國家的資金，我就想說妳找吧，我就跟著妳吧，其實我都在等，在觀察，中間很多人就會出局了；因為不適合，因為他們根本搞不清楚狀況。

因為做這個要我本身開始發動，我非常清楚這要怎麼做，我有製片的能力，對我來講，拿到資金，這些人不會虧錢，我可能賺不到什麼錢，但無所謂。我賺得最少，但是有技術，我們都可以存在，到現在差不多可以做了。

所以就從去年真正開始靜下來看書，把這一段的歷史、所有的一大堆，把它搞得清清楚楚。來源、動機、線索，全部在《資治通鑑》上面或是《舊唐書》、《新唐書》上面，把事件結構出來，然後差不多要編，要是沒有辦金馬獎，早就弄完了[12]。因為金馬獎我停了，兩岸跑來跑去，本來兩個月前要開始討論的。

白：劇本也是跟天文和阿城一起創作的？

侯：阿城是後來，因為我不喜歡那麼多人，自己先弄好弄清楚，再跟別人談，沒有什麼談來談去，談不出什麼的，沒這種事。假如說沒有，就可以談出來，我從來不相信！所以先要看書了解那背景，才有可能談。

所以我看完就丟給天文看，她有時候比較慢，因為她在寫《巫言》嘛長篇的（小說）。所以要到一個層次的時候才能談，不然她也跟不上，還沒進入狀況。後來慢慢的就同步了，同步了以後就很快，然後再把這些背景資料丟掉，回到角色，那就很清楚。

白：演員的陣容已經定下來了嗎？

侯：大概，其實就是舒淇、張震，其他都還沒開始找。

白：很多人一想到「侯孝賢武俠電影」會是什麼樣子，的確很難想像。您有沒有開始構思整個電影所有的造型和風格？

侯：我都是從個性、背景、身世開始，就像我找《紅氣球》一樣，找出來就差不多有了，個性就出來了，就比較清楚了。

一個殺手，古時候是理所當然的殺人，但是我們現代人的眼光怎麼看殺人？古代基本上是「天道無親」（自然規律無分親疏），道家最早的想法；簡單一句話，夏天來了春天讓開，有一個自然法則，在這個規律裡面，便牽扯到人的狀態——不應該在這個位置，你就應該走，你還不走會影響（其他人事物）的；基本上該退就要退，所以道家是扶強不扶弱。

可是對現代人來說，芸芸眾生不是芻狗，每一個個人都是不可能被忽視的。我電影裡的女殺手，武功絕倫，最後却殺不了人，這中間發生了什麼事？她是有弱點的，然後她自己負責，也自己選擇。這一段從殺到不殺的變化過程，就是我要拍的。

白：除了看書，像《資治通鑑》以外，你會不會去看當年小時候看的那些武俠片，像胡金銓的，來找靈感？

侯：沒有，我不看影片的，我連以前的武俠小說都不看了。以前看跟現在是兩件事，現在不能看了，看不下去，年齡不一樣了。

白：您估計為了拍《聶隱娘》，需要克服什麼樣的挑戰或面對什麼樣的難題？對您來講它畢竟是個新的類型。

侯：那都不是問題，只是實踐的問題。把所有要拍的東西，都要找好，要做好計劃，要花時間；不是你想要怎樣就怎樣，沒這種事。特效這方面很簡單，只要想通就可以做得到。除非是做不到的，但是我不可能弄做不到的。而且我對武打的動作，從以前就常常想像，那部份很快，就是需要時間！

12. 2009年，侯孝賢開始擔任金馬獎影展的主席。

VII 光影反射

我的電影都有一個核心，
都是站在人的角度，
所有的人都在移動中留下了足跡。
只要打動我的，慢慢都會流入電影。
以前會有這個畫面過癮、
這個角度過癮，
我現在已經不會了，
我感覺「人最過癮」。

《最好的時光》劇照，蔡正泰攝。

●憶新電影●小畢前後●電影學院●政治參與
●深度廣告●電影家族●反思產業●光影反射

關鍵詞 ●香港新浪潮●楊德昌●朱天文●鈕承澤●演員經驗●編劇經歷●當監製●巴贊●金馬電影學院
●「光點・台北」●民主學校●參與社運●拒絕代言●人文廣告●3D觀察●閱讀養分●黑澤明
●演員家族●審查制度●台灣影業變遷●當代中國電影●談台灣導演●海外市場●產業危機
●專注與彈性●現場最過癮●不看影評●永遠不完美

劉逸萱攝，白睿文提供。

隨著侯孝賢的創作發展，一看導演的作品表不難發現，90年代後，導演的拍攝速度開始放慢，後來每一部片子跟上一部片子的間隔時間越來越長。我想這是有多種原因的，侯導的創作路線就是從80年代初的簡單純樸和單一，走到複雜有深度和多元的一個過程。這過程就是需要時間。

另外，越到後來，侯孝賢除了拍片以外，也漸漸地開始走入社會，為了外勞公娼等不同社會底層人士參加遊行和活動，參與民主學校，擔任金馬影展主席和金馬電影學院的院長，拍了數部廣告，等等。除了討論這些電影以外的活動，在本章我也跟侯導回顧了新電影的最初階段，導演跟楊德昌的特殊關係，跟他多年以來培養的電影家庭。

整理稿子的時候，發現某些主題在不同時間不斷地出現（或被我提起），其中一些也許可以被列為侯孝賢電影裡的「關鍵詞」，比如「戲中戲」、「火車」、「空鏡」、「時間」、「非演員」、「冷的美學」或「電影家族」。這樣的關鍵詞不但是進入侯孝賢電影世界的好方法；放在一起看，也可以讓我們理解侯孝賢獨特的電影美學的重要元素。

有的主題，比如「火車」已成為侯孝賢電影裡不可缺少的標誌，像《戀戀風塵》片頭裡那些從火車內拍鐵軌、山路和隧道的鏡頭，已經太經典了。在侯導後來拍攝的電影裡，火車的意象好像越來越明顯：在《悲情城市》，二二八事件後的毆打衝突，就在火車上和鐵軌旁發生的；《紅氣球》開頭時，氣球和火車間之戲舞；還有《珈琲時光》最後的鏡頭，就是車站外眾多鐵軌交會之處，也是把拍攝火車的美學發揮到極致，美極了。像侯導這樣不斷地處理「火車」這樣的題材，有它豐富多面的意思，除了「火車」提供的視覺感和美學成分，也有它在不同電影的象徵性（時間隧道，現代化的象徵，人渴望移動的象徵，等等）；但同時我覺得把「火車」和侯導電影中的另外一個關鍵詞「戲中戲」連在一起，也一點都不誇張。

每當看到侯孝賢電影裡的火車，不得不聯想到他其他作品中的相似鏡頭和畫面，這樣也產生一個很有趣的文本呼應（intertextuality）。但除了侯孝賢自己作品中的戲中戲，把「火車」這樣的意象，延伸到火車在世界電影史上的重要位子，就從盧米埃爾兄弟1896年在電影誕生之際所拍攝的《火車進站》開始，也會體現我們對侯孝賢影片中的「火車」另一層理解和深度。

在訪問前預備的提問稿裡，原先還有許許多多關於侯孝賢電影中的象徵性和寓意等方面的問題。關於象徵性的問題，有的是針對某些鏡頭或戲，還有一系列是針對電影中運用的一些道具、服裝或場景。但出乎我意料之外，我在第一、二天的訪談中便發現，每當提起這樣的問題，侯導總是用最簡單的「不知道」、「沒有」，或最常聽到的「憑直覺吧」來敷衍一下，也不作再深一步的解釋。對此我一直感到可惜。

到了最後，我把其它預備的象徵方面的問題，統統都收起來不問；然後另外準備一些比較具體的問題，有時候還能從另一個切入點，涉及到這樣的主題，但基本上我還是在提問的內容上，轉了個大彎。導演用簡單的「不知道」、「沒有」或「不記得」回答的許多問題，我最後在修改的過程中，也把這些問題帶回答統統刪掉了，留著也沒有多大意思。

也許有讀者會以為，這是讀書人的典型毛病，就是把簡單的問題想的很複雜。但我還是堅信，觀眾只要仔細觀看侯孝賢的任何作品，便會發現它背後的各種寓意和象徵。那麼，為什麼侯導一直這樣不太願意碰這樣的主題呢？我猜想是跟很多創作者一樣，不太願意去詮釋或閱讀自己的作品，這樣才可能留點空白，讓觀眾有自己的閱讀理解跟想像。

有時候，曖昧也有它的魅力在。也許可以把這一類被刪除的內容，好比侯孝賢電影中的空鏡一樣，當作訪談中的留白，讓讀者用自己的觀影經驗跟想像去添補。

白：在坐上導演椅之前，您做過多年編劇跟副導演，早年做編劇的經驗，對您後來當導演有什麼樣的影響？

侯：那是蠻需要的。當導演若不懂得編劇，基本上是吃虧，變成只是技術上的（執行者），永遠要仰賴別人，那樣是很難的。你必須有想法、有結構，做導演一定需要這些。像李安、王家衛，他們都有編劇的經驗。

白：從78年到85年之間，您也為其它十三部電影當編劇，這些電影有幾部被公認為當代經典，包括陳坤厚的《小畢的故事》和《最想念的季節》，萬仁的《油麻菜籽》和楊德昌的《青梅竹馬》等片。許多導演一旦開始當導演，就不再為別人編劇了，這些作品算是約稿嗎？或者覺得自己不適合這些題材？還是你們不太在乎導演的簽名，更重要的是那種團隊精神？

侯：《青梅竹馬》我算是參與討論，可是我沒有參與編劇。朱天文有參加，我不知道後來是怎麼掛名的，我搞不清楚。《油麻菜籽》我有參與，但實際作業不是我編的。

我們那時候會聚集在楊德昌家，一堆人。我的想法是，你腦子裡有什麼就丟出來，這樣腦子才會空掉再裝別的，所以我毫不吝嗇，想到什麼就會丟給別人。在那一群人裡面，我感覺跟他們每一個人都蠻要好的。那時候香港有「新浪潮」，比我們（台灣新電影）早一點，徐克的個性其實跟我很像，他們也是常常會聚在一起討論，會（互相）給意見。

楊德昌很特別，我常常在他家看他喜歡的電影，他看的電影也特別，我們有時候會討論。他看的電影不是我平常看的，譬如大島渚（Nagisa Oshima）的《少年》（1969），帕索里尼（Pier Paolo Pasolini）的*Oedipus Rex*（《伊底帕斯王》，1967）。

看*Oedipus*的時候，我感覺到一個觀點的問題——point of view的問題——我以前沒有想過這個，以前拍電影很簡單的。*Oedipus*一開始就是一個嬰兒的視角，鏡位擺得很低，看到的東西都是躺在搖籃裡的嬰兒看到的。當時我想，原來鏡頭就是眼睛，如果你現在想以劇中人的觀點去看，你就用鏡頭那樣去看；如果你又想以導演的觀點那樣去看，看得近，或看得遠，隨便你想。帕索里尼很厲害的，他自己演也很厲害，演個農夫就像農夫（笑）。

跟楊德昌在一起就常會討論，我個性比較開放，可能是牡羊座，我誰都幫，不計較，所以會有這現象。

白：很多文章都談到台灣新電影運動早期的氣氛，像是在楊德昌家中傳奇的聚會，就像種子落下、萌芽與開花，造就了台灣電影的黃金年代。

侯：確實有些傳奇。除了朱天文，當時還有許多小說家進入電影圈，包括吳念真、小野，還有黃春明。在反映台灣的經驗上，電影總是比小說晚，晚了十年。小說先描繪，電影之後才跟上。所以我們希望借用小說家的題材，或借助他們的力量，打開不同的視野。

威權時代台灣是很封閉的，封閉世界積壓的東西，到新電影時期從影像上開始反撲。這種表現在影像上的釋放，在文學上早就開始了——雖然那個時候同樣有出版審查和對言論發表的限制。就電影而言，這個釋放差不多在1983年。

白：從《光陰的故事》（1982）開始，您甚麼時候意識到這些新片子有一些變化，跟以前的其它國片有很大的不同？

侯：《光陰的故事》比《小畢的故事》（1983）早，好像是差一年吧，我那時候並沒有很注意，因為跟他們還不熟——因為我們不是從國外回來，他們先在中影做，我並沒有那麼敏感。我跟副導許淑真，我們都對文學有興趣，看到那一篇《聯合報》副刊上的「愛的徵文」〈小畢的故事〉，看完就跟天文連絡買版權，就跟丁亞民一起編劇，然後找中影合作。

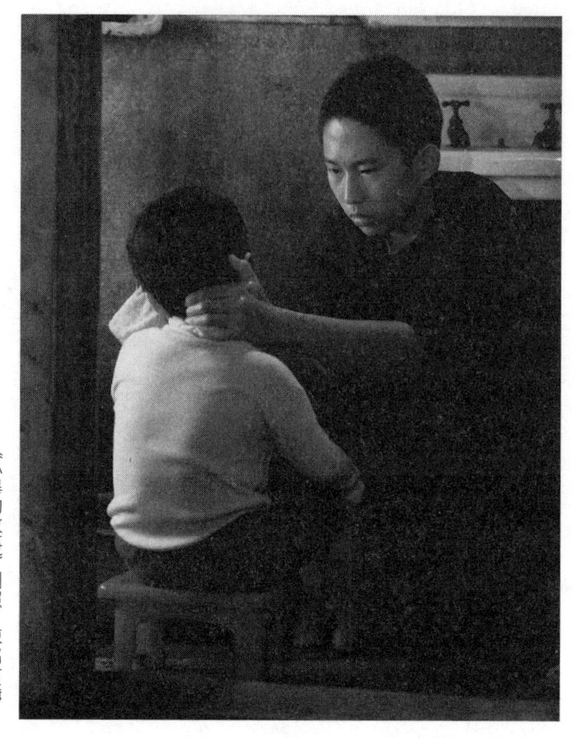

《小畢的故事》劇照，陳銘君攝。

本來是找陸小芬[1]演，陸小芬那時候很紅而且角色蠻適合的。其實我們沒有什麼錢，講好片酬壓低一些，幾十萬這樣，她說OK沒問題，真正談的時候一下變到一百多萬，怎麼會這個樣子呢？她找了一些電影圈年紀大的、資深的、都有位置的來說，我說當初講好就這樣，他們說不行，而且已經定裝了。那我說好這樣子，除了陸小芬不然我不拍，大家就散會走了；然後那老闆江日昇回公司，我緊追到他公司告訴他，這片子我一定會拍，而且一定不會是陸小芬——我當場給他們大老面子，不必僵在那裡，我是這樣處理的，接著就退了陸小芬，找另一個演員（張純芳）。

白：您前面提到香港新浪潮，這個現象對你們這一批年輕導演有很大的啟發嗎？

侯：我們是大家在一起的時候，我才知道香港也有新浪潮。會知道這些事，因為像香港影評人舒琪啊，導演方育平啊，當時都是很要好的朋友。有一年我去香港沖印廠的試片間看徐克的《第一類型危險》（1980），我才知道是這樣子的。比較後來王家衛的《阿飛正傳》（1990）我也會去看，都在沖印廠的試片間（看的）。

白：但整體來講，香港新浪潮的片子做得比較商業化，台灣反而走了一個比較藝術性的路線。

侯：因為背景不一樣。香港是殖民社會，整個背景在經商、管理、金融、服務業；從國外回來的徐克這些人，像梁普智、許鞍華都是從英國回來，他們帶來新的電影觀念，後來都進入了主流，但台灣不一樣。

白：台灣的新電影也有一批從海外回來的，像楊德昌啊！

侯：楊德昌根本跟電影不相干，他是最特別的。柯一正[2]是學回來的，還有曾壯祥、萬仁、陶德辰，好多喔。他們剛好從外國學回來，都是我們這個年齡，戰後嬰兒潮的，比我們小一點點。

他們回來以後，中影公司正好碰上一個叫明驥[3]的——2009年金馬獎頒終生成就獎給他——他是情報局系統（出身的），上校退伍後到中央電影公司當廠長。那時候中影廠沒有布景只有攝影棚，他搭了街道，搭第一個酒樓，找王童一起去搭，後來做成中影文化城，生意不錯。他同時辦技訓班，什麼李屏賓、廖慶松、杜篤之，都是那個技訓班出來的。他就做這個訓練工作，而製片廠又做得很好，生意越來越好，就升總經理，就找吳念真、小野、二毛（段鍾沂），本來要找我，但我不幹。他一直盯我，還叫李行盯（笑），我說我國民黨的證都撕掉了，不行。後來李行替我說話「不要找他，他不習慣」——我也不會（去），

1. 陸小芬（1956-），80年代台灣電影的著名女演員。代表作包括《看海的日子》（1983）、《嫁妝一牛車》（1984）、《桂花巷》（1988）、《客途秋恨》（1990）。
2. 柯一正（1949-），台灣導演，演員。美國加州哥倫比亞大學電影碩士。1981年參加張艾嘉監製的台視節目《十一個女人》，之後導演新電影開創之作《光陰的故事》的第三段「跳蛙」。後來的導演作品有《我愛瑪麗》（1984）、《我們都是這樣長大的》（1986）、《娃娃》（1991）等片。演出的電影有《油麻菜籽》（1983）、《青梅竹馬》（1985）、《超級大國民》（1995）等片。
3. 明驥（1939-2012），台灣新電影初期擔任中影的總經理。1977年出任總經理之後便培養過多位新導演和電影工作者，創建了電影文化城，台灣第一座電影沖印廠，和技術人員的培訓班。監製的許多電影作品包括《光陰的故事》、《兒子的大玩偶》、《苦戀》等。

我對政府機構很反感。明驥是那樣訓練了很多新的技術者，碰上這群國外的正好回來，不然很難。

楊德昌回來是拍張艾嘉監製的電視劇的，電視單元劇《十一個女人》，最早他還有參加討論劇本的，就是《1905年的冬天》（1981），過來是《十一個女人》（1981）。再過來就是中影四段《光陰的故事》（1982），這攝影師不是技訓班的，從攝影大助升上來，比較傳統；楊德昌擺好鏡位，然後準備，回來時，（鏡位）「怎麼動了？」他問為什麼移動？攝影師說本來就這樣，楊德昌把它移回來，把它鎖死——你就知道大家的感覺不一樣了。這些幕後工作者，像楊渭漢[4]、李屏賓啦，假使不是之前培養的，就很難在攝影、光影上配合。甚至錄音，雖然我們那時候做配音，還沒有同步錄音，觀念上已經很要求了。

加上攝影器材的改變——有了HMI日光燈。以前都是非常重的鎢絲燈嘛，拍日光要加 filter（濾光鏡）。這個燈光技術的改進，再加上Arri 3 攝影機，之前的攝影機要加 cinemascope（壓縮鏡頭）把畫面壓窄，以遷就底片的寬度，放映時再解開，還原成1：2.35的銀幕寬度。

現在我們不用cinemascope了，我們開始用規格1：1.85片門的，這樣就不必壓縮，因為壓縮鏡頭吃光吃得很厲害，現場就要把光打得很強；那現在Arri 3的光圈可以很開，只要眼睛看得到的，幾乎就可以拍得到，不像以前需要把光打得很亮，現場一堆燈！這樣就喜歡用自然光，就往寫實上走。所以攝影和燈光器材的改進，這個器材的變化，這種鏡頭、攝影機，都有關係的。

1995年拉斯馮提爾（Lars Von Trier）帶頭的四個丹麥電影導演，發表了一個「逗馬宣言」（Dogme 95），說要遵守十條拍片守則，其中有一條是不得使用特殊打光，若是燈光太弱不足以曝光，這場戲就必須取消，或是只能用附在攝影機當中的單一燈光……意思就是用自然光不准打光啦，那我們80年代中期就開始這樣做了啊。

白：您剛才好幾次提到楊德昌，除了參與《青梅竹馬》的討論，您還當了主角……

侯：我不僅當主角，我還投資，錢是我找的。

白：那能不能談談替楊德昌當演員的經驗，順便還可以談楊德昌在《冬冬的假期》裡演的那個角色？就是能否比較他演您拍的電影，與您演他的電影的不同經驗？

演員侯孝賢（左）與蔡琴。《青梅竹馬》劇照，陳懷恩攝。

侯：我們之間也沒什麼指導。他很清楚（《青梅竹馬》）阿隆那個角色，他就是要我那個味道啊！就是在我們所謂的舊街，大稻埕那邊，或者萬華那邊做布的——台灣做布的，日據時代就有。然後我閩南話很好，他是感覺到一個新舊時代的落差。

你知道，他這種眼光只有他有，我們身在其中沒有，也不知道，因為他去美國很久，他是大學畢業才去，所以這邊很多記憶，回來看時特別刺激；像《青梅竹馬》他會去拍總統府、肖像——介壽路[5]上「三民主義統一中國」的燈泡標語，他去美國很久了，看到的是另一種東西，回來看這邊威權統治的符號，特別怵目。所以他會有這種敏感的分辨力，他的題材都很強，前面幾部很強。

4. 楊渭漢，台灣電影資深的攝影師。參與過幾十部電影的攝影工作，包括《策馬入林》、《青梅竹馬》、《無言的山丘》、《一一》、《一八九五》等。
5. 1996年3月21日，陳水扁任台北市市長時，將連接總統府與台北府城景福門之間的介壽路改名為凱達格蘭大道，以象徵對台灣原住民歷史及文化的尊重。凱達格蘭是最初居住在台北地區的平埔族原住民（凱達格蘭族）名稱。

白：那麼跟他合作的那幾部片子，觀察他的工作風格和拍攝的方法，您有學到什麼？或者有什麼新發現？

侯：你說跟楊德昌啊，他跟我的方式不一樣啊。他一開始很會畫，他從小就很會畫。

白：他好像會為每一個鏡頭畫圖吧？

侯：他有時間一定畫，他畫其實不是照畫，而是在整理。那因為我懶得畫，我乾脆完全是現場，拍戲不帶劇本，現場是不看劇本的。因為我都知道這場要幹嘛，完全盯著演員和狀態觀察，再隨時調整，我跟他拍法不太一樣。

白：其實很有趣，像你們合作那麼密切，但背後有許多不同的觀念和美學。他主要拍當代的題材，您反而是拍過去，像台灣歷史，或是童年的一些記憶。楊德昌的攝影機一直擺在很近的位置，您反而很遠，楊德昌的視角是現代都市，而您的是一種原鄉……

侯：我們兩個完全不一樣。

白：但你們兩個剛好代表台灣新電影的兩個路線。

侯：我是從鄉下來的，沒有他那麼自覺，他是很自覺的。他很清楚，他那能量也是不得了，《海灘的一天》（1983）、《恐怖份子》（1986）啊！《牯嶺街少年殺人事件》（1991）啊！

白：而且您《風櫃來的人》的音樂，是楊德昌幫您配的對不對？

侯：《風櫃來的人》拍完，他看，說音樂我幫你重弄。那時我已經上片了。

白：本來是用什麼音樂？

侯：李宗盛的，因為我很早認識他。《在那河畔青草青》裡他演彈木吉他的，那時候本來要用他的音樂，但左宏元老闆本身是搞音樂的，根本不可能；所以到

《風櫃來的人》才找他，片尾有用他的歌。這片子走得太前面了，上片沒多久，沒票房就下片。

下片以後，楊德昌說我幫你重弄音樂，整個重弄要花二十幾萬耶，那時候很多錢的耶，但我說OK，弄吧。配了《四季》（*Four Seasons*），哇！好過癮！這個影響蠻大的，電影音樂的影響很有意思。

我是在夏威夷影展，我生平第一次參加影展時看的重剪版，在現場，我看他們聽《四季》，好像在聽我們的國歌一樣，很奇怪的感覺。銀幕上一邊在放《四季》，一邊看到打架拿磚頭砸這樣，然後拿鋤頭要打回去，他們都是「喔……！」發出驚呼，現場這樣子。然後殺魚，蹲在地上刮鱗片、很多蒼蠅，他們也是「喔……！」發出驚呼。我想，他們一定覺得我們是從台灣來的野蠻人，但看完他們很感動啊，有一種很棒的味道，一種內在的情感，我感覺蠻好玩的。

白：一放上那音樂，完全不一樣的一個境界！

侯：對，完全不一樣。從那時候開始，我發現一般的配樂基本上都是主旋律與和絃：影像是主旋律，音樂是和絃——去加強或烘托這個主旋律的。那我們這電影不是這樣，它比較像對位音樂，兩個是不同的但又有種相似，互相並不是從屬關係，但交織起來有更大意思，你用音樂去解釋你的主題與你的感覺，我用影像表達，《南國再見，南國》是最明顯的。

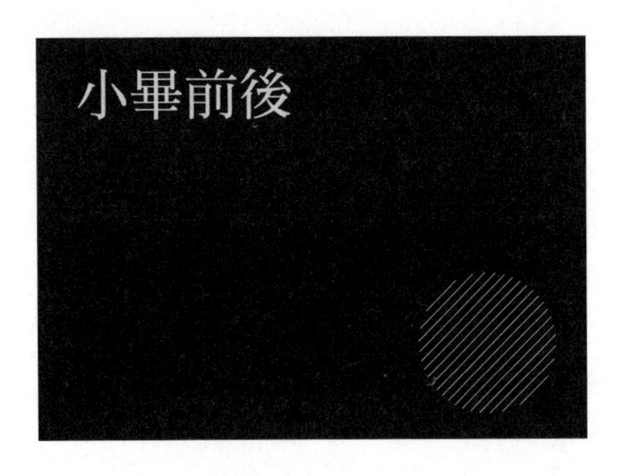

白：雖然是陳坤厚的電影，在您創作的生涯中，1983的《小畢的故事》應該有非凡的意義，因為這是您第一次與著名作家朱天文合作。她也在〈下海記〉一文中，曾為初次跟您和陳坤厚見面作了一次回憶。您還記得當時剛開始合作的情況嗎？

侯：那是我在《聯合報》讀到一個徵文比賽開始的。那個徵文叫作「愛的故事」，五千字左右的一小篇，我們讀到朱天文寫的，感覺不錯，就聯絡她，跟她約在明星咖啡館聊，想改編成電影，那時她已經跟朱天心、丁亞民合作寫過電視連續劇《守著陽光守著你》。天文的小說我很早就看過，〈女之甦〉那篇登在報紙上還是收在副刊的集子上時就看過，她父親的小說我也看過，在我拍電影之前就看得很多。

談過之後她說可以，就找丁亞民他們兩個一起來編，加進一些個人的經驗，她寫前半段，丁亞民寫後半段。

時機很重要。認識她時，我從事電影差不多有十年了，1973年入行，做編劇、副導演，差不多到一個要改變、轉化的階段，恰好就認識她。

白：往後的二十餘年裡一直到現在，朱天文變成您創作上最重要的合作者之一。在合作上她能提供別人無法提供的什麼東西？

侯：以前我都自己寫嘛，寫劇本……但你知道我腦子的結構，基本上是影像的，我想的都是影像。影像已經有了對不對，哇那味道是什麼，調子是什麼，我還要寫，很累耶；但寫出來大家才知道，才可以溝通啊。跟天文合作以後，很快，我講給她聽，她寫很快啊，或者討論，所以從此我書寫的能力就開始減弱了（笑），但我不在意，因為我主要是影像。

因為她從事的是文學，文字的思維是更deep（深），比影像深，比影像能持續挖掘事物的背後。文字思維的負載度，也比影像大上不知多少倍，這是她對我的最大幫助，不一定是針對劇本的，反而是電影以外各方面的腦力激盪。

就電影本身而言，雖然劇本都是她寫，基本上開頭都要我開始，我一定要先想然後寫。我寫比較簡單的分場然後跟她討論，然後再寫，再寫，一直討論，再整理，整理到最後交給她……因為我們同步嘛，所以她再幫我整個重新整理。我感覺從以前寫到現在，文字這個東西，人家說是想好架構寫出來，不是！都是你在寫的過程中越深，越發現，把整個內在的東西都提出來。

我現在的習慣，寫一個劇本要在咖啡廳待一兩個月，前面一直看書，看看看，其實在想那個故事，或一邊在看其它的小說，好像沒有在想劇本，有一天，蹦！開始了！好快，有時候好快。但是唐朝（《聶隱娘》的歷史背景）沒辦法，那太久遠了，光看書就看不完。

所以跟她合作到後來，她常常會說覺得自己像個山谷回音——我發聲，她回音。為什麼？因為我們一直在討論，我有一個對象可以討論，有很多觀點很接近又互相激發。她那時候其實很年輕，她是文學世家，所以她有時會有一種奇怪的直覺。我要拍《風櫃來的人》，跟她聊，我說以前寫劇本很清楚，一邊寫一邊怎麼拍都完成了，但現在每天跟新導演們談的有的沒的，什麼mastershot啊，什麼形式和內容啊，我就開始混淆了，不會拍了。結果她建議我去看《從文自傳》，她只是一個直覺。我沒看過這本，因為他們文學世家比較有這種台灣當時叫作禁書的30年代的書。我看了完全不一樣了！馬上找到一個視角來拍，所以這種合作關係就一直下來。

白：後來跟廖慶松老師一樣，她後來也當監製……

侯：朱天文啊？

白：對啊！在《千禧曼波》裡面不是當監製或製片嗎？

侯：都是掛編劇，掛監製是因為她是電影公司，三三電影的董事，所以掛她。當時為了重組新的公司拍片，看找誰來當負責人，幾個人算名字筆劃，她的名字十四劃說是最適合，就借她的名字來用。因為有時候我的名字掛太多，就掛她的，那都不作準的。我們都亂掛的，真的，我不騙你，我不在乎這個，我們都是亂掛的！

白：《小畢的故事》是您當年的製片公司萬年青攝製的，但本片也是和中影合作的，與中影合作是什麼樣的一個情況？他們負責發行嗎？

侯：基本上是資金對半，一人一半。發行我們認為中影有點老，雖然是小野他們，但是我們想交給民間發行。那個老闆叫A嗶斯，「惠比壽」的發音，那個臉笑咪咪的財神，日本七福神之一。A嗶斯他們有一個公司，做了很多片子，像《上帝也瘋狂》是他們發行的，第一集很便宜買的，賺很多。這個老闆不看片的，完全是看什麼人的組合，他就買了（笑）！

那個時候電影不景氣，非常低，就是黑社會片最多的時候，很多片子差不多三天就要換。所以這部片沒有什麼檔，過年檔被佔了，前面只有十一天的檔，我們就上這個檔啊，自己剪CF（預告片）在電視上打了。然後這個電視商譏笑《小畢的故事》，他看是《大畢的故事》，小畢的閩南話叫「肖嗶」，嗶就是裂開，他說這不會小小的裂開，這是大裂開——意思是會很慘——結果出乎意料大賣。我那時候剪CF在電視上打，很準。

而且我跟陳坤厚投資萬年青，我把房子賣了，我那時候才分期付款買的，住差不多兩年就賣，賣了九十萬，搬到樓上租房子。我太太也傻傻的答應，要是賠的話就很慘（笑）。陳坤厚就是回台中他們家族標一個會，那會是「穀子會」，就是收割以後有錢誰最需要誰就標，他弄了一百五十萬；我們兩百四十萬，中影就出相對的資金，總共四百八十萬吧。後來片子大賣，還好分回來，我分了一百五十萬等於說賺了六十萬，才在天母買了房子，後來那地方整棟公寓要拆，蓋成現在的新光三越，我又賣了搬到現在的住家，反正自己拿錢拍片就從那裡開始。

白：《小畢的故事》的另一個演員是鈕承澤——日後的「豆導」，跟您第一次合作。後來《千禧曼波》、《風櫃來的人》斷斷續續都用過他。透過您的電影，可以看到他的成長過程。您跟鈕承澤合作有什麼樣的狀態？隨著時間的流逝有什麼樣的變化？

侯：鈕承澤最早是拍王童導演的《假如我是真的》。他父親是戲劇界的，有關係，他那時候正好唸表演學校，叫作華岡藝校，初中開始的學校。

庹宗華拍《雲深不知處》（1974）的時候是童星，那時候我當副導就認識。《風櫃來的人》還有一個張世[6]，也是他學弟。另一個胖高的是我朋友的姪子，一心想弄電影，我說好啊來——常常很多片都會有這種人，要當電影明星，來了，拍一次就不會再來了，就毀了（笑）。

他們都是華岡藝校同學，比較要好；因為背景在澎湖，會要求講閩南話的，他們是外省人不會說，那時候也無所謂，反正是配音，所以裡面有很多我的聲音（笑），我一下裝鈕承澤聲音，一下裝張世聲音。

白：您前面講過，經常用一個演員，一段時間便不再用，但是後來《千禧曼波》還有。

侯：《小畢的故事》那時候他已經出名啦，完了以後，《風櫃來的人》更是成熟了。拍他們那幾個，《小畢》去唸軍校的和《風櫃》去跑船的那個是庹宗華。還有那個被捅肚子的叫魏伯勤，跟鈕承澤兩個後來合夥做錄音，開一家配音的公司叫「藝言堂」。《風櫃來的人》拍完以後，因為題材的關係，大都講台語，有很長一段時間沒用他們，他們各自一直往演員上走；後來鈕承澤也是導演，庹宗華、張世到大陸發展，就再沒有合作。

《千禧曼波》找鈕承澤來演一下下，他變成會很緊張了，因為很早認識他時，我跟他都還糊里糊塗的，現在變成他有自覺要演了。有時候想想蠻殘忍的，他們都是才子，我用完以後，感覺下一部片子不適合就不用了，好像把他壓榨了！

白：《小畢的故事》還有一個資深老演員崔福生[7]，我查了一下，你們合作的電影很多，包括《雙龍谷》（1974）、《近水樓台》（1974）、《早安台北》

6. 張世（1966-），台灣男演員，以《香蕉天堂》（1989）曾獲金馬獎最佳男配角。其它電影作品包括《單車與我》（1984）、《國中女生》（1989）、《五個女子和一根繩子》（1990）、《五魁》（1993）、《紅柿子》（1996）、《風月》（1996）。參加《風櫃來的人》的演出。

7. 崔福生（1931-），台灣資深演員，參加近兩百部電影的演出，包括《養鴨人家》（1964）、《路》（1968，獲金馬獎男主角獎）、《家在台北》（1970）、《英烈千秋》（1974）。與侯孝賢合作多部影片。

《小畢的故事》劇照，陳銘君攝。資深演員崔福生（左二）。

（1980）、《天涼好個秋》（1980）、《就是溜溜的她》（1980）、《在那河畔青草青》（1982）、《尼羅河女兒》（1987）。您跟他合作的片子，比其他演員還要多。

侯：前面那些當然不是我導演，《小畢的故事》、《就是溜溜的她》我感覺他的樣子很過癮，主要是他沒什麼神情也表情不多。對我來講，很怕表情太多，戲太出來的，我喜歡（像崔福生）這種，所以跟他合作好幾部。跟他同代的曹健，我們就合作比較少。

有時候就是一種直覺，回到本色。他很像外省老兵，他其實三十歲就演爸爸的，演他兒子的二十幾歲，跟他差不到五歲，他就是老相。

白：他甚至還演過《養鴨人家》（1965）。拍攝《小畢的故事》，您除了製作方面，其他方面都有參加吧？

侯：我是現場副導，陳坤厚攝影，對演員什麼他會丟給我，他負責拍攝，我有時候回去要改劇本。

白：當時一個很有趣的現象，就是有好幾部電影，講述像小畢這樣的再婚家庭，像《老莫的第二個春天》（1984）、**《八番坑口的新娘》**（1985）**等等，大部份都是描繪外省男人娶年輕的本省太太。**

侯：我沒有注意，可能是《小畢的故事》引起的，但也不一定。《小畢的故事》是比較早，都是80年代當際，可能是賣座所引起的。《老莫的第二個春天》也賣座啊，李祐寧（導演）的，這種故事台灣一堆，其實很動人。

白：我在想為什麼之前沒有很多這種片子，也許是因為外省人和本省人婚姻生下的孩子，到了80年代才開始長大，才反思這種現象。

侯：我感覺這種（孩子）反而都很優秀。外省人娶了本地人，生下的小孩兩種語言都會，經歷過兩種不同的生活背景，眼光跟別人不一樣，其實天文家也是啊。

白：85年您跟楊德昌合作《青梅竹馬》，這次天文和楊德昌一起編劇的過程，有什麼不一樣？

侯：討論以後，就楊德昌（負責）了，他會寫成劇本。像我都是會盡量提供想法，然後天文寫成小說，最後交給楊德昌。基本上合作方式是這種，就是導演主導；況且這個故事最初的 idea（概念）是楊德昌的，連題目最初叫《帶我去吧，月光》都是，根據這個，天文去寫了小說——雖然發展成另一個故事了。他那時候把我當成角色在想，又剛認識蔡琴，她有一種特別的味道，才有這個 idea。

白：對這個片子您好像參與很多，除了演員、編劇、製片……

侯：我是跟我丈母娘借三百萬，這筆錢本來想在天母買房子。《小畢的故事》我賺錢了，那時候房子很便宜，就在天母買。我丈母娘是從山西逃難到這邊，他們對房子、土地這種東西很有感覺，意思是說一定要有一個房子，所以看天母剛興起來，就說你們可以買一個店面。有時候聊起來我那個丈母娘，只要聽她的話，可能就一堆房子（笑）。結果那個錢我就先周轉，拿來投資《青梅竹馬》，跟發行《小畢的故事》那家片商合資，老闆劉勝忠和合夥人就是我剛講的A嗶斯，沒想到這片子賠得蠻慘的。

前面好像有類似的一個情況，就是白景瑞跟劉家昌，他們合作的一個片叫《閃亮的一天》，自己來演也是賠慘，所以導演不能當演員。

白：但是我聽說您差一點就拿到金馬影帝，我看您演這部電影的range非常大，從打鬥的場面到跟蔡琴的一些非常溫暖的戲。您能不能談談當演員的經驗。

侯：會去演戲，是楊德昌找，我好像有點盛情難却，那時候也真年輕。其實談不上演，只不過我的某些樣子或氣質，正好符合楊德昌這片子的角色設定。

我感覺必須專注當演員，不能又當導演又當演員，除非你是個明星。反而明星你就可以一邊當導演，因為明星是運用自己本身的一種特質在展現，他不須演戲，他只要展現。明星一站出來，觀眾就接受他的特質和架勢。他當導演的話，多半因為找到一個能展現他那種性格的題材來發揮，他只要順他的性格特質去表現，基本上是不需著意演什麼的。

但演員就不是，他得挑戰各種角色，全部投入於表演，自我挖掘，並且在表演上得到最大滿足了，沒什麼慾望去當導演。當導演跟當演員，都要全力以赴，兩個很難兼。我不會想當演員，我還是想去動腦子。明星自己導自己演，最成功的例子就是克林・伊斯威特（Clint Eastwood），加上他的班底很強，拍的片子出乎你意料之多，而且還拍得很棒。

白：所以您這個角色「死了」以後，您整個演藝就停了，就沒有再復活了吧？

侯：還有。這個片子完了以後，舒琪找我去演一個香港片，叫《老娘夠騷》（台名《陌生丈夫》，1986），片子裡我要吹薩克斯風，演葉德嫻的男朋友，她叫我玻玻，boy boy的意思，我叫她戈戈，girl girl嘍。柯一正也有演。拍一拍有記者報導我沒有工作證，我是以旅遊的簽證進香港的，到期後不發簽證給我，我還沒拍完，就飛馬來西亞再過境香港，利用過境的三天拍完。

有一天拍外景在一個房子裡，進念劇團的榮念曾帶阿城來探班，我從房裡出來，就是那時候認識阿城。舒琪跟阿城、田壯壯都是最早認識的。

白：就是80年代中旬。

侯：《青梅竹馬》之後。

白：香港的合作跟您在台灣不一樣嗎？

侯：我當演員就好，根本不用管。

白：那個時候香港拍片一般特別快，幾天就可以拍完。

侯：舒琪也算是快啊，雖然他拍的不多，但是很快。他們鏡頭就是切割，一個一個很清楚，跟我的拍法不一樣啊，我也沒特別留意。那時候不會感到有什麼不同，因為我拍片的風格是一點一點越來越強烈，拍到後來才有自覺的。

白：《青梅竹馬》跟蔡琴演對手戲，她本來是歌手而不是職業演員，所以她也很容易進入這個角色嗎？

侯：那是楊德昌的責任啊，他對她很有感覺啊，這個很重要，演員就會有一種信心。

白：重新看了一遍，發現這個演員的陣容除了你們倆，還有吳念真、柯一正等人，好像整個新電影的大家族都有參與，真的可以感覺到當時的合作精神。

侯：而且那些小孩是我鄰居的小孩，還有吳念真的小孩。

白：台北市，您自己拍過幾次吧，像《尼羅河女兒》、《千禧曼波》，但它跟楊德昌的台北有個完全不一樣的呈現。楊德昌的那種冷漠與孤獨，和鏡頭反射的玻璃、空空蕩蕩的大現代屋子，等等。您怎麼看楊德昌電影描繪的台北？

侯：看楊德昌的片子就知道他在台北成長。他在美國十幾年，要拍電影，在L.A.（洛杉磯）學不到東西就回來，直接拍電影。

他帶回來的眼光，完全看到另一個角度，是我這個老土沒有的。所以《青梅竹馬》那個青年騎摩托車直衝總統府，那時候總統府還是禁區，那個蠻有意思的。我們原先想，衝總統府警察會攔，而且不能騎摩托車的，而且都憲兵、警察看守的，很刺激。

因為楊德昌在美國十年，這個差別太大了，他一眼就看見台灣的社會結構、權力結構、政府集權的這種。我們衝一次，沒有警察攔我們，再拍、再衝一次，照樣沒人理；結果，看報紙才知道那天捉「江南案」（涉案幫派份子），全省那天晚上開始，全省的流氓都捉，叫「一清專案」。怪不得沒警察，因為全去抓人了，沒人理我們。從這裡可以看得出楊德昌對台灣的角度。

白：片子從頭到尾沒有離開台北，但是美國的影子非常重，從美國的棒球賽到各種例子，都可以看出美國文化的影響。

侯：就是你不能只有美國，你應該要有自己的角度，意思是這樣。

白：同一年，您還參與《最想念的季節》（1985）編劇工作。其實很有趣，這也是台北的故事， 但處理的方式跟《青梅竹馬》完全不同，這個反差太大了。

侯：這個我寫了開頭幾場的劇本，其實很早。很早這個劇本的idea，是來自一間公寓的錄音間，叫三芳錄音間，在那邊像現在大樓的，樓下有一個可能是外省兵退伍下來的，他的名字很好笑叫「畢寶亮」（「嗶啵亮」諧音），就很亮，就從這名字開始。然後就想陳友啊，香港的陳友來演小氣鬼畢寶亮，都市喜劇，一些奇奇怪怪的東西，那是很早的故事。

後來陳坤厚要拍這個，就把idea說給天文聽，由她按小說的形式先寫出一個完整的故事來，討論整理完我就沒參加了，就交給他們去執行。因為陳坤厚拍，加上《風櫃來的人》賠錢以後有些債務，我們（就先）幫中影拍了《小爸爸的天空》（1984）還債。《小爸爸的天空》那時候我還有在現場，《最想念的季節》就沒了。其實我已經慢慢走到另一個方向了，這種分野，就會造成最後的狀態，因為觀念不一樣了。

白：像《最想念的季節》，這片子在台北還到處都可以買到，但是《青梅竹馬》那麼經典的一部片子都找不到了——等於沒有人發行——很多觀眾看不到。不只是這一部，像《牯嶺街少年殺人事件》（1991），很多老經典都沒有了。

侯：楊德昌跟中影談那時候，中影還沒有賣給郭台強，就是要拿自己的一些片子回來，到中國大陸發行，但是來不及，他就去世了。後來他的太太彭鎧立也要做，但沒有簽約也沒有談成，就沒有了。我還幫她去談了一次。

至於《青梅竹馬》主要是我本身，很怪，我拍完就不理，丟在那邊。我公司的人也是懶骨頭，其實很多底片都留的話，像王家衛那樣，很多沒剪到電影裡的底片，是可以整理出來發行的；但我一堆底片，好像剪完就算了。《青梅竹馬》當時沒有賣錄影帶的版權，所以市面上買不到，底片目前在現代沖印廠，保存得不錯，明年會印拷貝，在「光點」重新放映。

白：**差不多同一段時間，您還參與《油麻菜籽》（1983）的電影編劇，這是台灣新電影的經典之作，也是萬仁拍得最好的一部片子。這是根據廖輝英的小說改編的，您跟廖輝英合作的經驗是怎樣？**

侯：主要就是約討論啊，因為她小說本身很完整，跟她討論完以後，就編一下，那時候動作很快，一下就弄完；萬仁就自己去拍，因為跟他的背景很接近。本來找的不是蘇明明，是當時剛出來的一個歌星，很單純、古典，但是唱片公司不放，所以我建議萬仁找蘇明明，而她也棒，很適合。

白：**他們倆的range非常大，而且角色隨著電影的發展，整個位置都有所改變，整個性格被扭曲的感覺，表現得相當不錯的。**

侯：然後蔡琴唱主題曲。那個片子也賣錢，是張華坤跟劉勝忠的公司合作，屬於張華坤的片子。當時來不及了，要上廣告了，才剪了第一本，第一本剪完六百多呎，片商劉勝忠來看，他說不錯，我說這個就當廣告了，他說「什麼?!」（笑）在戲院放廣告，是九十呎一分鐘，六百多呎五、六分鐘，很好沒什麼問題，大家看了很迷，那片子票房很不錯。

白：**有時時間跨度那麼大，角色不太像，但蘇明明跟柯一正都演得相當出色。演阿惠的兒童演員李淑楨也非常好。**

侯：她也演過《冬冬的假期》，後來台大畢業，現在也在這行業。她很直接啊。她爸爸對她很好，很聰明，很會演。你看像《冬冬的假期》要她演很強硬的那種很像，但是再大一些，可能就不行了；不過還好，再大一些時，她就唸書去了。

白：那這部片子除了編劇，您整個製作過程都參與嗎？

侯：我當監製很奇怪，我都不去現場，只有支援，需要我會去幫忙——所謂支援，除了錢之外，譬如選擇演員之類的，這個我會幫。

白：但差不多十年之後《少年吔，安啦》（1992）好像參與得特別多。

侯：整個就是我在現場。主要是徐小明拍了五、六天，這部片子的製片人是張華坤，他看了毛片覺得拍不到，想放棄算了。但這是他成立城市電影公司的第一部片子，我就想說好啦幫他，其實前面演員的調整都是我弄的。

白：我看很多都是《悲情城市》的班底來的。

侯：我把顏正國找回來演，顏正國已經是個小流氓，脫離電影圈了。場景重新弄，徐小明等於是幫著我一起。那時候能量很足，很快，拍刺青、流氓這些，片子很賣座啊。

白：聽您這樣講，可以說是您合導的——是不是能這樣說呢？

侯：但是我通常都不會這樣講。反正很多時候我在旁邊幫忙，調度場面之類，連那個攝影——因為攝影張惠恭保守，拍很暗的酒吧，光圈按照測量的光度放，我說暗部太暗會看不見，他說光圈已經最開了，我叫他光圈盡量放大讓它over沒關係，印片的時候再回壓，就正好，而且暗部的細節層次都看得見。這些我都清楚，所以很快。

白：《少年吔，安啦》與您自己的片子的一個不同，在於怎麼處理那些暴力的場景。您自己電影都有一種距離，但《少年吔，安啦》很近，整個感覺有一種衝擊性。能談談這種不同的處理方式？

侯：因為不是我的片子，雖然劇本我參加，但我還是尊重導演。他們需要這種衝突的時候，直接也是可以拍，對我來講不難。我自己比較喜歡隱藏一點，但他們要直接。

那時候申請從香港的槍械公司租空包彈，爆破是從菲律賓來的。菲律賓來的這一群，是柯波拉在菲律賓拍《現代啟示錄》（1979）訓練出來的，當地（配合的業者）跟著都會了，有時候技術的轉移也是很好玩。真的槍械、有聲音，那力量才會出來，以前沒有啊，是槍管放火藥，槍後面接電線從袖子啦褲管啦或哪裡穿出來，連到一個電瓶，一通電引爆火藥就像開槍，還冒煙咧，很假。我們申請槍械進來，每天拍完要交給當地警察局，核對公文，用了多少火藥，多少空包彈——就是沒有彈頭，用蠟封的子彈——都要清清楚楚，第二天再填好公文，然後領出來用。

白：除了這些鏡頭以外，整個電影也表現許多黑社會和吸毒的場面，很大膽。而且更大膽的是政治的一些顯露，像那個議員啊——黑幫裡最大的老大超哥，就是議員——還有警察的無能，這都表現一種非常黑暗的社會現象。您那時候有充分的自由，拍這樣的社會題材？

侯：已經解嚴啦，連《悲情城市》都拍，還管什麼。這種片子沒拍到這些東西，就沒什麼能量，像一個吸安非他命的鏡頭要拿掉，我說留下；後來張華坤他們很後悔沒有拿掉，變成限制級，不然輔導級的話，他們認為會賣得更好。

白：這部片子就是林強、伍佰做台語搖滾，在當時這也應該算一種創新？

侯：音樂都是一些新的。這部片子的音樂是倪重華和他的「真言社」製作，林強之後（加入）的；有現在很紅的伍佰，還叫吳俊霖的時候；還有叫「Baboo」的四人樂團。那是那群年輕人最有爆發力的時候，林強開創的台語搖滾《向前行》大賣之後嘛。〈點菸〉、〈少年吔，安啦〉、〈電火柱仔〉這些歌真的勁爆，倪重華還說：「這次我們走得最遠，遠離所有流行歌曲的套式。」

白：電影的原聲帶也有您自己唱的歌！

侯：對，那時候爆發力很足，很強，剛好是解嚴後的能量。

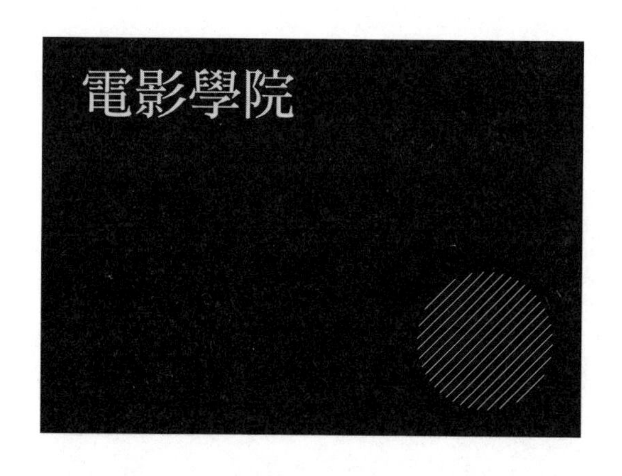

白：2008年您去上海參與了一個關於巴贊[8]的研討會，多年來，有人會用巴贊的理論來分析您的電影。當時您跟我說，從未看過巴贊的理論，為了參加那次研討會，就讀了一些。那後來對自己的電影和巴贊之間的關係，有什麼樣的看法？

侯：我那時候不知道巴贊是誰，就問我公司在法國唸電影的筑悌，我說你幫我找一下片子，因為有一個討論會。她說巴贊沒有片子，他是《電影筆記》（*Cahiers du Cinéma*）創始人，喔這樣子！台灣好像有出一本叫作《電影是什麼？》，我看了一下他的評論以後，才知道怪不得他們會找我討論巴贊，因為我是一個活生生的例子還在這邊，是恐龍沒死還存在的案例。

因為先有理論你是做不到事情的，先做最後才會了解，去做了才知道。做有做的客觀條件，台灣一向沒有什麼了不起的電影工業，雖然以前很蓬勃，但我很快不喜歡電影工業裡的操作，包括演員也好，明星也好，我感覺都不夠，尤其拍到自己經驗的時候，知道他們沒有辦法做到——就是演員沒有辦法讓我相信，因為他們會有一種慣性，沒有真正的 professional（專業），沒有到那個程度，所以我就會去找一些真實的非演員。

一開始是方便，慢慢就會越有興趣，不要改變他，而是把他擺在現實裡面，讓他有現實感。然後不能告訴他怎麼演，因為選這個人，基本上是在用他的特質，放在現實裡面，製造一個 situation（情況）讓他進去。包括長鏡頭啊也是這樣子，因為不能用短切鏡頭一直跳嘛，一直跳他被打斷怎麼進入情況，我是為了解決非演員不會演只能來真的而這樣做，結果就好像是在實踐巴贊的理論，那種捕捉現實的鏡頭方式。

那種寫實主義的拍法，我是為了解決非演員的問題而做到的。因為對真實有種迷戀，尤其是拍自己的記憶，所以對現實世界是有一個目光的。

白：2009年創辦「金馬電影學院」，您擔任校長。金馬電影學院是在什麼樣的情況下創辦的？是您自己打的主意嗎？還是別人提的？

侯：金馬獎想辦，我就跟他們講韓國釜山影展的AFA（亞洲電影學院）是怎麼運作。

學員他們想看我怎麼拍片的，我說這很麻煩，因為拍片不是馬上的事情，導演其實在想事情，是很長的一個過程，很多細節的勾勒，現場也看不出來。不過他們蠻好玩的，都是華人。

白：學員來自於大陸、新加坡、馬來西亞……

侯：對，新加坡、澳門，有的還從韓國來的華人、美國的華人，還有緬甸的。我主要講中文，他們聽得懂，用英文很累，弄半天，大家溝通很不方便。

說到緬甸，他們來要拍短片，其中有一個故事在台北（新北市）的緬甸街——中和那邊有一條緬甸街——為什麼會有那區塊，因為1960年代的時候，那一塊最偏僻，地價最便宜，所以很多緬甸華僑來，大多聚集在那邊，叫華興街，招牌很多緬甸的；也有雲南的啊，因為國軍部隊也有雲南的撤退到緬甸。

但是（學員）來的時間兩星期太短——以後要長，經費要多。除了機票，學員自己出一部份，這邊出住宿啊，所有費用都這邊出。我們招收了十六位學員，分成兩組，各拍一個短片，他們分工合作，從劇本到剪接。我們作一些製片上的支援，或是剪接完，廖慶松帶他們修改，結業時他們觀賞自己拍出來的片子在銀幕上放，都很 high。第二屆我的想法是，上一屆有哪些人可以再來的——我感覺不錯可以再來的——他像種子一樣，連三屆都可以來；還有新的（成員）。

然後呢，以後拍短片要用底片拍。因為我發現他們學的都是HD之類，但是

8. 安德烈．巴贊（André Bazin, 1918-1958）法國電影評論家，知名期刊《電影筆記》的創辦人之一。被稱為「新浪潮電影之父」。代表作包括《電影是什麼》（二冊）。

用底片拍，感覺不一樣，要讓他們建立對影像的質感，不然他們沒有質感的要求。就是說要有對影像魅力的美感，心中才有一種依據；即使使用HD，也會往影像上追求，而不是只在人的表情或戲劇上著力，拍得跟電視劇一樣。

電影其實沒什麼——他們一直在討論，去大陸也在討論本土化怎麼國際化——美學而已嘛，當然是從自己熟悉的、有感情的、有話要說的東西開始拍，拍得好，有表達的能力、美學的形式，藝術有種高度，全世界都通啊，這就是國際化。不然是要去迎合國際嗎，怎麼迎合！

如果學員來的時間長，可能用底片拍，找地方政府合作，現在大家都想promote（推廣）觀光，那正好啊，他們至少會補助一些旅館費、餐費，再補助一些錢，就更夠了。

白：這幾年您除了拍片以外，還為不少年輕導演的作品出力，當監製、策劃，等等，有一部分是通過三視多媒體公司，另外還參與許多社會上的草根運動，又辦台北之家——「光點」？

侯：「光點」，是因為龍應台[9]找我——都是別人找我，然後我就捲入了（笑）。

那時候馬英九還是台北市長，把龍應台從德國請回來當文化局長，（那時）還沒有文化局，龍應台是第一任，一手把文化局搞起來了。她長年在德國，真的比較有概念，像老樹保護法，就是她促成在議會通過的[10]。還有古蹟保護啦活化使用這些，都在她任內做成功了幾個案子。

光點，本來完全是個廢墟，以前美國大使的官邸，斷交撤離後就一直荒在那裡像鬼屋，龍應台就說服台積電他們大企業出錢修復，六千萬吧，他們構想把這地方做成電影沙龍之類，方式是外包給民間團體經營，公開招標，也沒人去標——不知道怎麼弄嘛，龍應台就來找我。

捲入了，我很怕做一半，要做就做徹底。我開始盯工程，譬如汽車庫房改成的小戲院，原先是是有窗子的，你說怎麼放映，開玩笑！就改，窗子拆掉用水泥封閉起來，但天花板已蓋好，沒得改了；我把杜篤之找來，從隔音啦、聲光啦、放映間啦，一樣一樣調整。可以說台北之家交屋的時候，我們拿到的是一個硬殼子，細部都不夠，像草坪，也沒舖設噴灑水管，全部枯死了。這些都要盯，我把它當成拍片一樣在盯。

然後怎麼經營這塊地方——自負盈虧。黃文英組的「台灣電影文化協會」在管這些。剛做戲院時比較亂，因為光是片源就很少了，戲院八十幾個位子，怎麼可能去買片？而我們公司居然自己去買片，虧了兩千多萬（笑）。因為藝術戲院的院線，只有八十幾個位子，門檻太高，怎麼可能做。

之後跟文建會談，用小影展（的方式），每一季一個小影展，叫「國民戲院」，各種主題項目組合的策展，這裡放完巡迴到全省幾個縣市的文化中心或藝術戲院放映，片源就有了，慢慢片子也累積多了。現在已經做起來，大家看藝術電影基本上都是在光點，做了七、八年其實很多data（資料），像一個很大的片庫，很多人想看奇奇怪怪電影就會來這裡，就變成有一群人。這也不錯。

白：《悲情城市》以後，您開始參加很多政治的活動，其中比較明顯的一個例子是

9. 龍應台（1952-），台灣著名作家、文化人和公共知識份子。因為《野火集》（1985）引起台灣社會上很大的爭議而受到注目。1988年遷居德國，返台後擔任台北市文化局局長，現任首屆文化部長。其它著作包括《美麗的權利》（1994）、《我的不安》（1997）、《目送》（2008）、《大江大海一九四九》（2009）等各部。

10. 即2002年10月三讀通過的「台北市樹木保護自治條例」。

辦「民主學校」[11]**。**

侯：那個是2004年7月成立的，之前我對政治是不管的。但是講民主學校，就要講「族群平等行動聯盟」——就是2004年總統大選前，我們朋友中間有一個叫楊索的，她本來是《中國時報》的記者，《中國時報》基金會余範英告訴楊索，選舉期間，族群的撕裂非常嚴重，是不是找一些人聊一聊。

後來天心哪、材俊啦，我啊，夏鑄九啊，好些人都去了，在一起聊。聊了三、四次以後，大家就決定說組織一個「族群平等行動聯盟」，準備在選舉期間針對藍綠雙方在操作族群議題上面，提出警告，就這樣成立的。他們推我做召集人，是因為我比較少碰政治，不清楚我是綠是藍哪一邊，也有一個知名度，我自己說賣相比較好，這樣子就變成了一個召集人。

族群衝突幾乎是歷次選舉都發生的，那次又是總統大選。陳水扁是所謂台灣族群或福佬族群，也就是台灣最大的族群的代表，族群議題成為大選主要議題，對他有利，所以他一定操作族群的議題，而且是歷來選舉最嚴重的一次。其實大家心底知道，族群問題在台灣並不是一個重要的社會現象，而是一個操弄出來的政治鬥爭的產物。那時候參加「族盟」的成員，過去都是長期做社會運動的各方面的人，這些人平常各自頭頂一片天，誰理誰啊而且還互相看不順眼、不對盤的，結果都在這個族群平等的最大公約數下聯合，可見當時藍綠陣營對立的肅殺氣氛多嚴重。

我們成立時，幾大報紙都做成頭版頭條，這表示什麼呢，表示大家對政客的激化族群對立忍無可忍，總算有人出來抗衡了。我記得我們每次開記者會，背後的看板大字：反操弄，反撕裂，反歧視……選前就是監督各政黨陣營和總統候選人的言行，誰在那裡挑撥族群，我們就鳴笛、吹哨、喊停，像一個whistle man，吹哨子的人，說你犯規了，你不可以這樣，這樣是不對的。因為綠營犯規多，我當召集人就被罵是打綠，胡扯我有拿大陸資金拍片，是假中立。

選前我還拍了一個九十分鐘族盟成員的帶子，因為我感覺這群人真的不錯，到了一個階段，可以感覺到大家的默契，彼此之間共識很清楚，互相欣賞對方，很敢說；我就選了一天把燈架好，讓大家說，然後就拍了，拍了族盟的那一夜（紀錄片《那一夜，侯孝賢拍族盟》），效果非常好，海外有人主動拷貝了一萬支到處發。

白：那麼辦民主學校的宗旨是什麼？

侯：選前族盟跑出來說當「吹哨子的人」，大選結果是「319槍擊事件」陳水扁靠兩顆子彈連任，票數差得太少了，台灣有一半的人憤怒不服，這種不穩的當選基礎，讓扁家開始不遮掩地貪腐，在那裡搬錢、洗錢，為自己鋪後路。

民主學校的創辦人是許信良，選後他非常悲觀，他認為照過去四年民進黨執政的做法，這個社會力，台灣所有的社會力，在族群民族主義的壓迫下，都別想冒頭；那時候民進黨邱義仁他們也相信，這次連任成功，以後就是民進黨永遠執政了。許信良很擔心，台灣再沒有一個政治組織力量可以對抗民進黨，就來辦一個民主學校。那時候中研院好幾個院士來當顧問，像第一堂課胡佛就來上憲法，講內閣制。

因為選後我們感覺台灣社會力一下萎縮了。2004年當然沒有警總，沒有文工會這些，可是族群民族主義滲透到全社會，變得像宗教一樣，是另一種更強勢的、新型的意識型態在控制人；逼得藍營在野黨不敢面對問題，權力更加集中，反對力量根本出不來。那時候就透過民主學校這樣一個場合，集結知識界和社會界的人，繼續發聲和監督，做一個新民主運動，集結社會力來抵抗政治上的意識型態。

白：您還當校長吧！

侯：跟族盟一樣，變成搞真的了。搞真的了就要組織，大家就看我說，你應該當頭，你比較有名聲而且不是政治圈的人；如果許信良出面，文化界、知識界一堆人就不會來了。許信良其實是個夢想家，他比施明德沒有權力慾，也不自戀不作態，也不怕摔跤弄得灰頭土臉，那我說當頭就當頭，許信良都不在乎，我在乎啥。

我幹事情就是這樣，我就給它認真，就是做事要做徹底一點。結果我們協會馬上被查帳查一年，我根本不理啊。因為對公共領域的事我非常敏感，當初接台北之家案子的時候，我就跟台灣電影文化協會講，我是協會理事長，我

11. 民主學校，由前民進黨主席許信良2004年創辦的一個台灣政治教育組織。侯孝賢擔任校長，政論電視主持人鄭麗文擔任副校長，顧問有中研院的四名院士（胡佛、許倬雲、王德威、楊國樞），其他參與者包括許多政治人物（施明德）、大學教授（黃光國）、作家（朱天心）、音樂人（羅大佑）和文化界的菁英。2004年辦了幾次記者會、論壇和課程之後，漸漸地淡出。

說一定要找一個最好的會計事務所，盯著所有的帳。果然（他們真的來查我們的帳），很厲害。

我假使像他們（政客）就會有問題，但我對物質、錢看得很輕嘛。如果當什麼市長，那些特別費什麼的，一定是有一個戶頭專用，專門是這個特別費，它的用途是什麼，怎麼用的，什麼帳進來，清清楚楚的。我當金馬獎主席，一個月車馬費五萬，我說你們幫我開個戶，刻一個圖章，圖章交給執行長保管，帳戶交給會計部門保管，你們有什麼臨時要動用的錢，周轉或調度怎樣，沒有辦法就從這裡拿。工作人員做得很好，很爭氣，一毛錢都沒動用。

白：那後來民主學校沒有再辦了吧？

侯：我們還是會聚餐，但是你說要推動新民主運動這件事非常困難。因為不是光課堂講而已——講是基本概念，基本信念——還要介入。但介入到什麼程度？再介入就要走政治了。

許信良是做政治的，鄭麗文也是，他倆都從民進黨退黨，一老一少在推新民主運動，政治是他們的專業、志業，所以許信良主張那年年底的立委選舉，民主學校一定要有人參加，他認為如果代表在野陣營的泛藍垮掉，台灣就沒有組織的對抗力量了，所以鼓吹我們要參選立委，召喚大家出來投票。那是他政治圈人的做法，我們很難。

但我也差不多一整年在四處遊說人參選，像楊照啊，藍博洲啊，連初安民的太太林鶴宜——當時是台大戲劇研究所所長，她是宜蘭人，我們就遊說她在宜蘭選。朱天心幾乎要下去選了，最後還是說，有幾百幾千個立法委員，可是只有一個寫小說的朱天心嘛！這個道理現在來講，清楚到不能再清楚，但是2004年那時候的氣氛，一堆人都跳下來了。

就有報紙說，民主學校成立是一件可喜可悲的事，可喜的是社會良心不死，還有人願意跳出來，搶救台灣的民主；可悲的是，我們的政治不能讓一批導演、歌手、作家和學者在各自的領域裡發揮所長，逼得這些人要跳進政治的爛泥巴裡，說一個導演去當台灣民主學校校長，不是正好反證了台灣民主的失敗（笑）。所以最後我們只提出推薦名單。

我感覺要純粹（透過）學校散播理念也可以，但不是對所謂的官僚體系，或者政府或者政治人物——對他們，我感覺就是監督，就是抵禦。反而是老百姓，只有靠老百姓慢慢的改變，這個地方才有可能會改變。只是老百姓太慢嘛，我們要把老百姓喚起來：喔，原來應該是這樣，不要搞不清楚啊。

白：所以民主學校主要想提高大眾的道德素養，提高老百姓對民主社會的了解？

侯：大概是這個意思。那時候唐諾寫了一篇很棒的文章叫〈槍聲後的新民主啟蒙〉[12]，就是說兩顆子彈打出了我們民主機制，原來是這樣脆弱又粗糙。只要用一些國族激情來催眠，然後兩顆天外飛來的子彈，我們的理性當場消失，昨天前天的記憶完全扔到腦後了。但是怎麼辦，這就是我們每天醒來看到的世界嘛，進三步退兩步，歪歪扭扭叫人喪氣，我們又不能換一批更好、更有公民素養的人民，我們的民主還是要靠這些老百姓一次一次投票作成決定，然後大家一起承受這個結果。

唐諾那篇文章說千萬別去神聖化民主，而是去充分的談論它、理解它，甚至質問它。因為民主，本來就是我們人對完美神話和唯一真理的相信破滅之後，產生出來的東西，所以對民主實踐越有經驗的社會，越知道民主的各種限制和缺陷；一個社會對民主的限制和缺陷認識得越深刻，就代表它民主程度越深化。那時候民主學校會說新民主，是這個意思，大家要再啟蒙一次。

白：所以這民主學校，您積極投入只有一、兩年，然後它就慢慢的……

侯：民主學校，本來是族群平等行動聯盟，這已經停了。但我們這些人其實都在，有什麼事情大家都會聯絡，只是辦學校的話，要場所與經費，要長年有人主持一直做。

那年8、9月吧，在臉譜出版社當總編輯的謝材俊（唐諾），就策劃一套「新民主叢書」，講基本民主課程的書，一口氣先出了三本，有《論自由》（約翰・彌爾）、《替罪羊》（勒內・吉拉爾）、《現實意識》（以撒・柏林），是對著2004年台灣的社會氛圍選的三本書。然後是年底立委選舉，民主學校推薦了候選人，我幫高金素梅跟蘇盈貴拍了競選廣告，幫藍博洲、雷倩、鄭麗文、許信良做些文宣或站台……

12. 連續發表於2004年5月6日、7日、8日《中國時報・人間副刊》。

白：您還是以個人身份參加社會活動，像上個月……

侯：（關於）賭博的啦，澎湖反對蓋賭場的來邀我連署，開記者會什麼的。那些是有時間就會去，（另外就是）沒人理沒選票的、少數族群的，還有原住民。

白：前一段時間，您還穿著小丑的衣服上街遊行……

侯：那是幫人選舉的。就是民主學校徵召推薦的立委參選人啊，藍博洲在他老家苗栗選，他叫「行動書房」——把一輛卡車改裝成多功能的宣傳車，可以播放紀錄片，做反戰照片展，也是一輛行動圖書館，在苗栗各鄉鎮跑，蠻另類的打選戰。有一次找我扮成《兒子的大玩偶》裡的三明治人（sandwich man）助選，幫我穿小丑服、戴一個紅球鼻子，手上搖著波浪鼓（笑）。一堆藝文界的人也捐珍藏品義賣，募到差不多一百萬，送給藍博洲當競選費用。

我也知道沒什麼用，但我知道，掐政府他們的痛處。他們拿我沒辦法，我會掐他們的痛處，指名罵，讓他們緊張一下有反應。像台北縣三鶯部落，馬英九選舉前講錯一句話，「我把你們當人看……」他怎麼會這樣講，其實他是想說完全尊重你們，但他講錯了，所以被罵得很慘（笑）。因為三鶯部落住在大漢溪三鶯橋下，是行水區，就是萬一溪水暴漲到一個程度的時候，這一部分高灘地就會淹掉。雖然機會不大，但現在氣候變遷很難說啊，八八水災不是一下子就來啦。台灣原住民三十幾萬人，漢人來就佔他們的地，騙、拐、踢走，以前台北淡水河沿岸是一個部落一個部落，全部被漢人弄走。他們以前都在移動，這一塊住不慣或天災，就移動到別處，等於是無人之地，所以他們是最早的（墾荒者）；後來（被）趕、趕、趕，就變成漢人的。

台灣經濟起飛以後，他們下來平地打工，做了一輩子這種蓋房子的綑工、模板工和其它勞力，現在老了回不到故鄉，故鄉也沒了。像阿美族喜歡水邊，他們就會在水邊種植、居住，講他們的母語，都是老人；他們的小孩有的也住在台北，但他們就是喜歡這種聚落式的生活方式，跟鮭魚、陸蟹其實是一樣的意思，都是DNA的作用。

那台北縣政府就是拆除。他們被拆了以後沒地方去，又聚集回來，用拆成廢墟裡剩餘的材料自己再搭。這樣從80年代到去年2月，給拆了七次，台北縣政府一方面引用《水利法》，可以隨時強制拆遷——可是另一個單位又照樣供應水電，部落裡多的時候有五十戶兩百人左右——在縣政府的法律定義下，是一個違建社區。那拆了蓋，蓋了拆，阿美族很會蓋房子的，都快三十年了，以前是每隔幾年拆一次，到去年（2008）2月拆，不到一年喔，11月又貼公告要拆。因為以前這塊地方鳥不生蛋、無利可圖嘛，地產開發商不會來，縣政府每次拆除以後也沒有公共工程在規劃，所以三鶯部落才有空間，活了快三十年。

那現在呢，都市一路擴張要來這裡了，先弄些河岸景觀設施什麼的，所以2月拆，11月又來拆，先斷水電，我火了——他媽的。他們找我，我就去了，我去了剃了一個大光頭，在記者會上，我就咬這個。因為上次馬英九講錯話，他知道三鶯部落啊，他就會關切、打電話給台北縣，有這種微妙關係，有時候就會打中。

其實主要是有一個非常優秀的年輕人叫江一豪，他本來是「苦勞網」特約記者，專門跑勞工弱勢的新聞，因為採訪他們部落就捲進去，組了「三鶯部落自救會」，帶他們族人第一次上街頭，到台北縣政府前面，不分男女、用集體落髮的方式抗爭，（縣政府）不理。接著他們又到行政院、中正紀念堂廣場落髮剃光頭，雖然媒體照樣冷漠沒什麼理，可是一些社運人士跟學生都加入聲援了。最後我也加入到總統府前的凱達格蘭大道上剃光頭，結果成為當天中午各個電子媒體的頭條新聞，那台北縣政府當天下午就宣布緩拆！到現在快一年了，他們自救會發展得很好，（台北縣長）周錫瑋提出「易地重建」的方案，在找到適當地點之前，部落可以一直住著。

白：您參加這麼多的社運，還有……

侯：這些社運的人，都是「族盟」那時候認識的朋友，他們有事找我，我有時間就會去。像台大城鄉所所長夏鑄九，就在幫新店的溪洲部落，看能不能有一個溪洲阿美文化生活圈這種。政府一定要民間推，它才會動，它現在就要學習面對河濱部落都會原住民的問題。

像簡錫堦本來是民進黨的，出來組了一個「公平正義聯盟」，藍綠之外他提泛紫主張，我覺得很好啊，族盟的時候我們也一起。後來他們辦「和平影展」，都在光點放映。還有顧玉玲，她從開始就做工運，有個「工傷協會」（工作傷害受害人協會），她一直幫勞工職災的人；她現在是「踢哇」（TIWA台灣國際勞工協會）理事長，組了一個台灣移工聯盟（MENT），還設置移民移工的庇護中心。

還有夏曉鵑，民主學校的時候她來上課，她本身在世新大學社會發展研究所教，她帶的是「南洋姊妹會」做新移民運動。一般大家說外籍新娘、大陸新娘，其實正確應該說是新移民女性。她們除了上街頭，我也建議她們可以自己拍片，用另種方式把聲音告訴大家，我們公司可以提供器材啊。

白：這些社會和政治方面的活動，會不會斷斷續續開始流入您的創作或影響您的創作？還是盡量把它們跟電影分開來？

侯：我感覺這是一體的。我的電影都有一個核心，這個核心不見得是介入這題目，但都是站在人的角度，所有的人都在移動中留下了足跡。顧玉玲不久前出了一本叫《我們——移動與勞動的生命記事》，有很大的回響，我看了四遍，還試寫了序場幾場戲。我想只要打動我的，慢慢都會流入電影。

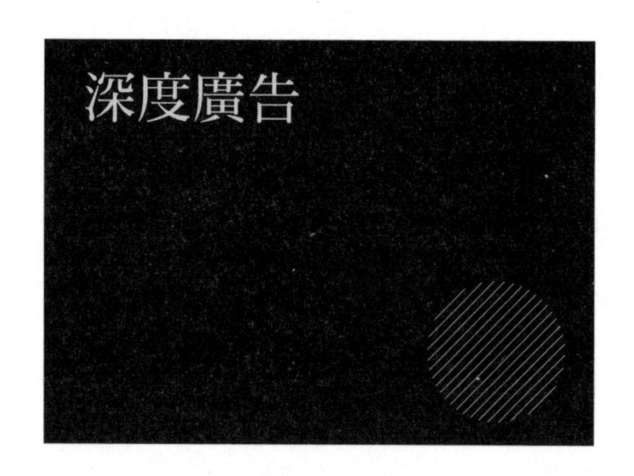

白：除此以外，十幾年來您也拍很多廣告。廣告的製作和拍攝，會不會對您拍片有所貢獻？還是覺得會分散您的精力？您把那資源拿來拍您自己的片子？

侯：拍廣告是無意間開始，人家找我拍的。大概是十八年（前），第一部是拍麥斯威爾（Maxwell House）咖啡，之前這廣告蠻成功的一句話，「好東西要與好朋友分享」，孫越代言，他的聲音語調很有感染力。我接的這個文案，講一位燕京大學的教授來到台灣，懷念以前的咖啡——以前他們在燕京校園裡面喝咖啡，在宿舍談論時事。我感覺這有意思，《聯合報》有很多歷史鏡頭的老照片，就將它結合在一起。

他們拍廣告的，一般不會找我——都是那種文人的（廣告類型），因為對他們來講，那種難拍。後來要我代言麒麟啤酒，我說我絕對不代言，那問我，不然就幫他們拍，我說拍可以啊，可以找吳念真來演。後來有一家威士忌出到一千多萬——一千五百萬——要我代言我都不肯，他們說你的日本好友北野武也代言啊。我絕對不代言商品。最早有那個credit card（信用卡公司），美國的American Express，他們不是付酬勞給我，而是透過廣告公司來說：他們拍過很多名人，這攝影師很有名、會從美國來，他們想拍我，當然沒有酬勞，但是他們是這樣，（我就成為）AE卡的名人。我說我基本上對資本主義有點反感，我直接這樣說，很好笑。不然是怎樣，他們以為給我一頂皇冠，我應該感到榮幸嗎?!

白：但是幕後拍廣告，跟當個代言人，您覺得在本質上有很大的差別嗎？

侯：因為幕後是一個技術，影像技術可以賣，個人形象不可以賣——我為什麼要用我這張臉去賣東西？現在的廣告片，都是直接的賣（產品），不只台灣，全世界都這樣。先前的廣告片，有一種人文的味道，那表示台灣有些人還接受這種東西，還有效用。但這種東西已經無效了，現在都直接叫賣的，所以我不拍也拍不來，就是這樣。那我先前拍呢，因為我是拍電影的，拍的跟他們不一樣，所以想要有某種效果的，才會來找我。

早先我幫一個汽車拍廣告，「三菱」他們的概念，車子是家庭的延伸，我說好吧，我幫你們拍。就拍新婚夫妻要結婚、佈置家的一種狀態，最後是車子在跑，連續三個這部車的jump cut（跳接）——但我拍車，其實拍得很醜，我根本不會像他們那樣拍漂亮車，而且連續跳接——他們一直搞不懂為什麼要這樣子弄，那位日本的創意總監說太過頭了，不需要這樣連續。我說車子就像家庭，重覆剪車子，感覺車子是有意識的，是活的！他們聽不懂，但我很硬啊，他們不能改的，拍出來果然（大賣）！他們新推的車叫Lancer，那個總經理林信義，後來當經濟部長，跟我一個鞠躬。我說我只提供一個想法，再把這想法發揮出來，主要是你們自己銷配的機制，定價、定位什麼的做得很好。他說不是，很多媽媽帶孩子來，說「一定要買這個車！」那時候才知道廣告渲染力很強。之後又拍了三個，要再拍我就很煩了，因為都同樣的東西。後來我就說差不多了，就不去開會。

就換「麒麟」，「日本電通」在台灣的頭。那個（負責）人很不錯，他們專業，而且很尊重，說可不可以請我演，我說不演；他說可不可以請我拍，我就拍了廣告。我為什麼會接受，因為他們的構想是探索台灣之美，就是偏僻的、沒有人發現的那種地方，我想這個可以，就拍這個。當時有一種氛圍，廣告片當人文在拍。我找陳明章來配樂，不料那條歌大紅，「有緣無緣，大家來作夥，呼乾啦，呼乾啦」，大街小巷都聽得見，變成年度語，而且麒麟啤酒一下衝上來，變成進口啤酒裡銷售最好的，把台啤嚇了一大跳（笑）。

至少不拍片的時候，拍廣告這錢可以養我公司。後來就越來越少，因為已經拍些有的沒的，我根本懶得理他們；他們也懶得找我，因為我要的錢比他們一般的都高。最近拍法國的那個雲南茶，我覺得腳本不錯，然後公司太久沒拍片了，開銷很大，我就說好吧，對我來講這只是一個禮拜工作的事情。

白：是您第一次到中國大陸拍廣告嗎？

侯：算是。在西雙版納，實際拍攝兩天，就是要拍有霧的清晨，主要是找場景，要判斷。找畢安生來演，他是在台灣的法國人，在台大教書，最早（拍）李天祿那時候，我就認識他了，我電影的法文字幕都是他翻譯。李天祿叫他「畢龜」（台語），因為演布袋戲的一個人駝背叫畢龜。他小我一歲，之前拍Toyota（豐田）的車子，「鋸車」也是找他——他做拼貼畫很有名，一雙手修長漂亮，就找他來鋸車。因為我一個很熟的廣告創意朋友阿川（林森川），他只想到鋸車，可是不知道怎麼弄，叫我來，我說好吧，讓我幫你想一想吧。

他們的要求是想給觀眾看一部鋸開來的車子。他們把一部車子切開，就像切西瓜一樣，切開給你看。切開車子當然可以，但是那個「說法」到底是什麼？跟朱天文正好聊到卡爾維諾（Italo Calvino）的《給下一輪太平盛世的備忘錄》（*Six Memos for the Next Millennium*, 1988），其中有一篇卡爾維諾說，「深度是隱藏的，藏在哪裡？藏在表面」，我就把這句話當作廣告語了（笑）。深度是隱藏的，就藏在表面，是文字與文字結構透露出來，跟電影很像，影像之間透露出某種訊息，所以就用這個說法來鋸車。

廣告已經很久沒拍了。後來會接一些公視啦、故宮博物院啦或政府的，但是不多，說穿了還是人文一些的。這次上海世博城市館部份，台北館有參加，市政府他們直接來找，因為鴻海郭台銘說他是台北市民，出錢捐了硬體的建築，裡面有360度的銀幕，找我做關於台北的3D立體影像，我說好吧，為了台北市民在上海世博不要太漏氣，就幫忙。但是很麻煩，非常麻煩，接了台北館這兩個主題，一個是垃圾回收，一個是寬頻上網，剪成《台北的一天》。3D立體實拍是很難拍的，連器材的使用都限制很大，而且台灣還沒有這種技術，他們新進了一種，還是做不到，結果台灣有一個做了很久土法煉鋼的效果反而還好。

最近不是十二月要推出全球聯映的《阿凡達》——就是《鐵達尼號》的導演 James Cameron，那個很厲害，但是他是實拍的，他都不敢太「凸」，因為太凸逼到眼前很難看，尤其是拍人。

白：某些人說，電影的未來就要拍3D立體為主的，至少所有的大片都是3D的。您覺得不太可能吧？

侯：美國現在都立法，不能太凸，太凸會傷害小孩的眼睛。而且那種看多了，也懶得看，因為不過就是個（新奇）玩意兒。只有在動畫，3D動畫還比較可能，香港迪士尼樂園裡那個3D做得很棒，完全不會讓人不舒服。但是香港機場航空中心什麼的戲院那個3D是實拍的，簡直難看到不行，又不好看。

那個東西很難，因為違背了我們的眼睛了，那是一個假象，而且在藝術性上是很低的，那個形式會破壞藝術性，老實說，不值一提。最主要是美國佔優勢，他們的3D立體產業一直在擴張，你搞不過他。

白：這輩子當中，給您帶來最大影響的電影、小說、音樂等等，有哪些作品？你經常提到《從文自傳》，那肯定是其中之一吧，但除此以外，還有哪一類的創作給您啟發和靈感？

侯：早年我讀了很多武俠小說，通常我喜歡的作者，我就會上上下下把他的作品全部找出來看，後來發現金庸是集大成也是最好的。剛剛談到沈從文，他的學生汪曾祺的一些短篇小說也很感動我。

除了中文的小說，我也讀很多歐洲和日本的作品。因為每個國家的地理、社會和政治環境都不一樣，每個偉大作家都有自己的特殊視角。現在我覺得歐洲的文學作品很令人驚訝。

通常看那麼多書，有一本兩本正好是match（配合），match到你當時的狀態，就特別有啟發。沈從文的自傳提供我一個view看人間的事情，一個作者自己身邊的事能夠這麼客觀，這是不容易的。不太有什麼激動、情緒在裡面，就像上帝在看這個世界一樣，這樣反而更有能量。

每個人都有一個主觀的情感，但要會分辨，就是你的藝術性跟你的美學素養到什麼程度，包括你怎麼看這事情。假使像神這樣看的話，就有另一個味道、另一個層次，可以盡量客觀，不帶任何情感——這樣看得很清楚，而且會超過當初想拍這事件的想法。在還原這事情的真相時，比如說社會新聞或什麼事件，假如很主觀的話，那就是很意識形態的，就很小很窄。沈從文提供我這個，這對我有感覺，對別人沒有，所以這東西很奇怪。

其實我為什麼會有這感覺，要追溯的話只好從頭說起，我處在一個很特殊的環境，文化相異，家裡面講客家話，出去是閩南話，已經有一種旁觀者的眼睛了。就像我喜歡的書，管理學大師彼得・杜拉克（Peter F. Drucker）出了一本書叫《旁觀者》（*Adventures of a Bystander,* 1998），寫他少年時期的記憶，包括佛洛伊德，他小時候都見過。這本很有意思，他看世界的眼光真的很不一樣，他年少的時候可能不自覺，但後來回憶那些東西時，馬上穿透到事物後面的結構。

就像看布列松的，純粹看嘛，《慕雪德》（*Mouchette,* 1967）就很過癮，它其實是戲劇性的，不是用演員的神情來吸引你，而是個體的味道來吸引你。它也是冷酷的，因為要透析出事物後面的結構。我非常喜歡《慕雪德》就是這樣，它前面那些抓雞（的場景）有沒有，拍的味道非常非常真實，而且非常古樸——那種抓雞的方式，設一個陷阱讓雞去衝——就想到《冬冬的假期》抓麻雀，那是我小時候的記憶。

白：說到抓雞，我不得不想到《風櫃來的人》那場捉雞的戲，那四個少年一直抓，但抓不到……

侯：喔，殺雞，沒殺嘛！因為少年嘛，不像媽媽一下就解決了，（笑）他們就是不敢嘛。

白：我記得那麼清楚，因為它好像是整個電影中唯一用手提攝影機拍攝的鏡頭。

侯：我是一直拍，拍了再剪，我用 jump cut（跳接），因為《風櫃來的人》在結構和剪接上跟以前不同。電影的喜好我想也是看時機的。像我以前看小津的電影——拍完《童年往事》有人給我兩捲帶子，我就在看，其實《風櫃來的人》的時候就給我了——我看了一點點沒辦法看，怎麼字幕都一樣，人都差不多，沒辦法。再換一捲，怎麼人都是這樣，算了！

後來我去法國，馬可・穆勒[13]（Marco Müller），就是現在威尼斯影展主席，那時候我們蠻要好的，他說有兩部片子一定要去看，一部是小律的片子——小津

13. 馬可・穆勒（1953-），義大利電影評論家，電影歷史學家，曾任多屆電影節（包括鹿特丹和盧卡諾）的主席。多年來在歐洲積極推動中國和亞洲電影。

他講成「小律」（笑）！我就去看，在巴黎的藝術劇院，看了那兩部片子。一部是中國40年代的片子《烏鴉與麻雀》，我叫它 two birds；另一部就是《我出生了，但是……》（1932），小津早期的默片，哇，我看了好好看喔！那麼早他電影的核心已經有了，最後那小孩對父親已經有點幻滅，然後小孩鬧過睡著了，父親跟母親在牀邊看著兩個小孩，母親就說真不知道長大後會怎樣。

那種對人的社會、人的階層，人的那種蒼涼、無奈，已經完全出來了。小津拍的小孩，其實已經在社會結構裡了，已經在暗示社會結構，跟那原版《紅氣球》有點像。《紅氣球》小孩爭奪氣球已經很殘忍了，那個預示了以後成人社會的一種殘忍，純真很快就要沒有了。

我看了這部默片，回去才看他（其他）的片，越看越有味道。後來有一年金馬獎影展有他的片子，我就看，越來越清楚，他為什麼有演員家族，因為他對真實有一種要求。所以永遠都是笠智眾演爸爸，不然就哥哥，笠智眾其實很年輕就演很老，女兒那幾個都是他的搭配，有時候中間會有新的，原節子最後換了岩下志麻。原節子演了許多部。

他就是（拍）嫁女兒，他拍別的，都沒有嫁女兒好，都是用這種演員，同樣的演員，因為他不必費力氣在不必要的地方。他主要是傳達那個核心，他不必找個新演員弄半天，那些演員對他來講，是絕對真實的父親、母親，他不必再浪費精神了。他唯一改變的，就是女主角原節子。

他拍《晚春》（1949）的時候差不多四十六歲，那女兒（原節子飾）跟父親（笠智眾飾）之間，哇，有一種張力！——聽說父親要再娶，跟父親一起去看能劇，原來是「那個女的」也一起看。喔！原節子是代母職，她會管他父親，不准賭博或幹嘛，很兇。

我去參加研討會，外國有論文說父女在榻榻米上，睡在一起，暗示之間的什麼，我說屁！把我氣死了！真不懂日本，日本是全家一起洗澡，從小全裸的。在日本，女的是不避男的。他們都不懂這個又胡扯，說是戀父情結。

小津跟布列松完全不一樣，但其實也一樣的。但小津比布列松厲害，他找的是演員家族，來傳遞人生的不得已跟無奈，可以講為「蒼涼」。

白：您其實也有一批演員家族，但是隔了五、六年都會換，或是其中一部份都會換掉。

侯：這些人也許有些部份是我的投射，我選的女的或男的，基本上都有一種質，最少是我可以接受的。很怪吧，我感覺的蒼涼，對人生的這種看法，看自己家庭

——我一直在往外跑，其實知道有一種無法靠近的，一種悲傷，家庭有一種悲傷，那種氣氛，從小這感覺就養成。

我上次有講，碰到阿薩亞斯我說：「你的片子 very sad。」他說：「哪有你 sad！」（笑）。我從小是很調皮很熱情的，但是沒辦法，底子還是這一塊，最深層的底色還是這個。

電影我喜歡的，還有成瀨巳喜男的《浮雲》（1955）。它描寫戰後，還有一段戰爭期間在南洋（越南）的倒敘，描寫的是，戰後完全失去信念的狀態。那個不是用宗教，不是用愛情來救的，那女的最後死在（屋久島）那邊，那男的幫她上了口紅，非常的 sad（悲傷），非常的蒼涼，戰後日本人的一種狀態。

白：前面提到與黑澤明的友情，他的電影也給您帶來很大的影響嗎？

侯：他的片子是年輕的時候看的。他有一種……其實跟看武俠小說差不多，他有一種社會正義，他的片子有這種強烈的意識。他裡面的技術很好，打鬥有力道，那個三船敏郎，一下就解決（對手）了（笑），殺陣很厲害。他跟我以前看的武俠小說是契合的，他跟我一樣是四月生，牡羊座，所以他有那種義憤之心。

白：您是通過影展才認識他的？

侯：因為認識他的製片，野上照代[14]，女製片。野上是《羅生門》（1950）開始跟他的，起先當場記，後來慢慢變成製片了，一直到黑澤明去世。

他談我電影很好玩，對我的啟發也很大，譬如我的電影拍一個主要人物，居然旁邊的人可以在前面來來去去這樣，哇，他說他們片廠的制度是不可能的！明星就是明星，不可能被人在那裡擋鏡頭的。他感覺那拍法的有趣，最喜歡的是像《戲夢人生》整個呈現的複雜，他對這個很有興趣，絕對不是簡單的電影。

由他的眼光、談論，可以感覺到他們以前片場的製作（環境），尤其有聲片開始以後。怪不得小津的電影不往外走，因為沒辦法，器材已經很龐大了，在外

14. 野上照代（1927-），從1950年擔任黑澤明製片公司經理。小說創作包括《致父親的安魂曲》（後來改編成電影《母親》），電影回憶錄有《等雲到：與黑澤明導演在一起的快樂時光》。

面拍片很困難，只好乖乖的在攝影棚裡；攝影棚就更固定他的演員家族了，就完全傳達他的理念。

所以怪不得黑澤明，他們說布景搭好了，演員決定了，定裝，穿好衣服確定了，演員每天要到現場，還沒拍耶——沒拍的前兩個禮拜或是一個月可能都有耶，每天穿好衣服待在場景裡，要進入那個角色。因為「定裝」的意思其實就是這樣，進入角色。

他在細節上要求很嚴，包括武士刀砍到人的聲音有沒有，他說要用豬皮（代替皮膚），裡面不知道包什麼；打鬥的聲音，等等。音效上為了寫實，想盡辦法開發出來，對這很認真。還有騎馬揚塵，地下要挖開，鋪沙，上面覆蓋實土，馬蹄跑過就有灰，成煙起來，這是他對影像的美感要求，很嚴厲。很嚴格，精神奕奕，哇，八十幾快九十了。他要不是跌倒——老人最怕跌倒，李天祿也是跌倒——不然他可以活很久。

白：黑澤明提到說，讓演員在拍之前就進入角色，您有沒有採取過這樣的方式？

侯：幾乎沒有，除了《海上花》，但也只是叫他們練習抽大煙之類，練到成為下意識的慣性動作。因為我用的演員，多半是長期合作的類似電影家族這種，你懂我意思嗎？

白：因為與他們已經有很豐富的合作經驗？

侯：他們每次都問高捷：「導演每次跟你合作，有沒有跟你講故事啊？多少（幫助）進入角色啊？」高捷說：「沒有耶。」（笑）「我就是來演一個好兄弟。」那就是演員家族。

白：那跟明星是不一樣的，他們是不是要用一點時間來習慣您的電影家族？

侯：明星我在挑的，這個判斷其實很重要。我說用李嘉欣，他們說你瘋了，李嘉欣根本不會演戲，她是花瓶，有些很毒的媒體也說。我說沒見過她，不知道，跟她吃一頓晚飯就知道了。她其實心裡面有算盤，很清楚的，她就適合那個角色。她選擇婚姻什麼的，厲害得不得了；她知道她的位置，她最後要幹嘛、走哪條路清清楚楚的一個人，所以我找她演。別人找她演，看不到這個，我卻選了她這個。

有些明星來，對我等於是非演員，我看他特質是什麼，怎麼用。有演員家族最好，現在應該再重新建立家族，就可以拍得很快（笑）。

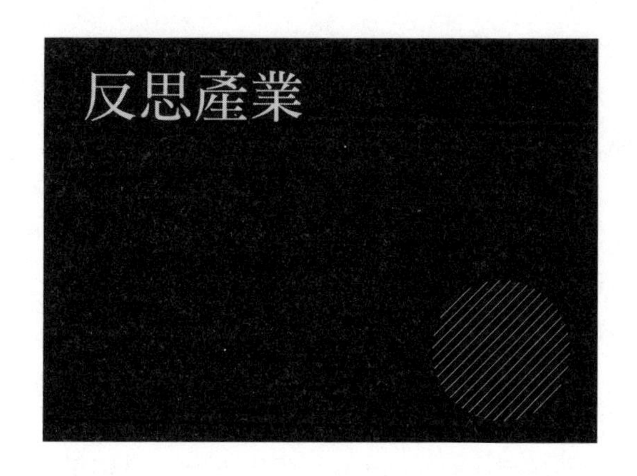

白：西方有很多媒體，非常關注大陸電影的審查制度，他們會一直在談「Banned in China」，相對來講，海外對台灣的審查跟分級制度都比較陌生。台灣的分級制度現在是如何？從您入行的70年代到現在，有什麼樣的變化？

侯：台灣以前跟大陸一樣要審查。劇本就要審查，不要說電影了。不能通過的就要剪，我們有時候會去吵，基本上政府很硬。在新電影期間呢，那個「削蘋果事件」，中影的總經理去對抗，他找他的人脈去解釋電影為什麼要這樣做，所以被他說通，好像只剪掉一點點。

白：是不是《悲情城市》裡有一個鏡頭是邱復生拿掉，後來又放回去了？

侯：有一場在山上捕捉（異議份子）的，國民黨（政府）要把它拿掉，但很快《中時晚報》登出來，他們就不敢動，因為（輿論）聲勢太大了，不敢剪。

後來不知道什麼時候開始電影分級，那簡單啊，設定級別就好，也不必動剪刀了。像蔡明亮的《河流》、《天邊一朵雲》他們都想剪，後來也算了；有時候海報太露骨的，他們也想動，但是只要堅持，也不了了之，所以後來也沒有了。現在審查制度已經完全沒有，只有分級。

白：過去有沒有一種經驗，就是沒有經過您的同意，片商或製片人把您的片子剪了？

侯：我會罵人的！最早《就是溜溜的她》的老闆，他會剪掉——那氣氛有一點感傷的，他覺得不好，要剪掉。我是記仇的，剪掉，我就知道你這老闆到底是怎麼回事，搞不清楚狀況，我不理你。其實後來有很多事可以幫他，但我不幫他，不跟這種人合作。但這種並不多。

白：您在剪片子的時候，總該有一些非常傑出的鏡頭，但是因為節奏或劇情的關係而犧牲了，剪掉了。所有電影裡面，您最捨不得或心痛的被剪掉的鏡頭有哪些？

侯：沒有，該怎麼樣就怎麼樣。你問廖慶松就知道，我比他冷酷多了，比較客觀。通常導演拍完，不會那麼客觀，但我感覺比剪接師更狠，電影再大也大不過生活，不要把電影看得太嚴重了。看得太嚴重就不會有一種明亮。

是電影來服侍我們，不是我們去服侍電影。是透過我們去敘述一些事情，過程就是收獲，不要把它看得那麼重。所以我跟別人不太一樣，好像別人一定要版權，我幾乎不管，我不會受這個東西的妨礙。

白：從入行到現在，台灣電影工業經歷過很大的變化，您覺得最大的改變是什麼？同時應該還有一些東西完全沒變？

侯：台灣是一個移民社會，來這邊的人沒有要建立一個久遠的價值、一直要堅持做的，我感覺沒有，都是很快、適應來適應去的。做電影的這些人，基本上以前是國民政府這邊，中央電影公司來了，但是並不能成為一個什麼東東；因為所有的上海電影公司都撤退到香港，只是人口有限，所以香港（電影）有很多在（台灣）這裡做。

那時候看電影是很熱的，因為沒有其它的娛樂，台灣電影早期是這樣，有電懋、國泰、邵氏[15]的片子，一堆，大多都是大陸（還來）的技術人員。（這種盛況）一直到台灣的本土題材，李行算是最早的。之前有一些台語片，那是十來天就一部片，很快的，他們錄音室是一排一起的，配音連效果一起，一天兩天就幹掉的。

台語片很多，帶著中華文化的遺緒拍的。李行是真正拍了很多台灣的題材，不管他是什麼樣的角度，他就拍啊，《街頭巷尾》（1963）也好，《養鴨人家》也好，《蚵女》都是。

然後（台灣社會的）經濟起來，中產階級起來，很多觀念都改變了，商人是什麼東西好賣就賣。就是片商起來以後，就開始控制戲院、院線要什麼片，後來進了很多香港片，都是指定導演、指定演員，拍到最後就垮了，把台灣也弄垮了。

中影在明驥、林登飛（卸任總經理）以後，劉泰英開始掌管所有東西，就變了，沒有人把電影當一回事，就不拍片了。中影不拍片的意義很強烈，因為沒有一個龍頭了。以前有中影、國聯，（電影公司）很多，這些都沒了，片子要從本地製造或從外面找——本地製造他們不相信，捧著錢去搶香港的片子，一樣的劇情一樣的面孔。

這跟韓國前四年一樣，就垮了，沒人看的。正好WTO在談判，就全部開放，他們以為可以進外國片，但是美商八大公司不可能讓你掌握的，不可能的；進歐洲片，賣不好就不進了。

從李行的健康寫實到新電影，算是一個重要的階段，它真正面對台灣的生活與本質。（後來政客）誇張成台灣意識，為了鞏固自己的權力而啟動族群意識去結合地方勢力，瓦解國民黨內部的結構，所以才會有什麼新黨、親民黨，整個都變了。這種政治上的鬥爭激化成民粹，激化成本土的台灣人和外來的中國人（對立）——李登輝把它們分割了。這就很慘，大家沒有辦法安靜下來，看台灣到底怎麼回事，應該做什麼才是台灣最重要的，這是一個很大的危機。

白：而且我看在這個情況之下，台灣的演員和幕後工作人員都往大陸去發展了，包

15. 「電懋」是陸運濤於1956年於香港成立的電影公司，是國泰電影公司的前身。電懋拍攝了許多票房極佳的鉅片，如《四千金》（1957）、《星星月亮太陽》（1962）等。1965年陸運濤因空難喪生，電懋改名國泰（香港）有限公司。
邵氏兄弟公司於1957年由邵逸夫創辦，出品了許多成功的製作，如《梁山伯與祝英台》（1963）、《獨臂刀》（1967）、《少林三十六房》（1978）等。邵氏後來成為亞洲最具勢力的電影王國。

括您合作的演員，像伊能靜，都到大陸去了，演連續劇啊。

侯：很多人去大陸發展，因為大陸等於是他們的第二春，一些老（一輩）的歌星在那邊重新起來，很多演員從年輕開始，已經往那邊移動了。新電影以後，電影行業瓦解，有人進入廣告圈或者離開——以前沒有工業，現在當然更沒有了，新的技術人員都不夠。新的一批才要起來，但是跟舊的傳統沒有接上，就像我這種班底已經很少了。

白：像杜篤之、廖慶松，也經常參與大陸一些電影的製作。

侯：他們主要是剪接跟配音，在技術上，因為技術沒有地域的限制，比較容易。

白：過去中國電影與香港電影分得清清楚楚，從演員和工作人員到資金，拍攝場地，等等，都分得一清二楚。49年以來都是這樣。但自從香港回歸以後，什麼是港片，什麼是大陸片，開始越來越模糊，現在完全合併了，您覺得台灣將來的趨勢也是這樣嗎？將來台灣、香港、大陸各個電影工業會合為一體嗎？這對台灣本地電影是威脅還是機會？

侯：這裡面還有一種時間的差距，就是所謂現代化的過程。我們比他們（中國大陸）早，跟他們的現代文明不一樣，我們的分級制他們都還沒有，因為這個不一樣，台灣的思考點就是「台灣扮演什麼角色」。他們的電影還是停留在集體意識的延續，還沒有強烈地以個人去抒情、抒發的這個角度，我感覺台灣要扮演的是這個角色。陳國富才找到一個切入點，他的《風聲》跟以往的大陸片不太一樣，集體意識之外，人的成份比較重。

兩個文化已經不太一樣了，但是整個母體又很相近。他們常問我為什麼不去，我在大陸認識那麼多人，為什麼不去？我說沒辦法，了解他們的生活細節，需要很長的時間才有辦法。然後我看的角度不一樣，拍出來的片子他們沒有辦法接受，這是一定的。他們假使對他們的文化和生活有一種角度以後，拍出來的電影一定是特別的，但是他們看不到這個，人在中心看不到自己，在邊緣才看得到。他們應該做自己本身，應該有一個眼睛看到自己，模仿西方沒用。形式不是問題，是內容才重要。

前五、六年有一條歌叫〈老鼠愛大米〉在大陸很紅，他們自己作的，在香港

（賣得）不錯，在台灣感覺很好玩，台灣KTV也有人在唱，算蠻紅的。我說這就是他們的當下，我女兒說老鼠怎麼會愛大米，老鼠應該愛起司——這是受美國的影響——這是有差別性的。要看清楚，要有一個眼光。

我們看得清楚，但我們很難表現大陸當代的題材，因為電影是呈現生活的細節，我們拍就不準了。他們現在一胎化，整個家庭結構和社會結構發生變化，只有一個小孩跟家人的關係，父母集中（關注）在他身上，沒有兄弟姊妹，他在外面交朋友的方式跟有很多兄弟姊妹是不一樣的。這些東西我們抓不準的，我們要在那邊生活很久才能拍。

白：目前台灣您比較欣賞哪幾位導演？

侯：中生代很多不錯的，就是大環境不好。拍一部片子找錢不容易，一個導演應該知道自己的生存條件，怎麼去找資源，片子後面是什麼。好的時候，資源亂花，後面就沒了。

張作驥[16]現在又開始創作了，他拍了幾個（作品）不錯。他很奇特，他的片子都是黑暗的。但他就是整理還不夠，環境不好，環境好就能一直做，就會很成熟。

林正盛[17]早期都不錯。還有吳米森[18]不錯，他的風格比較特別。陳玉勳[19]是很local的，拍《熱帶魚》，後來市場不好，就去拍廣告了，他廣告拍得很不錯，一下回不來了。蕭雅全也是回廣告十年後再拍，那都影響很大。鍾孟宏[20]也是非常聰明又能攝影，又能導演，編劇也不錯，可惜拍廣告多了。

電影這種表達力，基本上也是要隨時隨地累積的，不是說我懂得影像就來

16. 張作驥（1961-），台灣電影導演。曾經擔任虞戡平、嚴浩、徐克、侯孝賢、黃玉珊等導演的副導。為台視拍幾部電視劇之後，開始擔任電影導演。代表作包括《忠仔》（1995）、《黑暗之光》（1999）、《美麗時光》（2002）、《爸，你好嗎？》（2009）。
17. 林正盛（1959-），台灣電影導演，作品包括多部紀錄片（《老周老汪阿海和他的四個工人》（1991）、《我們的孩子》（2007）等片）和劇情片（《美麗在唱歌》（1997）、《天馬茶房》（1999）、《魯濱遜漂流記》（2003）、《月光下，我記得》（2006））。
18. 吳米森（1967-），台灣紀錄片和電影導演，編劇。生於台北，畢業於紐約市立大學。作品有《起毛球了》（2000）、《給我一隻貓》（2002）、《月球學園》（2003）、《松鼠自殺事件》（2006）。
19. 陳玉勳（1962-），台灣電影導演，作品有《熱帶魚》（1995）、《愛情來了》（1997）、《夢遊夏威夷》（2004）、《總鋪師》（2013）。
20. 鍾孟宏（1965-），台灣電影和紀錄片導演。美國芝加哥藝術學院電影碩士。代表作有2006年的紀錄片《醫生》和2008年的劇情片《停車》。

拍電影，不是這個意思；或以為沒問題，等我有錢再拍，沒這件事！戴立忍不錯，但他也不年輕了，他拍了一個短片（《兩個夏天》，2000），又拍了香港體制裡面的結構（指《台北晚九朝五》，2002），那個對他來講是一個訓練，因為很難。後來他拍《不能沒有你》又回到了他本身，我想他開始會有一系列的作品出來，會很不錯。

其他就鈕承澤，年輕一輩的。鄭文堂[21]，其實他第一部（長片）《夢幻部落》最好。

白：《夢幻部落》我是當年跟天文一起看的，她對那種團隊精神很感動，覺得跟你們當年搞新電影一樣，互相幫忙。戴立忍也在裡面客串……

侯：對。鄭文堂當初的敘事結構不是這樣，廖慶松幫他調整，本來是穿插交錯的，調整後就跟著角色走。

有些人跟廖桑合作以後就不再合作，退得遠遠的，就很怕說剪接時變動太多。對我來說，只要看得過癮就好，不然我怎麼會讓楊德昌幫我弄什麼音樂，我們那時候幫來幫去。有些人個性上很會吸收，像海綿一樣；有些人有他較強的自尊，都會影響到。

白：海外的導演您比較欣賞哪些？

侯：外國導演新的，很少注意到，都是老的，每個都有他的特色與特質，我感覺每一個都不一樣。如果要我去欣賞一些，也不是那麼容易。

白：80年代末、90年代初期電影產業的危機，問題到底出在什麼地方？是市場無法與第四台和錄影帶競爭，還是國片無法跟大量引進的好萊塢和外國電影競爭？

侯：那個時候，差不多新電影尾聲，票房並不理想。早期跟陳坤厚合作的時候，徐克的電影開始進來，「新藝城」（影業公司）；第一個相遇的，我的《蹦蹦一串心》還是《俏如彩蝶飛飛飛》，碰到徐克的《夜來香》（1981）——在香港叫《鬼馬智多星》，泰迪·羅賓（Teddy Robin Kwan）演的一個黑色偵探片——那個片子一進來，香港新藝城越來越厲害。

《悲情城市》過後，台灣電影慢慢不行了，（觀眾）都在看香港片。台灣投資電影的人捧著錢去香港，指定要這種片，前面賣座過的（題材、類型）；像劉德華啊，後來的周星馳，這些紅的明星，前一部片是誰，照這個model，多少錢，碰！很多錢耶，幾千萬都有。

差不多到1996、1997，香港回歸，突然沒人看（港片）。因為都一樣搞笑，都是周星馳、劉德華，有時候他們三、四個片子一起（上院線），都是這個人演的。香港片一沒，台灣的新聞局跟這一群片商——因為沒片子了嘛——開放美國片、外片，全部開放，因為他們沒片源了，但是還是（美商）八大公司在做（進口代理），他們也拿不到。

其實說錄影帶有影響嗎，還有電視，這些影響都有啦。還有一個因素，中央電影公司不拍片了，林登飛走了以後換那個會計，叫邱順清[22]，就是最後一屆總經理，到他來當的時候，已經不拍片了。他主要是黨的系統，會計出身，本來當廠長，開始賣戲院——黨產嘛，這樣子賣戲院——就是不拍片。中央電影公司是龍頭，以前每年有七、八部，現在沒了leader，整個「啪」，沒了！

後來只剩下輔導金（補助徵件）。所以我往日本、法國發展，我還可以存在啊。新聞局WTO談判時完全放棄，全部開放，從此就沒有（國片市場）了。《戲夢人生》那種片子很難，《好男好女》沒什麼人看了，那時候已經是日本資金。《海上花》、《南國再見，南國》我根本就不理了，連宣傳都不宣傳，反正版權是我的。《南國再見，南國》只打個MTV，全省倒還有兩千多萬，光是台北有一千多萬。那時我早就放棄台灣市場了，也沒人做台灣市場，年輕人也沒人再拍，就這樣一路（到現在）。

白：差不多千禧年期間，繼《海上花》大獲成功之後，幾部華語片也相繼在國際電影市場獲得極高的評價。其中兩部，就是楊德昌的《一一》，以及李安的《臥虎藏龍》，李安的電影甚至大大打開了美國市場對外語電影的接受度。對於台灣或華語電影在國際的發行，當時的變化對市場的擴張有什麼樣的意義？

21. 鄭文堂（1958-），台灣電影導演。1987年至2002年間拍了多部電視電影和紀錄片。劇情片包括《夢幻部落》（2002）、《深海》（2005）、《夏天的尾巴》（2007）、《眼淚》（2009）。
22. 林登飛，1984-1991年擔任台灣中央電影公司的總經理。
邱順清（1941-），1996-1999年擔任台灣中央電影公司的總經理。

侯：市場要擴大可不是那麼容易（笑），但五年十年總有一個風潮。歐洲人喜歡亞洲電影，包括中國、台灣、香港，其實，僅限於某幾種電影類型。

台灣新電影在當時，也是各方面的條件恰巧都湊到一起了，它是另外一個風潮。歐洲喜歡陳凱歌、張藝謀及其他（中國）「第五代導演」的電影，《海上花》大賣其實也只在法國，我想是因為法國觀眾有看到另外一種完全不同的中國的表達方式吧。

比較正面的結果是，除了票房收益之外，美國這樣一個主流電影市場，開始投資像《臥虎藏龍》這樣的電影。《臥虎藏龍》是最好、最成功的例子，它激起了整個市場的熱度，許多亞洲電影在拍攝的時候，像徐克的《蜀山傳》（2001）被大發行公司買下來了。胡金銓從前的片子，也被買下來要重新發行。大家一頭熱，為華語電影創造了一個機會。

可是風潮有起就有落，落的時候，搞不好現實環境更殘酷。能克服困難始終拍下去，又幸運的話，也許還碰得到下一次風潮。

白：縱使香港、大陸等地出產的華語片在美國市場前景看好，台灣電影畢竟還是相對少並且弱勢。是發行出了問題嗎？如果不是，台灣電影在海外的發行狀況如何？

侯：台灣比較特殊，它的產量不多，尤其這幾年，影片越來越少。其次，台灣電影跟主流電影市場是區隔開來的，新電影時期的人文氣息，像幽靈一樣盤據在空中作孽啊（笑），因為大部分人還是跟好萊塢主流電影接近，何況美國市場。

港片曾經蓬勃，台灣資金佔很大一部分。台灣太小，投資者不願意投資，沒有資金支持，電影工業就很難健全，類型片和製作數量都很有限。台灣電影的另類空間，是差不多二十年前新電影時期開發出來，一直延續到現在。

我的感覺是，台灣電影會有下一波的機會出現，其中一部分人會向主流靠近。不過不是那麼快，要等它爆發出來，也許還需要一段時間。

白：《海角七號》以後，國片是否有些好轉？

侯：《海角七號》2008年嘛。其實從台北電影節開始，慢慢鼓勵這些年輕導演，媒體有焦點，一直鼓勵以後，到了差不多2007、2008年，有收成了，媒體會報嘛。前面就有《九降風》（2008）這些，票房都不錯，年輕觀眾回來了。好像電影要成為話題，不在話題裡不行。

現在國片慢慢有起色了，只要這幾年再拍一些好的（景氣）就會回來，不然國片整個收入上，在一年電影總票房最慘的時候只有0.2%，九成多都是美國片好萊塢片，很慘。

白：台灣電影產業現在面臨最大的危機是什麼？

侯：最大的危機是它沒有一個產業的鏈，不完整，之外也沒有辦法從產業鏈延伸出來，從公部門建立一個機制。

（例如）法國建立的機制——好萊塢一定有這機制，因為它們有市場，沒有市場之下，要建立市場的機制是很難的；所以要推動公部門建立一個機制，讓它可以像活水般良性循環——法國一個觀念就是「使用電影者付費」，規定的！這是立法的，每一張電影票的11%電影稅，抽出來回到CNC（法國電影中心），像好萊塢有些片很賣座，把稅抽進來，就用來輔導自己（國家）的電影。

還有電視稅，如電視台播放廣告時，電視台要繳稅。對於無線電視台，詳細規定了放映電影的義務，譬如一年必須放映一百九十二部電影，其中一〇四部要放在晚上八點半到十點半這個時段；法國本土電影要佔40%，歐盟電影佔20%，其餘是合拍片。而週三和週六晚上不能放電影，因為法國是週三新片上片。無線電視台每年也必須放映五十二部藝術及實驗性影片。

再有是視聽作品稅，包括DVD販售及租借，和網路付費觀賞等。以上三稅，每年達五億多歐元，全數用在電影製作上。方法多樣，從開發劇本起，就規定得極詳細。

電影兼具商業與文化特質，法國界定它是文化而立法保護，台灣也應該跟進。商業不必特別來保護，它自己會長腳，往有利益的地方去。

白：您在拍電影當中，應該時而會出現一些沒有預料到的小奇蹟，這東西可能是演員提供的，或是環境使得您整場戲帶到另一個境界。能不能說說看，在拍攝過程中有沒有這樣的例子？

侯：這些東西我不會僵硬的，隨時有調整的可能性，早期拍片負擔更小，像玩一樣。像《童年往事》裡風吹的一棵樹，我就說來拍一個，我也不知道腦海裡閃過一句話，樹它想安靜，但是風不停：「樹欲靜而風不止，子欲養而親不待。」小孩想奉養父母，但父母親已經去世了，不等他的。基本上都是平常涉獵，若平常涉獵不夠，看東西沒有一個眼光，就沒有這個可能性。

像《戀戀風塵》裡面，雲（飄）過，遮著山頭的陰影，我就先拍下來，也不知會不會用，這已經變成一種觀察習慣了。包括《千禧曼波》最後一個鏡頭，我們隔天要走了（離開日本的夕張），零下二十幾度，等到最後也沒有下雪，我們就回房睡覺了。沒多久差不多天要亮了，大家都睡了，我也睡著了，我的攝影師發現下雪了，他沒叫醒任何人，包括攝影助理，他一個人把機器分兩次搬下去，一個人在那邊拍最後一個鏡頭。這種狀態，會有這種可能性，是因為現場有一種能量，有一種專注力，所以對很多事情的變化非常敏感，如果演員突然會怎樣，基本上可以預料，立即就會調整、捕捉，很多就是這樣。

像《童年往事》裡面下大雨，就叫三輪車趕快來，馬上拍一場戲，媽媽出門就診，就那個味道，因為那雨太大了，打在地上都會跳起來。我有一段時期，早上很早起來從第一場開始順，拍過的畫面是什麼，沒拍過的、我的想像是什麼，一直寫，一直順，順到我今天要拍的。中間假使有遇到一棵樹，在這個順的過程，我就知道要放哪裡、怎麼銜接。

還有（拍）李天祿是一個經驗，拍他第一個鏡頭的時候，他開始對鏡頭說話——因為他演布袋戲，說了一輩子，演戲都是用口白說的嘛——我就告訴他是什麼狀況，是你在這邊等小孩，所以你要說什麼。喔！他馬上明白了，換個方式講，越講越精彩。他腦子太快了，這就是他累積的東西。

白：《戀戀風塵》有一段拍李天祿叫小孩子吃米飯，那段太精彩了。

侯：那些都是李天祿自己（的對白），完全是在哄小孩，說這是什麼什麼……

白：他說這是台北來的外國人吃的高級米飯！

侯：他本身就是一個創作者，他的創作方式一樣，可以即興。他知道太多事情了，尤其是人跟人之間的人情世故這種應對，他這方面是一流的，而且很純真。

他們說我即興，其實也不是即興，因為所有的東西前面累積得夠了，現場就是本能反應，若還靠判斷，這一刻就沒了。選的角色與場景也是，前面越深入下功夫，現場越準確。

我拍了《戀戀風塵》之後很得意，（我以為）什麼人都可以拍，結果下一部片子楊林選錯了。我拍了以後就知道不行，因為年齡跟她的身高種種，把那個幻想曖昧空間壓縮掉了，但是沒得回頭了，我就盡量調整。

白：那麼在拍攝過程當中，有哪些戲讓您最激動的？哪些最過癮的？

侯：《風櫃來的人》，我看那三個年輕人，我就偷偷跟他（鈕承澤）兩個朋友講，在沙灘上扒他褲子，然後用一秒三十六格那種slow（慢）拍他們扯成一團，鈕承澤一直被扯。我也很喜歡他們在大浪濺上來的海堤跳舞，那種說不上來很突然的一刻。

還有《童年往事》的那種判斷，不是他（游安順）父親死亡嗎，所有的小孩圍在牀邊，唯一的（專業）演員是梅芳，我說妳是一個「key」，醫生宣布不行，妳要爆發，其他人我不會跟他們講要做什麼。那些小孩童星的媽媽就演鄰居，聽到狀況來了就勸，一拉，媽媽哭，小孩哭，全場哭成一片。我看工作人員都哭，好像有一種電流，那很過癮。

光影反射

《戲夢人生》也是，去大陸，我第一場拍的就是李天祿在福州的將軍廟旁邊；古時候都這樣子，要打仗要幹嘛，都在廟前面凝聚眾人的能量，說一些話，然後祭拜，都有這個儀式。我把將軍廟當作是在大陸的開鏡，搭了一個戲台，李天祿本人在那裡，演之前有一個儀式，有一串很長的鞭炮，我們準備了一兩百個臨時演員，來了一堆人，坐得密密麻麻，我看那服裝不必換，穿得都（跟劇中）差不多——那時候很早，1991年，在福建。因為太久沒有在廟前演戲，根本沒有，所以聚集了一堆人。

然後你看李天祿，他撒紙錢給神明，點火丟下去，過了才是放鞭炮。他在祈禱的時候風來了，點火的紙錢一丟，嘩！風一吹就點燃那串鞭炮，在現場的感覺是所有的神鬼都等太久了，跟人一樣，很久沒這種儀式演戲給神明看，都等不及了。我感覺很強烈，很過癮，到現在也常常會想起，很好玩。

白：那在法國、海外、日本拍戲，會遇到類似這樣的經驗嗎？

侯：譬如說拍電車，拍十幾次對不對，但是很怪，我就感覺一定會拍到。因為每天只有一段時間，每天拍，十幾天才拍到，我知道我一定會拍到。

然後有一場，一青窈曾告訴淺野（原本以為是）一個夢，但她終於知道這不是夢——就是那場一青窈想起來，打（電話）給淺野，她小時候媽媽帶她看的那本繪本，她也不知道為什麼那時候有那本，同時陳述現在這個母親是後母——我還沒設定好要怎麼的一個 situation（情況）來拍，有一天晚上我們收工了，回到那個住宿公寓，哇，閃電、下雨，東京從來沒有過那麼久那麼密集的閃電，連電車的電壓都被打壞，我馬上叫錄音去錄，隔一兩天我就拍了一場夜戲，以後就用這個聲音（在後製加進來）。他們一直以為是當時同步的，不是，閃電是後來做的。

有時候會有這種，天氣變化最多，再來就是演員。像舒淇，《千禧曼波》裡，我不知道她可以那麼投入，那種能量在現場都可以感受到，還沒期待就有了。

現場要很靈敏。人跟人之間很靈敏，就會有一個空間出來，自然就會發生一些我們想不到的事情。我們想像不到演員會進入到那種程度，像《好男好女》裡面伊能靜醒來就講，劈哩啪啦就講，還唱歌給他聽，那個現場也是大家感覺汗毛都豎起來了。我感覺非常專注在那個狀態，就會有一個氣氛像電流一樣影響到演員，他們就會有一種表現出來。

白：拍攝以前，您腦海中已經對每一部電影有（預設）一種風格嗎？或風格是在拍攝過程中才形成？

侯：通常我在弄劇本，都是想畫面，然後要把它文字化。自從跟天文合作以後，文字就越來越懶，但還是會整理，文字對我（來說）比較慢。風格預先想是一回事，最後作品出來，又是另一回事。

白：一般您拍攝的畫面跟在腦中想像的，差距會很大嗎？

侯：沒有，想像中的畫面，在勘景時就落實了。想像的不見得找得到，我是有實景在眼前就知道怎麼用，看角度好就拍，現場永遠把我拉回到不是我想像的。在變動中調整，就是我最擅長的，因為很自然我已把腦袋裡放空，就看用什麼方式（拍）。

我舉一個例子很簡單，《聶隱娘》假使沒有錢，我就隨便找一點錢，用Bolex（鮑萊克斯攝影機）來拍好了！三十秒到四十秒之內彈簧就沒力，就要上發條重新上緊，然後馬上抓住對象拍下；這要高度專注，盯著要拍的去拍，直接就拍下，幾乎靠本能，沒有什麼移來移去擺框框，我就用這種 limit（限制）來拍這部片。一樣是（拍）舒淇，這種你說會怎樣？當然會不一樣啊。我很清楚，錢是自己可以掌握的，無所謂。甚至對我來講這是一種 beginning anew——重新開始，有時候要用一些技術性的東西來鞭策自己。

白：您在拍電影期間，最常會遇到的問題是什麼？

侯：現在就是要預先賣片！這個對我來講也不是太難，但一定要預賣才有錢這是一定的，這個搞定，我其它就不管了。演員或是工作人員工作的狀態，基本上就是去面對。

白：所有電影當中，拍攝最困難的是哪一部？

侯：應該是《悲情城市》，因為歷史背景，場景，第一次拍歷史。這是一個。

另一個是內部人事。我本來用製片的哥哥，製片就不開心了，把他哥哥趕跑，弄了兩個新的人來。因為他們沒經驗，我把他們打發走，他就開始攪混我

光影反射

們這些工作人員，所以離開了十一個，很亂。我會偏頭痛是從那時候開始，但是靠意志還是把它做完。有的時候就是需要一個困難，會做得更厲害，對我來講，沒有什麼半途離開。

白：拍攝最順利的電影是哪一部？

侯：《海上花》，就像上下班一樣，五十幾天拍完了。拍內景，就每天中午到那邊，在桃園，整個弄乾淨啊，然後吃個飯啊，開始工作到晚上十一點回家，開車差不多四十幾分鐘；隔天又來，像上下班，很規律。

白：這也是因為演員用方言背台詞，所以即興的成份不是那麼多的原因嗎？

侯：對，要處理的事情沒有那麼多了。因為他們講上海話，早就要準備好，我的戲又只是那幾場，有些一次就可以拍好，有些要三次，就在那邊 run，很專注的一直重覆做這件事情。

白：您雖然很喜歡讀書和看報，卻不看影評？但有時候對自己的作品太近了，看不清楚，您不會覺得偶爾看看評論，會提供另外一個視角？

侯：我從以前就對那個沒興趣。從某一個角度，到另外一個角度，我對那個沒興趣。我不想有那個角度，我感覺還是直覺最好，保持人跟影像的一種直接。不要弄那些有的沒的，因為深度隱藏在表面，人呈現的就是一種表面；去設計那些（不同角度的）東西不是我的範圍。

我感覺那是西方所長，他們有這個背景，我如果用這種會被弄死，弄到最後什麼都不是。如果拍一個瘋子，就把他當瘋子拍，不要想後面的意義什麼，因為影像就那麼具體，人就在前面。

我們跟西方不一樣，人家有這些基礎，不是從今天開始啊。電影至今一百年，有從別的領域進來的，像心理學、潛意識種種，談人的陰暗。而我有我的方法，我不想用那些方法，所以什麼symbolic（象徵性），我對那些一點興趣都沒有（笑）。

對我來講，我還是直觀，這個角色不錯就找他來，主要是激發他，看能到什麼程度，主要就是這樣子而已。那你問，我的深度累積呢？是平常（在累積的），因為看世界、看人，有自己的角度，在電影裡面會不自覺的流露，這就是所謂的人文，也是眼光，也是美學。所以我從年輕到現在，通常都不看影評的，不太理。

白：拍電影，除了藝術上的一切事情，商業、發行、投資等方面，您一般也親自參與嗎？還是讓製片方去管那些？

侯：我通常不太管。像那個《紅氣球》根本沒發DVD，都沒發，我也很懶。我們公司也很懶，沒人做，剩的底片通通不見。我感覺就是這樣，無所謂，有些人認為很重要，但我感覺不一定。

白：朱天文曾經寫道：劇本構思完成時，絕對是電影全部的工作期間最快樂的一刻[23]。您也這樣覺得嗎？做電影的整個過程當中，找題材、做劇本、找投資、尋景、拍攝、後製、剪輯、影展、宣傳等等，您個人最喜歡哪一個階段？又比較不願意去參與哪一個階段？

侯：通常我只喜歡創作這一部份，而且我很喜歡現場。然後我非常喜歡剪接。那比較喜歡的還是拍，拍完以後，我基本上也不理了；剪出來再看什麼不對再調這樣，基本上興趣已經不大了。拍完有時候去影展，談了一下我就不想再談了，已經沒興趣了，對我來說，最有興趣的是現場。

白：您最喜歡拍什麼樣的鏡頭？就像您有時候會拍一些門口和空景，等等。在現場拍攝的過程，您對什麼最興奮或是（感覺）最有趣的？

侯：再找（鏡頭）就沒興趣了。所謂興趣，就是我看這個狀態，演員在哪裡發生，演員這些角色要怎麼做，我就盯著他們做。鏡頭我已不管了，都丟給李屏賓他自己去弄，他擺在那邊我感覺OK就可以。以前會有這個畫面過癮、這個角度過癮，我現在已經不會了，我感覺「人最過癮」。

23.朱天文著，《悲情城市》，第22頁。

光影反射

白：您好像多次跟朱天文抱怨過：「再給我重剪一次的話，片子絕對比現在好百倍。」您是否覺得自己的作品有很多不足之處？如果真的覺得重剪一次會好百倍的話，有沒有考慮過為舊作剪一個「導演版」（director's cut）**？**

侯：那只是順口胡說。我只是說說而已，沒那個耐心。我感覺那片子過了，就已經過了。我可能會有不同的想法，但我想算了。我是這樣，不太像王家衛要重新再製作。

白：您覺得您電影當中，哪一部比較接近完美？

侯：幾乎沒有，每次拍完，看完就「他媽的！」（笑）像《悲情城市》一看完出來，就「他媽的！爛片。」類似這樣，沒有拍完了很興奮，沒有。可能我是牡羊座，一直往前，有時候事情過了就過了，我就算了，往前面去了，沒什麼好懊惱的。

我反而比較注重的是人跟人之間的關係，工作人員怎樣或者是演員怎樣，我都很注意，我關注的是這個，而不是片子。感覺演員沒做到，就想下一部要找他來把這個解決掉。然後工作人員，這次就是這樣，但我總是想看看下次可以怎樣更理想。

因為片子拍完，它就變成固體了，我不能再把它怎樣，跟我沒關係了。但是每次在坎城，媒體都很喜歡問：「到底得不得獎啊？」我說我燒了一桌南方台菜，你找了一堆北方人來吃，搞不懂這什麼玩意，怎麼會喜歡這菜呢。除非有幾個（口味）特別的，但也構不成多數啊，評審找哪些人時，其實大概已決定了哪一部片子會得獎。道理很簡單，而且你想想看，那些年輕的人會有什麼厲害的眼光嗎？我不太相信。

白：每個人都有他的弱點與缺點，身為導演，您覺得最大的弱點是什麼？

侯：弱點、缺點就是長處，只要有自覺。這是一定的。就像我很會轉換，在變動中調整，這是我的長處，我不會固定的。

但天文形容我是「即溶顆粒」，馬上融入人群或環境裡，這就是我的弱點啊——一下子介入太多，心軟，耳朵軟，over了，幫人反而壞了彼此的關係，惹得一身麻煩。我很難做到合理又清楚。好意並不容易的，有時候會傷到人，因為別人不見得是你看到的這樣。所以我會自責，有些還不錯的人，我的介入反而妨礙了他自己的去路，或他可能有的機會。我會懊惱，別人不見得要如此，我反而是弱了他的氣。

我還是面對人，我的弱點就是有時候電影拍到最後，會為了某一些小事耿耿於懷。就像跟林強合作，拍到第三部才覺得可以放他了——他本來只是做音樂，他來演電影是我判斷錯了——直到《南國再見，南國》他的角色合了，他對這角色有一種感覺而做的音樂很棒。我拉他來電影（經歷）一場，一定他有個完成才走。

舒淇也是，我一定要讓她到一個狀態才走。有時候工作人員用到一個程度，知道他沒問題了——因為都需要時間的。有時候就是為了這些人。

李若菡／錄音記錄；白睿文／整理校對；朱天文／校訂

一個月的訪談計劃圓滿結束後，作者在2009年12月4日搭飛機返美，而就在3日，回國的前夕，張大春請客送行。當晚除了大春一家四口，還有侯導、朱天文、朱天心和唐諾，算是非常難忘的一次送行之夜。當晚的心情甚歡，自己以為剛完成了一個大工程，實際上，那不過是個開始。散會之際，和侯導合影留念。2009年12月3日於台北，最好的時光。白睿文提供。

附錄

攝於《千禧曼波》拍攝期間，侯孝賢提供。

拜訪捷哥
探看侯孝賢的電影家族

高捷生於1958年，將近三十歲時才開始入電影圈。之前學廚的高捷，曾經在圓山大飯店擔任主廚和經營一家咖啡館，因為偶然的機會結識侯孝賢，而走上人生的另一條道路。

1987年的《尼羅河女兒》是高捷的處女作，從此他便成了侯孝賢的電影家族。往後的二十餘年裡，高捷通過多部侯孝賢電影的演出，塑造出不少令人難忘的角色：在《悲情城市》背叛家裡的三哥，《南國再見，南國》裡的小流氓小高，在《千禧曼波》演舒淇最終靠不住的靠山黑社會老大捷哥等精彩人物。

侯孝賢監製和徐小明導演的1992年作品《少年吔，安啦！》，是高捷第一次扮演黑幫角色，隨後他漸漸變成許多觀眾心目中的黑社會老大——「捷哥」。除了侯孝賢的作品之外，高捷也參與過多部其它台灣電影的演出，包括朱延平的《火燒島》（1990），張作驥的《暗夜槍聲》（1994）、《爸，你好嗎？》（2009），戴立忍的《台北晚九朝五》（2002），曹瑞原的《孤戀花》（2005），鐘孟宏的《停車》（2008）等片。

高捷也多次與香港和中國大陸的導演合作，包括李仁港的《星月童話》（1999），徐克的《順流逆流》（2000），杜琪峰的《柔道龍虎榜》（2004），陳弈利的《天堂口》（2007），爾冬陞的《新宿事件》（2009），寧浩的《瘋狂的賽車》（2009）等片。曾以《絕地花園——過了天橋，看見海》獲得2004年亞洲電視獎最佳男演員獎，以《孤戀花》獲得第四十屆電視金鐘獎戲劇節目連續劇男配角獎。

此篇訪問是在2010年11月18日金馬電影節期間在國賓影城進行的，主要的內容針對高捷先生與侯孝賢的合作關係。

白：您第一次跟侯導合作，是1987年的《尼羅河女兒》，您之前的經驗好像跟電影完全無關的。入行前，您的電影經驗是怎麼樣的？跟電影圈的人有來往？小時候有經常看電影的習慣嗎？

高：小的時候經常看電影的，喜歡看電影。而且在我那個年代看電影，算是一種很高級的享受。

跟電影結緣，跟侯導結緣，是因為有一次去探班，探一個朋友的班。我朋友剛好在拍虞戡平的一部電影叫《孽子》，是在新公園，我記得很清楚。其實我們要去的是希爾頓飯店，去跳舞，那時候disco正流行，希爾頓飯店離新公園很近，所以順便去探班。那次去探班，就碰到侯導跟他的一個工作夥伴叫張

白睿文攝影、提供。

華坤，張製片，坤哥，跟我大哥的私交曾經很不錯，他們有拜把，就像兄弟一樣。因為這層關係就特別介紹侯導。侯導對我有點印象，而且還感覺我有點像Al Pacino，是有點像吧。那時候我就開玩笑說：「不是你第一個講，還有很多人這麼說過。」

後來坤哥就跟我說，侯導最近要拍一部電影，你講一些故事給他題材，給他參考。當時我開了一個咖啡廳，樓下是電動玩具，拉 bar（桿），主要就是做那種拉bar的生意。那我就說，好，你有空就來我的咖啡廳坐一坐，聊一聊。其實就這樣結緣，我也沒有什麼故事講，只是講講我的家庭，我的成長，我的周遭背景，通統講出來看有沒有東西可以對這個電影有點幫助，結果那一次聊天之後，侯導就覺得我這一塊還蠻有趣的。

第二次來就帶了編劇朱天文。朱天文就作了一個邀約，就是我長得跟電影（《尼羅河女兒》）的女主角楊林有點像，問我可不可以演她的哥哥？演她哥哥？其實我當時就拒絕的，因為我對這方面沒有興趣。我本來只是在做一個幫忙，當場就拒絕的。

後來又談了第三次。到那個時候我的想法開始改變，覺得這群人，相處起來很舒服，像哥哥姊姊一樣，很舒服。自己的想法變了，而且知道他們對電影有這麼大的貢獻——因為之前就看到侯導的一些作品，也都蠻喜歡——那就說，好吧，就玩票吧，玩玩吧。沒想到就這樣跟侯導結緣，跟電影結緣。從那時候跟侯導出發，成長到現在已經二十三年了，變成一個資深（演員）！（笑）就是很有趣的一個因緣。

白：那麼從1987年到現在，二十三年當中，侯導的電影風格經過蠻大的改變。身為侯導非常重要的合作者，您怎麼看這種改變？從現場的角度看，您可以談談侯導拍戲的變化？

高：我記得就是，我覺得人啊，不斷得來作一個學習，也不斷會作一些成長和改變。隨著環境吧，很多東西都會改變。但也有東西不會有很大的變化。就覺得他的鏡頭、節奏、速度又快一些，可是大的本質，我覺得倒還是沒麼（改變），只是更深厚了，更豐富了。

說到改變，我也不斷地在改變吧，因為不斷地接觸，不斷地學習，世界都在改變。我們去威尼斯那次得獎，侯導上台領獎，得獎感言當然他講國語，我記得很清楚，就是「鑽木取火，終於冒煙了」。我們知道這一塊的人，聽起來就有很深的感受，那個時候我也在場，眼眶就濕了。拍電影是這樣的辛苦，還在那裡手搖，還在那邊手工，人家好萊塢都已經到了一個非常科技的地步，我們還在那邊手搖。但我們很清楚，他一步一腳印，鑽木取火，終於冒煙。

侯導從前在台上不是那麼善言詞，不是那麼會講話的，到現在非常的有深度，有厚度。是他不斷地在長大，所以當然都在改變。我覺得他更寬大了。

白：侯導老說他絕對不會跟演員說戲、指導或模仿給他們看。那他在現場怎麼跟您和其他演員溝通，傳達他所要的感覺和信息？他總應該有些祕訣或特殊的方法，使得演員能夠入戲和達到他要的東西？您身為演員，侯導給演員提供什麼樣的空間？

高：侯導提供的空間是無限寬廣。他要的可能就是你的本色，你的自然流露。

拍戲，他經常只給我們一個意思，「現在我們要講這個，然後就OK。」整個的空間，甚至台詞，甚至節奏，就放給你，讓演員在裡面碰撞。碰撞的意思就是看可以有什麼樣的火花。他的祕訣就是在外面，觀察，調整。就是讓你沒有感覺到有表演痕跡的一段表演，這是他的祕訣。

本來剛接觸的時候，我認為我不是演員，我不是科班的，我對表演也沒有興趣，不知道怎麼表演，可是他要的就是一種自然流露，你的本色。甚至比如說，我們這個談話，A丟給B，B接到了以後，丟給C，或丟給A，或不丟；或者A還沒講完可能B就插進來，把故事打斷，這都是很生活的，很自然的。可能我的韻味有點結結巴巴，斷斷續續，但他也不喊卡的。因為生活上這個都是很自然的，有時候脾氣來了就爆發出來的。所以說每一段表演都在侯導的掌握之中，然後他再作調整。

有的時候，他還會到我們耳朵旁邊說，「剛才你演的……」重點放在這個「演」字，那我們會覺得，「啊，侯導也在旁邊觀察。」可是我記得有一次，跟林強拍《南國再見，南國》，那一段戲的內容是林強又惹了麻煩，我對他很生氣，有一些指責。我跟林強事前先套好這個東西，「因為天氣熱，我會去冰箱拿一瓶可樂，知道你又製造了麻煩，可能就把可樂往你那邊去丟，可是不會丟到你，就丟在那個地面。」林強接受了，那場戲下來，導演喊卡了以後，竟然沒有感覺到我們在「表演」。結束後導演還過來問我，「怎麼了？真的生氣？」我就說，「沒有，我跟林強事前已經講好了。」他就笑笑（笑），「原來你們都已經套好了。」我們幾次的工作經驗以後，有一些東西，也會一起參

與設計。那既然他沒有察覺出來，其實我蠻開心！（笑）

白：侯導要的就是這種自然流露的氣氛……

高：對，包括對杜篤之大哥的收音要求都一樣的。我們也會跟著做一些設計進去，包括聲音，好像參與一個創作。還好不是很突兀。那結果也造成一種奇蹟就是，之前感覺拍侯導的電影其實好簡單啊！不需要什麼表演，反正自然流露，也沒有台詞。沒有台詞就是沒什麼設限，你講到那裡，就換我講，我講到那裡，就換你講。

後來才想想，哦，這很即興的。有的時候你覺得我應該理解你的時候，我講話了，那對方可能也講話了，就造成了互相的怨語，有重疊，擠壓，但他也不喊卡的。哦，這個就是「表演」。這裡很生活，也是一種表演，而且是一種幾乎沒有表演痕跡的一個表演。侯導都是比較大塊大塊的。

白：您覺得演侯導的戲，最大的挑戰在哪裡？

高：因為已經很熟悉就覺得，好希望拍他的戲。拍他的戲自己感覺沒有那麼大的壓力，四處遊山玩水，大家都很開心的工作。反而是很渴望去拍他的戲，因為太開心的。

甚至去坎城，侯導非常大氣大方，帶全公司的人一起去坎城，去體驗一下國外影展的那種風味；沒有一個公司，沒有一個導演這麼大方。這是我們很喜歡的部份。

白：說到這一點，我覺得侯導的一個特點就是他所謂的「電影家族」。二十多年以來，一直跟一個比較固定的班底合作，這個電影家族觀念似乎會影響到劇組的所有人。比如說，您不只是演員，您還在現場做飯，有時候像前面提到的，也提供一些故事給導演，《南國》的一部份故事好像是您提供的。能談談這個「電影家族」的概念，對您演戲的影響？

高：拍侯導的電影，跟侯導公司的人相處就好像一個家族，一個family，你講的沒錯，我們都像兄弟姊妹。沒有什麼惡念相向，都是一些鼓勵、笑聲，很溫馨的，然後一些祝福。也不是經常連絡的，不是經常打電話，「嘿，你怎麼樣，怎麼樣？」而是久久一個電話，「今天有飯局你出來一下，什麼影展的朋友來了，我們一起去北投吃個飯。」反而有點像君子之交，不需要常連絡的。

可是我對公司的態度、對侯導的態度就是，只要電話來我就報到。我也會跟公司說，目前我有工作、進度怎麼樣，比如這段時間會在大陸，都會作這種聯繫。就是感覺很淡，但又很深厚。所以我的態度就是需要我，我就會出現，而絕對是全力以赴的。然後就會一直渴望再有工作的機會，因為等於是與家人作一個團聚，跟外頭非常不一樣的，好像是個家庭，就是一個family。而且從來都不會去想，這部戲要給我多少片酬，從來沒有這種問題讓你去思考。

當然我們去外地拍戲，香港，大陸，哪裡找我們，最重要都會談到酬勞是怎麼樣，如果可以尊重，戲也不錯，那就可以把它消化掉。反而對侯導是不一樣，因為我是從他這裡出發的，又可以這麼開心地一起工作，有時候導演要忙到其它的方向，我們也知道，但他隨時需要我們，我們就出現。我們自己在外面做相關的發揮都還不錯，今天很多戲來找我，大陸的戲，他們的開場白總是，「侯導的電影裡常常看到高老師的表演……」那我知道，我就是侯導的，我就是侯導的family的，沒錯。但所有的事情我自己都可以做主可以談。

白：除了演戲以外，侯導會願意聽演員的其它想法嗎？關於劇本、對白，等等？

高：會，可是不多。但侯導會吸收，他會說，「啊，這樣子了？那麼……」

白：像《南國》的部份故事就是您提供的？

高：其實《南國》講的就是——因為我們的父親都是從大陸過來的，我們在台灣被稱為外省的第二代，在台灣生活，家裡是絕對沒有那個財力，一路就是打拚，活得很用力，也很火熱，但還是這麼辛苦——它就是講外省第二代的一個處境，那我就提供出來。

後來看完電影，看到「故事：高捷」，啊原來這是對我們的一個尊重。我們把我們知道的部分提供出來，後來才看到credit，我們倒不是求這個，而是看到侯導對我們尊重的一個態度。有一些東西是我們提供出來，侯導會吸收，再做一些調整，做一些延伸。通常，那不叫作「研究劇本」（笑），我只是講出來，他覺得哪一段很有意思就再作一個延伸，一些組合，也可能會把別的東西放進來，但那些不是source。

《南國再見，南國》劇照，蔡正泰攝。

白：把朱天文的原作劇本與後來拍的電影對照看，經常會發現文本之間的差別相當大。因為剪接的過程您不在場，會不會看到拍出來的電影感覺非常驚訝？竟然離原來的構想那麼遙遠？而且很多重要的戲都給剪掉。

高：沒有錯，總是會有……

白：像《千禧曼波》有幾場戲，描繪您的角色在日本的遭遇，都給剪了。

高：侯導一定有他的考量，我們完全遵循就對了。就用《南國再見，南國》為例，最後的結局開車出事了，衝到田裡面去了，其實後面本來還有東西，結果我們在戲院看到那個鏡頭的時候突然覺得，「奇怪了，結束了嗎？不是後面還有嗎？啊，字幕都出來了，真的是ending！」但後面原來有一段拍我腳斷了，在家裡跟爸爸聊天，講的就是「江水向東流」，大陸的水是向東流，沒錯；可是台灣的水是向西流的，意思就是說這兩塊地方是不是一個連體？我跟爸爸的聊天，講到這個東西流水的問題的時候，林強拿著檳榔一直說「快點，快點，我好想吃這個檳榔！」這整塊也都剪掉。

雖然拍了然後剪掉，就會覺得侯導有侯導的考量。很特別，很多觀眾看《南國再見，南國》到最後都會發出疑問，「難道這樣就結束了嗎？這樣結束了嗎？不會吧？」但就是這樣子了！（笑）侯導有他自己的考量，是更有深度的，一定有他的道理在。我們也不多說，就接受。

白：您曾經跟多位港、台、大陸的導演合作，從演員的角度來看，侯導的工作方式跟其他導演有什麼不同？他的獨特之處在哪裡？

高：侯導的電影都是大塊大塊的，但很多商業電影，像好萊塢電影，都是快速節奏，啪啪啪，可是侯導都是一大塊的。小一塊，還是大塊，只可能少了一點，轉到後面又是一大塊，就是講很大的一個事情；很少跳到演員的特寫，或看看演員的哪個角度比較漂亮，他講的不是這個，他講整個比較大塊的一些氛圍。其他導演因為電影要商業嘛，都比較商業，很多設計好的；因為已經設計好的，它有它的連貫性，也有一個設限，就看你的電影有沒有「中」，中了就賣座了，就賺錢了。

我記得一次在影展，有個記者問侯導，「侯導，您拍的電影就是這麼的藝術，為什麼不把它商業一點？」可是侯導的回答，我也記得特別清楚，「我一直覺得我的電影很商業！」（笑）我就了解，他的商業的定義不太一樣。這個也成立，你看他的電影可以在日本受歡迎，可以在歐洲在法國，這也是所謂的商業嘛。當然節奏沒那麼快，不像武打片、科幻片，讓你看得目不暇接，不是那種。

所以現在特別期待侯導要拍的《聶隱娘》。你說侯導要拍武俠片？這本身就是一個賣點，這就是一個商業！很多人一聽就傻，「侯導要拍武俠片？」但你想想看，他要怎麼拍？前一段時間還跟侯導聊到這個，因為我也想知道他怎麼拍。

他就說，「人物在空中，對方的暗器打過來，快打到的時候，人在空中，你怎麼樣來讓你的身體做一個移動，你的右腳去推左腳，一推，身體就躲開。」他這樣一講，馬上有畫面——靠身體的一個右邊往左邊的重心移動，暗器一過來，他一移動就躲開了。哇，好像挺有趣的！（笑）他只講這麼一小段。

白：實際上，從武俠的世界到台灣的幫派世界不算太遠，都是「江湖」的兩種面目。您演侯導的電影，主要都扮演這種跑江湖的黑社會大哥，在您的生活中，有接觸台灣的幫派嗎？主要靠什麼樣的經驗或觀察，來塑造這些角色？

高：自從拍《少年吔，安啦！》以後，因為那部就演一個兄弟，就被定型了，以後找我來演的電影，幾乎都是大哥這一類型的角色。

拍《少年吔，安啦！》之前，公司曾經安排我們去南部，高雄一帶，跟那邊的角頭大哥生活幾天。那幾天生活就深深的感受到，原來兄弟還分南北；台灣南部的兄弟，跟台北外省的幫派是截然不同的。

我的印象很深刻，他們非常熱情，每一個人都在較勁。照顧我們到酒店來，就想讓我們很開心；幾乎沒有人彎腰的，完全是挺著腰。然後風花雪月，談生意，飲酒，自己的面前乾乾淨淨、整整齊齊，「那個投資怎麼樣？那個女孩子怎麼樣？」不只是大哥這個樣子，都沒有人彎腰的！腰桿子都是直的，就感覺每一個人都在較勁。台灣話是有一個「氣」，等於我今天就是這個角頭的老大，然後跟我的兄弟在約，飲酒作樂，談到投資，還有外來朋友來作客（就是我們）。我一路上都在觀察。

他們酒量特別好，我也被影響，因為我平常不太會喝酒。當時有一個生意人，跟兄弟一樣，一整杯白蘭地就乾了，他說「你好，我是黑人。」然後一整杯都灌下去！我還沒有回話，本來想跟他說我不會喝，他已經喝完。我手裡拿著那杯酒，了解，「謝謝，幸會」，我就把那杯白蘭地喝完，雖然我不會喝酒。喝到剩下五分之一，喝不下去了，已經要吐出來了，但我硬把那五分之一喝完，把酒杯放下，知道要吐了；我很快看到垃圾桶，拿著垃圾桶，也沒有彎腰就吐了，吐了好久，完了就說「對不起，真的要回去休息。」他們還對旁邊的小妹妹說「高先生，要照顧好，請把他送回酒店。」我觀察到一些東西，也學習到、吸收到一些東西。

在拍之前，公司一直對我的造型覺得很苦惱，不知道我的造型該怎麼樣。有一天侯導跟我講說你去西門町，專門剃兄弟頭髮的那家老式的理髮廳，就去了，做完造型，剪了一個兄弟頭，我回到公司，侯導一看到就「哦！」他自己都嚇一大跳，「這樣就對了。」我就開始加強我的台灣話，因為我們是外省小孩，台灣話沒有怎麼的靈活，我就盡量在生活上，在交談中盡量用台語，讓它靈活一點。（其他）就是造型，加上我們去角頭的那一次接觸，觀察，吸收。

然後我家裡也有一個從小出來混的親弟弟，那個年代他們人都是拿著刀，打打殺殺的，當時的氛圍是那個樣子，不愛讀書，被人家欺負。他本來是到西門町的餐廳去做學徒的，被人圍毆，他的態度就是「我不愛讀書，你不給我機會做學徒，好，那我就混吧。」他就回到自己的角頭開始打打殺殺。所以本來就有這些背景和經驗，再加上那個刺青，一加上去，哇，我整個人就變了！甚至走在路上，路人看到我自動就轉彎了！因為我給人家的感覺就是太兄弟了。（笑）

記得拍《南國再見，南國》的時候，我跟林強走在路上，林強突然跟我講說「剛才那個人看到你就轉彎了，你知道嗎？」我說「知道」。因為那個造型，再加上那個神情，人家真的覺得你是兄弟，看到就會轉彎躲開。（笑）

接下來很多戲都找我演江湖上的兄弟，我好像變成兄弟的代言人了！

白：對，後來的確有點定型了。但到了這幾年，您開始接一些跟過去完全不同的角色，像《淚王子》裡的國民黨高幹的私人司機，或《流浪神狗人》裡總到處營救各種各樣神明的「牛角」。是否有意擺脫過去演這麼多的兄弟角色？您會不會覺得跟侯導合作演這麼多大哥人物，需要找新的突破點嗎？

高：其實被定型，一個表演被定型，還不錯。意思是人家都認同你，而且喜歡你。甚至我有一些兄弟的朋友，他們有時候開玩笑說，「你比我們還像！」我總覺得這是一個表演，如果被定型我還蠻開心的。

甚至有一個「神道」——就是台灣幫派——的大哥，他拉著我的手，面帶著微笑，用台灣話講「高捷啊，演兄弟，你，就是最有味道的！」我聽得很開心，說「謝謝大哥，這都是在表演。其實我都在觀察你們，希望你不要介意。」因為兄弟當然也會看電影，看表演，也會打分數，如果不喜歡他也不會給你面子的，甚至還會罵你，可是他牽著我的手是很開心的。針對角色，這個角色的氣質，他們是喜歡，是認同的。那位大哥還跟旁邊的小弟說，「要混，要像這位！」還把我當作榜樣，標竿一樣！我倒不擔心被定型了。

後來，結婚以後我也學佛了，接了一些像《流浪神狗人》、《一席之地》的戲，演一些其他角色，好爸爸等；那自己也有了小朋友，覺得有更多的嘗試，而且成績都還不錯。意思我不只是全演兄弟或大哥的角色，一樣可以演其他角色。

白：除了角色以外，侯導的電影也分不同的時代背景；有清末的《海上花》，近代的《悲情城市》和當代題材的《南國》和《千禧曼波》。這些不同時代背景會給您什麼樣的挑戰？因為沒有時代的隔閡，當代題材的片子應該演得比較舒服吧？

高：現代的戲我們當然比較能夠駕輕就熟。講到《海上花》，影片裡演員講的是上海話，侯導他們在前製作業中都已經設定好了。他們為什麼會找我，因為我爸爸是上海人，從小習慣聽上海話，我們鄰居都是一些江浙人，所以聽（上海話）我沒有問題，因此我就被放進來。

李嘉欣（左）與高捷。《海上花》劇照，蔡正泰攝。

這是侯導他們在前製作的一個挑選，我還跟侯導一起去香港找劉嘉玲，劉嘉玲是蘇州人，上海話沒有問題，侯導是這樣選角的。梁朝偉怎麼辦呢？他講廣東話的，普通話也不行，好，那就安排他是從廣東到上海來做官的。所以戲就會有很自然、很有把握的語言，不是來扣分的，而是來增加分數的，這樣子作一個設計。

侯導電影裡唯一有台詞和很完整的劇本就是《海上花》！（笑）因為大家都講上海話，所以他找一位老師教我們台詞，然後錄到錄音帶裡面，我們不斷地聽，不斷地講，因為我有這方面的基礎，就很容易上手。他也找了李嘉欣，非常簡單因為她媽媽是上海人，她的上海話也沒有問題。又找了潘迪華，她本來就是講上海話了。角色都是這樣找的。

很有趣的是，通常一場戲就是一捲底片跑完，沒有什麼切斷，很少是調這裡，拍那邊的，整個一場戲都是大塊大塊的，一個流動。拍完看到電影之後，才「哇」，一鏡到底，非常厲害，非常不同。

他把當時的一個氛圍，並沒有很大的差距，都表露出來，我們只是在這個氛圍裡面飲酒作樂談一談，演的都是當官的，現場發生很多很有趣的事。有一場戲我在抽大煙，導演安排梁朝偉進來，看到我抽大煙，聊天，就拍了。但因為沒有設定好，梁朝偉進來，「你吸煙啊⋯⋯」（上海話），後面的不知道怎麼講，講不出來嘛！不只是他講不出來，我也沒有辦法回話！（笑）導演也沒有喊卡，因為他笑得比別人還大聲！我們拍戲是這種氛圍的，所以就是不一樣。像這種表演，想搶戲、搶話都沒有機會，因為要講上海話，有一些東西想很即興，但偏偏即興不了，它等於都是設定好了。

你剛才說侯導一直在變化，有，但他也不斷地在壯大，越來越大，越來越厚。所以很高興能夠成為他的一員。

白：演《悲情城市》的時候，即興的成分多嗎？像您演的那個角色，後來有點精神失常，老吃祭品等等，這些也都即興嗎？

高：那個也很好玩，其實那個時候我們真的不知道怎麼演。那之前侯導要籌備一些電影，因此幫演員開了一個班，找了國立藝術學院的教授來教，還有金士傑老師，每個禮拜兩堂課來教我們表演。他也請了一些電影人，像吳念真導演、楊德昌導演、陳國富導演，還有賴聲川導演來上一堂課，教即興表演，就作了一些學習。

拍《悲情城市》的時候，我之前就學習過四個月，但演到被揪出來然後瘋掉了，那個怎麼演？真的覺得不會。我以為我不過是玩票，我不是來做演員的，況且導演通常就是給我們一個情境，讓我們自己延伸，但這個有點壞掉、有點癡呆怎麼演？我還在那邊發愁，糟糕這怎麼演？後來還是侯導示演給我看，我才恍然大悟。導演突然就放掉了，直接對我來作一個指引，我接受到了，啊這樣子！了解，完全就是一個個人的世界，不斷地吃糕餅，那自己再作一些調整。

他就是給你一個樣子，你自己去延伸。他不會去教訓人，不會告訴你應該怎麼怎麼樣，絕對沒有，他多半要的還是你的自然流露。自然流露最精彩。

白：前面講到初次演兄弟的時候，髮型和造型的重要性。能否談談服裝設計對您入戲的重要性，像黃文英設計的造型應該對您很重要吧，也可以幫助您進入角色？

高：對，造型對我很重要。但其實很多戲的造型，都是我們自己的衣服，很多。因為侯導是很生活的，他會問，「你家裡有什麼衣服，沒關係，這場要強調綠色的東西，你買一些然後跟公司報帳。」拍當代題材的戲，多半都是我們自己選的衣服，然後再作一個整理。

黃文英也是非常厲害的一個美術，她的功底相當了得，《海上花》是她很精彩的作品。《少年吔，安啦！》差不多都是我們自己的衣服，《南國再見，南國》也差不多是自己的，家裡可以用的都拿出來。《千禧曼波》是我們跟黃文英一起去挑選適合的衣服，她知道我們的個性在哪裡，我也會跟她講我個人是喜歡寬鬆的，她就按照我們個人的風格進行。

白：（《悲情城市》）**那個角色的確演得特別好。戲份不算很多，但每次出場都特別過癮。而且他整個設定很有趣，比如說瘋掉後，他多半出現在拜祖先的那個小房間，而且老吃祭品，似乎他已經不屬於人間，在精神方面已經敗掉，已經死了。**

高：對對對，所以說侯導選用的一些位子，多看兩次，會發現他吃的就是要祭拜祖先的糕餅。

白：**雖然侯導本人經常否認這種象徵意義的層面，我覺得它還是經常存在。**

高：對，有一些是看到後面都會連貫起來。

白：**有時候會不會有一些戲本來覺得沒什麼特別，但等到要拍攝的時候，現場的即興成份把整個鏡頭推到另外一個更精彩的境界？**

高：對，有一些東西是現場才爆出來，其實侯導也都在等這個東西。而有一些東西就這麼平淡的，也是一種。我是覺得它是靈魂，侯導在外面看很清楚，這個人過，這個人不及，這個人不到，都慢慢調整。

他不輕喊卡的，因為有一些東西，台詞不是一詞不漏的才叫表演，也不是三秒鐘要我的淚水掉下才算表演。有時候淚要來的時候，你根本擋不住，有時候你怎麼樣也哭不出來，都會有這種可能。

我的感覺是現場的工作人員都戰戰兢兢的，每一個人都繃緊，那反而做侯導的演員是，他從來不會去抑制演員或罵演員的，最開心的是當他的演員！（笑）但每一個工作人員，錄音的、燈光的，都很緊繃在那邊。工作的氛圍其實很愉快。

白：**那麼，回到前面的問題，就是普通的戲在現場突然間變得非常神奇，是否有些**

《千禧曼波》劇照，蔡正泰攝。

具體的例子可以講？

高：其實每一次，每一場戲，都可能會有奇蹟發生。但也有不順，像拍《千禧曼波》，前面拍了一段時間，但全部給拿掉。

白：對，聽說《千禧曼波》的拍攝過程特別漫長，特別不順。

高：是，前面全都拿掉了。就感覺不到位，侯導當時也知道，東西就是沒有，一些演員也作了調整，很難講，但有時候一些東西會爆出來。

就好像《南國再見，南國》，那個時候在坎城，侯導看到我、林強、伊能靜住在一個 apartment（公寓）裡面，他說，「你們三個人相處起來還挺有趣的，好，回來就拍一個戲。」那就是《南國再見，南國》，侯導還說「我們一個月就拍完，然後我們去威尼斯。」我們都說「好啊。」結果我們拍一個月，兩個月，下去嘉義，又去一次，還是覺得有些東西沒有拍出來；又去，去嘉義有三、四次，拍了半年。這不是原來就設定好了嗎？可以一個月拍完的嗎？（笑）我們本來很開心，以為可以很快就拍完去威尼斯，但拍攝期間有些東西沒有到位，某一些東西是需要時間。

反正我們完全聽指揮，不會抱怨說為什麼拖這麼久？對侯導從來沒有貳話。總覺得跟侯導拍戲很開心，遊山玩水，四處走走，而且又給演員的表演空間如此大。就怕你不敢，不敢去發揮，不然侯導給的空間是無限的。

白：侯導很喜歡跟非演員合作，您當初也是非演員，但現在已經變成資深演員，您跟很多非演員和職業演員甚至大牌明星合作過，能否談談跟職業演員和非演員合作的不同經驗？

高：其實很大牌的，我都會把他們盡量放到同一個位子；有一些人非常大牌，但對我而言這是一段表演，一定要合作，所以盡量地把我們的表演更加的生動、精彩、到位就行。

假如是個非演員，我也會提醒他們，大家都非常的重要，不要妄自菲薄，不要緊張；經驗的累積，你們也可以像捷哥一樣從玩票變成專業，一定要專注，沒有什麼好去畏懼的，就是專注在你的表演，讓它發亮。

無論是大牌或者新手，我差不多的態度就是以表演為重。就算跟著一些大牌，可能有一點壓力，但我都沒有感覺到壓力，只是盡量的專注，把戲到位，把工作圓滿，把氛圍愉快，這是我的方向。

再大牌我也沒有問題，像梁朝偉我們都可以開玩笑，因為他們也沒有把自己當作大牌看。他們表現大牌的時候，也是看場合看對象，這也是有必要的——有時候就需要讓人知道我們就是一個「角」（角色，要角）。可是我都比較輕鬆的，以整體為重。

白：跟侯導合作這麼多片子，最難演的是哪一部戲？它的難度在哪裡，怎麼克服它？

高：（笑）倒沒甚麼……我覺得沒有什麼很難的。我們跟著侯導學習了很多東西，他的一些節奏跟方向，我們都知道，而且很多東西是我們提供出來的。他本來要的就是一個很真實的，沒有很突兀的，很自然的一些流露，那我們都盡量把它做到全面。你說難……

《好男好女》劇照，蔡正泰攝。

白：比如說侯導的片子裡，您也嘗試過一些打鬥、暴力素材的戲，同時也跟舒淇、伊能靜有一些床戲，對一個本來沒有演員訓練的人來講，這種戲需要一定的勇敢才能夠放開自己，在鏡頭前表露自己比較隱私的一面。

高：你這樣提醒我，是有的。拍《好男好女》的時候，跟伊能靜在床上面的嬉戲，雖然還穿一個大內褲，表現兩人世界的一個情趣，一個好玩的地方。其實我有一點放不開，因為太多人在看。

我還記得戲裡我的手要撫摸伊能靜的身體，演情侶所以一定要表現得很親密很自然，但我們實在太熟而且太多的尊重，放不開做這種表演。手應該很自然，但我沒有辦法，最後還是伊能靜自己拉著我的手，把它放到她胸部。只有很熟的工作人員看得出來（笑），他們後來都說「捷哥你真是！」後來看電影他們也這樣開玩笑。

其實我自己知道的，應該都放掉，只是因為有太多的尊重。雖然會覺得要尊重，在表演的當下一定要把這個東西放下，才可以表現真正的親密，所以那場戲還是有點放不開。如果現在演那種戲會好些，因為經驗會讓你知道，有一些表演連尊重也得拿掉，需要更狂野，更激情。但我估計以後拍那種戲的機會不多！（笑）

白：那暴力的戲呢？充滿爆發力的那些鏡頭，你會很難進入嗎？

高：多半都是隨著情緒來的，可能是我們爆發出來的時候，更有它的張力吧。更短捷，更所謂的「殺」吧，然後更沉默，反正就是有很多層次的。或許有一些東西是設計進來的，也有一部份是突然爆發。有時候你真的生氣，生氣到臉漲紅，擋不住的。

就好像我拍《少年吔，安啦！》的時候，有一場戲是我開槍，我全身發抖，不能自已；旁邊演我女朋友的魏筱惠過來抱住我，我才平靜下來。喊卡的時候，侯導他們都不過來說什麼，就是讓我們的情緒平靜下來。有一些東西，就算你設計的，設計也可能達不到那個程度。也有一些東西已經到那個程度，而你想像不到的，哇，那個東西，整個身體是發抖的，那是表演不來的！（笑）

白：演侯導的電影，給您個人的人生觀有什麼樣的啟發或改變？對自己有沒有什麼新的發現？

高：有，跟著他拍電影，就好像也是生活的一部份。看到他，他的為人處事，他的應對，我們也跟著學習，漸漸成熟了，看東西看得比較廣闊。大哥不斷地進步，不斷地越來越大，這是我們都看到而且可以感染到的，而且也在學習的。

今天你把我當作侯孝賢工作室的一份子，我是很驕傲的。甚至我接一些工作，他們的開場白就是「侯老師的愛將」，哇！（笑）雖然我是拍別的戲，我始終是侯導的一份子，我是從他這裡出發的，長大，茁壯，變得資深，還算被人家尊重，當然也是因為侯導的關係。

影展的時候我曾經跟侯導說，侯導真是沾你的光！他就說不要這麼講，你們都有你們的能耐，大家也認同。但因為他，我們才有這個機會，所以飲水要思源，他是永遠的大哥，永遠高大。所以隨時要我，我隨時就報到。

跟侯導跟電影結緣以後，其實改變我的人生。我本來可能就是做餐廳的一個生意人吧，就是讓自己的生活不虞匱乏，很安穩，但有了電影以後就不一樣的。經常會往這一方面作一些學習，一些調整，一些進步，感覺人生更加的豐富了，非常豐富。所以真的感謝侯導帶我進入這個電影世界，使得我突然變成一個演員，想都沒想過的。而且一進來已經二十幾年了，變成一個資深的，而且越來越來勁。更多的電影來邀約來接觸，兩岸三地，都很愉快，我還想繼續過一個愉快的二三十年！

白睿文／錄音記錄、整理校對；朱天文／校訂

天文答問

寫作，新電影，最好的時光

朱天文是小說家朱西甯和翻譯家劉慕沙的長女。自小寫作，其早期小說包括《傳說》、《淡江記》等書。除了寫作外，還參加多項出版和編輯的工作，創辦與主編三三書坊，三三集刊，三三雜誌。90年代後，其寫作風格經過極大的變革，小說〈世紀末的華麗〉、《荒人手記》變成台灣解嚴後的重要文學作品。曾因《荒人手記》一書獲得第一屆時報文學百萬小說獎首獎。2008年，出版長篇小說《巫言》和九冊的《朱天文作品集》。

1982年因〈小畢的故事〉，朱天文結識侯孝賢導演，並開始與其合作，為侯孝賢1983年至今的每一部電影擔任編劇工作，這合作關係已經維持了近三十年。朱天文的劇本曾榮獲威尼斯和東京影展最佳劇本獎。

2008年5月初，朱天文來到加州大學聖塔芭芭拉分校參加「重返現代：白先勇與現代主義國際研討會」，會後5月6日該校進行《最好的時光》的放映和座談活動。此採訪的主要內容來自於那次公開對話。小部份內容來自於十年前在紐約的另外一次訪問。

白睿文提供。

本文從朱天文的青年寫作經驗，到對新電影的回憶和反思，然後訪問的後半內容都圍繞著2005年的電影作品《最好的時光》。雖然內容主要是針對朱侯合作的其中一部電影，從其中還可以看到她對電影的許多看法。為了提供另一個角度，來看侯孝賢的電影創作，特別收錄此篇訪談。

白：在海外許多人簡單地把您當作「侯孝賢的編劇」，但除此之外，您本身也是非常多產和傑出的小說家。寫作的生涯已超過二十五年之久。那麼當初您是在什麼樣的情況之下開始創作，開始寫作？

朱：寫小說，大概是高中一年級開始寫的，所以現在算已經三十幾年了。剛開始寫，我想可能是因為父母親是寫小說跟翻譯日文的，所以家裡的書很多。我聽跟我同一個時代的舞鶴先生講，他是在台南的鄉下，幾乎就是兩種讀物《皇冠》跟《幼獅少年》，除了這兩本以外，其它的都沒有看到。但在我從小的生長環境中，幾乎什麼書都可以看得到，甚至連禁書，通過特殊管道，都可以看得到。在這樣的環境中，就會自然而然地開始，在高一的時候寫作。不過那種寫作，我覺得不算數了！（笑）

我想每一個人年輕過的話，都會寫日記，會寫情書。年輕的時候，我們都是詩人吧——就是說有一些沒有發表出來，有一些收在抽屜裡。反正就是年輕多愁善感，寫的也無非都是自己所熟悉的東西：同學之間的事情、長輩那裡聽來的故事、自己的白日夢。當時人生經驗非常有限，都是出於多愁善感、新鮮敏銳的感覺，自然而然地開始寫，大概因為家裡來來往往、喊叔叔伯伯的，全部都是文壇上的長輩。但因為我一直寫下去，才算是作家了！（笑）。

大學的時候，我們辦了刊物《三三集刊》。那時我們非常自覺地有一種使命感，覺得小說只不過是一個技藝而已，我們很希望能夠做個「士」，現在就是知識分子吧，又不大相似；中國有一個「士」的傳統，我們辦《三三集刊》的時候就覺得，小說家算什麼？只不過是有個技藝而已，我們不要只做一個文人，希望自己像中國的士，要研究政治、經濟各種範疇的東西。做個士，就是志在天下，對國家、社會的事情都有參與感。

因為這種使命感，我們辦雜誌，到台灣各個高中、大學一場場辦座談。那時候我們的使命感告訴我們，不能只做一個小說家，要做一個知識分子。這個時期開始自覺寫東西是有責任的，跟年輕時候寫作是出於敏銳感覺的自然流露，不太一樣。三、四年以後，《三三集刊》也很自然地結束了。有的人去服兵役，有的人出國，人生的路也非常不一樣。就像五四時期很多這種團體，比如說新月社[1]，曾經產生一點小小的力量，結合了一些人做出了一些什麼，後來自然地解散。

結束刊物以後，慢慢地，寫作對你來講，就像一個削去法（的結果），你會覺得做這件也沒意思、做那個也意興闌珊；去公司上班，你也覺得做不來，剩下越來越清楚的那條路，就是寫作。慢慢你會發覺，很慶幸自己有這個才能。生活中不論發生什麼，垃圾也吸收、好的也吸收，最後通過消化過後，總是有一個出口，就是寫作。這麼做也不大是出於使命感，反而是一種負疚，因為寫作是你唯一會的怎能不盡責做好，但我老覺得自己寫得太少，做得不夠。

其實寫作就是整理你自己，你跟當代現實之間的關係。最後整理的結果就會結晶出來，開一朵花。生活裡有各種事情得去面對，很多書要讀，這些經驗、這些知識最後又能怎麼樣呢？寫作就像將你的人生結晶出來，留下來。

白：青少年時期，您父親的朋友胡蘭成曾住在您家中一段時間。

朱：是的，他跟我們一起住了六個月。

白：文學之家的羽翼之下，突然又多了一位作者。在您的作品〈花憶前身〉中，您寫到胡蘭成對您造成的重要影響。能不能請您談談與胡蘭成的關係，以及他對您寫作和人生觀的影響？

朱：之前所提到的《三三集刊》，完全也是因為胡蘭成的緣故才辦的。主要因為他的政治背景，他曾在汪精衛政府底下做過事，簡單講他就是（國民黨政府眼中的）「漢奸」，他來台灣的時候，作品是被禁的。但我們在他身上，還有他的作品中，看到別人所沒有的非常特殊的觀點、想法，那在當時是沒有人認可的。

他本來在陽明山的文化學院教書，出版社重出他在三十年前，大約1950年代所寫的作品，想不到隨即遭禁。他的觀點引起很多人的攻擊，後來學校非常粗魯的要他遷出，而我們家隔壁剛好有人搬走，我父親就把房子租下來，讓胡蘭成到我們家隔壁住。有半年的時間，他教我們唸書，教我們唸中國典籍，包括《易經》、四書五經，對我們影響非常大。這半年中，我們想，既然胡蘭成的作品，報社也不能用、出版社也不能出，我們就來自己辦一個雜誌，出版他的言論。他用了「李磬」的筆名，每個月寫文章，登在《三三集刊》上。

這個不要只做個文人、小說家，而要做中國的「士」的想法，也是來自胡蘭成。半年之後，他就回日本去了。他本來還要再來台灣的，那時候《三三集刊》也辦得非常不錯，胡蘭成一直考慮要不要再來，擔心再來又會引人攻擊，影響到《三三集刊》的發展。他就沒有再來了，他用非常薄的航空信紙，密密麻麻手寫了他的文章，寄來在《三三集刊》發表。後來我們成立了出版社，叫「三三書坊」，發表完我們就把它集結成書。

直到胡蘭成一九八一年去世，我們前後認識他也只有七年的時間。七年之間他來台灣三年，住在我們家隔壁，也只有那半年，但對我們日後寫作的影響卻非常大。

最大的影響也就是視野吧！魏晉南北朝的稽康，是竹林七賢之一，彈琴彈得很好，他寫了一篇文章叫作〈琴賦〉，其中一句寫道，「手揮五弦，目送飛鴻」，意思是說，你的手撥著琴弦，眼睛卻看著飛在天上的鴻雁。說的是雖然你眼前在做一件很小的事，但心胸卻望得遠遠的，望向天的盡頭，寫小說也是一樣。我想這樣的視野，是胡蘭成留給我們的最大資產。

白：現在回頭看您早期的作品，包括一系列在《三三集刊》所寫的《淡江記》、《傳說》您怎麼評價呢？

朱：小說題材很多是愛情，在當時的台灣，相較於中國大陸，有比較多的個人空間，國家的力量沒有像大陸那樣一直侵犯到個人，「自為」的空間還是很多的，在這空間裡我寫愛情，寫生活情態，簡直完全不意識到後來人人都在批判的戒嚴時代，威權統治——也許那正是當年大部份的真實，還沒有經過後來反思的或者說，修飾的真實。至於散文《淡江記》，完全是「三三」時期的產物。

白：在您創作上，《荒人手記》算是一個很大的突破。本書曾被翻譯成多種語言而在評論界引起挺大的反應。可以談談這本書的靈感是從哪裡來的？它最初的構

1. 新月社為1922年至1933年中國極具影響力的文學團體，創辦者為當時頂尖的知識分子，如徐志摩、梁實秋、胡適與聞一多。1928年並在上海出版《新月》月刊，經常為《新月》供稿的作家有沈從文、馮友蘭、凌叔華、林徽因，還有當時許多作家、詩人、思想家。

思是怎麼樣？然後，借用同性戀者的視角來構造敘述，有甚麼樣的挑戰？而且在情感方面如何面對死亡、愛滋病這種比較沉重的內容？您怎麼進入這樣一個與您自己完全不同的一個世界？

朱：要講這個可以講一個晚上！（笑）前兩天開了一個關於白先勇與現代主義的研討會，白先勇有一部長篇小說叫《孽子》，像我那個年代的人，都讀了這本書，寫同志們的故事。

這本書，我也很訝異前兩天在你家討論的時候，發現我跟舞鶴一講出來都有同樣的一個感想，就是在當時的背景，白先勇老師只能寫到一個地步——比較注重社會關係，同志在社會裡的人際關係的困頓，似乎是他們的家庭造成他們變成同志。我當時看了以後有一點悵然若失，對作品本身的；因為他好像只把同志寫到一個地步，就把門關上了。同志到底是怎麼回事，我們都不知道。當時就留下這麼一個印象和不滿足，沒想到，舞鶴同樣也沒有被這部文學作品在文學上滿足到。

很多年過去以後——十幾年——沒想到，我自己的一個非常要好的少年朋友，一起長大的，有一天他找我一起去喝個咖啡，突然握著我的手說，我愛上一個人，你也知道的。我心裡想的都是女孩，等他講出來，是個男生！從此以後大概七、八年的時間，我就變成他的一個傾吐的對象。他戀愛中的所有起起落落，你愛對方、對方不愛你的時候，那個不平等所造成的欺騙、背叛。然後這個被背叛的人，就開始去找另外一個自我放逐，這樣的種種過程。

我覺得我自己已經變成一個植物。為甚麼呢？我很像王家衛《花樣年華》最後結束的時候，梁朝偉到了柬埔寨佛寺的那個樹洞，對著樹洞一直講他跟張曼玉的苦戀，都講給這個樹洞聽，他的祕密可以永遠埋在土裡。我就變成我那個青少年朋友的樹洞，一個植物！他把所有的細節都跟我說，細到已經不能再細的地步了！（笑）都是關於同志之間的種種。

當年看《孽子》的時候，白先勇寫到一個地步就把門關起來，不讓我看，但我從我這個少年的朋友知道了這些，所以我真是為我朋友感到不平！因為他跟我是這麼好的朋友，但我對同志完全漠然，也不關心、也不知道。可是看到他所受的痛苦，我就想，把它寫出來！

那當然我們小說家寫了這麼久，靠我們的技藝，可以寫不是自己的故事。就是半自傳的時代已經過了，可以從我們自己的經驗出發，然後靠想像，靠技藝。寫了三十多年的小說，如果還沒有辦法「雜語」，改變你說話的口氣，那

就太差了吧！（笑）

白：怎麼開始從小說創作踏入電影圈，轉化為編劇？

朱：我二十六歲的時候吧——台灣是民國71年——我有一個短篇小說〈小畢的故事〉在《聯合報》登出來，侯孝賢導演和他的partner（拍檔）陳坤厚導演看了這個故事，想改編小說。

他們打電話來跟我聯絡，想買這個故事的版權，當時我覺得很害怕。（笑）因為我們不看國片的——從小只看好萊塢電影、香港電影，但不看國片——所以不知道這些導演是誰！他們拍的是商業片，非常賣座的商業片，但我們當時不看。所以去談版權的時候，每一個人都出主意，要打扮得很老練，要穿高跟鞋、穿窄裙，價錢開多少不要怕。就是很幹練的樣子！

結果一見到他們，我的武裝自動解除，因為他們是很坦誠的一對年輕人，他們工作夥伴也多很年輕，所以一談就很順利。寫了劇本以後很賣座，在金馬獎也得了多項獎項，所以才一直合作下去。這部片子在台灣新電影裡頭，是改編文學作品，好多（其他作品改編電影）也就開始，像黃春明的小說，白先勇老師的文學作品，都是之後改編成大銀幕的。

白：那後來就一直跟侯孝賢導演合作下去……

朱：合作了十七部電影，一直到最近2007年的《紅氣球》。目前在準備一部武俠片，在寫劇本和做研究。

白：上週在我的「新台灣電影課」，我給學生放了您1986年的作品《戀戀風塵》，是二十多年前的作品。這二十餘年來，您跟侯孝賢的合作關係有甚麼樣的改變？台灣的電影產業又經過甚麼樣的改變？

朱：跟侯導合作最大的改變是，一開始的時候我很好奇，我都會去片場看，一切都非常的新鮮。但是三、四部片子之後，就不去片場了。因為大家都知道拍片就是：等，等，等，等天氣，等各種東西。除非你變成一棵植物或一種爬蟲類像個蜥蜴，你根本沒有辦法忍受那種等待！所以我就不再去現場了。

漸漸的我也越來越了解，文字跟劇本完全是兩回事，兩個是完全不同的媒介。參與得越多，就越清楚（我的重心）是在文字上頭，所以漸漸的劇本就變成我收入的來源，但不會是把它當作我的作品，也不會有任何成就感放在劇本上，沒有。我只是幾年寫一兩個劇本就可以養活自己，然後專心的來寫小說。

侯孝賢基本上是編劇起家的。所以他其實不靠編劇；那我的責任就是提供不同的觀點，在討論過程中做一個 echo，一個「空谷回音」。但做一個空谷回音，是不很容易的。如果你們的頻率不同的話，是沒有回音的，尤其討論的過程，是個思考的過程。這個思考，有時候是在一個半無意識的狀態，如果頻率不同，那是不可能思考下去的。所以在編劇的角色上，我基本上只做一件事情，就是把整個討論過程整理出來。所以我像個祕書而不是一個編劇！（笑）

我整理出一個可以看的文書，是給工作人員看的，工作人員可以用來看景，找演員。這個劇本不是寫給導演看，因為導演根本不看，也不用看。因為劇本在長期的討論中，在他腦子裡，而且在他的筆記本上。他的筆記本沒有人看得懂，所以他交給我，我把它整理成文字去進行。這是我們目前為止的合作關係。

白：您除了自己的小說之外，也曾改編其他作家，例如吳念真、張愛玲和黃春明的作品。改編別人的小說和改編自己的作品，有什麼不同？

朱：侯孝賢從我的小說改編的電影，只有《小畢的故事》。其它多部電影看起來像是小說改編，例如《冬冬的假期》、《風櫃來的人》，其實都是先有故事、有劇本，後來才寫成小說，在報上發表，作一個宣傳。《兒子的大玩偶》、《戲夢人生》和《海上花》都是改編其他作家的作品。

在我來說，小說和電影分得非常清楚。當你改編小說成電影，電影絕對不能「忠於原著」，那是很愚蠢的事情。尤其當你熟悉電影這個媒介，你就知道文字和影像是兩個世界。用文字說故事和用影像說故事，方法完全不同。當你用文字思考，它有它敘述的邏輯，而影像也有自己說故事的語彙，兩者是截然不同的。

當你明白這一點，你就會知道導演想改編一個故事，很可能只是因為裡頭的某一點打動他，小說裡頭的某一種感覺、某一句話。編劇的時候，必須用影像去想，用影像去編，用影像去重新說它。如果你讀了小說原作，就想原封不動將它搬到銀幕上，一定會造成災難。

做一個編劇，尤其替侯孝賢、楊德昌編劇，王家衛更是，極沒有成就感，只不過在畫一張施工藍圖。最大的貢獻可能是在討論過程，討論完畢，我把想法變成文字，而這個文字導演是不看的。討論完了之後，他知道怎麼做了，已經全部都在他的腦海。劇本是給工作人員看的，讓演員大概知道這部戲要拍什麼而已。

王家衛甚至連劇本都沒有，他的方法非常昂貴，就像爵士樂的即興，拍攝過程中才是劇本和想法的逐步完成，用底片當草稿，花費的成本很高！這是另外一種拍法。為侯孝賢編劇時，我們就是討論，寫下來只是做個整理。

白：入行到現在，台灣的電影產業又經過甚麼樣的改變？

朱：講到台灣的電影產業，從以前到現在，台灣基本上一直沒有電影產業。台灣電影是個手工業的。台灣新電影的時候，為甚麼會一下子蓬勃出來呢？一個（原因）是社會條件的支持。如果是早幾年，譬如陳耀圻[2]去UCLA學電影回來——那是好早——但是完全沒有辦法（拍片），因為社會的條件和種種條件都不到位，因為他就一個人，整個（環境）都沒有。

在台灣新電影的時候，社會的空氣已經改變了，已經到了另外一個程度。那時候剛剛好有一些新導演從國外學電影回來，也有在台灣本身是學徒，或可以說土法煉鋼出來的導演，像陳坤厚、侯孝賢、張毅，他們都是從學徒出身的。一個從本土的，一個從國外的——這兩個正好，有這麼一群人——不早不晚，就正好碰在一起。早一點，晚一點都不行，像陳耀圻就沒有碰到。

碰到一起的時候，再加上一個很重要的人，雖然很久以前他是個情報頭子，那就是中影製片廠的廠長，後來也變成中影的總經理，明驥。他就是想提拔一批新的年輕人，找了四個年輕導演——從來沒有拍過片子的——包括Edward Yang（楊德昌）、柯一正這些，都是學電影的，來拍四段故事。這樣可以分擔風險。這個電影叫《光陰的故事》，一拍出來，大家耳目一新。

然後第二部《小畢的故事》，第三部就是《兒子的大玩偶》。到《兒子的大玩偶》的時候，侯孝賢跟陳坤厚算是電影的老工作者，他們就帶著兩位新導演。因為新導演在台灣最大的問題，是（他們去）國外學電影、有想法，但是

2. 陳耀圻（1938-），台灣電影導演。美國芝加哥藝術學院學士，加大洛杉磯分校的電影碩士。代表作有《三朵花》（1970）、《蒂蒂日記》（1977）、《源》（1980）、《晚春情事》（1989）。

台灣電影沒有工業基礎，完全執行不出來。他們有想法，但沒有各方面的專業配合，所以無法執行想法。《兒子的大玩偶》等於是新電影的第三部，有老的攝影師、導演和工作人員帶著兩個年輕導演拍的。新電影的起來，基本上是這樣的一個背景。就是兩個不同的人群碰在一起，他們也非常要好，經常互相支援，你在我的電影裡演一個角色，我幫你的電影配樂……這樣互相支援，互相討論，是這樣一個情況。

當時所謂台灣的文學已經有寫實的、寫我們自己故事的時候，台灣影像上整個還沒有。那時候還是瓊瑤電影、黑社會電影，跟我們的生活經驗無關的。台灣新電影就是開始拍我們自己的故事，每一個導演開始拍他自己的記憶，幾乎都是半自傳，所以電影比文學晚了十年。那當然它會引起大家的一種新鮮感啊，我們終於看到了，他們終於開始講人話！（笑）因為像以前的瓊瑤電影，不知道那是哪裡來的話！（笑）現在開始講人話，開始做人的事情。影像的感覺一下子跟以前不同，每個導演開始講自己的故事。基本上還是手工業，非常「作者的」，非常作者式的。

從一開始，台灣新電影就不是一個商業趨向的電影模式，它能夠賣座，其實是個誤會。這個誤會，讓很多人覺得台灣新電影要負擔工業和票房這種責任。當初它很新鮮很賣座——幾部連著——但到後來不怎麼新鮮，票房也開始下去，大家就說：「唉呀你怎麼把台灣的電影弄垮了！怎麼這麼慢！」反正很多新電影（的節奏）很慢，一看就想打瞌睡！（笑）非常的個人風格，非常的自我耽溺，所以大家覺得台灣的電影都是被新電影搞垮了。但其實台灣新電影本來就不是一個商業的東西，商業是那些過往的電影。

當然這一批導演——數量這麼夠的一群人——有的拍了幾部，多的話拍了十幾部，也會碰到他們的瓶頸，還有他們在經濟上能否得到支持。新導演許多後來也停頓了。最後能夠找到錢拍片的不多，現在那一代大概就是侯孝賢。講工業，台灣也許不夠支撐你的電影，也許就得看看大陸，把眼光放到大陸的市場。（笑）

白：許多人把您和侯導在80年代中期合作的幾部片子，包括《戀戀風塵》、《童年往事》和《風櫃來的人》當作新電影的黃金時代。按您個人看，那幾部片子為甚麼會這麼特別？

朱：我想那個時候是因為——像侯孝賢是土法煉鋼出來的——他是在不知道電影是怎麼回事的情況下，就自然拍出電影來。他不懂任何電影理論，而且看大師電影都會睡覺的，像費里尼的電影或雷奈（Alain Resnais）的《廣島之戀》（*Hiroshima Mon Amour*）他那時候看得都會打瞌睡。

所以等到這群從國外學電影回來的導演聚在一起的時候，侯孝賢這些本土派說，「啊，原來master shot是這樣子！long take是這樣子！」，才知道原來這個是什麼、那個是什麼。結果知道了但還（更糟），反而不會拍了，不知道怎麼拍電影。

因為第一部《小畢的故事》很成功，就要拍下一部，這就是《風櫃來的人》的時候。他不曉得如何下手來說這個故事，他不會拍了。那時候不知道為什麼，我就把《從文自傳》給侯孝賢看。看了以後他說，「啊，我知道怎麼拍*The Boys From Fengkui*（《風櫃來的人》）這部！」就是說沈從文自傳的那種「天」的眼光——用「天」的眼光來看當時戰亂所發生的所有事情。比方說這個軍隊來，那個軍隊去，抓到的所謂叛軍就是老百姓，抓到了也分不清，就在神前面擲竹筊，你擲了這個筊，應該死了，你就死，另外一筊就活，因為都分不清誰該放出來。所以活的就到這邊來，而死的那個老百姓不會反抗的，他也沒什麼，他就交代說，啊我的牛怎麼樣，我的家人怎麼樣……。[3]沈從文是這樣寫他的時代。這眼光是天的眼光。

侯孝賢用這個天的眼光來看他自己的少年時候，就拍了《風櫃來的人》。在拍攝的過程中他要攝影師陳坤厚「遠，遠 ，遠」——要鏡頭放得遠一點，人物都活動在一個大遠景裡。然後是冷，「冷，冷，冷」和「遠，遠，遠」的鏡頭。所以拍攝《風櫃來的人》是在他過往從事電影——土法煉鋼式——的十年之後，碰到新的刺激之下的產物。他本來不知道怎麼拍，然後知道這個角度去拍，就在知道跟不知道之間（成長）。

《風櫃來的人》是我跟侯導合作二十幾年以來，最喜歡的片子。它非常的犀利，因為有個新的東西進來，激發出來，結果非常的準確，非常的直覺。我覺得它是非常sharp（敏銳）的一個電影。

3. 原文有這樣的描繪，「每天捉來的人既有一百兩百，差不多全是四鄉的農民，既不能全部開釋，也不能全部殺頭，因此選擇的手續，便委託了本地人民所敬信的天王。把犯人牽到天王廟大殿前院坪裡，在神前擲竹筊，一仰一覆的順筊，開釋，雙仰的陽筊，開釋。雙覆的陰筊，殺頭。生死取決於一擲，應死的自己向左走去，該活的自己向右走去。一個人在一份賭博上既占去便宜四分之三，因此應死的誰也不說話，就低下頭走。」參見沈從文的《沈從文自傳》，江蘇文藝出版社，1995。27-28頁。

那《童年往事》是侯孝賢的自傳，《戀戀風塵》是另一位很有名的編劇吳念真自己的故事，由我來寫，因為要避免他太投入了。

我們都在用自己的聲音，講述自己的故事，在台灣電影史上，甚或華語電影史上恐怕都是第一次，所以那的確是個黃金時代。等到自己的故事講完了，每個人都有的「甜蜜題材」用盡了，再來就得看你的想像力，你的累積，你的功力。很多人自然漸漸退出了，沒有辦法勝任這種工作。自己的故事講完了，要拍不是你自己的故事的時候，怎麼拍？很多人就沒有辦法拍了。

白：因為您本來也是非常傑出的小說家，但我想某一些讀者光看您的小說，也許比較難看得到「朱天文編劇」的身分。您的小說創作，和編劇工作有甚麼樣的呼應關係或共鳴？您的小說怎樣影響您在電影領域的工作？

朱：常常有人會問我，到底電影編劇給我帶來甚麼樣的影響？最大的一個影響就是，因為人一生只能做一件事情，而把這件事情做得很好；人生這麼短，一個人能夠把一件事情做到沒有人能夠取代，我覺得已經是個奇蹟。

我的幸運是，電影像繪畫音樂一樣，是跟文學完全不同的媒介，當你真正參與，跟沒有參與、只做一個觀眾在看，是很不一樣的。有另外一個藝術世界，在這麼短暫的人生中，有機會徹底的參與過它，等於是你多了一個source（源泉），一個參照系統，這個是對我的寫作很大的幫助。

白：《千禧曼波》的製作過程很特別，可以請您談談這部電影的創作嗎？

朱：侯孝賢早期的電影，都是他自己的情感記憶，都經過沉澱，帶有距離的美感。

侯孝賢擅長處理具有歷史距離的題材。但要拍當代，距離太近，他很難找到角度去掌握故事。《千禧曼波》裡，年輕人不反省也不思考，就是行動。我年輕時候也是這樣，我不理論化我寫的東西，就是寫。年輕人拍自己的電影，不需要距離，只要把自己拿出來就好，自有其節奏、能量。

我（當時）四十歲了，侯孝賢也五十幾啦，他怎麼進得去那個世界？看現在的年輕人，他有一肚子不同意，完全不同的價值觀、生活方式和生活態度。雖然侯孝賢很能和年輕朋友打成一片，自己的看法暫時擺在一邊，和他們有很好的友情，想要記錄他們；然而最困難的是，你已經不是年輕人、你有你自己的眼睛，又很近、又很遠，怎麼樣找到適切的觀點，是一項挑戰。

他發現拍當代最難，拍過去的事情，記憶已經沉澱下來，自有審美和美學。而拍當代，沉澱不夠。一切都還在變動之中。

這和小津安二郎導演是很大的對比，小津一直都在拍當代日本，侯孝賢就覺得很佩服，為什麼他可以拍跟自己這麼貼近的當代？你怎麼看你自己？就像大力士可以舉起比他自己還要重的東西，可是沒有辦法舉起他自己。人總是說不清自己的當代。這就是我們遇到的困難。

白：無論是場景、服裝、美術、表演，或攝影的角度看，《最好的時光》每一段故事的整個美學建構都非常獨特。電影的時間跨度將近一百年，但似乎各個段落是個別完成和獨立的藝術世界。三段的人物都生活在完全不同的宇宙裡，但同時各段都可以找到一些共同點。可以談談這三段的聯繫，以及整個電影最早的構思？為甚麼選這三個時間：1966年，1911年和2005年？

朱：第一段是1966年，就是文革開始的那一年。當時台灣算是美國在東亞的一個基地，我們從小就聽美國音樂、看美國電影。所以1966就會想到大陸的文革，和台灣的相對承平，美國影響（後者）很大。這一段是侯導演自己的故事，他當兵時，就是這樣追一個撞球小姐，從台灣最南部一路（向北）追。為什麼叫「最好的時光」呢？就是說最好的時光——（記憶裡的）〈Smoke Gets In Your Eyes〉的音樂，披頭四（The Beatles）的，撞球間都是放這種音樂，好糜爛！（笑）打撞球的記憶都是這種音樂——它一直沉澱在你的記憶裡，到後來變成一種欠債，你要還，好像是你欠它的，你必須還債把它拍出來。這是侯孝賢很久以來一直想拍的故事，就是第一段。

但為甚麼拍出這種三段式電影，像《兒子的大玩偶》一樣？因為去申請輔導金，侯導想帶兩個新導演出來，老的帶年輕的，所以後面那兩個故事（原本）是其他兩位導演的。第二段就是《海上花》的美術（黃文英）提的故事。她想要拍一個台灣清末的故事，就用了一點連雅堂跟藝妲王香禪的故事。連雅堂就是連戰的祖父，一個文人跟一個藝妲的一段逸事。那黃文英是美術，她本身也是台灣人，所以《海上花》以後就對這個很感興趣。第三段來自另外一位年輕導演（彭文淳），他就想拍年輕人的故事。

但在進行當中，拿到輔導金是九百萬吧，每個段落三百萬。結果那兩位導演覺得沒有辦法拍！然後輔導金要到期了，到期如果還沒拍的話，要賠錢的！怎麼辦呢？乾脆就是侯孝賢自己拍了。本來他要帶著兩新導演，但時間到了！要交片

第一段「青春夢」，60年代徬徨青年張震（左）和撞球間計分小姐舒淇。《最好的時光》劇照，蔡正泰攝。

了！兩個人都沒辦法，侯導就說「那我自己拍吧。」整個變成他的片子，所以pre-sale就很好，法國和日本馬上買下（發行權）。所以這是一部快到期的時候，非常迅速拍的片子！第一段一個星期內拍掉，第二段十天內就拍掉。比較難的是第三段，因為那是年輕人的東西，對侯導來講，他年紀有點太大了！（笑）

開始是先拍第三段，因為要找——找的不是情節，也不是故事，而是那種 ambience（氣氛）。就是找不到，一直找不到。所以拍最久是第三段。剛剛開了三天的現代主義會議，那麼第三段就好現代主義！也許觀眾覺得最難看的是第三段！（笑）它沒結局，人際關係如此的破殘，像我妹妹的先生（謝材俊）他就說：「如果現代是這個樣子的話，那我很高興我不是活在年輕人的世界裡！我很高興我不是這個樣子，而且我也不願意活在這樣的一個世界！」

白：可以談談電影的結構和時間上的順序？為甚麼選用一種非直線線性的時間觀念？

朱：這是個剪接的問題。很難想像它不是因為一個結構，而是因為剪接。在場的舞鶴先生可能能夠理解，就是在寫作的時候，寫到一定的地方，你就必須接這個，而不是接那個。就是剪接造成這種結構。

最早整個結構都沒有定，只是拍完以後（才決定的）。侯孝賢的電影，經常是在剪接上決定次序的。它本來也沒什麼情節，沒有因果關係，次序可以調來調去。這就是無情節電影的一個特色，像法國新浪潮可以顛倒過去都無所謂。

但是片商就很希望能夠把第一段放到結尾，把第三段拿到前面。因為第一段很溫暖，讓觀眾看到後來，會有一種溫暖的感覺。如果很沉重，結局也沒有答案，出去的時候就沒有口碑，就不會跟朋友說「啊，這部片子很好看！」那就會影響票房。因為第一段是個溫暖的結局，片商希望能調換過來。我們也試著，但是就在剪接上面，覺得形狀弄出來整個就不對！很怪，所以沒有辦法，我們沒有接受他的建議。

白：在語言上，每一段都不一樣，第一段是台語為多，第二段使用默片的形式，而第三段主要是國語。為什麼第二段都是用默片的形式來拍？能否談談整部片子的語言策略？

朱：為什麼要採取默片的形式來拍第二段呢，因為他們都是年輕的演員。尤其張震，他是一個外省人，他當然可以說台語，但一聽就是很爛的台語！（笑）而且完全是現在的台語。在那個年代，他們都要講台語跟日文。如果去逼他們講的話，那整個就破功了吧，電影會變得很難看，那個時代的氣氛完全出不來，會被這個語言破壞掉。所以我們就決定用默片的方式。

實際他們在裡頭講話是用什麼呢？用廣東話，他們都會講——因為舒淇很年輕就到香港發展，張震也會——用廣東話會有一種因為音韻而產生的情調，這情調會帶動一種古典的肢體語言，所以一開始就決定用默片的方式來呈現。其它兩段的語言，基本上都是從寫實的角度來考慮的。台灣的現實就是這樣，一向以來都是各種語言（混雜）。

白：除了第二段，第一和第三段的對白也很少。用非常有限的對白來塑造人物，是否對身為編劇的您，提出一些難題？

朱：其實這是侯導一向的工作方法，他非常討厭電影依賴對白。他一向是如此。這跟

第二段「自由夢」中的張震（左）和舒淇。《最好的時光》劇照，蔡正泰攝。

台灣新電影的起源是有關係。因為起源的時候都是拍現實的，成本很低，用很多非演員在演電影。非演員不能讓他背台詞，一背就是一個災難！（笑）

第一，你只能叫他們做他們熟悉的事情，吃飯啊，走路啊，然後把情感和發生的事情加在他們的日常生活中。你不能讓他分析角色或做太複雜的表情，這都不行。你就讓他做他熟悉的事情，然後把你要的訊息和情感加裡面。

而且鏡頭不能像對職業演員的，不能拍close-up。職業演員不怕鏡頭，但非演員很怕鏡頭的！（笑）不喜歡照相的人就知道。所以鏡頭就是要中距離和遠距離，讓他們不感覺到鏡頭的存在。太近的話，他們就像受驚的獵物一樣，就跑掉，就沒了！（笑）這也是為什麼台灣新電影經常用中、遠距離鏡頭的原因；接近紀錄片性質的感覺。

而且影像藝術所謂的「電影感」——侯導經常說「啊，這個沒有電影感」——其實就是用影像的魅力來說故事，而不大靠對白。對白是另一種東西，很難的。

白：除了「電影感」以外，《最好的時光》整個電影的「音樂感」也很強。除了前面提到的〈Smoke Gets In Your Eyes〉，每一段都大量運用很特別的音樂。

朱：第二段的鋼琴獨奏是黎國媛的，她是我們認識的一個朋友，父親是白色恐怖的受難人。黎國媛很早就被她爸爸媽媽送到法國去學音樂，是新認識的朋友，但侯導演就很大膽地請她來彈，她是即興彈的。先給她看片子，看完她蠻感動的。有這種感覺然後就到錄音室——完全是即興彈出來。不看片子，就是自己彈，彈了幾段，我們選擇用上去。

然後第三段，在現實裡頭，這個女孩就是會作詞作曲。一個女孩，不是舒淇，是舒淇角色的原型人物（歐陽靖）。她是一個創作歌手。

白：前兩段的愛情故事背後，都有一種「國家」的影子。第一段的愛情，因為當兵而被打斷了；第二段裡頭，梁先生的來臨，也介入主角的愛情故事。到了第三段「國家」和「政治」似乎漸漸地淡出。可以談國家和政治與這三段故事的關係嗎？

朱：其實不知道這個歷史背景的話，也不礙於你理解電影。你就把它當作一個愛情故事吧！（笑）知道的人，會知道為什麼1911年叫「自由夢」，不知道就把它當作一個愛情故事看。電影才兩個小時——兩個小時內不能做什麼事情的；你只能給人家留了一個印象，好的話，他走出戲院還會想一想。它跟寫作很不一樣，寫作可以深入，可以負載很多東西。可是電影才兩個小時，它其實不能負載什麼。

白睿文／錄音記錄、整理校對；朱天文／校訂

原作心聲

黃春明論《兒子的大玩偶》和台灣新電影的崛起

黃春明是近五十年來台灣文壇最重要的作家之一。他最早於1956首次發表小說〈清道夫的孩子〉，後來陸續發表了一系列小說，包括：《兒子的大玩偶》、《兩個油漆匠》、《鑼》、《看海的日子》、《莎喲娜啦．再見》、《我愛瑪莉》、《放生》等。黃春明的部分經典作品曾徹底改變了台灣文壇的面貌，也帶動了70年代的鄉土文學運動。其小說對小人物的關心，對日常生活的細膩描繪，對鄉村的關懷，對現代化的批判和後殖民症狀的探索等，在台灣社會建立自己的本土意識的運動中，扮演了一個重要的角色。因此，後來黃春明也被公認為台灣鄉土文學最具代表性的作家。

黃春明是一個天生會講故事的人。除了小說，他寫作的散文、兒童文學、兒童劇和歌仔戲，都充滿了一個個既純樸又有力量，同時又最有吸引力的原創故事——這些故事今天已經變成了台灣當代社會的一系列新的神話與寓言。聯合文學出版社在2009年，出版了高達八卷的《黃春明作品集》，收錄了他主要的散文和小說。而除了在文學上的高產以外，黃春明在台灣的影視創作領域，同樣作出了不可磨滅的貢獻。

早在1972年，黃春明即開始策劃電視節目，如中視九十集的《貝貝劇場——哈哈樂園》，第二年又為中視拍攝紀錄片《芬芳寶島》系列。到了80年代，他的小說作品開始一部一部被搬上銀幕。

當然，影響最大的，還是1983年由其同名小說改編成電影的《兒子的大玩偶》，這也是他第一部被改編成電影的小說。《兒子的大玩偶》常被影評家視為台灣新電影的一個里程碑。它把鄉土文學所提倡的本土文化，帶到一個更為廣泛的觀眾群面前，而且採用了一種全新的電影語言和敘事模式。侯孝賢也正是藉此片改變了自己以往的電影風格，新銳導演曾壯祥和萬仁，也因受到該片的啟發，而開始了他們的導演生涯；同時，本片也引發了當年台灣電影改編嚴肅文學的一股浪潮——這些都見證了《兒子的大玩偶》的傳奇性。

後來黃春明的其它重要作品也接連被搬上銀幕，包括《莎喲娜啦．再見》、《兩個油漆匠》、《我愛瑪莉》等七部電影。黃也親自參與多部電影的改編工作，包括《看海的日子》和王禎和原著的《嫁妝一牛車》等，為此，1989年他還出版了

白睿文攝影、提供。

《黃春明電影小說集》。

2011年的秋天，自2008年春初遊聖塔芭芭拉小城後，黃春明老師再度來到我任教的加州大學聖塔芭芭拉分校，擔任駐校作家；因緣巧合，使我有機會當面向他請教，他與台灣新電影之間所發生的那些難忘的故事。訪談是2011年11月8日，在黃老師住的旅館旁的一家小餐廳進行的。

從黃老師的諸多小說、散文、戲劇和電影中，我早已經知道他是個講故事的高手，可當我見到他本人之後，聽到他直接用嘴而不是用筆來講述他所經歷的那些往事時，才真正領略了他的神采。黃老師的講話充滿魅力，不僅感情充沛，而且極為活潑、生動，特別是他在模仿不同的人的說話的口氣時，轉換自如，惟妙惟肖，幾乎讓人有如在眼前之感。因此，我希望，我用文字記錄下來的這個簡短的訪談，能夠多少保留和傳達一點黃老師的這種生動的談話風格，雖然我也知道這並非易事。

白：2008年，您來聖塔芭芭拉當駐校作家，當時您曾經到我「台灣新電影」的課堂上，跟學生作了一個交流。這次交流，讓學生和我共同度過了一個非常難忘的下午。特別是那天您談到，引導您走上文學道路的王老師的故事，我覺得非常感人。

黃：是的，我也這麼認為。每次談到王老師，我都會很動感情。1998年，我獲得了國家文藝獎——我是第二屆，第一屆的獲獎者是周夢蝶——那個頒獎典禮很盛大，獲獎者領獎時需要致辭，我當時也準備好了。老實說，那時候我並沒有想到王老師，可是，當我走上領獎台致辭時，不知道為什麼，那些事先準備好的發言卻忘得一乾二淨，我忽然想起了王老師。於是，我就喊了一聲，「王老師，我得獎了。」在場的人都覺得很奇怪！我告訴他們，「今天，我能夠得這個獎，跟我剛才感謝的王老師，有絕大的關係。可惜她已經去世了，我希望她能現在能在天上看見我，聽到我得獎的這個消息。」

白：我記得您說過，王老師是你的初中老師？

黃：沒錯。王老師是我初中二年級的國文老師，她的全名叫王賢春，是個外省人。但她是哪個省的人我不知道，我只知道她的家鄉叫棗林村。當時我的作文寫得比較好，其實，主要是我的語言比較好，因為我的國語說得比一般台灣的同學好一些，所以寫起作文來，就更加文從字順一些。

而我的國語之所以好，原因很簡單，當時國防部的被服廠在我家鄉羅東，那個時候眷村還沒有蓋起來，所以那些來自外省的工人的家，就在我們那邊，我就經常跟那些工人的小孩一起玩；不知不覺，國語的程度也就高了，寫起作文來，自然也比那些國語講不好的同學好了。

白：我理解您的意思。中國文學的寫作語言，主要還是以北方話為基礎的，而國語也是以北方話為基礎的。您的國語水平提高後，寫起作文來自然要容易很多。

黃：對，那些外省工人的小孩，國語說得雖然不標準，但他們的語言跟國語的文法很接近，就是因為這樣的關係，我的作文在當時跟台灣一般的同學比起來，就好很多。可因此，王老師卻對我產生了誤會。有一次我們寫了篇〈秋天的農家〉的作文，當時我也沒覺得寫得有多好，但王老師可能認為這篇文章寫得很好，而且根據我們同學的平均水平，她判斷我是不可能寫出這麼好的文章的，所以，她認為這篇作文是我抄別人的。

白：這確實有點尷尬啊。

黃：當然。我當時就對王老師說，這篇文章是我自己寫的。王老師大概怕傷害我的自尊心，就說，那就再把我的作文成績去掉的分數加上。但我知道，王老師並不是真的相信我的話，所以我就讓她再給我出個作文題目，我一定要再寫一篇來證明一下自己的能力。王老師可能被我逼得沒辦法，也不想太為難我，就讓我以〈我的母親〉為題，再寫篇作文。

白：這個題目比較容易寫，小孩子對母親總是有話說的。

黃：可是我偏偏不想寫這個題目。因為在我八歲時，我的母親就去世了。王老師就問我對媽媽還有沒有印象，我故意說只有一點很模糊的印象。因為我知道一寫媽媽，就會想起很多感動自己的事情。王老師就對我說，模糊也是印象，讓我把對媽媽的模糊的印象寫下來。

我記得媽媽剛去世時，我的弟弟妹妹一直對帶我們的奶奶哭著說要媽媽，每到這時，奶奶就會說，「你媽媽已經到天上去了！我哪有媽媽可以給你!?」這句話我當時也信以為真，所以，想媽媽的時候，我就忍不住要望望天空；可遺憾的是，雖然有時候我看到了stars（星星），有時候看到了浮雲，但就是沒有看到過我的媽媽。後來，我就把這個寫成了文章，第二天交給了王老師。

白：您寫的這個關於母親的故事很感人。

黃：其實，我沒想那麼多，只是把自己經歷和想到的寫下來而已。可這篇作文卻真的感動了王老師。她單獨把我叫出來，誇獎我寫得很有感情的時候，我發現她的眼眶居然是紅的。

我後來想，很有可能我的這篇懷念母親的作文，觸動了她對自己母親的思念。她那時只有二十六歲，很年輕，額前留著劉海，戴著一副圓圓的眼鏡，一身陰丹士林的旗袍，穿著黑布鞋，白襪子，打扮得很像過去那種在街頭演講號召大家抗日救國的女青年。很有可能，她的母親和家人都還在大陸。

看得出來，她的那雙布鞋是手工做的，不是街上買的。而這種布鞋的鞋底，一般都是母親在晚上小孩睡覺之後，穿針引線把一層層的布縫在一起做出來的，我們把它叫作「納鞋底」。因此，我就想，她想媽媽那時候，或許就是把這雙鞋子抱在懷裡哭泣的。

白：有可能。

黃：不知道，反正我就是這麼想的。王老師對我說，要想寫作好，就要多看一些好書。她那天送了兩本小說集給我，一本是沈從文的短篇小說集，一本是俄國小說家契訶夫的短篇小說集。我很喜歡他們的東西，幾天就看完了。

特別是沈從文的小說，我看了居然會為作品裡的人物的命運流下眼淚。從此我就愛上了文學。所以，我常常說我有三個爺爺，一個是生我爸爸的那個爺爺，一個是生我媽媽的外爺爺，還有文學的爺爺——就是沈從文。

白：是嗎？那麼契訶夫呢？您怎麼看這兩個作家的區別？

黃：沈從文比較 romantic（浪漫），他把湘西，那麼貧困的地方寫得那麼優美，可我想，他寫的小人物，絕對不會去欣賞自己所生活的這塊地方的美的，他們是不會說「我在一個很美的地方種田」的。但是外面的人看了他的小說就會說，哇，beautiful（很漂亮），所以他寫得有點甜。那契訶夫呢，你知道俄國的小說沒有什麼 romantic的東西，它就是那現實主義的社會寫實，寫的都是很苦的東西。

我讀了沈從文和契訶夫的短篇小說集，都讓我感動流淚，特別是契訶夫的幾篇寫到小孩的遭遇，我幾乎哭出聲來，並且在我青澀的年紀，就給注入社會的問題意識。這一點對我的寫作來說，是非常非常重要，它拴住了我寫作的方向，關心社會，關心受苦的大眾。

白：您這樣談沈從文很有意思，因為我知道侯孝賢在談到自己創作上的轉折點時，也提到過沈從文的《從文自傳》對自己的影響。所以，我覺得沈從文在你們兩位的創作上，都扮演了一個蠻重要的角色，但是你們合作《兒子的大玩偶》時，侯導應該還沒有讀過沈從文。

黃：你的這個問題的確很有趣。其實我年輕的時候，很喜歡看小說，不只是沈從文了；尤其是俄國的小說，我格外喜歡。讀師範學校的時候，我經常被老師趕出課堂，我只好躲到圖書館去，那時台灣正處於戒嚴時期，圖書館的藏書已經減少了一半！但是我發現書架子上面有一綑一綑由報紙包起來的東西，上面寫著「禁書」兩個字。說真的，沒有「禁書」這兩個字，我還不會看啊！（笑）原來這些書很多都是俄國的小說，我就從普希金、果戈理，一直看到高爾基。

白：對了，後來您還和王老師有聯繫嗎？

黃：有的。不過，她的結局很讓人難過。有一天王老師正在給我們上課，校長帶了一個穿著中山裝的人走進教室，那個人一看就是警備總部的，他不由分說把王老師帶走了。「不行，你現在就得跟我們去。」後來有消息說，她是一個匪諜。不久她就被槍斃了。

其實，她只是在中國共產黨的青年南方工作隊工作過，這和中國國民黨青年救國團農村服務隊是一樣的。而且，在我的記憶裡面，她沒有教我們什麼共產黨的東西。可是，她曾教我們唱過一首要努力學習的歌，到現在我還會唱：

他頂頂傻，頂頂有名的大傻瓜。
三加四等於七，他說是等於八。
哈哈真笑話，豈有此理，糊裡糊塗真傻瓜。
他為什麼傻？就因為沒有進學校，進了學校就不會這樣傻。
他頂頂傻，頂頂有名的大傻瓜。
叫他去砍柴，他說是怕鬼打。
哈哈真笑話，豈有此理糊，糊裡糊塗真傻瓜。
他為什麼傻？
就因為沒有進學校，進了學校就不會這樣傻。

這樣的歌曲裡會有甚麼呢？可是當時沒有人會問我們這些小孩子對王老師的看法，現實就是這樣殘酷。

白：這實在令人遺憾。我想，現在我們可以談談與您有關的電影了。《兒子的大玩偶》是由您的三個短篇小說而組成的——〈兒子的大玩偶〉，〈小琪的那頂帽子〉和〈蘋果的滋味〉——它們最早是在甚麼樣的背景之下寫的？在我看來，

這三篇小說有一個共同的主題，那就是致力於探索外來文化，或可以說西方的「文化侵略」，對台灣造成的負面影響。您是在什麼樣的一個狀態下，寫出這三篇小說的？

黃：我經常被稱為一個鄉土作家，其實，我無所謂什麼作家，也不承認。但這三篇小說的確是跟我過去寫的作品不一樣。這和我生活的變化有關，當時我在一家廣告公司工作，常常跟日本的商人和品牌有接觸。你知道，日本曾經殖民過台灣，他們雖然被打敗了，可後來他們又回到台灣的姿態，卻讓人覺得他們並未被打敗過，他們反而認為自己在這裡好像做過什麼（好事）一樣，讓人很不舒服。

而美國打贏了二次世界大戰後，在台灣的影響也越來越大，盲目崇拜美國的人也越來越多。我們當時所用的東西的brand marketing（品牌銷售），就是USA。Everything USA is good（美國所有的東西都是好的）！有個真實的笑話，我爺爺看到年輕人那麼崇拜美國，就曾經問，「美國的東西什麼都那麼好，那美國的大便可以做那個嗎？」（台語）

白：所以您就產生了《兒子的大玩偶》系列小說的思想？

黃：沒有這麼簡單，這也不是什麼思想的產物，它就是生活反映出來的東西。我覺得最主要的還是有一種情感在裡面。比如白先勇的小說，他對自己所寫的人就有一種很深的情感。我對台灣local（地域性）的東西也有這樣一種情感，它同樣可以產生一種類似的touch（觸覺／感動）。日本人當然也有其自身的魅力，但我關心的是它對台灣的經濟上的侵略問題。後來薩依德（Edward Said, 1935-2003）的東方主義（Orientalism）也觸及到了這個方面，他認為，在武力的殖民主義失敗後，第三世界又被以前的殖民者再次進行經濟的殖民，變成了它們的附庸。

但是，在薩伊德的東方主義理論還沒有出來的時候，我們在台灣就已經有了這個感覺。我就覺得我們是依賴型的經濟，台灣沒有美國，不行；台灣沒有日本，也不行。因為它給你order（秩序），正是這個order，把台灣農村的年輕人吸收到都市、到加工廠工作。這對台灣的改變，是非常之大的！幾乎是一夜之間，三代同堂的家庭都沒有了。

我在農村，對這一點最清楚，所以，我就想用小說來呈現這個現象。像〈蘋果的滋味〉是1972年寫的，後來我又寫了〈莎喲娜啦，再見〉等，改編成電影什麼的，都是更後來的事情。

白：但我覺得您的小說並不只是描述自己的情感，還是有一種批判性的思想的。

黃：這大概是因為我受到了那些「禁書」也就是俄國小說的影響，使我的文學走上了現實主義，社會寫實，social realism這條路。我以為，我們的思想性跟我們的立場是有關的，跟你把感情放在哪一個class（階級）上面，是分不開的。有人常常說，寫作需要尋找靈感，我說靈感就是現實，就是now（現在），就是social（社會性），就是你現在生活的那個環境。

像我寫老人的一系列小說，就是講現在的社會型態改變之後，年輕人都到都市結婚生小孩，老人們都跟他們遠離，孤獨地留在鄉下的現實情況。其實，這也是美國的情況。所以，老百姓看了這些小說都覺得「對了，我們是已經變成這樣了。」

白：明白了。不過，我還是對具體的東西很好奇，您能談談是如何構思〈兒子的大玩偶〉這樣的小說的呢？

黃：喔，你是想瞭解一下寫作的技術層面的東西。其實，我講的現實主義本身，也是一種寫作的方法。就是我們首先要從我們的生活中catch（捕捉）到一個東西，即使你對它並不是完全瞭解，也沒關係，但你得有那個東西。

其次，在小說中，對人的行為，對人的各種可能性，都要很合理、很小心去演繹，去想像，要說明為什麼他是這樣的而不是那樣的。你要人家相信你，就要讓他的所作所為既是必然的，又是合理的，這樣他才會有普遍性。這樣大家才都可以catch，就像一個channel tuner（頻道調諧器）一樣，可以讓大家收到一樣的感受。

白：謝謝了。那麼，等到《兒子的大玩偶》要改編成電影的時候，是侯孝賢和他那個時候的班底——陳坤厚、張華坤等人——找上門來，還是中影的吳念真和小野找您合作的？

黃：小野跟吳念真。我早就聽說他們要來找我，他們想找我的東西當作題材，來拍電影。那個時候我在宜蘭，他們就跑到我鄉下去找我。不過，我當時很難相信中影會拍我的東西。文工會對我們是最有意見的，而它是國民黨管理藝文方面的機構，凡是文藝作品的思想跟國民黨不一樣，是很難拍成電影的。

但小野他們說是真的，其實當時他和吳念真是企劃。起決定作用的是經理趙琦彬，他是一個軍旅作家。他與朋友們搞了個讀書會，裡面很多人都是大陸來的老兵，我的《鑼》發表在《文學季刊》上後，他們看了我的東西，就說「台灣的小孩子寫得不錯！」趙琦彬也說OK。這樣，吳念真跟小野才來找我。

但當時我並不知道這些，我就問，「這怎麼可能？中影是國民黨的，不會拍我的東西的！」但他們說真的是可以的。這三部小說的版權費大概是十萬塊，不多，但十萬塊對我來說也不錯，再加上可以把小說拍成電影，所以我就同意了。

白：由您的這三篇小說改編成的這種三段式的電影，是不常見的。最早中影肯定是想按照《光陰的故事》的模式，再度打造類似的一種新電影結構。一開始您對他們提出來的結構——就是把您的三篇沒有直接關聯的故事，放在一起組成一個電影——有什麼想法？你不覺得這樣的結構很奇怪嗎？

黃：沒有啊。其實之前我對拍電影也非常有興趣。我知道，做電影需要錢也需要一個team（團隊），所以當時在台灣那樣的一個環境，我只能想一想，但很難實現這個夢想。而且，這樣的結構對我來說並不陌生。我有很多關於歐洲電影的日文書，其中有的文章談到這種結構。我也看過一部義大利電影，名字叫《義大利奇聞》（*Made in Italy*, 1965），這個片子很感動我，它就是由不同的故事組成的，所以我已經熟悉這樣（的電影模式）。所以就沒有問這個問題，因為我早已瞭解這種結構，所以一切就OK了。

白：喔，這倒是出乎我的意外。《兒子》一片是由吳念真擔任劇本改編的嗎？您有沒有參與討論或改編工作？

黃：對的。老實說我們沒有具體談過劇本的事。萬仁的《蘋果的滋味》，我們是有discussion（討論）的。在明星咖啡廳的樓上，我們曾經討論了兩、三次。我對萬仁說，我的那篇小說就是一個piece，一個piece，一段一段的，就像電影的一個個分鏡頭。我覺得這點很重要，希望他在改編時，影片能夠忠於我的這個結構。不過，我覺得文學跟電影是相互獨立的兩種藝術體裁，如果編劇沒有特別的東西要問，我也就不再多嘴。

並且，我並不認為自己的小說改編成電影有什麼了不起，更不會覺得能改編成電影的小說就一定好。比如，在一些場合，人家會介紹我說，「這是黃春明，他的小說有七部都拍成了電影！」我就常常這樣說，我們是不能通過一個作家的作品是否被拍成電影，來衡量他的水平的高低，或小說的好壞的。

像瓊瑤的作品，改編成電影的很多，但並不是篇篇小說都好！而且，有很多寫得很好的小說，拍成電影後也很糟糕，像《老人與海》就是一例，海明威的原作那麼好——這是他獲諾貝爾獎的代表作——但是Spencer Tracy演的電影，就有很多問題。再比如《飄》（*Gone With the Wind*），電影就比小說好看得多。

白：但是，您自己也有非常豐富的編劇經驗，除了改編自己的作品外，還把王禎和的《嫁妝一牛車》改編成電影劇本，所以，放手讓別人改編您的三部經典之作，您放心嗎？對吳念真改編的劇本，您又有什麼看法？

黃：哈哈，放心的。他們都是很有智識的專家，很優秀。再說，搞電影的人即使遇到問題有要談，也不是直接跟我談的，他們是跟中影的人，跟吳念真他們談的。

白：《兒子的大玩偶》與侯導之前拍的商業電影《就是溜溜的她》、《風兒踢踏踩》、《在那河畔青草青》表現出一種完全不同的電影風格，也比他以往的電影更寫實，而且體現一種對社會的人文關懷來。當時您意識到這部電影的歷史性和革命性了嗎？因為可以說，正是這部片子帶動了整個台灣新電影的一個潮流。

黃：有一點感覺。因為他們以為我的小說在當時是很重要的一個作品，它的社會性，觸及到的各種背景，它思考的各種問題， 對人性的刻畫等，他們都盡可能的吸收了；而當時台灣的電影，真是沒什麼可看的。可是電影拍出來之後，我也有點擔心，因為我知道，大部分看過我小說的人都會去看，所以，就去看了試片——當時還沒有正式對外公開放映——因為一公開就不一樣。

白：您看的試片，和「削蘋果」事件發生後公映的片子，有差別嗎？

黃：有的。其實「蘋果皮」還是被削了一點的。像試片《蘋果的滋味》裡，所出現的台北市的那種違章建築的鏡頭——現在是十七號公園那個地方——那個美國兵對警察說「找不到地址」，他還說了句「哇，這個地方給小孩子玩迷藏是很好的！」都被削掉了。當時當局是不允許呈現台北的這種貧窮的景觀的，呈現那個美國車撞倒人的鏡頭也不行，地上的血也不行。其實好幾個片段都被削了。

白：「削蘋果事件」爆發了以後，您也被捲入了嗎？

黃：對啊，我也在裡面！他們都來問我意見。

白：您覺得這個事件，和整個電影對當時還處於戒嚴中的台灣社會，扮演了一個甚麼樣的角色？

黃：非常好。它就是一個言論自由的warm up（暖身）運動。政府行使威權，想掩蓋很多它認為不好的東西——可我們卻以為那是真實的。正因為這部影片太寫實主義了，所以已不需要再用理論來向那個威權挑戰了。

白：我發現在整個過程中，媒體也扮演了一個很重要的角色，尤其是《聯合報》的楊士琪女士。

黃：對，楊士琪非常重要。其實，這件事變得如此轟動，和知識分子們的介入，有很大關係。當年台灣戒嚴的時候，知識份子能夠看到的東西非常少，所以我的這幾篇小說一發表出來，他們就差不多都看了，等到拍成電影，又引發了這件事後，知識份子們整個都起來支持這部電影。當時電影院外面都是排隊看這部電影的人！政府看到知識份子對這件事如此重視，覺得事態挺嚴重的，所以就一步一步地往後退。

我覺得作為一部電影，它已經超出一個小說能夠表現的東西，所以也才有那麼大的力量。這是蠻有意思的一件事。

白：《兒子的大玩偶》也是那年代少數的台語片子，尤其可貴的是，它出自國民黨掌控的中影公司。主角所講的語言的真實性，也對您很重要吧？

黃：台語好像沒有放那麼多啊。

白：後面兩段有不少國語，但侯孝賢拍的第一段《兒子的大玩偶》主要都是台語。

黃：是的，我想起來了，雖然不是整部片子都講台語，但是這麼一段也是非常重要的。很久以來，台灣的電影一直是不能講台語的，到那個時候突然被突破了。所以這次突破，對後來的整個台灣電影很重要。

白：這主要是導演的主張嗎？是他主張一定要用台語拍的嗎？

黃：我不敢說所有的功勞都歸於導演和明驥，我想，這裡面應該還有編劇吳念真的功勞。小說原著裡面沒有一個人會講國語，如果他們的對話都是很標準的國語，那是絕對不行的啊！所以他們這次敢用台語，是個很大的突破。

不過，當時身為中影總經理的明驥很了不起，因為這件事最後他是要擔責任的。他肯那樣做，是很不簡單的。他今年已經八十歲了，我和侯孝賢他們聚在一起的時候，聊起當年的這個事情，都覺得他了不起。

白：這的確是件很有歷史意義的事情。那麼，現在三十年過去了，今天您怎麼看這部電影呢？

黃：我覺得，對老百姓來講，台灣的新電影就像是給當時沉悶的社會打開了一個新的窗戶，讓空氣流通起來，讓太陽照射進來。《兒子》上映後，我自己也很高興，我們去看片子的時候，看到有那麼多的人在排隊買票，心情都很激動。儘管今天大家都覺得那是我的作品，但那其實已經不是我的作品了。我只不過是小說的原著者而已，是侯孝賢、吳念真這些朋友，再次創造了它。

白：當時的新電影運動，與70年代的鄉土文學運動，有什麼可以比較的？在某個層次上，是否有一個共鳴或呼應？

黃：多多少少有一點。因為我們那個時候寫作鄉土文學的作家，既有本省的也有外省的，而台灣新電影也有一種台灣的本土意識在裡面。

白：我有一次跟天文聊文學和電影的關係問題，她的看法是，電影表現某個現象一般都要比文學晚十年。文學是可以很快的，反正只要一個人，一枝筆。但電影總是需要一大班子人，資金、片場甚至政府都會捲入其中，所以很複雜。

黃：有道理。不過，電影比文學晚十年才能表達某個社會現象的另外一個原因，還需要看大眾對這個文學作品的看法。如果大家對這個文學作品很冷淡，沒有共鳴，他們是不會拍成電影的。而且，因為拍電影要錢，所以需要一定程度的商業化，不商品化別人不出錢。可小說是我一個人寫的，相對而言，並不需要什麼成本。

　　當然，電影也要看某個文學作品的讀者是否很多，這往往意味著觀眾到時候也會有很多，他們才肯把它搬上銀幕！所以，有時候拍電影是完全市場性的思考。當然有時也可以是mix的。

白：我想再問一些技術上的問題，拍攝的過程順利嗎？您有無機會觀察到侯導在現場的工作風格？

黃：不是很清楚。我沒有去看過。我當時對電影的製作經驗不是很豐富。當然，他們也不會覺得我是很懂電影的，所以，我也就沒有在意這些。

白：您怎麼看他採取的電影語言和視覺效果——包括倒敘鏡頭、定格等——來詮釋您原作的特點？

黃：因為我蠻喜歡看電影的。當然會想，如果是我拍的話，我會怎麼做，但現在他們這樣做也有他們的看法。不過還是有些遺憾，像在《小琪的那頂帽子》中，有幾個鏡頭的語言，實在是沒有辦法看的，因為它是錯的！

白：其實我更關心的並非錯誤鏡頭，而是整個詮釋或翻譯的策略，比如說《兒子的大玩偶》的片段所採取的，較為試驗性的電影手段，以及用來詮釋您原作的那種結構和主角潛意識的內在獨白。

黃：這個很難幾句話講明白。原作中那些潛意識的東西，在電影裡變少了，為什麼呢？因為兩者所使用的語言不一樣。在電影裡，人物沒有辦法跟你真正的communication（交流）。我在原著小說中，用一個括號來表現人物的自言自語，它好像是潛意識裡的一個東西。但這是文學的形式。電影是action（動作）的語言，小說是mind（心思）的語言。

白：文學和電影，畢竟是兩種完全不同的媒介，把您的作品改編成電影，最大的挑戰在哪裡？

黃：表現心靈，刻畫出人物的心靈。當然這主要是要靠演員的表演。導演也很重要，但是得靠演員表達那種東西，這其實是比較困難的一件事。所以，特別是心裡的東西，電影是比較難抓住的。

白：過去的三十幾年裡，您不少作品都被搬上銀幕，包括《兩個油漆匠》、《我愛瑪莉》、《看海的日子》等電影。從原作者的角度來看，侯導的電影風格，與王童和其他導演有甚麼不同？

黃：其實，一個導演要建立起來一個風格，一個style，實在不容易。小津安二郎是侯孝賢的一個（偶像），所以他的鏡頭語言也很像小津；比如，一個鏡頭，他會擺一個frame（框）然後讓人走進走出，（攝影機）卻並不怎麼移動。因此，這也就變成了侯孝賢的標誌性的風格。

我一直覺得，導演要有自己的風格，必須要拍很多電影，才有可能逐漸形成，很多導演因為缺乏這樣的機會，也就很難形成自己的風格。所以一般的電影是看不出哪個導演拍的，但是如果這個電影有某種風格，你一看就知道是誰的作品；或者，至少懂電影或對電影有研究的人會知道，這個是誰的電影，那個又是誰的電影。

白：侯孝賢的那種很獨特的電影風格，在某一個層次上，就是從《兒子的大玩偶》開始出來。

黃：是的，開始還有實驗的味道。我覺得侯孝賢在這部片子裡展示的獨特的風格，與很多東西都有關係，首先，他拍這部片子時，有比較充分的時間；其次，還有一種使命感。另外，至少這個作品寫得還不錯，在文學上比較有影響，要拍好是有點壓力的，而且，大家因此也都很期待這部電影，也是一個壓力。再加上以前他是跟其它的公司合作，這次是中影要拍，機會很難得，他很珍惜也很重視，這麼多的東西加在一起，共同促成了他的這個新的風格的出現。那是一件好事。

白：《兒子的大玩偶》有點像侯孝賢從商業電影轉到藝術電影的橋梁。說它商業也有一些商業的成分，但同時它有點告別侯導以前的電影模式。在某一個程度上，是您的作品有助於侯導創造他自己的電影風格，這個說法公平嗎？

黃：我自己當然不能這樣說。但侯孝賢以前的電影是沒有這種風格的，拍了這一部電影以後，他的style（風格）就開始出來了。當然，這不是我說的，是大家都明白的事情。

白睿文／錄音記錄、整理校對；張生、黃春明／校訂

侯孝賢 作品目錄

◎導演

1980　《就是溜溜的她》

1981　《風兒踢踏踩》

1982　《在那河畔青草青》

1983　《兒子的大玩偶》

　　　《風櫃來的人》

1984　《冬冬的假期》

1985　《童年往事》

1986　《戀戀風塵》

1987　《尼羅河女兒》

1989　《悲情城市》

1993　《戲夢人生》

1995　《好男好女》

1996　《南國再見，南國》

1998　《海上花》

2001　《千禧曼波》

2003　《珈琲時光》

2004　《那一夜，侯孝賢拍族盟》（紀錄片）

2005　《最好的時光》

2007　《紅汽球》

　　　The Electric Princess House《電姬館》（短片）

2011　《黃金之弦》（短片）

2014　《聶隱娘》（後製作中）

◎其它

1973　《心有千千結》場記（導演李行）

1974　《雙龍谷》場記（導演蔡揚名）

1975　《雲深不知處》副導（導演徐進良）

　　　《近水樓台》副導（導演李融之）

1975　《桃花女鬥周公》編劇、副導（導演賴成英）

1976　《月下老人》編劇、副導（導演賴成英）

1977　《愛有明天》副導（導演賴成英）

　　　《煙水寒》副導（導演賴成英）

1978 《翠湖寒》副導（導演賴成英）
《男孩與女孩的戰爭》副導（導演賴成英）
《煙波江上》編劇、副導（導演賴成英）

1979 《秋蓮》編劇（導演賴成英）
《昨日雨瀟瀟》編劇、副導（導演賴成英）
《悲之秋》副導（導演賴成英）

1980 《早安台北》編劇（導演李行）
《我踏浪而來》編劇、副導（導演陳坤厚）
《天涼好個秋》編劇、副導（導演陳坤厚）

1981 《蹦蹦一串心》編劇、副導（導演陳坤厚）

1982 《俏如彩蝶飛飛飛》編劇、副導（導演陳坤厚）

1983 《小畢的故事》編劇、副導（導演陳坤厚）
《油麻菜籽》編劇（導演萬仁）

1984 《小爸爸的天空》編劇、副導（導演陳坤厚）
《青梅竹馬》製片、編劇、演員（導演楊德昌）
《我愛瑪莉》演員（導演柯一正）

1985 《最想念的季節》編劇（導演陳坤厚）

1986 《老娘夠騷》（台名《陌生丈夫》）演員（導演舒琪）
《福德正神》演員（導演陶德辰）

1991 《大紅燈籠高高掛》監製（導演張藝謀）

1992 《少年吔，安啦！》監製（導演徐小明）
《棋王》策劃（導演徐克、嚴浩）

1993 《只要為你活一天》監製（導演陳國富）

1994 《多桑》監製（導演吳念真）

1995 《去年冬天》監製（導演徐小明）

1996 《我們為什麼不歌唱》紀錄片出品人（導演關曉榮、藍博洲）

1997 《國境邊陲》紀錄片出品人（導演關曉榮）
《*HHH: A Portrait of Hou Hsiao Hsien* 侯孝賢畫像》紀錄片主角（導演 Olivier Assayas）

2000 《命帶追逐》監製（導演蕭雅全）

2005 《愛麗絲的鏡子》監製（導演姚宏易）

2009 《我們三個》紀錄片監製（導演姚宏易）

2010 《第36個故事》監製（導演蕭雅全）
《有一天》監製（導演侯季然）
《到阜陽六百里》監製（導演鄧勇星）

2011 《金城小子》紀錄片監製（導演姚宏易）

2013 《看見台灣》紀錄片監製（導演齊柏林）

參考書目

中文資料：（依作者姓名筆畫序）

小野。《一個運動的開始》。台北：時報出版，1986。

左桂芳。〈我忘了什麼叫眼淚：作曲大師左宏元的音樂旅程〉，《電影欣賞》第30卷第1期。65-75頁，2011。

沈從文。《從文自傳》。台北：聯合文學，1987。

——。《沈從文自傳》。南京：江蘇文藝出版社，1995。

——。《沈從文短篇小說選》。台北：印刻，2012。

朱天文。《最想念的季節》。台北：遠流，1989。

——。《朱天文電影小說集》。台北：遠流，1991。

——。《小畢的故事》。台北：遠流，1992。

——。《好男好女：侯孝賢拍片筆記分場、分鏡劇本》。台北：麥田，1995。

——。《悲情城市》。上海：上海文藝，2001。

——。《千禧曼波：電影原著中英文劇本》。台北：麥田，2001。

——。《最好的時光：侯孝賢電影筆記》，山東：山東畫報出版社，2006。

——。《最好的時光》。台北：印刻，2008。

——。《劇照會說話》。台北：印刻，2008。

——。《紅氣球的旅行：侯孝賢電影記錄續篇》，山東：山東畫報出版社，2009。

朱天文、吳念真。《戀戀風塵：劇本暨一部電影的開始到完成》，台北：遠流，1992。

吳其諺。《低度開發的回憶》。台北：唐山，1993。

吳念真。《多桑：吳念真電影劇本》。台北：麥田，1994。

吳念真、朱天文。《悲情城市》。台北：三三書坊，1989。

李天鐸。《當代華語電影論述》。台北：時報文化，1996。

李泳泉。《台灣電影閱覽》。台北：玉山社，1998。

李屏賓。《光影詩人： 李屏賓》。台北：田園城市文化，2009。

李傳燦總編輯。《人間百年巨匠——民族藝師李天祿》。宜蘭：國立傳統藝術中心，2006。

金安平著，鄭至慧譯。《合肥四姊妹》。台北：時報出版，2005。

林文淇、沈曉茵、李振亞編。《戲戀人生：侯孝賢電影研究》。台北：麥田，2000。

卓伯棠主編。《侯孝賢電影講座》。桂林：廣西師範大學出版社，2009。

侯孝賢策劃，李天祿口述，曾郁雯撰錄。《戲夢人生：李天祿回憶錄》。台北：遠流，1991。

侯孝賢、朱天文。《極上之夢：《海上花》電影全紀錄》。台北：遠流，1998。

侯孝賢、吳念真、朱天文。《戲夢人生：侯孝賢電影分鏡劇本》。台北：麥田，1993。

姜秀瓊、關本良策劃，導演，拍攝；漫遊者編輯室編撰。《*Focus Inside*：《乘著光影旅行》的故事》。台北：漫遊者，2010。

迷走、梁新華。《新電影之死：從《一切為明天》到《悲情城市》》。台北：唐山，1991。

——。《新電影之外／後：從小眾媒體到電影評論體制》。台北：唐山，1994。

曹可凡。〈侯孝賢談華語電影〉，《上海書評9輯：所有能發生的關係》。上海：上海書店出版社，2009。

張允和口述，孫康宜撰。《曲人鴻爪本事》。台北：聯經，2010。

張靚蓓。《電影靈魂深度的溝通者：廖慶松》。台北：典藏，2009。

——。《聲色盒子：音效大師杜篤之的電影路》。台北：大塊文化，2009。

細川智榮子。《王家の紋章》。台北：長鴻出版，2007。

焦雄屏。《台灣新電影》。台北：時報出版，1988。

——。《時代顯影：中西電影論述》。台北：遠流，1998。

——。《台灣電影90新新浪潮》。台北：麥田，2002。

黃文英、曹智偉。《海上繁華錄：《海上花》的影像美感》。台北：遠流，1998。

黃春明。《兒子的大玩偶》。台北：聯合文學，2009。

黃婷。《e時代電影男女雙人雅座：走入千禧曼波的台北不夜城》。台北：台北國際角川，2001。

——。《千禧曼波電影筆記》。台北：麥田，2001。

鄒欣寧。《國片的燦爛時光》。台北：推守文化，2010。

聞天祥編。《書寫台灣電影》。台北：國家電影資料館，1999。

歐陽靖。《吃人的街》。台北：印刻，2009。

盧非易。《台灣電影：政治、經濟、美學》。台北：遠流，1998。

藍博洲。《幌馬車之歌》。台北：時報出版，2004。

鍾鎮濤。《麥當勞道》。香港：博美出版，2007。

顏正國。《放下拳頭，揮毫人生新顏色：好小子顏正國的青春與覺醒》，台北：春光，2013。

羅藝軍編。《華語電影十導演》。杭州：浙江攝影出版社，2000。

《印刻文學生活誌》第15期（侯孝賢《珈琲時光》專號）。台北，印刻，2004年11月。

《印刻文學生活誌》第58期（侯孝賢《紅氣球》專號）。台北，印刻，2008年6月。

Olivier Assayas、Alain Bergala、Emmanuel Burdeau等作。《侯孝賢 *Hou Hsiao-hsien*》。台北：國家電影資料館，2000。

外文資料：（依作者名字母序）

Berry, Chris and Feii Lu. *Island on the Edge: Taiwan New Cinema and After.* Hong Kong: Hong Kong University Press, 2005.

Berry, Michael. "Words and Images: A Conversation with Hou Hsiao-hsien and Chu Tien-wen." *Positions* 11, no. 3 (Winter 2003): 675-716.

——. "Hou Hsiao-hsien with Chu T'ien-wen: Words and Images." [Interview]. In Berry, ed., *Speaking in Images: Interviews with Contemporary Chinese Filmmakers.* NY: Columbia UP, 2005, 234-71.

Bordwell, David. *Figures Traced in Light: On Cinematic Staging.* Berkeley, University of California Press, 2005.

Browne, Nick. "Hou Hsiao-hsien's Puppetmaster: The Poetics of Landscape." *Asian Cinema* 8, no. 1 (Spring 1996): 28-38.

Chen, Kuan-Hsing, Paul Willemen, and Ti Wei, eds. "Hou Hsiao-hsien" special issue. *Inter-Asia Cultural Studies* 9, 2 (June 2008).

Chi, Robert. "Getting It on Film: Representing and Understanding History in A City of Sadeness." *Tamkang Review* 29, no. 4 (Summer 1999): 47-84.

Chin, Annping. *Four Sisters of Hofei: A History.* New York: Scribner, 2002.

Chu Tien-wen. *Notes of a Desolate Man.* Trans. Howard Goldblatt and Sylvia Li-chun. New York: Columbia University Press, 1999.

Davis, Darrell William and Ru-Shou Robert Chen. *Cinema Taiwan: Politics, Popularity and State of the Arts.* New York: Routledge, 2002.

Ellickson, Lee. "Preparing to Live in the Present: An Interview with Hou Hsiao-hsien." *Cineaste* 27, no. 4 (September 2002): 13-19.

Frodon, Jean-Michel, ed. *Hou Hsiao-hsien.* Lonrai: Editions Cahiers du cinema, 1999.

Han Bangqing. *The Sing-song Girls of Shanghai*. First translated by Eileen Chang, revised and edited by Eva Hung. New York: Columbia University Press, 2005.

Hong, Guo-Juin. *Taiwan Cinema: A Contested Nation on Screen.* New York: Palgrave Macmillan, 2011.

Huang Chun-ming. *The Taste of Apples.* Translated by Howard Goldblatt. New York: Columbia University Press, 2001.

Li Tuo. "Narratives of History in the Cinematography of Hou Xiaoxian." *Positions* 1, no. 3 (Winter 1993): 805-815.

Liao, Ping-hui."Rewriting Taiwanese National History: The February 28 Incident as Spectacle." *Public Culture* 5, no. 2 (1993): 281-296.

——. "Passing and Re-articulation of Identity: Memory, Trauma, and Cinema." *Tamkang Review* 29, no. 4 (Summer 1999): 85-114.

Lu, Tonglin. *Confroniting Modernity in the Cinemas of Taiwan and Mainland China.* Cambridge: Cambridge UP, 2002, 95-115.

Lupke, Christopher. "The Muted Interstices of Testimony: A City of Sadness and the Predicament of Multiculturalism in Taiwan." *Asian Cinema* 1, no. 15 (Spring 2004):5-36.

Ma, Jean. *Melancholy Drift: Marking Time in Chinese Cinema.* Hong Kong: Hong Kong Univerity Press, 2010.

Neri, Corrado. "A Time to Live, a Time to Die: A Time to Grow." In Chris Berry, ed., *Chinese Films in Focus: 25 Takes,* pp. 160-166. London: British Film Institute, 2003.

Reynaud, Berenice. *A City of Sadness*. London: British Film Institute, 2002.

Shen, Claire Hsiu-chen. *L'encre at l'écran: A la recherché de la stylistique cinématographique chinoise, Hou Hsiao-hsien et Zhang Yimou.* Taipei: Institut Ricci de Taipei, 2002.

Silbergeld, Jerome. "Chapter 3. The Chinese Heart in Conflict with Itself: Good Men, Good Women." In *Hitchcock with a Chinese Face: Cinematic Doubles, Oedipal Triangles, and China's Moral Voice,* pp.74-116. Seattle: University of Washington Press, 2004.

Tam, Kwok-kan and Wimal Dissanayake. "Hou Hsiao-hsien: Critical Encounters with Memory and History," In Kwok-kan Tam and Wimal Dissanayake, eds., *New Chinese Cinema,* pp. 46-59. Oxford: Oxford University Press, 1998.

Udden, James. "Hou Hsiao-hsien and the Question of a Chinese Style." *Asian Cinema* 2, no. 13 (Fall/Winter 2002): 54-75.

——. *No Man an Island: The Cinema of Hou Hsiao-hsien*. Hong Kong: Hong Kong University Press, 2009.

——. "Taiwanese Popular Cinema and the Strange Apprenticeship of Hou Hsiao-hsien." In *Modern Chinese Literature and Culture* 1, no. 15 (Spring 2003): 120-145.

Wang, Ban. "Black Holes of Globalization: Critical of the New Millennium in Taiwan Cinema." *Modern Chinese Literature and Culture* 1, no. 15 (Spring 2003): 90-119.

Xu Gang, Gary. "Flowers of Shanghai: Visualising Ellipses and (Colonial) Absence." In Chris Berry, ed., *Chinese Films in Focus: 25 Takes,* pp. 104-110. London: British Film Institute, 2004.

Yeh, Yueh-yu. "Politics and Poetics of Hou Hsiao-hsien's Films." In Sheldon H. Lu and Emilie Yueh-yu Yeh, eds., *Chinese Language Film: Historiography, Poetics, Politics,* pp. 163-185. Honolulu: University of Hawaii Press, 2005.

Yeh, Emilie Yueh-yu and Darrell William Davis. *Taiwan Film Directors: A Treasure Island.* New York: Columbia University Press, 2005.

Yip, June. *Envisioning Taiwan: Fiction, Cinema, and the Nation in the Cultural Imaginary.* Durham: Duke University Press, 2004.

音樂資料（依作者姓名筆畫序）

一青窈。《一青想》。台北：Guts，2004。

半野喜弘、林強。《海上花電影原聲帶》。台北：滾石，1998。

江文也。《台灣舞曲，孔廟大成樂章》。台北：上揚，1984。

——。《故都素描》。台北：上揚，1984。

——。《香妃》。台北：上揚，1993。

林強。《驚蟄》。台北：彗智，2005。

——。《少年吔，安啦！》。台北：魔岩，1992。

林強，等。《千禧曼波電影原聲帶》。台北：Warner Music，2003。

林強、雷光夏 等。《南國再見，南國》。台北：魔岩，1996。

侯孝賢，等。《侯孝賢電影家族》。台北：滾石，1998。

陳明章、許景淳。《戀戀風塵電影音樂》。台北：水晶，1993。

陳明章，等。《戲夢人生電影原聲帶》。台北：角色音樂，1993。

SENS。《悲情城市電影原聲大碟》。台北：Warner Music，1989。

黎國媛。《即興人生》，台北：禾廣，2012。

網站

Sinomovie 三視多媒體股份有限公司　http://www.sinomovie.com

後記：煮海時光

本書原先用的標題定為《光影記憶：對談侯孝賢的電影世界》，這是我早在2008年就想好的一個書名。等到書即將出版的時候，總編初安民先生來信，希望重新思考一下書名。經過數日的商談和討論，朱天文和朱天心幾乎同時贊成用出版社提供的其中一個新書名：《煮海時光》，然後就把原來的書名縮減為本書的新副標題「侯孝賢的光影記憶」。有文人世家的兩位巨匠替我推薦書名實在不好意思，又不敢當。對許多人來說，這種書名也許很新奇，但或許還有人感到一點奇怪，何為「煮海」呢？又何為「煮海時光」呢？

「煮海」最早的典故來自於元代雜劇《張生煮海》（又名《張羽煮海》或《沙門島張生煮海》），為李好古之作，本劇講述潮州儒生張羽與東海龍王之三女瓊蓮的傳奇戀情。張生撫琴把瓊蓮引來，兩人墜入情網，並約中秋之夜在沙門島相會。約定的日子到了，但龍王不允許女兒赴會，一怒之下還放水淹島。張生得仙女之助，用銀鍋煮海水，大海翻騰，龍王最後不得不把閨女配張給生成婚。

此故事豐富的意象闖進侯導的創作之中，應該不只是一次。在法國攝製的《紅氣球》有一個重要的故事線索，關於台灣的布袋戲戲團來法表演，演出的那齣戲也就是《張生煮海》。侯導動筆素描法國電影大師楚浮導演，也用〈求妻煮海人〉作文。在導演跟資深影評人聞天祥的一個訪談裡，侯導曾這樣描繪這個故事：

> 胡蘭成在《今生今世》提過「張生煮海」，給它改了名字，叫「求妻煮海人」，我覺得改得太棒了；故事的內容說，龍女被龍王囚禁在海底，張生為了求妻，想把海煮乾，就拿大鐵鍋在海邊煮；意涵是象徵的，表示這個人個性執拗、非常固執。我覺得這樣的固執蠻動人，像楚浮電影裡的男女，所以寫了這個故事來形容楚浮的電影。

其實，這故事背後的重複、轉換和詮釋過程也很有意思，從元雜劇到胡蘭成的《今生今世》，又到朱天文和侯孝賢在《紅氣球》的新詮釋，這也是侯孝賢電影裡的「文本遊戲」——文學和電影之間的對話——最好的一個例子。訪談中我和侯導經常談到原作改編電影、劇本改編、不同文本與電影之間的呼應關係等問題，我想，藉用《張生煮海》故事的詮釋與轉換來總結這個話題，也非常恰當。因為恰恰是這種多層次文本之間的呼應關係，才能顯出侯導作品中的深度、多重性和複雜性。

但同時，《煮海時光》跟侯導電影還有更直接的一層關係。網上資料指出《張生煮海》的核心思想是關於「勞動人民征服大自然的幻想，表現青年男女勇於反對封建勢力」，那麼侯導個人一直保持一種打抱不平的態度，不斷地強調「我一向反對政府」，而且他的電影作品也算是這種「反對」的一種「行動」。當然還有侯導本人的執拗和固執，我想讀此訪談錄的讀者也能夠從字裡行間讀出來這一點，但這並不是貶義，只有執拗和固執的人能在這樣艱難的製作環境裡維持一個電影夢。

雖然侯導一直「往現實走」，膠片裡的現實還是要被創造出來的。拍電影不是征服大自然，而是創造一個不同的世界，從無到有。在這個過程當中，需要不斷地加許許多多的原料：燈光、聲音、人物、場景、故事和靈感。當然還需要時間，而且偶爾還要加點「魔術時光」。但在這個複雜的藝術加商業的電影組合裡，最終還是需要一個領班的。拍電影就像是在過「煮海時光」，把原有的世界弄成碎片然後重新再組合，縱橫這個繚亂動盪的大海中，總是需要一個偉大的舵手；但有時候舵手的能力還不夠，需要一名神廚的特殊手藝來「煮海」。侯導就是這樣的一名電影魔術師，光影神廚。

本書「前言」的初稿，是2010年11月5日脫稿的，但有時候一本書的誕生就是那麼地漫長多波折的。又過了三年多，《煮海時光》一書終於要出版。也就在本書快要送到印刷廠的時候，突然間看到報紙的一條娛樂新聞「侯孝賢首部武俠電影《聶隱娘》殺青」。也許有人會在私下發出疑問「為什麼《聶隱娘》那麼久還沒拍完？」那我只能說，這樣的一本小書都花了五年才完成，何必說一部電影呢？或許通過這樣的一部長篇訪談，讀者除了瞭解侯孝賢的創作路線，還能夠更深刻地領會到，製作電影背後的艱難跟複雜。

2010年，當時完成初稿的兩天後，我的兒子便出生了，而現在兒子已經長成一個三歲多的精靈小夥子。但更巧妙的是在這個過程中，我老婆又懷孕了，2013年12月16日，我的女兒迫不及待要認識這個世界，就提早三個星期突然出生了，而且在同一天收到印刻編輯丁名慶先生的電子郵件，信還附上了已排版好的全書 PDF，女兒和本書等於是同一天問世。這樣，一本書與我的兒子和女兒的命運，就好像緊緊地連在一起。

在跟侯導訪談的過程中，他經常提到 timing（時機），我想電影是這樣，人生更是如此。但假如有人再追問，我兩個孩子跟這本書的奇妙關係，到底什麼意思？我也許無言以對，但一瞬間我似乎突然能夠理解，為什麼侯導總是回答不了關於他電影中象徵意義的一組問題。叫它命運也好，緣份也罷，有時候，只有時間會漸漸地解開人生的謎。

2013年12月16日於聖塔芭芭拉醫院

2014年1月23日修訂於聖塔芭芭拉家中

文學叢書 392

煮海時光
侯孝賢的光影記憶

編　　訪　白睿文（Michael Berry）
總 編 輯　初安民
校　　訂　朱天文
初稿整理　李若莛
特約編輯　丁名慶
美術編輯　林麗華
劇照攝影　陳銘君 陳懷恩 劉振祥 楊雅棠 陳少維 蔡正泰
影像提供　白睿文 侯孝賢
　　　　　三三電影製作有限公司（3H PRODUCTIONS LTD.）
　　　　　城市電影公司
校　　對　白睿文 丁名慶

發 行 人　張書銘
出　　版　INK印刻文學生活雜誌出版股份有限公司
　　　　　新北市中和區建一路249號8樓
　　　　　電話：02-22281626
　　　　　傳眞：02-22281598
　　　　　e-mail：ink.book@msa.hinet.net
網　　址　舒讀網http：www.inksudu.com.tw

法律顧問　巨鼎博達法律事務所
　　　　　施竣中律師
總 代 理　成陽出版股份有限公司
　　　　　電話：03-3589000（代表號）
　　　　　傳眞：03-3556521
郵政劃撥　19785090 印刻文學生活雜誌出版股份有限公司
印　　刷　海王印刷事業股份有限公司

港澳總經銷　泛華發行代理有限公司
地　　址　香港新界將軍澳工業邨駿昌街7號2樓
電　　話　852-2798-2220
傳　　眞　852-2796-5471
網　　址　www.gccd.com.hk

出版日期　2014年3月　初版
　　　　　2023年7月26日 初版四刷
ISBN　978-986-5823-65-8

定　價　450元

國家圖書館出版品預行編目資料

煮海時光 侯孝賢的光影記憶
／白睿文編訪；
--初版，--新北市：INK印刻文學，
2014.03　面；　公分（文學叢書；392）
ISBN　978-986-5823-65-8（平裝）
1.侯孝賢 2.電影導演 3.影評 4.訪談
987.31　　103000572

舒讀網